凤轻 著

凤策长安 中

重庆出版集团 重庆出版社

目录

- 第七章 南宫御月 ………… 001
- 第八章 名动上京 ………… 044
- 第九章 黑市冥狱 ………… 085
- 第十章 暗流汹涌 ………… 124
- 第十一章 宫变之夜 ………… 164
- 第十二章 信州起兵 ………… 207

◆第七章◆
南宫御月

"王爷。"

两人出了校场，四皇子妃立刻迎了上来关切地伸手查看拓跋胤脖子上的伤口，却被拓跋胤伸手推开了。四皇子妃脸上的神色僵硬了一下，很快又恢复了平静看向楚凌道："曲姑娘的武功越发地精进了，想必大将军也很是高兴。"

楚凌当然听出了四皇子妃的不悦，但是她也不能解释说拓跋胤自己走神了。只得笑了笑道："侥幸，四王妃谬赞了。"

旁边的贺兰真可不管这些，走到楚凌身边兴致勃勃地道："曲姑娘真厉害，咱们乌延的姑娘也很厉害，但还是不如曲姑娘。"

楚凌笑道："多谢大王妃夸奖。"

贺兰真笑道："回头有空咱们也切磋一下，曲姑娘可要手下留情啊。"

楚凌觉得贺兰真这位未来的大皇子妃很有趣，率真却聪明，她知道贺兰真对她示好的意图，却也能感觉到她是真心想要跟她交好。"婚期将至，我看短时间内大王妃是没有功夫了。"楚凌笑道。

贺兰真有些茫然地眨了眨眼睛，不太明白为什么婚期将至短期内自己就没有功夫了。结婚不是只有一天吗？不过提起自己的婚事，即便是生性豪爽的塞外少女也不由得微红了脸，瞪了楚凌一眼不再多说什么。

站在一边的拓跋赞听着几个人寒暄早就百无聊赖了："各位姐姐嫂子，你们聊完了没有啊？"

贺兰真道："你觉得无聊跟四皇子一起走便是了，我们聊天怎么还碍着你了？"

拓跋赞气结："是我带笙笙来的啊！"

贺兰真笑眯眯地道："十七皇子你已经长大了，不要总是缠着师姐像个小孩子一样。笙笙是个姑娘，当然要跟我们一起玩儿才有趣，跟你一起玩什么？"

拓跋胤神色淡漠地看着眼前的几个人你一言我一语，一点也没有参与的意思。明明身为主人，却比楚凌这个不请自来的客人还置身事外。从校场上下来后楚凌觉得拓跋胤的视线总是有意无意地忽略自己，不像是认出她的身份了。

拓跋胤到底是看到了什么才突然失神的？

"本王还有事，王妃带几位客人去前面吧。"拓跋胤终于开口道。

主人都如此不热情，客人自然也不好表现得太过热络。四王妃有些尴尬，却还是赔着笑请贺兰真、拓跋明珠和楚凌三人往前厅喝茶去了。

"四哥，我也……"拓跋赞也想溜，却被拓跋胤一把抓住了后领拉了回来，"你留下。"

拓跋赞苦闷地看着他四哥："四哥，你干什么啊。"

拓跋胤淡淡地看着他，好一会儿才道："陪我去喝酒。"

"喝酒？"

貊族男子在拓跋赞这个年纪确实是可以喝酒了，但是拓跋赞本人并不十分爱喝酒。但是看着拓跋胤越发沉郁的神色，拓跋赞终究还是不敢拒绝，只得点头道："行，喝酒就喝酒！"小心地瞄了拓跋胤一眼，拓跋赞小声道："四哥……"

拓跋胤扫了他一眼微微挑眉，拓跋赞道，"你难道真像四嫂说的那样，还对那个天启公主念念不忘？"

身边的人气息瞬间冰冷了起来，但是拓跋赞并没有发现，自顾自地道："虽然我不知道那个天启公主有多好看，但是人都死了，你又何必呢？你要是真的喜欢天启女人，浣衣苑里虽然没有皇室贵女了，不过应该还有不少别的女子。要不，咱们让天启送几个公主来和亲就是了。你干吗要……"

身边的拓跋胤突然飞身掠了出去，几个起落就消失在了院墙后面。只留下拓跋赞一脸茫然：不是说喝酒吗？

貊族贵族的宴会并不比中原人有趣，甚至更加无聊。四皇子妃今天也只是为了贺兰真举办了一个小小的聚会而已。来的除了拓跋明珠这样身份尊贵的，剩下的都是跟四皇子妃关系好的貊族贵女。这些人大都是从小在关外长大的，即便是入关十年养尊处优，也不可能就学会了天启贵女的琴棋书画、风雅情趣，倒是将原本的骄纵和颐指气使发挥得淋漓尽致。

楚凌坐在这样一群人中间，原本让她觉得有些高傲虚伪的四皇子妃和拓跋明珠都变得和善可亲了。

同样不习惯的还有贺兰真，贺兰真看着这一屋子穿金戴银高谈阔论的貊族贵女，有些茫然。她小时候是去过貊族在关外的王庭的，这才过了十年时间，怎么都变得这么奇怪了呢？

"大王妃还不习惯么？"坐在她旁边的拓跋明珠低声问道。

贺兰真看了拓跋明珠一眼，笑道："是有一点，好像变化还蛮大的。"

"这是自然。"拓跋明珠道，"毕竟如今貊族已经入主中原，跟从前不一样了。曲姑娘，你说呢？"楚凌神色淡淡地笑道："我没见过貊族从前是什么样子的。不过我听师父说确实跟以前不一样了。"

贺兰真不想跟拓跋明珠讨论这些事情，便转移了话题。看了一眼正在一边跟人说笑的四皇子妃低声问道:"我怎么看四皇子和四皇子妃的关系有些奇怪啊?"方才在校场上贺兰真看出来这对夫妻的关系好像不太好。

拓跋明珠轻哼一声,低声笑道:"大王妃还不知道么,咱们这位四皇子和四王妃,也就是个面子上的事儿。若不是当初陛下亲自说和,当初四皇子可是差点杀了四王妃呢。"

"怎么会?"不仅是贺兰真就连楚凌都不由侧目。

拓跋明珠摇头道:"两年前,四王妃趁着四皇子离京办事,悄悄将四皇子的一个侍妾送去了浣衣苑。等四皇子回来,那侍妾已经死在了浣衣苑。当时,四皇子险些动手杀了四王妃,还是大皇子拼着受伤才拦下来的呢。你别看四王妃现在风风光光的,其实府中的权力她半点都沾不了手,不过是念着她娘家和儿女,给了个表面上的风光罢了。咱们貊族女人,若是连府中的权力都掌握不了,跟被休了又能差多少?也就是四皇子府上没有别的厉害的侧妃侍妾,这才让她过得太平罢了。"

贺兰真诧异地看了一眼不远处与人谈笑的四皇子妃,竟然丝毫看不出来有拓跋明珠说的那么凄惨。楚凌微微蹙眉,低声道:"县主,你说的那位侍妾……"

拓跋明珠冷笑了一声道:"不过是个天启女人罢了,还是如今南边那位皇帝的亲生女儿呢。那个女人倒是会勾搭男人,竟然连四皇子这样的人都为了她……"

"是天启灵犀公主吗?"楚凌蹙眉打断了拓跋明珠的话。只觉得眼前这位陵川县主也是有趣,瞧不起天启的女人,却拼了命地去嫁给天启的男人。拓跋明珠一向表现得聪明端庄,一派皇室贵女气度,却偏偏在这里跟她和贺兰真嚼舌头。说白了还是嫉妒楚拂衣罢了,嫉妒一个被国家,被父亲,被未婚夫抛弃已经惨死了两年的女人,可见这位陵川县主的婚姻生活是过得相当不如意啊。

拓跋明珠挑眉看向楚凌:"曲姑娘竟然知道她?"

楚凌淡定地道:"天启永嘉帝膝下只有两女,听说早年被貊族所虏。按年纪推算,应该是长女灵犀公主了。"

拓跋明珠点头道:"不错,正是楚拂衣。"

贺兰真道:"这么说她也是个可怜人,我听说天启女子羸弱,虽然是她们自己不争气,但是这也怪不得她。"拓跋明珠不以为然,"大王妃倒是善良,莫不是忘了咱们关外的规矩?没用就是没用,哪里可怜了?"

关外部族之间时常发生战争,彻底落败的一方往往全族沦为胜利者的奴隶,并不见得比貊族人对天启人做的善良到哪儿去。

贺兰真不想理拓跋明珠,拉着楚凌道:"笙笙,那边那是什么花,我都没见呢,咱们去看看好不好?"

楚凌会意,跟着含笑站起身来道:"也好,县主失陪。"

两人携手而去,只留下拓跋明珠坐在原地暗暗咬牙。

楚凌和贺兰真离开后,便显得有些意兴阑珊。贺兰真察觉到了说:"笙笙,你怎么了？不舒服吗？"楚凌摇摇头道："没有，我只是在想方才陵川县主说的话。"

贺兰真道："你不用在意她的话，她自己跟县马吵架了，就把气撒在别人身上。你虽然是中原人，但你是拓跋大将军的亲传弟子，谁敢得罪你？"

楚凌挑眉："吵架？听说陵川县主和县马夫妻情深得很啊。"

贺兰真摇摇头，不以为然地道："是不是情深我不知道，不过我总觉得他们那样的关系有些别扭。前几日拓跋明珠为难府中的一个中原女子，被陵川县马给拦下来了，然后两人就吵起来了。好像拓跋明珠说陵川县马还惦记着什么人还是什么的，都是我听别人私底下说的。"

"陵川县马那么大胆子，公然护着一个中原女子还跟县主吵架？明王不管吗？"

贺兰真偷笑道："最有趣的地方就是这里啦，明王也护着那个女人，这两天拓跋明珠都快要疯了，你别跟她走得太近了。"

"难怪她方才对那位已故的灵犀公主都那么刻薄。"楚凌点头表示理解。

贺兰真叹了口气，道："来上京之前，我一直以为这里只是比我们塞外更热闹更繁华的地方呢。"

楚凌道："难道不是吗？"

贺兰真摇摇头："确实是，但是这里的人都好烦。哪里像我们，每天骑马打猎，唱歌跳舞，每个人都开开心心的。"楚凌不解地看着贺兰真，她觉得贺兰真并不是如此天真的人。

贺兰真看着她笑道："我当然不傻，不然父王怎么放心送我来上京呢。只是不习惯罢了，短短十年所有的人事物都变了。说不定再过十年，就连父王和乌延部的人都不认识我了。"

楚凌也不知道怎么安慰她，只能伸手拍了拍她的手背。

"不必想太多，虽然有很多人变了，但是也依然有人能守住本心。我……"

"曲笙！"一个有些尖锐的声音从不远处传来，楚凌忍不住皱眉，回头看了一眼朝自己冲来的人，有些无奈地叹了口气。

拉着贺兰真往旁边一跃，轻松地避开了冲过来的人。楚凌站定方才看向来人，挑眉道："谷阳公主不必这么热情，撞到了别人就不好了。"

来者正是谷阳公主。

此时的谷阳公主却没有了昨天的意气风发光鲜亮丽，整个人都憔悴了几分。眼睛还有些红肿也不知道哭了多久，但看向楚凌的眼眸中依然燃烧着熊熊的怒火。

谷阳公主抓着马鞭的手一指楚凌，咬牙道："曲笙，你好！你很好！"

楚凌点头，道："嗯，我很好啊。"

谷阳公主看着她脸上的笑容，终于忍无可忍直接一鞭子挥了过来。楚凌推开了贺兰真，伸手抓住了谷阳公主的鞭梢。马鞭本来就短，谷阳公主和她离得又近，

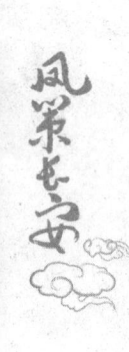

被她一把抓住鞭梢往前一带整个人就扑了出去。

谷阳公主竭力稳住了身形，转过身来又向楚凌扑了过去。

楚凌悠然地负手让开，一边道："抱歉，刚跟人切磋了一场。吃过豪华大餐对你这种清粥小菜没有兴趣了。"

"你找死！"谷阳公主暴怒之下，攻击得越发凌厉起来。

可惜她虽然有几分功夫，又怎么是被拓跋兴业亲自调教出来的楚凌的对手？谷阳公主累得气喘吁吁，也没有碰到楚凌的一片衣角。

这边一闹起来，原本还在各自玩闹的人们立刻就被吸引了过来。见到谷阳公主跟楚凌大打出手，许多人更是忍不住惊呼出声。

"谷阳公主?！"

"快去找四皇子和四王妃！"

"哎呀，怎么打起来了？"

"听说昨儿谷阳公主被长离公子和曲姑娘当街落了面子。来寻仇的吧？"

"才不是，听说昨儿金禾皇妃训斥了谷阳公主一顿，是为了这个吗？"

"长离公子好像跟金禾氏闹翻了。"有人幸灾乐祸。

"长离公子不过是个商人，金禾氏还怕他？"

"不知道有多少人想跟长离公子套交情呢。怕是不用怕，但是金子没有人嫌多。"

这些议论声自然也传到了谷阳公主的耳中，于是谷阳公主越发地暴躁起来，"来人，给我杀了曲笙！"

众人哗然，这谷阳公主好大的胆子，光天化日之下就要杀大将军的弟子。"胡闹！"四皇子妃听到禀告急匆匆赶来就听到了谷阳公主最后一句，立刻厉声斥道。

谷阳公主脸色变了变，紧紧地抓着手中长鞭转身看向四皇子妃："四嫂。"

四皇子妃皱眉看着谷阳公主，不悦道："宓儿，谁让你来这里胡闹的？曲姑娘是我的客人，由得你说说打说杀？"谷阳公主红着眼睛，声音里都带出了几分哭音："四嫂，你竟然帮着一个南蛮子，她不要脸勾引……"

"啪！"众人只觉眼前衣袂飘然身形闪动，一个响亮的耳光已经落在了谷阳公主脸上。

所有人都怔怔地望着眼前的美丽少女暗吸了一口冷气。

谷阳公主显然也被这一巴掌打蒙了，捂着脸颊愣愣地看着楚凌。

楚凌淡定地摩挲了一下自己打人的手掌，轻声道："公主若是没学过怎么跟人说话，就回去好好学学。你这样，很容易让人觉得手痒的。"

"曲笙，你好大的胆子！"谷阳公主终于回过了神来，指着楚凌尖叫道："我要杀了你！我一定要父王杀了你！"

楚凌轻笑了一声："我奉陪。"

四皇子妃觉得自己头大无比,她只是办个聚会招待未来大嫂,怎么就成了这样?深吸了一口气,四皇子妃招来身边的人低声道:"去请王爷过来一趟。"

曲笙当着这么多人的面打了谷阳公主,这事儿自然不能善了了。犹豫了一下,又道:"也去大将军府传个信吧。"

"是,王妃。"

拓跋胤来得很快,跟着拓跋胤一起来的还有拓跋罗和拓跋赞。

拓跋罗快步走过来,扫了三人一眼:"怎么回事?"

四皇子妃有些踌躇,她也不知道拓跋胤的想法,并不敢随意开口。

旁边贺兰真站出来,道:"还是我来说吧,方才是我跟笙笙在一起。"等拓跋罗点头之后,贺兰真就将方才的事情仔细说了一遍,并没有加油添醋或者含糊不清。

听完了贺兰真的话,拓跋罗看向谷阳公主的眉头皱得更紧了。他这位九妹极得金禾皇妃和父皇的宠爱,但是拓跋罗却不喜欢她。并不仅仅是因为他跟她的亲哥哥之间微妙的竞争关系,更是因为她太蠢了。

堂堂一个貊族贵女,心心念念去倒贴一个对她毫无兴趣的男人也就罢了。你若是有拓跋明珠的本事让他娶你也行啊,偏偏拓跋宓什么都不会做就知道撒泼。

沉吟了片刻,拓跋罗道:"粗言秽语辱骂旁人成何体统?回去我会亲自禀告金禾皇妃,请她好好教教你规矩和礼仪。"然后看向楚凌道:"谷阳辱骂姑娘是她不对,但是姑娘动手打人也是不妥。也没什么解不开的仇恨,两位互相道个歉如何?"

按说拓跋罗这样处理算是不偏不倚了,可惜两个当事人都不想领他的情。楚凌还没开口,谷阳公主就叫了起来:"休想!我要让父皇杀了她!"

拓跋罗一脸看白痴的表情看着谷阳公主,别说今天是她自己找打,就算真是曲笙无缘无故动手,父皇看在大将军的面子上最多也只是惩戒一番罢了。多得是想要巴结大将军的人替她求情,这蠢货看人家是个中原人就真以为可以任由她踩踏了?你要真这么能耐,怎么不让君无欢直接娶你?

楚凌抬起眼皮,慢悠悠地道:"正好,我也想面见陛下呢。"

谷阳公主不屑地道:"你有什么资格见我父皇,卑贱的南蛮子!"

楚凌漫不经心地摩挲着指腹,所以说面对嘴贱的人真的是很容易手痒,忍不住啊。

"大皇子,反正都要死,我能再打她一顿吗?"楚凌问道。

拓跋罗哭笑不得:"曲姑娘别开玩笑了,闹大了大将军也会为难的。"

楚凌冷笑一声,抬手抽出腰间的流月刀往地上一掷,刀尖正好插进了谷阳公主跟前的地面。只听楚凌声音清脆地道:"以我和我师父的名誉为注,我要向谷阳公主挑战!"

整个花园气氛顿时为之一凝。

拔出自己的佩刀置于两人之间要求挑战,就是事关生死荣辱之战了,更何况她还赌上了拓跋兴业的名誉。

在貊族，这样郑重其事的挑战可以认输但是不能拒绝。一旦你选择了认输，所有人都会看不起你，而赢的一方可以要求输的一方的一件东西，除了性命，哪怕对方要你一只手你也得砍给他。

如果选择坚持决斗，决斗的时候发生的任何事情都不用负责，也就是说就算在擂台上被杀了也只能自认倒霉。事后任何人不得追究获胜方的责任更不能事后报复，而败者名声扫地。

将士不会服从一个失败的将领，百姓也不会尊敬一个失败的贵族。

为了避免挑战者随意欺凌弱小，挑战者不仅要连胜十个与自己武力相当的人。被挑战者和挑战者双方都可以选择两个人协助，即便是被挑战者战败，如果请来相助的两个人连胜两场，依然可以算被挑战之人得胜。

很难说这种挑战公不公平，但是貊族人一直以来都是这么传承的。不过貊族人大多崇尚自身的力量，极少会请人相助，因为这样即便是赢了也不光彩。

沉默了片刻，拓跋罗道："曲姑娘开玩笑的吧？"

楚凌坚定地道："我是认真的。"

"何以至此？"拓跋罗劝道。

楚凌一脸严肃，微抬起下巴傲然道："为了我自己和我师父的荣耀，公主殿下，请接受我的挑战。"

谷阳公主的脸色一阵青一阵白。

她显然还没有傻得彻底。

众人沉默地看着两人，纤细美丽的中原少女身形挺直，神情坚毅犹如一朵骄傲而美丽的花朵。而另一边的谷阳公主却是脸色一阵青一阵白，再也撑不起她身为公主的骄傲。

两相比较，高下立见。

有人为曲笙的骄傲喝彩，有人为貊族贵女的相形见绌而失望。

拓跋罗叹了口气，侧首看身边的拓跋胤。

拓跋胤淡然道："这种事情全凭自愿，大哥看我做什么？"显然是不想管了，拓跋罗只得道："我先入宫禀告父皇。"

"不必了。"外面传来一个男声，众人再一次往外面看去，就见到宫中侍卫簇拥着几个人快步走了进来。为首一人正是拓跋兴业，跟在拓跋兴业身边的是北晋皇帝身边的近侍。

那近侍道："大皇子，陛下口谕，同意曲姑娘向谷阳公主挑战。"

拓跋罗一愣："父皇怎么这么快……"皇宫距离拓跋胤的府邸并不远，但是也绝没有快到这个地步。看看眼前的近侍，拓跋罗眼底突然闪过一抹了然，"不知父皇还有何吩咐？"

近侍道："陛下说，马上就是大皇子的婚期了。挑战就定在大皇子婚后七天，也让曲姑娘和谷阳公主有时间做准备。不知公主和曲姑娘以为如何？"

楚凌拱手："多谢陛下。"

谷阳公主咬着牙不说话，那近侍也不等她，只当她没有话要说。恭敬地对众人拱手告辞，又对拓跋兴业道了声告退便带着人走了。

"师父。"楚凌凑到拓跋兴业面前，小声叫道。

拓跋兴业看着她："你倒是能耐，出一趟门就弄出这么一桩惊天动地的大事。幸好这两年你都不太出门，不然是不是早就把上京给捅穿了？"楚凌对他做了个鬼脸，赔笑道："师父，徒儿错了。"

"哪儿错了？"拓跋兴业问道。

楚凌道："徒儿应该修身养性、打不还手、骂不还手、忍得辱中辱、方为人上人。"

话音未落，拓跋兴业就抬起了手来。楚凌连忙抱住脑袋蹿到了拓跋兴业打不着的地方。

拓跋兴业要拍她，怎么会让她躲过去？转眼间拓跋兴业就到了她的跟前，仿佛两人根本没有移动过位置一般。一只大手缓缓地在她头顶上拍了一下，并不痛。拓跋兴业沉声道："做得不错。"

楚凌愣了愣，突然觉得鼻子有点酸。

"师父……"

拓跋兴业轻哼一声，"既然你自己决定了，若是输了……"

"师父打断我的腿？"楚凌道。

拓跋兴业眯眼道："三年之内你就不要出门了，什么时候我觉得你能见人了再出来。"

"是，师父。徒儿遵命！"

楚凌心旷神怡地回了家。刚一进门，就看到朝自己奔来的雅朵，楚凌心中暗道："现在退出去来得及吗？"

"笙笙！"

见她一副想要开溜的模样，雅朵厉声叫道。

楚凌立刻站住，笑容甜美地看着雅朵："阿朵，有话慢慢说。"

雅朵怒道："还慢慢说！你怎么这么大的胆子！你又去招惹谷阳公主干什么？"

楚凌无奈地摊手道："阿朵姐姐，不是我招惹她，是她招惹我啊。不给她一下狠的她只会变本加厉地欺负我。"雅朵皱着眉头，有些着急地道："但是她毕竟是公主，万一……"

"没有万一。"楚凌道，"北晋皇室若是还要脸的话就不会太过分了。就算私底下做什么，我也不是泥捏的啊。倒是你，要注意安全才是真的。"

雅朵点头道："你放心，我这几天哪儿都不去。"

楚凌看着她担忧的神色不由轻叹了口气，"跟我在一起，总是让你提心吊胆的……"

雅朵摇头道："要是没有你，我都不知道我要干什么。有个担心的人总比没有好。况且这两年若不是有你，我哪里会这么安生？"叹了口气，雅朵道："谷阳公主打不过你，肯定会找人帮忙的。你怎么办？是不是要请大将军帮忙找几个人？"

楚凌叹气："师父让我自己解决。"

拓跋大将军的原话是，有本事惹祸就要有本事自己解决，身为师父他只保证给她留口气。

说好的护短呢？说好的师恩如山，一日为师终身为父呢？

"那怎么办？"

楚凌笑道："没事儿，喏，帮手不是来了吗？"

"笙笙是在说我吗？"君无欢的声音从墙头上传来，雅朵有些惊讶地看着突然从墙头飘然落地的俊美公子，"长离公子？"

楚凌瞥了君无欢一眼："你引来的麻烦，难道还打算置身事外？"

"怎敢。"君无欢笑道，眼神却有些冰冷，"这位谷阳公主，是被金禾皇妃宠坏了脑子了。笙笙想从谷阳公主身上要些什么彩头，不如说出来让我替你参详一下？"

楚凌道："人家对你一片痴心，长离公子这样是不是太狠心了？"

君无欢道："我何时给了笙笙我是个多情之人的错觉？"

楚凌认真地点头道："也对，长离公子一向都是心狠手辣。"

君无欢轻咳了一声，道："笙笙，这话有些过了。在下自问还是……"

"还是什么？心慈手软？端方君子？"楚凌好奇地问道，脸上却分明写着：你自己信吗？

君无欢无奈，好吧他自己也不信。笙笙对他的印象好像有点问题，回头一定要想办法更正一下才行。

"就算有我也还差一个，另一个人选笙笙心里有数了吗？"君无欢问道。

楚凌也有些犹豫，蹙眉道："我还在考虑，你觉得玉小六行不行？"

君无欢摇头："笙笙太小看北晋皇室了，玉六武功不错，但是只怕还差了一筹。如果笙笙没有别的人选的话，我倒是可以给你推荐一个人。"

楚凌挑眉看着他，"洗耳恭听。"

君无欢笑道："拓跋胤。"

"……"你在开玩笑么？让拓跋胤帮我怼他亲妹子？

君无欢浅笑道："拓跋胤和拓跋罗跟金禾皇妃一系的关系不太好，我有七成把握谷阳公主会请百里轻鸿出战。就算拓跋胤不肯，拓跋罗也会让他答应的。"

"为了我师父？"楚凌蹙眉道。

君无欢道:"不然,笙笙以为大将军为什么特意跟着传旨的近侍走一趟四皇子府?"

师父你老人家也太含蓄了,这样容易让我忽略你的师徒情谊啊。

转眼便到了大皇子大婚之日,一大早君无欢就亲自到府上接了楚凌一起前去大皇子府道贺。两人到了大皇子府的时候,大门外早已经被各路前来道贺的宾客堵得水泄不通了。拓跋罗穿着一身簇新的喜庆袍子,站在大门外亲自迎客。远远地便看到了楚凌和君无欢下车,便跟身边的人说了一声快步迎了上来。

"长离公子,曲姑娘。"拓跋罗满脸带笑,看向楚凌的目光也半点没有不自在,"多谢两位大驾光临。"

君无欢淡淡笑道:"恭喜大皇子新婚。"

拓跋罗笑道:"承公子吉言。"

楚凌也笑道:"大皇子,恭喜。祝两位百年好合。"

"多谢,两位里面请。"

拓跋罗亲自将两人迎到门口,才有管事上前来恭敬地请两人入内。拓跋罗便又转身继续接待别的客人去了。

一走进大皇子府,就能感觉到今天这场婚礼的热闹气氛。不过有些奇怪的是当人们看到他们两人走过来的时候,许多人脸上的表情都是突然一顿,然后变得十分古怪起来。有的人一副想要打量他们又不敢明目张胆地看只能偷偷打量的模样,有的人则是一副看好戏的模样。楚凌忍不住蹙眉,抬头看君无欢:"我的穿着有什么问题?"

西秦人喜好中原文化,平素君无欢也都是一身中原人的衣着。因此楚凌今天也是天启贵女的打扮。

浅紫色的宫装上绣着银纹仙鹤祥云图案,纤细的素腰被一条云纹丝带系着,越发显得窈窕纤丽。往日里总是编成小辫儿的秀发如今也挽成了一个简单清爽的发髻,发间簪着精致的宝石发簪,两颗淡紫色的珍珠缀在耳边,随着她的动作摇曳生姿。

"没有,笙笙今天很好看。"君无欢轻声道,"说起来,这还是我第一次看到笙笙穿天启女子的衣裳。"

楚凌扯了扯手臂上的披帛,道:"那他们盯着我干吗?"

君无欢低笑一声,道:"你忘了之前你做了什么事儿?"

楚凌眨了眨眼睛,这才恍然大悟,"谷阳公主?"

君无欢点头:"上京已经有几年没有这么热闹了。"毕竟怕死的人越来越多了,在关外的时候大约时不时就会听说有人挑战谁,但是入关之后大家越来越觉得自己的性命无比金贵。

貉族人歧视天启人和西秦人,其实什么人都是一样的,在富贵乡待得久了,

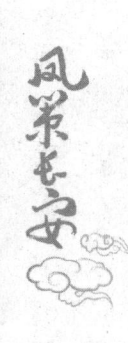

难免就会英雄气短。

楚凌忍不住翻了个白眼:"这些人可真是闲得无聊。"

"确实无聊。"

"君无欢,笙笙。"一个欢畅的声音响起,桓毓公子正站在不远处兴致勃勃地朝他们招手。楚凌看着眼前金光闪闪的桓毓公子,忍不住眼皮子跳了跳。楚凌发誓即便是在貊族皇宫里,她也没有见过如此能闪瞎人眼的打扮。

桓毓公子那一张俊俏的脸蛋几乎都要被金光淹没了。

君无欢伸手挡住了楚凌的双眼,轻声道:"别看。"

楚凌痛苦地呻吟了一声,为自己的眼睛感到担忧:"你老实说,这其实才是他真正的品味吧?"能把如此恶俗的颜色穿得如此兴高采烈,这必须是爱得深沉才能够办到。

君无欢闻言若有所思:"我倒是没有注意过这个问题。"

"你们俩干吗呢?"桓毓见两人迟迟不肯上前,有些不悦:"君无欢,你遮着笙笙的眼睛干吗,难道是怕笙笙看到了风流倜傥的本公子,就看不上你了?"

君无欢淡淡瞥了他一眼,道:"你今天的打扮很有品味,是想要留下当个北晋驸马吗?以你的家世,倒也不是不可能。"

闻言桓毓的笑脸顿时僵硬了。不,他对貊族公主一点兴趣都没有。

楚凌拉下了君无欢挡在自己眼前的手,看着眼前金光灿灿的桓毓公子还是忍不住眯了下眼:"玉公子,你今天……"

"怎么样?是不是玉树临风?"桓毓迫不及待地问道。

楚凌扯出一个有点艰难的笑意,点头道:"非同凡响。"

桓毓怎么会看不出来她的勉强,恨铁不成钢地摇头道:"没想到你也是个庸俗的人。"

楚凌干笑:"这个大俗即大雅嘛,俗一点好,太过出类拔萃的东西,我这个平凡的人驾驭不了。"

君无欢懒得理会卖蠢的桓毓,拉着楚凌往里面走去。刚走了几步桓毓又凑了上来,小声道:"笙笙,你厉害啊。我刚来上京没几天你就搞出这么惊天动地的大事儿。怎么样?需不需要我帮忙?"

楚凌摇摇头,笑道:"谢谢你,需要的话我会告诉你的。"

桓毓轻哼:"除了君无欢,你难道还有比本公子更厉害的朋友?你这两年不是都大门不出二门不迈吗?"楚凌道:"这个,朋友我还是有一两个的,而且也不一定非要朋友。我跟玉公子毕竟是刚认识的,你又是南朝的人,找你帮忙的话我师父面子上不好看。"

"对哦。"桓毓挑眉道,"拓跋将军麾下猛将如云,随便挑两个也能打得那什么公主哭兮兮吧?"

楚凌摇头："师父不会帮忙的。"

桓毓还想说什么，两个人快步从对面走了过来，正是楚凌在大将军府有过一面之缘的天启襄国公和丞相上官成义。

"小六。"襄国公沉声道。

桓毓看了看两人，耸了耸肩站直了身体对两人拱手道："国公，上官大人。"

上官成义似乎颇为看不上桓毓，只是淡淡地瞥了他一眼没有说话。襄国公倒是温和一些，话语里带着几分长辈式的告诫："咱们如今在北晋，莫要胡闹。"

桓毓翻了个白眼，道："表舅，我就是跟君无欢和笙笙说几句话，哪里胡闹了？"

襄国公无语，他们才刚到上京几天，这玉家小六就跟长离公子和曲姑娘这么熟了？还叫人家笙笙？这要是在天启人家姑娘的名声还要不要了？更不用说方才看到君无欢和曲笙一对璧人并肩而立美如画卷，身边却突然多了个金光闪闪的人对自己以及对周围人的眼睛造成的伤害了。

"长离公子，曲姑娘，小六爱胡闹还望勿怪。"襄国公拱手道。

楚凌有些好奇："襄国公跟玉公子原来是亲戚呀。"

襄国公无奈地摇了摇头，楚凌道，"国公不必在意，玉公子性格爽朗率真，跟长离公子很是投缘。"襄国公看了一眼君无欢，显然是不太相信。

君无欢自然不会拆楚凌的台，含笑对襄国公点头道："难得看到玉公子这样生气十足的年轻人。"

你是在把玉小六当猴看吗？

君无欢看两人都没有要走的意思，微微皱了下眉道："咱们不妨找个地方坐下来说话？"

上官成义点头笑道："也好，老夫这一把老骨头确实比不上年轻人了。"君无欢道："上官大人千里迢迢地来上京，可见筋骨健壮不让年轻人。倒是在下不济，让两位见笑了。"

于是一行人便在后院一处还空着的石桌边坐了下来。很快就有大皇子府的仆从送上了待客的酒水瓜果。

陪着襄国公和上官成义说了一会儿话，两人才起身告辞，顺便把桓毓也拽走了。留下楚凌和君无欢坐着继续喝茶。楚凌松了口气，叹气道："天启人都这么难交流吗？"

君无欢笑道："我看笙笙应付得很好啊。"

楚凌摇头道："心累。"

低头抿了口茶水，楚凌压低了声音问道："西南角那个凉亭里是什么人？"从他们坐下开始，她就察觉到有一股视线一直在盯着他们了。她都能察觉，君无欢自然不可能察觉不了。

君无欢倒是淡定，道："应该是拓跋胤。"

说罢，君无欢转身端着茶杯向凉亭的方向微微示意，道："四皇子，不如下来喝一杯？"束音成线，轻飘飘地将声音准确地传入了凉亭中。

片刻后，果然看到一个人从凉亭里走了出来，不是拓跋胤是谁？

几个起落，拓跋胤就已经落到了两人跟前："长离公子，曲姑娘。"

君无欢笑道："四皇子，请坐。"

拓跋胤在两人对面坐了下来，端起君无欢推到他跟前的酒杯一饮而尽。

君无欢微微挑眉，"大喜之日，四皇子怎么在这里喝闷酒？"

拓跋胤道："我素来不习惯这些场合，让两位见笑了。曲姑娘的事情准备得如何了？"

楚凌笑眯眯地道："多谢四皇子关心，正有一件事想要求四皇子呢。"

拓跋胤挑眉看着她不说话，楚凌道："在下还差一名高手助阵，不知能否请四皇子屈尊？"

拓跋胤有些意外，道："你请我帮你对付拓跋宓？"

楚凌叹了口气，道："都怪我这两年不在上京走动，能认识的高手实在是有限得很啊。师父他老人家也说了，绝不会帮我的，要我自己想办法。我想来想去，就只好求到四皇子面前来了。"

拓跋胤默然，沉吟了片刻道："父皇也不会替拓跋宓出头的，拓跋宓未必能找到多厉害的高手。"君无欢悠然道："我听说，金禾皇妃娘家的人昨天刚拜访了明王府。明王府高手如云，不得不防啊。"

"明王府？"拓跋胤微一皱眉，片刻后方才道："我可以帮曲姑娘，不过除非明王府派百里轻鸿出手，否则我是不会出手的。"

楚凌顿时松了口气，同时也对拓跋胤和楚拂衣之间的事情更多了几分疑惑。

"那就多谢四皇子了。"楚凌道。

拓跋胤淡淡点头表示不必在意。

君无欢淡然地开口道："听襄国公和上官大人的意思，北晋和天启又要和谈？"

拓跋胤挑眉："他们竟然告诉君公子这个？"

君无欢无所谓地笑了笑："又不是什么隐秘的事情，那两位总不会是专程来参加大皇子的婚礼的吧？"

拓跋胤点头："说得也是，天启是有这个意思。长离公子是怎么想的？"君无欢笑道："我自然是希望能天下太平，这乱世的钱虽然好赚，却时常要冒着生命危险的。哪里有太平盛世安稳？"

拓跋胤若有所思地点头道："长离公子说得不错。"

君无欢淡然道："不过只怕天启的希望要落空了吧？"

拓跋胤的眼眸一动，眼神锋利地看向君无欢。君无欢也不在意，从容笑道：

"北晋陛下有一统天下之心谁能看不出来。如今北晋兵马休养生息数年，只怕许多人都已经按捺不住了。就算北晋皇帝愿意，底下的贵族和将军们也要忍不住了。"

拓跋胤放下酒杯，问道："那依长离公子之见，北晋统一天下还有哪些阻碍？"

君无欢有些诧异地看着拓跋胤，好一会儿方才慢慢道："第一，貊族兵马不善水战，如今貊族前面横着的不仅有灵沧江天堑，南方地域更是水道纵横山林层叠，再往南的许多地方，更有瘴气密布，貊族将士只怕难以适应。最要紧的还是如今北晋的内忧吧？北晋若是此时挥兵南下，难保不会后院起火呢。"

"长离公子。"拓跋胤的声音微冷。

君无欢也不在意，只是笑了笑闭口不再多言。

楚凌靠在桌边捧着茶杯，蹙眉道："两位，能不能讨论一些合时宜的话题？"

君无欢不解："笙笙何谓合时宜？"

楚凌道："今天是人家大皇子和乌延公主的大婚之日，你们一轮又一轮地在这里讨论打仗的事情。你们真的是来参加婚礼的吗？"君无欢点头："这么说，还真是我们不对。确实应该讨论一些喜庆的事情，不过……"拓跋胤坐在这里，实在是让人没什么心情讨论喜庆的事情。

拓跋胤显然也知道自己有些煞风景，略带了两分歉意道："是我们忽略曲姑娘了，不如两位自便，在下……"言下就是不在这里耽误别人谈情说爱了。

楚凌连忙道："哎呀，我们可没有赶四皇子走的意思。四皇子不觉得我无聊就行了，我看四皇子喝了不少酒，还是坐着醒醒酒吧，一会儿婚礼上若是失态就不好了。"说着倒了一杯茶放在拓跋胤面前，"酒还是晚点再喝吧。"

拓跋胤喝酒的风格跟君无欢形成鲜明对比。同样的时间，拓跋胤喝完了一壶君无欢一杯酒还剩下了半杯呢。

拓跋胤想了想，到底还是没有起身离开。

楚凌想起什么，好奇地看向君无欢："前儿我听大王妃说，百里轻鸿最近跟一个中原女子走得近，引得陵川县主十分不悦？"

君无欢失笑："只怕是大王妃不知道从哪儿道听途说来的。百里轻鸿和陵川县主出了名的感情好，怎么会跟别的女子有牵扯？"

楚凌不以为然："未必啊，那天我看着陵川县主也不太对劲，跟吃错了药似的。"

君无欢想了想蹙眉道："没听说百里轻鸿跟什么女子纠缠，百里轻鸿是聪明人，不会做这种对自己不利的事情。"

旁边拓跋胤开口道："不是百里轻鸿，是明王。"

楚凌一怔，有些诧异地看着拓跋胤："四皇子，你竟然也听这些八卦？"

拓跋胤表情僵硬，蹙眉道："也不是什么八卦，这事知道的人不少。"

"明王看上了一个中原女子？听说是一个国色天香的美人儿啊，四皇子见过吗？"楚凌兴致勃勃地道，"没想到，明王那样的人一大把年纪了竟然还能……"

拓跋胤和君无欢忍不住同时轻咳了两声，楚凌微微勾了一下唇角，将剩下的话吞了回去。

楚凌神态优雅端庄地回头看向正朝自己走来的两个人。

这地方真是一块风水宝地，楚凌忍不住想着。

"三位在这里做什么？前面婚礼快要开始了呢。"拓跋明珠也不知道有没有听到之前楚凌的话。楚凌偏着头笑看着两人道："两位不是也在这儿吗？"

"四皇子，长离公子，曲姑娘。"百里轻鸿淡淡地朝三人点头打了声招呼。

拓跋明珠笑道："我有些不太舒服，才跟谨之到后面来走走。"

楚凌笑眯眯道："四皇子太高兴了有点喝醉了，我跟长离公子陪他醒醒酒。"

拓跋胤无语。

楚凌拉着君无欢站起身来，笑道："既然婚礼快要开始了，我和君无欢就先过去了。上门道贺迟到了总是不太好的，三位，回见！"说完便拉着君无欢溜之大吉了。君无欢也不反对，任由她拉着还不忘优雅地对三人告别。

目送两人离去，被留下的三人的气氛立刻变得冷淡而尴尬起来。

楚凌拉着君无欢一路往前走一边叹气："八卦果然不是好事，差一点被人当面撞上了啊。"

君无欢笑道："拓跋明珠或许没听到，但是百里轻鸿肯定听到了。"

"嗯？"楚凌挑眉，"好涵养。"百里轻鸿脸上的表情竟然完全看不出来。

君无欢道："百里轻鸿这些年被人说的还少吗？你这一点都算不上伤害。"

楚凌认真反思："以后还是要谨慎一点，公开场合八卦别人是不对的。"

"所以，要私底下？"君无欢挑眉道，阿凌的道德标准有点奇怪。

楚凌扬眉："谁人背后不说人，谁人背后无人说？"

吉时刚到，新娘就被迎进了门。貊族婚礼并没有拜堂的仪式，新娘子也不用盖着红盖头。贺兰真穿着一身华丽的金红色锦衣，脸上画着精致的妆容，看上去也是个让人眼前一亮的大美人儿。

让楚凌有些惊讶的是，主持婚礼的竟然是南宫御月。

南宫御月几乎是和新人同时到场，他今天并不似前两次随意的黑白穿着，而是穿着一身精致而华丽的服饰。看起来更像是某种专门为了举行仪式而准备的服饰，层层叠叠的非常不便。金色与黑色相间，上面绣着精致繁复的花纹。衬得南宫御月冷漠的容颜更加如冰似雪。

确实，如果将人放在庙堂之上的话，这世上大概不会有人比南宫御月更像是神了——毫无人性。

即便是在皇子的婚礼上，他也不肯给人一点笑容。

南宫御月面无表情地念着一长串楚凌听不懂的东西，新人跪在他跟前虔诚地跟着他的指示跪拜。围观的宾客们也大都神色肃穆，看起来不像是参加婚礼倒是更像参加葬礼的。

好不容易等到冗长的仪式结束，楚凌都忍不住暗中出了一口气。

南宫御月又低头对两个新人说了一句什么，两人这才站起身来对南宫御月躬身行了个礼。南宫御月微微点头，转身走了。

等到南宫御月离开，原本的肃穆安静顿时不复存在，一瞬间变得喧闹起来。人们齐齐围上去向新人道贺，脸上都带着欢欣的笑容。仿佛方才一脸严肃地围观人家婚礼的人不是他们一般。

拓跋罗单手护着贺兰真，脸上也满是笑容，一边对众人点头致谢答礼，一边请宾客去外间享用美食歌舞。整个大皇子府乐器齐鸣，欢声笑语直冲天际，仿佛婚礼这才真正开始一般。

楚凌和君无欢跟着人流一起出了大殿才松了口气。君无欢笑道："笙笙不习惯吗？"

楚凌指了指里面道："他们找南宫御月主持婚礼？"难道不觉得硌硬吗？明明是大喜日子，主持婚礼的人一副众生皆死人的表情，参加婚礼的人也一副庄严肃穆的模样。

君无欢笑道："南宫御月是国师，由他主持婚礼是新婚夫妇最大的荣耀。即便是皇室中人，也不是每个人都有这个荣幸的。另外，貊族人认为告天的仪式是很郑重的，所以难免严肃了一些。之后的庆典才是真正欢笑热闹的时候。"

楚凌喷了一声："这样的婚礼，这样的主持人，想到都胃疼。"

君无欢笑道："别人说不定求之不得呢。笙……"

"啊？！"不远处突然传来一声凄厉的惨叫，楚凌眼神顿时一冷，君无欢也当先一步挡在了楚凌跟前。两人对视一眼，只听远处传来惊慌的叫声："有刺客！有刺客！"

"走，去看看！"

两人双双一跃而起，施展轻功朝着声音传来的方向掠了过去。

就在与正殿隔着一堵院墙的大花园里，此时已经乱成了一团。浓浓的血腥味在空气中蔓延，显然有不少人受了伤。不少女眷正惊慌地四处奔逃，不远处皇子府的侍卫和许多男宾客已经跟人打在了一起。

"怎么回事？！"楚凌一把抓住一个跌跌撞撞跑过来的妇人问道。

那妇人苍白着脸，身上还沾着血迹，尖声道："有刺客！那些人突然出现……"

楚凌微微皱眉，突然出现？一群黑衣人青天白日的要怎么突然出现在大皇子府？来不及多想，楚凌厉声问道："大王妃在哪儿？"

那妇人有些慌乱地摇头，她什么都不知道。

君无欢道："大王妃现在应该去已故王妃的院子给王妃行礼了。"楚凌点了点头，快步朝着大皇子府右侧院子的方向掠去。

貊族当家主母并不住在后院，而是跟主人一起住在前面的。后院是给孩子居住的，再往后是给侧妃的，然后才是侍妾和奴仆。楚凌一路过去，王妃的院子里果然已经打了起来。

贺兰真并不是手无缚鸡之力的弱女子，虽然穿着沉重华丽的礼服，她依然握着刀沉着地和刺客周旋着。拓跋罗被几个刺客挡在了另一边，即便是想要过来救援也有心无力。贺兰真很快就有些撑不住了，不过对方显然并不想要她的性命，每一招都避开了要害才让她有了能够转圜的空间。

楚凌和君无欢赶到的时候正好看到一把剑刺向贺兰真的后背。楚凌抬手就将袖底的匕首射了过去。剑锋被匕首狠狠地一撞就偏了方向。贺兰真回头看到这一幕也吓了一跳，连忙一刀挥开了眼前的人。

"你去救拓跋罗，我去帮贺兰真。"楚凌道。

君无欢点点头，也不说话直接掠向了拓跋罗的方向。他武功卓绝，连剑都没拔，袖袍翻飞，那柔软的广袖却像是有千钧之力，将周围的敌人纷纷扫了出去。

拓跋罗陡然见到两个强援立刻松了口气，扭头对君无欢笑道："多谢长离公子。"

"小心！"君无欢脸色一沉，一挥手直接将拓跋罗扫了出去。

拓跋罗离开原地的瞬间，一簇暗器射到了地上。那暗器一共有七八个，每一个都钉进了地面一寸有余，原本被莫名其妙甩出去的拓跋罗顿时出了一层冷汗。如果君无欢不将他甩出去，他即便是不死只怕也难免重伤了。

旁边楚凌摆脱了杀手拉着贺兰真到了他们身边，看了一眼地上的暗器皱眉道："怎么回事？怎么这么多杀手？"这北晋皇城的守卫已经徒有其表到这个地步了吗？

拓跋罗脸色阴沉地道："我会查清楚的！"这些杀手出现得太突兀也太奇怪了。

拓跋罗心里清楚，这些刺客绝不可能是从外面来的。这么大一群黑衣人，哪怕一个个武功都跟拓跋兴业一样高也不可能让人毫无知觉地突然冲进大皇子府。

楚凌低头看了一眼地上的人："大白天穿夜行衣，有病吧这是？"

君无欢微微挑眉道："或许他们就是想要让人发现呢？"

"长离公子这话怎么说？"拓跋罗问道。

君无欢抬脚踢了一下地上的暗器道："对方似乎并不想要杀了大皇子和大王妃。"这暗器看起来吓人，杀伤力倒是很一般。

"大哥！"门外传来拓跋胤的声音，下一刻拓跋胤的身影出现在了院门口，看着院子里一地尸体，拓跋胤脸色更沉了，"大哥，你和大嫂没事吧？"

拓跋罗摇摇头，看着拓跋胤皱眉道："四弟，你受伤了？"

拓跋胤抬起手看了一眼自己的伤痕，淡淡道："小伤不碍事。"

楚凌微微皱眉没有说话，拓跋罗看在眼里道："曲姑娘有什么话要说？"楚凌道："四皇子这伤似乎……"君无欢也跟着看了过去，也是微微皱眉，道："刺客里竟然有能与四皇子匹敌的高手？"这伤口看着不严重，但是无论力道还是角度都十分精妙。绝不是一般杀手能做到的。

拓跋胤道："没有，这不是刺客伤的。"

许多人的名字在楚凌脑海里转了一圈，楚凌立刻恍然大悟。不是刺客，还能在今天跟拓跋胤打起来的好像就只有一个人了。

拓跋罗没有功夫追究这些，既然弟弟说不是刺客他就相信，眼下还有更重要的事情要处理。

"你快去处理伤口，曲姑娘，长离公子，能否有劳两位照看一下王妃？"拓跋罗道，"在下要出去看看。"

"我跟你一起！"贺兰真沉声道。

拓跋罗摇头道："现在很危险，你不要乱走。"

贺兰真摇头："我能够自保！我跟你一起。"

见状楚凌道："若是大皇子不介意的话，我跟你们一起走便是。"

拓跋罗感激地看了楚凌一眼："那就有劳曲姑娘了。"贺兰真不仅是他的王妃，更是乌延部的公主。他不知道这些刺客到底是冲着谁来的，但是不管是为了什么，只要贺兰真出了什么事情，乌延部只怕就要跟北晋闹翻了。

一行人出了院子，外面的混乱已经渐渐平息了。院子里到处都是手持兵器的皇子府守卫和从外面调来的城中的卫兵。时不时还能看到地上躺着黑衣人或者宾客的尸体，远处隐隐还有兵器撞击的打斗声。

等到那些刺客终于发现事情不可为朝着外面四散奔逃，逃不掉的也都被大皇子府的侍卫拿下了，楚凌方才跟拓跋罗和贺兰真告别。

告别了主人，楚凌回头才发现君无欢依然站在不远处等着她。楚凌不由怔了怔，快步走了过去。

君无欢轻声道："笙笙看来也没有心情参加后面的庆典了，不如我们先回去。"

楚凌看看天色点头道："我要去找雅朵，带她一起回家。"君无欢点头道："我陪笙笙一起。"

楚凌蹙眉道："你脸色不太好，是不是伤到哪儿了，要不你先回去，我在上京皇城里能出什么事？"

君无欢摇头，"我没事，既然是我接了笙笙出来的，自然也要送你回去。而且有些话还是只能跟笙笙说一说了。"

楚凌有些诧异，却还是点了点头，两人一起转身往大皇子府外面走去。

早上过来的时候宾客盈门，这会儿大皇子府除了门外那两行让人望而生畏的守卫却已经是少有人踪了。两人上了马车坐下，马车缓缓移动起来，君无欢皱了皱眉，还没来得及说什么唇边就溢出了一丝血迹。

楚凌连忙伸手扶住他，沉声道："君无欢，你到底是怎么回事?!"

君无欢抬手抹了一把自己唇边的血迹，带着几分云淡风轻道："没事，方才可能有点牵动了旧患。"

双眸瞪着眼前的人，楚凌半响没有开口也不知道说什么。

君无欢垂眸低笑了一声，道："吓到你了？真的没事，我早就习惯了。"

楚凌冷笑一声，斜睨了他一眼道："我倒是不知道，原来吐血还能吐习惯的？哪天你要是没命了，你身边的人是不是也要说一句，没关系，我们早有准备了？"

君无欢不由笑出声来，道："十年前就有人说我要死了，我现在都还没死。笙笙，人若是真不想死的时候没那么容易死。"

楚凌微微眯眼，强忍住了抬手戳他一刀的冲动，问道："你想说什么？大皇子府的事情？"

君无欢点了点头，皱眉道："大皇子大婚当日，一群黑衣人突然出现行刺。但是对大皇子夫妇俩并无必杀之心，那他们这么大张旗鼓地闹出这么一场是为了什么？"

楚凌撑着下巴道："我还以为你更关心的是，那些刺客是从哪里来的。"

君无欢道："无论用什么办法，那么多刺客也不可能穿着夜行衣闯入大皇子府，城中的守卫和百姓谁也不是瞎子。所以只有另一种可能，这些人本来就在大皇子府里。"

楚凌看着君无欢问道："你在担心什么？"

君无欢垂眸，良久方才道："我有些担心这件事到底是冲着谁来的。"

楚凌莞尔一笑，道："无论是冲着谁来的，最倒霉的应该都是拓跋罗了。"

君无欢眼神微闪，唇边不由露出了一丝笑意："还是笙笙最聪明。"

楚凌翻了个白眼懒得理他。

第二天一早起来，整个上京皇城似乎就换了个模样。往日里还算热闹的街上人少了许多，街边的摊贩同样也少了很多，无论是貊族人还是中原人脸上都多了几分小心翼翼。街上的行人也多是行色匆匆，街道两边前两天还客似云来的商铺如今也门庭寥落显得十分寂寞。只除了街道上巡逻的人多了很多。

君无欢今天又起了个大早，或者应该说昨晚他就没怎么睡。外人只看到凌霄商行富甲天下，长离公子在北晋天启西秦三国之间游走受尽礼遇是何等风流潇洒。却不知道君无欢年纪轻轻将凌霄商行发展到如今的地步，又要维持住这样微妙的平衡，需要消耗多少心思和精力。

昨天大皇子府的事情总是让君无欢隐约有一种不太妙的感觉，所以昨晚并没有睡好。

"公子。"文虎拿着一件大氅披到君无欢肩上，"今天有些冷，公子还是小心一些的好。"

君无欢点了下头，眉头却依然微微皱起，半晌方才道："文虎，盼咐下去，让底下的人小心一点。一旦发现有什么不对，所有人立刻撤离京城。"

文虎心中一惊："公子，有这么严重吗？"

君无欢轻抚着眉心，摇头道："我不知道，但是我总觉得这次的事情来者不善，不知道是针对谁的。"

文虎道："或者是北晋皇室内部的争端？"

君无欢道："有可能，但如果是我无论是谁出手，都会抓住一切机会杀了拓跋罗再说。拓跋胤无心权位，只要杀了拓跋罗，大皇后这一系就算是差不多了。"

文虎沉默，他本来就不是善于计谋的人。公子说的这些他其实也是半懂不懂，便也不问了，"是，属下这就去。"

君无欢点点头，看着文虎离去，抬头望向头顶乌云层层的天空目光越发深邃起来。

"长离公子一大早这是在做什么呢？"一个清脆的声音突然传来，仿佛有什么破开了天空的乌云。君无欢抬头向声音的来处望去，就看到楚凌正拎着一个纸袋子坐在房顶上笑盈盈地看着他。

君无欢挑眉，淡笑道："这么早，笙笙怎么在这里？"

楚凌站起身来："怎么？不欢迎？"

"岂敢。"君无欢轻声道。楚凌纵身一跃正好落到了他跟前，伸手将手里的袋子递了过去："喏，给你带的早餐，吃过了吗？"

君无欢摇了摇头，打开看了一眼里面两个还热腾腾的包子不由笑了："多谢笙笙。"

楚凌耸耸肩道："不用客气，多买的。"

君无欢无奈地摇了摇头，转身带着楚凌往里面走去。

长离公子富甲天下，吃过的山珍海味美味佳肴不知凡几，吃起街边随便买来的包子竟然也毫不在意。楚凌兴致勃勃地撑着下巴看着长离公子优雅从容地吃着自己带来的包子。心中叹服：嗯，长得好看的人果然是有优势的，就算是吃包子也能吃出赏心悦目的效果来。

见楚凌目不转睛地盯着自己，君无欢顿了一下："笙笙吃了么？我分你一个？"

楚凌一挥手，大方道："不必了，我吃过了才来的。"

君无欢笑了笑，低头继续吃，一点儿也不怕被看。

等到君无欢吃完了，丫头送上了漱口的茶水和净手的水，他拿着帕子仔细地擦干净自己的手，让丫头退下方才道："笙笙一大早过来，可是为了祝摇红的事情？"

楚凌笑道："我还以为你要说可是为了昨天的事情。"

君无欢笑道："这毕竟是大皇子的事和别人的事情，跟笙笙关系并不大。"

楚凌蹙眉："长离公子这样说，显得我这人十分凉薄。"

君无欢似笑非笑地看着她，楚凌叹了口气无奈地道："好吧，我这人大概可能确实有那么一点凉薄。"

君无欢这才轻声道："笙笙这样正好。这些事笙笙原本就不该参与过多，你现在这个身份很好。"楚凌自然明白君无欢是什么意思，她如今只要不是楚卿衣的身份曝光，拓跋兴业必然是会护她周全的。

楚凌轻叹了口气，道："我这边也查了一些消息，摇红姐姐确实是在明王府里。我打探到的消息显示，祝摇红应该很早就跟明王认识，可能是在她成为红溪寨主之前的事情了。"

君无欢点头："笙笙的消息也很灵通，祝摇红的事情不难打听，那时候貊族刚入主中原没多久。明王府后院确实有个中原女子。她的身份名字现在已经不好查了，不过应该也是天启贵女出身，是当初跟那些皇室女眷一样被遗落在了上京的。她没有跟着那些宗室女眷一起被送入浣衣苑，直接就被明王带走了。大约过了一年多就失踪了，听说明王一直暗中在找这个女人。现在看来，估计就是祝摇红了。"

楚凌蹙眉，没想到那位妩媚的红溪寨主竟然还有这样一段往事。

君无欢安慰道："你不用担心，祝寨主在明王府，暂时不会有危险的。"

楚凌点点头，问道："二姐和狄钧什么时候会到上京？"

君无欢盘算了一下："按照他们的脚程，应该还有几天。"

楚凌点了点头，不管怎么说在二姐和狄钧到来之前她总得想办法见一见摇红姐姐才行。

"启禀公子，天启使者求见。"门外管事进来禀告道。

君无欢微微蹙眉，道："襄国公还是上官成义？"

管事道："两位都在。"

君无欢垂眸思索了片刻，方才道："请他们进来吧。"

"是，公子。"

楚凌站起身来打算回避，却被君无欢阻止了："笙笙，不必如此。"

楚凌道："襄国公和上官成义找你是有重要的事情吧？我在这里只怕不太方便。"昨天她就觉得那两个人找君无欢有事，只是大约是碍于她在场的缘故，最后并没有说什么。

君无欢摇头淡笑道："他们不会有什么正事的，笙笙坐下听听也好。"

楚凌见他神色坚定，便也不再多说什么重新坐了下来。

片刻后，襄国公和上官成义果然一前一后走了进来。看到楚凌，两人都是愣了一下，不过之后两人的反应却不太一样。襄国公对楚凌点了点头还笑了笑，而上官成义就不由得皱起了眉头，看上去竟有几分严厉的味道。

"襄国公，上官大人，请恕君某未能远迎。"

襄国公温声笑道："长离公子客气了，贸然来访，是我等失礼了才是。曲姑娘，又见面了。"

楚凌抬头对着襄国公笑了笑："襄国公，曲笙有礼了。"

君无欢请两位客人落座，等到丫头送上了茶水退下，大厅里便立刻安静了下来。

楚凌左右看看，决定不掺和这些大人物的事情，低下头喝茶。

对面的上官成义却不知怎么的，轻哼了一声。

楚凌敏锐地感觉到这一声轻哼是对着自己的，立刻抬起头来一脸关切地道："上官大人这是怎么了？早上吃什么东西卡着喉咙了还是昨晚着凉了？"

上官成义的嘴角狠狠地抽动了两下，看着楚凌道："这么早曲姑娘怎么在长离公子府上？"

楚凌偏着头琢磨了一下上官成义这话里的含义，好半响才反应过来上官成义不是怪她在这里碍事，而是在谴责她一个姑娘家竟然这么早出现在一个成年男子的家中。

撇了一下唇角，楚凌悠悠然道："给长离公子送早餐啊。"

上官成义脸色更难看起来了，楚凌却没打算给他机会再说些什么，直接看向襄国公道："两位可是有什么事情要跟长离公子谈，若是不方便我回避。"

襄国公看了看楚凌，摇头道："倒也不必如此麻烦，确实是有些事情想请长离公子帮忙。"

君无欢垂眸道："在下一介商贾，能帮忙的地方只怕有限，襄国公请说，若是帮得上忙，在下自然尽力而为。"

襄国公道："公子想必也知道我等此行的目的，我等想请公子帮忙与北晋皇帝说和一番。"

君无欢蹙眉道："北晋皇帝拒绝了天启的求和？"

天启的两位脸色有些不好，不管怎么说一个国家主动向另一个国家求和，总归是显得有那么一些气弱的。

襄国公叹了口气，道："北晋皇帝没有拒绝，也没有同意。"言下之意他们被人敷衍了。

君无欢道："既然如此，两位实在不必太过着急。"

襄国公皱眉，叹气道："君公子有所不知，我等得到消息，北晋……"说到此处，襄国公突然顿了一下，抬头看向旁边的楚凌。楚凌无奈地摊手，看吧，我都说了要回避了你们非不让。

沉吟了片刻，襄国公还是继续将话接了下去："北晋皇帝已经命拓跋大将军整顿兵马，只怕是在为南下做准备了。"

君无欢道："若是如此，两位何以认为就凭区区在下能够打动北晋皇帝？"

旁边上官成义道："我们自然不会让长离公子空手去，只要北晋愿意和谈一切都好说。"

"一切好说？"君无欢垂眸，声音有些古怪。

上官成义道："我们陛下已经同意，只要北晋不南侵，天启每年愿意奉送北晋五百万两岁币，二十万匹丝绢。"君无欢看着上官成义，"丞相觉得此事能成？"

上官成义道："貊族内部也不太平，昨天的事情不就证明了这一点吗？北晋皇帝南征说到底还是要钱要物。银子和丝绢我们给他，不必他费吹灰之力，北晋人为何不答应？"

"不费吹灰之力……"君无欢轻声重复道，上官成义有些不明白他的意思，皱眉道："君公子可是觉得还有不妥的地方？"

君无欢突然笑了一下，摇头道："并无不妥。在下不过是一介商人，北晋皇帝面前也未必说得上话。这件事若有机会只能在北晋皇帝面前提一下，能不能成却……"

上官成义却已经满意地道："只要君公子提一提便足够了，事成之后我天启自会送上让公子满意的礼物。"

君无欢了然，他并不是上官成义和襄国公找的唯一人选。听说这几日这两位一直在拜访上京的权贵，只怕能够在北晋皇帝跟前说得上话的人，都被他们拜访过了。

说完了正事，两人就起身告辞了。看着他们出去，一直没有开口的楚凌突然开口道："襄国公，上官大人？"

两人双双扭头看向楚凌，似乎不太明白她为什么会突然开口叫住他们。

却见坐在椅子里的少女单手撑着下巴，眼神清澈地看着他们，美丽的面容上竟然有几分天真无邪的味道。她说，"两位去见过浣衣苑里的人吗？"

两人的脸色顿时大变，襄国公神色有些复杂苦涩，上官成义的神情却有些奇怪，那是一种混合着耻辱、恼怒、痛恨、轻蔑、鄙视或许还有其他更多的情绪的神情。仿佛楚凌说了什么不该说的话，提了什么根本就不该存在的污秽一般。

楚凌一动也不动地看着他们，眼神依然清澈明亮地看不出丝毫情绪。

襄国公突然回过神来，道："长离公子，我等告辞。"说完便转身匆匆而过，脚步竟然有几分狼狈的模样。上官成义一言不发地也跟了上去，两人的背影很快就消失在了院外。

楚凌双眸微微垂下，突然露出了一个嘲弄的笑容。

浣衣苑里的人都已经死了，好端端地撕开人家连看都不想看一眼，耻辱又腐烂的伤处做什么呢？

旁边的君无欢脸色也不太好，他甚至都没太注意到楚凌方才说的那句话。脸色阴沉地捏着手中的茶杯，不知过了多久突然一挥袖不远处一张椅子砰然炸开了。

　　门外的侍卫下人连忙想要进来查看，却被君无欢冷声斥退了。

　　"退下！"

　　在门外担忧地张望了两眼的人们只能又小心翼翼地退开了。

　　楚凌已经整理好了情绪，含笑看着君无欢道："长离公子这是怎么了？上官成义和襄国公哪儿得罪你了？"

　　君无欢抬头对她笑了笑，道："让阿凌担心了，没事。只是有些好笑罢了。"

　　楚凌明白君无欢的感受，可不就是好笑么？偌大的一个国家，虽然如今只剩下半壁江山了，但是南方的土地不比北方小，而且更加肥沃。南方的人更比北方多，商业繁荣，就是这样的一个国家，却觍着脸向敌国求和。甚至人家还没有动手，只是听到风声就迫不及待地跑来。

　　楚凌忍不住要想："这样的国家，这样的君臣，留着干什么呢？历史上那么多个王朝都会消失，灭了也就灭了。"

　　"你不打算帮他们？"楚凌好奇地问道。

　　君无欢冷笑一声道："帮、自然要帮。人家都求到我跟前来了，怎么能不给这个面子？凌霄商行还要在天启做生意呢。不过这些人若是以为区区五百万两就能堵住貂族人的嘴，只怕就太天真了。"

　　楚凌思索着道："漫天要价就地还钱，他们的心理价位应该不是五百万两。"

　　君无欢摇头道："貂族人不傻，更不是什么善人。现在是貂族有恃无恐，最后貂族开的价只会是远超过他们愿意付出的。"

　　楚凌蹙眉道："他们会答应么？"

　　君无欢道："他们若能不答应，这次根本就不会来。有时候只要踏出了第一步，让步就会变得非常简单。"

　　楚凌沉默了片刻，突然嗤笑一声，懒洋洋地道："罢了，这些关我什么事儿。我还是去研究一下怎么混进明王府见一见摇红姐姐吧。"君无欢看得出来她的心情也不太好，轻声道："笙笙不用担心，祝寨主那里我会让人看着的。"

　　楚凌看着他，认真地道："我知道你平时事情也不少，还是好好休息吧。你今天的脸色看起来实在算不上好。我先走了，不必送。"

　　想要起身送她的君无欢被她阻止了，只好坐着道："我知道，笙笙放心便是。"

　　目送楚凌出去，君无欢靠在椅子里撑着额头闭目养神。一边思索着方才的事情，突然他眉头微微凝了一下，豁然睁开了眼睛抬起头来看向已经空无一人的院外。

　　君无欢微微蹙眉，低声喃喃道："笙笙怎么会突然提起浣衣苑？"

　　是跟他一样不满天启人毫无骨气地求和，还是同情可怜那些被打入浣衣苑的

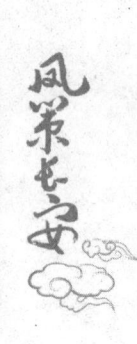

女子？但是笙笙才来上京两年，这两年浣衣苑里还活着的宗室贵女几乎已经没有了。渐渐地这个地方也已经被貊族权贵们遗忘了，笙笙经常足不出户，应该没有什么机会听到这个地方才对。

君无欢心念微动，突然开口道："来人。"

一个人影悄无声息地出现在门口，走进花厅恭声道："公子。"

君无欢道："叫魅影来见我。"

"是，公子。"

楚凌站在君府外面，回头望了一眼大门上方的匾额秀眉微皱。过了好一会儿楚凌方才叹了口气，转身往街道的尽头走去。今天还是有点太冲动了，是这两年日子过得太安逸了么？

一边走一边思索着，刚走到街角一个人急匆匆地迎面冲了过来。楚凌眼皮也不抬地就地一转避开了对方，那人惊呼出声，自己刹不住脚步直接扑了出去趴在地上摔了一个狗啃泥。

"啊哟！"

身后一大群人跟了上来，围着那人七嘴八舌地关心，"陛下，你怎么样了？！"

"哪儿摔着了？哪儿不舒服啊。"

那人被扶着站了起来，怒气冲冲地瞪向楚凌的方向。却在看到楚凌的时候愣了愣，皱眉道："怎么是你？"

楚凌也认出了对方的身份，这皇城里如今能被称为陛下的只有两个——皇宫里的北晋皇帝，和前来道贺朝见的西秦王。

楚凌偏着头看他，"西秦王，又见面了。幸会。"

西秦王年少的脸上还带着几分怒气，此时看到楚凌脸色自然更好不到哪儿去。咬牙道："本王今天真是走霉运了！总是会遇到讨厌的人！"楚凌蹙眉，深觉这小子比起秦殊来简直烦人了一万倍不止。她自己心情都不好，哪里有功夫跟个少年胡扯，直接转身就走了。

西秦王没想到她竟然转身就走，不由得在原地呆愣了片刻方才回过神来。怒气冲冲地追了上去，"喂！你给我站住！你聋了吗？给本王站住！"

楚凌回头瞥了他一眼，西秦王道："你差点撞到了本王，连道歉都不会吗？"

楚凌有些好笑地转身看着他："我差点撞到你？少年，你搞清楚一点好吗？我好好地走在路上，你莫名其妙地冲出来还好意思说我撞你？大街上横冲直撞，后面是有鬼在追你吗？"

西秦王语塞，有些恼羞成怒地道："总之就是你差点撞到我！"

楚凌嗤笑一声，决定将今天的郁闷发泄一下，顺便教教这熊孩子怎么做人。

"就算是我撞了你，你想怎么样？"楚凌双手抱胸，扬起下巴懒洋洋地问道。

西秦王指着她："你承认了？！"

楚凌耐心地道："我问你，你想怎么办？"

西秦王一眯眼，眼底闪过一丝恶意："我要你当着所有人的面给本王下跪赔礼！"

楚凌呵呵一笑，这小鬼对着秦殊满腹怨气，她还以为是过得多憋屈了。能熊成这样，怎么可能过得不好？是他父王母后过世之后没有人保护了才过得不好吧？

"怎么？你不敢？"西秦王道。

楚凌哂笑："不敢什么？不敢跪你？要我跪你你受得起么？"

西秦王鼓着腮帮道："本王可是西秦王。"

楚凌漫不经心地哦了一声，道："那又怎么样？"

西秦王终于明白，西秦王这个身份在西秦固然是一呼百应莫敢不从的，但是在上京还真的不能怎么样。于是他狠狠地瞪着楚凌，咬牙道："我要告诉北晋皇帝，问问他，北晋兵马大元帅的弟子，原来就是这样无礼的！"

楚凌终于忍无可忍，伸手一巴掌拍在了西秦王的头顶上。

"你竟然敢打我？！"西秦王睁大了眼睛瞪着眼前的少女，怒意勃发地道："来人！给本王把她抓起来！"

旁边的侍从们面面相觑有些踌躇不敢上前。他们是知道这位的身份的，在上京皇城抓拓跋兴业的徒弟？北晋人自己轻易都不敢这么干。

正在为难的时候，一个人从后面急匆匆跟了上来："希儿！"

秦殊匆匆而来，额边还有细细的汗珠，显然是一路追着弟弟来的。

西秦王扭头看了秦殊一脸，脸色变得更难看了。秦殊也看到了楚凌，显然愣了一下方才道："笙笙，你们……"

楚凌对着还梗着脖子瞪自己的熊孩子翻了个白眼，方才笑道："没什么，刚才不小心险些跟西秦王撞了一下。"秦殊松了口气，看看两人问道："都没事吧？"

楚凌摇头："没撞着，不用担心。不过西秦王跌到地上了，你还是找个大夫给他看看吧。"别是撞坏了脑子。

秦殊走过去关心地拉过弟弟："没事吧？有没有哪里……"

"啪！"

西秦王突然一挥手将秦殊拉着自己的手打开了，他脸色难看地瞪着秦殊道："用不着你多管闲事！"

秦殊望着自己被打开的手有些出神，神色有些黯然地沉默了下来。

楚凌看看他，也不由在心中叹了口气。不过这是人家兄弟的事情她也不好多管，便开口道："秦兄，既然西秦王没事，我便先告辞了。"秦殊有些歉意地道："也好，今日我……"

楚凌摆摆手，理解地道："没事，有空再一起喝茶。"

说完便悠然地转身往前方走去，后面还传来西秦王不甘心的怒吼声："站住！

不许走！本王让你走了么?!"

"好了，希儿，别闹了……"

楚凌摇了摇头，这个世道，一个国家的统治者如此天真真的好么？但是反过来说，一个天真的熊孩子被迫坐上了王位，对他来说只怕也未必公平。

一处光线有些阴暗的房间里，君无欢正依靠在一边的扶手上闭目养神。片刻后桓毓手里拎着一个人走了进来，他身形挺拔却并不怎么健壮，手里拎着个跟他差不多高大的男子竟然也平稳从容如闲庭信步一般。

跨进了大门，桓毓抬手将人扔在了地上。

那人被撞在地上忍不住闷哼一声，还没从地上爬起来就看到了坐在主位上的君无欢，立刻又跌回了地板上。

君无欢睁开眼睛平静地看了他一眼，一挥手一道劲风凌厉地从他旁边掠过，男子吓得忍不住叫出声来。男子惊魂未定地望着座上的君无欢，战战兢兢不敢言语。

桓毓甩了甩自己刚才拎人的胳膊，走到一边坐了下来道："差点让这小子跑了，幸好本公子机敏才把他抓了回来。"

男子终于回过神来，连滚带爬地想要扑到君无欢跟前，却被君无欢毫无感情的眼神吓住了。动作停在半空中看起来滑稽又好笑。

"说说吧，怎么回事？"

桓毓看了那人一眼，从袖中抽出了一本册子道："盯着大皇子府的人没什么问题，有问题的是有人改了消息。"君无欢伸手接过了桓毓手里的册子。大皇子府出事之后君无欢就亲自调阅了这段时间大皇子府的消息，如今再一对比，果然发现了不少问题。

君无欢蹙眉问道："幕后之人是谁？"

"不……不知道。"那人战战兢兢地道。

"不知道？"君无欢微微挑眉，看着他并不急着开口。那人却觉得眼前面带病色的公子是世间最可怕的厉鬼一般，颤抖着道："属下，属下真的不知道……那人蒙着脸，看不出来他是什么人。"

桓毓冷笑道："连对方是什么人都没搞清楚，你就敢出卖主子？"

那人慌乱地摇头道："不、我没有出卖公子。那人说只要不要将大皇子府这几天的消息传出去，别的事情什么都不用管。他就给我五千两银子。小的想着，大皇子府平时也没什么事情，就算出了事也跟公子没有关系……所以才……"

桓毓撑着额头似笑非笑地看着他："哦？你真的只做了这些？既然如此看到本公子你跑什么？"

"我怕、我怕公子责罚……"

桓毓道："你倒是不怕被追杀？还是你已经确定，只要你跑得了我们就再也找不到你了？你自然不用怕被人追杀？"

男子脸色惨白，额头上也不由得沁出了汗水。

君无欢有些疲惫地揉了揉眉心，问道："你还做了什么？"

男子不敢回答，只能颤抖说着毫无意义的话，"公子、我不……"突然，男子脸色一变，蓦地睁大了眼睛眼里充满了痛苦和恐惧。桓毓皱眉，站起身来就要上前查看，却见那人直挺挺地倒了下去，片刻间就没有了声息。

桓毓脸色顿时变得难看起来，伸手捏开他的嘴皱眉道："没有服毒。"

服毒是一般细作最常用的自杀方式，但是眼前这个人口中并没有藏毒，刚才突然暴毙的模样也看不出来是中毒而死的。

君无欢沉默了片刻站起身来，走到尸体身边俯身检查了一下。片刻后，他右手飞快地在那人心口处连续点了几下，然后轻轻一掌拍了下去，一根细如牛毛的银针从男子的心口射了出来。

君无欢轻哼一声，一道掌风将银针送到了旁边的桌上。

桓毓皱着眉过去，用一块手帕包着将银针拿了起来仔细打量了一番，皱眉道："银毫针？什么人这么厉害？"这玩意儿可不是随便什么人都能用的，桓毓问道："你能用吗？"

君无欢伸手接过，那柔软的宛如发丝的银针在他手中瞬间变得坚硬笔直。银针在他指尖转了个圈，便化作一道银芒射向了旁边的墙壁。桓毓走过去一看，银针穿过了墙上的画卷，半根直接没入了墙壁里。

桓毓不由抽了口冷气，道："这到底是谁干的呢？有这份功力的人应该不多吧？"

君无欢点头道："确实不多，眼下上京皇城里除了我之外大概只有一个人能够办到。"

"谁？！"桓毓立刻竖起了耳朵听。

君无欢道："南宫御月。"

桓毓恍然大悟，"对哦，南宫御月练的才是纯正的阴柔内功，你们俩武功修为差不多的话，这玩意儿他肯定玩得比你好。"

君无欢道："现在不是考虑南宫御月的时候，你马上离开这里。"

"怎么了？"桓毓不解地道。

君无欢看着他："刚刚收到消息，大皇子府那几个俘虏死了，跟这个的死法差不多。上京皇城里，只有南宫御月和我能做到这一点。你觉得拓跋罗会怀疑我还是怀疑南宫御月？"

"当然是南宫御月啊。"桓毓理所当然地道，"跟南宫御月比起来，你起码是个正常人。你觉得南宫御月也对那些刺客做了这个？"

"不然？难道就是为了对付这么一个无名小卒？"君无欢道。

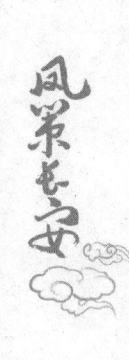

"那也是南宫御月更容易被怀疑。"

"如果南宫御月有足够的证据表示这件事跟他无关呢?"君无欢淡淡问道。

桓毓一怔,这还真是有可能,南宫御月那疯子什么事情做不出来?

君无欢见他明白了,点头道:"你先回去做好你的玉六公子,这件事我自会解决。"

"你能不能行?"

"你说呢?"君无欢淡淡瞥了他一眼。

门外,文虎的声音传来:"公子,北晋大皇子求见。"

拓跋罗被人引进大厅后就看到君无欢正坐在主位上喝茶,这位长离公子身上总是有一种不同于寻常商人的贵气。即便是病弱让他显得有些消瘦,淡漠,并没有他年少时见过的那些天启贵族那样的神采飞扬。拓跋罗依然认为眼前的人比起那些人更像是名门世家的贵公子。

看着他苍白的容颜,拓跋罗也时常忍不住怀疑,君无欢的武功真的有传说中那么厉害吗?

"长离公子,打扰了。"拓跋罗道。

君无欢笑道:"大皇子客气了,贵客上门荣幸之至,大皇子请坐下喝茶。"

拓跋罗谢过,走到一边坐下。很快就有丫头送上了热茶,拓跋罗喝了一口方才道:"听曲姑娘说,昨天长离公子在我府中的时候受了伤?不知可还好?"君无欢摇头笑道:"笙笙太大惊小怪了。只是太久不动手,一不小心有点岔了气而已,哪里需要劳动大皇子关心?大皇子如今应该很忙,特意上门想必是有要事?"

拓跋罗点了点头,取出一个包着的手帕打开,道:"不知这东西,长离公子可见过?"

君无欢看了一眼,手帕里包着七八根细小的银针,不过寸许,细如牛毛。

君无欢笑道:"巧了,在下确实见过这个东西。"

"哦?"拓跋罗目光紧紧盯着君无欢道:"还请赐教。"

君无欢道:"就在大皇子上门之前,我手下有个人就死在这银针之下。大皇子应该知道,做生意的最重要的就是消息灵通,那人是凌霄商行距离大皇子府最近的一处商行的管事。我让人带他回来,本想问问看这两日大皇子府附近有没有什么异动,没想到刚说了两句话……"

拓跋罗当然知道这话是什么意思,那人是凌霄商行布置在外面收集消息的眼线。不过他并不在意,只是皱眉道:"长离公子是想说,这件事跟你没有关系?"

君无欢笑道:"大皇子,你应该明白,害你,对我并没有什么好处。另外说得不客气一些,君某若要动手就不会留下后患。这种欲露还遮的手法,本公子一贯是不大好意思用的。"

拓跋罗总觉得君无欢这话里带着几分嘲弄的意味,皱眉道:"长离公子可有证据证明你与此事无关？"

君无欢从容道："没有。我大概知道大皇子为什么来，不过我实在不知道，我到底为什么要这么做。扰乱大皇子府的婚宴，对凌霄商行来说有什么好处？"

拓跋罗默然，君无欢这个理由确实有些说服了他。而且比起君无欢，他确实是更怀疑另一个人。

拓跋罗问道："不知长离公子对南宫国师可了解？"

君无欢笑道："南宫御月么？他是北晋国师，跟大皇子也算是亲戚。说起来两位算是一起长大的了，大皇子怎么会问在下？"拓跋罗有些无奈地苦笑道："长离公子想必也知道，南宫国师是在太后跟前长大的，太后护得紧，他也不爱跟咱们这些人交往。"

君无欢了然，南宫御月那个脾气肯定不是突然就出现的，而是从小就那样。太后心疼他受了委屈，对年幼丧母的他百般宠爱，一来二去就跟北晋皇帝的皇子们更加走不到一起了。

君无欢想了想道："在下对南宫国师了解得也不多，不过是早几年年轻气盛的时候打过几次架。"

拓跋罗笑道："这个在下有所耳闻，听闻三年前长离公子跟南宫国师交手，之后南宫国师便闭关养了三年伤？"

君无欢无奈地摇头道："在下也躺了三个月才能起身，而且这不是武功高低的问题，南宫国师这个人性格颇有几分狠厉，对旁人下手狠辣对自己也毫不手软。打到后来，我几乎都要以为他跟我有什么不共戴天的血海深仇了。"

拓跋罗还是头一次听到三年前君无欢和南宫御月那一战的内幕，觉得很是能理解君无欢："国师那人，别说是长离公子，就算是对上大将军，不也是……"南宫御月之所以被人暗地里叫疯子，并不是说他疯疯癫癫到处丢人现眼，而是他似乎随时随地都可能处在不要命的状态。有时候甚至别人根本不知道怎么得罪他了。

君无欢道："在下明白大皇子的意思，既然如今在下也是被怀疑的对象，在下自会配合。在这件事结束之前，在下都不会离开上京。有什么问题，大皇子尽管来问我便是。"

见他如此坦荡，拓跋罗倒是更松了口气。想起之前去南宫御月那里的情形，拓跋罗就觉得头都要炸了。

"多谢长离公子体谅。"拓跋罗道。

君无欢摇头："岂敢。对了，那银针是如何将人致死的，不知大皇子可查清楚了？"拓跋罗点头道："那银针被一种药液浸染过，这种药最开始有镇痛的效果，因此即便是那种地方被刺入了银针，许多人也根本感觉不到疼痛。但是那银针在血液之中浸泡得久了会顺着人的动作渐渐地深入，只要有一点毒药进入了人的心脏，便会立刻致命。"

君无欢皱眉道:"如此说来,岂不是需要精准地控制时间?若是那被人用了银针的人一直坐着不动,银针岂不是无法起效?"

拓跋罗摇头道:"公子莫要忘了,那些都是刺客,他们怎么会不动?昨天原本就是一场激烈的打斗,之后又被用刑。只不过其中大部分人直接被杀了,还有两个在用刑的时候就死了。我们还以为是刑讯的人没控制好力道不小心将人给……之后发现了银针的事情方才将所有尸体都检查了一遍,每一个心口处都藏着银针。"

君无欢点头,沉吟了片刻,道:"即便如此,身为习武之人若是被人在心口刺入了一枚银针,只怕很少会有人完全察觉不到。"

拓跋罗道:"无欢公子的意思是,他们是自愿的?"

"既然是刺客,想必本身也是不怕死的。若用这个法子自杀,确实比别的方法要轻松也万无一失得多。针在自己身上,除非浑身上下完全僵硬无法动弹,不然谁也阻止不了他。不过我这边死的那个人,应该是不知道的。他不是习武之人,而且我看他临死的时候脸上的神色不像是事先知道的样子。"

拓跋罗有些烦闷地叹了口气,君无欢道:"大皇子若觉得没有头绪,不如换一个方向来查。"

拓跋罗微微扬眉:"哦?怎么说?"

君无欢道:"这些刺客背后是什么人大皇子先别着急找,不妨先看看谁更有动机做这件事,如今这样,谁得到的利益更多便是了。"拓跋罗沉默了片刻,方才点头道:"多谢长离公子提点,在下心里有数。"

君无欢点了下头含笑不语。

拓跋罗坐了将近半个时辰才起身告辞离开,他刚出去桓毓和楚凌就从后面走了出来。君无欢有些诧异地看着楚凌,道:"笙笙怎么来了?"楚凌瞥了一眼桓毓,道:"桓毓公子说你要倒大霉了,让我来见你最后一面。还把人家北晋大皇子形容得恶霸一样,我看人家大皇子挺有礼貌的嘛。"

桓毓嘿嘿一笑:"我以为拓跋罗来者不善,谁知道他竟然对君无欢这么客气啊。"

君无欢淡定地道:"他心里清楚这件事跟我关系不大,又怎么会冒着跟我撕破脸的风险得罪我?"

桓毓瞪着他:"那你方才说得那么决绝干什么?让我以为你要孤身犯险了呢!"

君无欢没好气地道:"我只是要你赶紧回去,襄国公回头找不到你也是麻烦。"

桓毓走到一边坐下来,不以为然地道:"你真的以为他有空管我?这两天他和上官成义那老头正忙着给上京的各家权贵送礼呢。那个模样我看了真是……算了,不说他们了!"

君无欢道:"你也别总是跟襄国公赌气,他也不容易。"

桓毓翻了个白眼："这年头谁容易了？不如直接让他们劝皇帝陛下投降北晋好了。说不定北晋皇帝一时心情好封他个什么王，锦衣玉食一辈子还不用这么担惊受怕了。"

君无欢无语地摇了摇头："你可以去跟襄国公提议看看。"

"……"我傻吗？真要去说还不被打死？

楚凌看着君无欢问道："真的是南宫御月？"

君无欢点了下头道："八成可能，上京的高手不少，但是真正练阴柔内力的只有他。而且昨天他在大皇子府，那个银针虽然有一定的时效性，但是绝不可能太久，更不可能是在那些刺客潜入大皇子府之前就种下的。"

楚凌蹙眉道："南宫御月让人刺杀大皇子和大皇子妃，他想要干什么？"

桓毓翻着白眼道："都说了南宫御月是个疯子，疯子做事情还能有什么原因不成？说不定他一时高兴就做了呢。"楚凌不理桓毓的吐槽而是看着君无欢，或许南宫御月真的是个疯子，但是她并不觉得南宫御月是那种毫无理智随意滥杀的疯子。

君无欢道："以我对他的了解，大概刺客这件事并不是他愿意做的，所以他做一半留一半。"

"呃？还有这样的？"楚凌有些诧异地道。君无欢笑道："他自己若是想要做什么的话，就算是不顾自己的性命他也非要做完不可。但是如果不是他自己想做的，或者是别人求他做但是他自己并不想却又不能拒绝的话，他就可能会出工不出力。就算是真的有机会拓跋罗把脖子送到他刀下面，他也有可能自己把刀收回去。"

楚凌半晌无语，她还真没见过这种人。

"他是北晋国师，连我师父都不放在眼里，还有谁能要求他做自己不愿意做的事情？"楚凌皱眉道。君无欢摇头："笙笙，这世上的人只要活着，就总有能够牵制住他的东西。如果真的完全没有丝毫牵挂，这样的人若不是真疯了，就是早死了。南宫御月也是一样的。"

楚凌挑眉，好奇地看着他："长离公子也有能牵制你的东西么？"

君无欢垂眸微笑道："我也是人，自然也是有的。就如同笙笙，即便原本仿佛与这世间无牵无挂的，但是如果有人拿雅朵姑娘来要挟你，你难道不会犹豫吗？"

楚凌叹了口气，不得不承认君无欢说得没错。无论再如何心狠手辣的人，除非完全不与这个世间有任何的接触，否则总归是会有牵绊的。

楚凌道："所以，这事肯定是跟左皇后一脉或者跟焉陀氏有关系吧？"

君无欢点头道："或许明王府也掺了一脚。"

楚凌皱眉道："看来拓跋罗的情况真的不容乐观，难怪你之前说不看好他了。"

桓毓也有些幸灾乐祸地道："这么说起来，拓跋罗还是挺倒霉的。"

"桓毓公子什么时候会离开京城？"楚凌看着桓毓问道。

桓毓眯眼想了想道："应该还要一段时间吧，襄国公和上官成义过来就是为了和谈的事情，这事情不完他们应该是不会那么快离开的。怎么？"楚凌笑道："那正好，有事情想请桓毓公子帮忙呢。"

桓毓得意地扬起下巴笑道："你现在知道本公子的好了？"

楚凌笑道："是，以前是我有眼无珠，桓毓公子自然是好得不得了了。"

桓毓满意地点头，"想要我帮什么忙？说吧。"

楚凌笑道："还早呢，等需要帮忙的时候我再告诉你。"

桓毓也不在意了点头，"行。"

君无欢坐在一边看着两人聊得愉快的模样微微眯了下眼，开口道："笙笙，虽然大皇子府出了事，但是你和谷阳公主的决斗是不会延期的，你这几天可需要好好准备？"

说起这个，桓毓也来了兴趣："以笙笙的实力，碾压那个什么谷阳公主是易如反掌的事情吧？关键还要看你和拓跋胤了。可别到时候你们给笙笙拖后腿。"楚凌道："我师父说，明王府已经定了百里轻鸿替谷阳公主出战，所以拓跋胤应该也会同意出战的。"

"拓跋胤跟百里轻鸿……"桓毓皱眉，看向君无欢道："这两人似乎旗鼓相当啊。"

君无欢点点头："这些年这两人也交过几次手，确实是旗鼓相当。"

桓毓道："这不就没什么问题了？谷阳公主必须连赢两场才能得胜。她自己是肯定打不过笙笙的，就算拓跋胤和百里轻鸿打成了平手，或者君无欢也输了，谷阳公主还是赢不了啊。"

楚凌摇头道："我们还不知道谷阳公主另一个帮手是谁，另外，既然拓跋胤和百里轻鸿的实力是在伯仲之间，那么谁输谁赢都有可能，并不表示一定会是平局啊。"

君无欢也点头道："拓跋胤已经是对付百里轻鸿最好的人选了，所以笙笙，如果想要赢的话，还是我们都要尽力才行。"其实关键是君无欢，楚凌对战谷阳公主是稳赢的局，而君无欢不管他的对手是谁，哪怕他不能赢都绝不能输。

楚凌笑道："看来真的要劳烦长离公子了。"

君无欢含笑，"笙笙不是说了，这是我惹出来的麻烦吗？那自然是该我负责。"

上京皇城恢弘的皇宫东北边有一座汉白玉砌成的白塔，塔高六层，几乎是整个皇城里除了皇宫西南角的隆恩塔以外最高的建筑了。因为它通体白色，伫立在金碧辉煌的皇宫旁边，越发惹人瞩目。

虽然人们远远地经过总是会忍不住想要看两眼那白塔，但是真正能走近这里，敢于走进里面的人却着实不多。

六楼塔顶，南宫御月一身白衣斜卧在铺着雪白兽皮的宽大的矮榻上。双眸微闭，脸上没有一丝的情绪，仿佛他不是一个人而是一尊和这座白塔一般用汉白玉雕成的石像。

整个六楼上毫无间隔，只有这一个宽阔的空间。白玉的墙壁、白玉的桌椅陈设，就连墙壁上装饰的画轴都是淡淡的，在这个秋末的季节中，未免让人觉得有些清冷幽寒。

"启禀国师。"一个侍女匆匆走了进来，虽然步履匆忙却几乎听不到脚步声。她走到矮榻边跪下，低声道："十殿下来了。"

南宫御月霍然睁开了眼睛，他的外表虽然像是一个中原人，但是眼瞳的颜色却极浅，让人一眼望进去仿佛坠入了一片虚无之中。但是当他的目光真的盯着一个人的时候，那人必然不会想那么多，因为那人只会感到浑身上下如坠冰窟。

只听他冷声道："让他滚。"

"国师？"侍女吓了一跳，没想到国师对皇子的态度竟然如此粗暴轻慢。不等她想清楚，就听到眼前的男子又道："要么他滚，不然你滚。"

侍女吓得脸色惨白，连忙挣扎着想要站起身来退下，就听到身后的门口传来一个略带调侃的声音："舅舅，这是心情不好吗？"站在门口的是一个少年，大约十六七的模样却已经生得高大挺拔，眉宇间却隐隐有几分南宫御月的模样。只是跟精致如冰雪的男子比起来，他更像是一个粗糙不堪的仿品。

南宫御月抬眼淡淡地扫了他一眼，道："你来做什么？"

少年却似乎并不害怕他的冷漠，笑嘻嘻地道："母妃要我来看看舅舅。"南宫御月冷笑一声，道："我不需要她看，你回去告诉她，下次再敢用我的名义随便行事，就给我老死在后宫里这辈子也别想出头。"南宫御月已经坐起身来，伸手轻轻击掌。两个脸色苍白的侍者各自捧着一个盒子走了过来在少年跟前停了下来。

少年不解地看着他："这是什么？"

南宫御月唇边勾起了一抹诡异的笑意："带回去，给你母后的礼物。"

少年一怔，他这位舅舅的脾气是出了名的古怪。别说是他母亲了，就算是他外祖父都没有收过他的礼物。迟疑了一下，少年还是伸手揭开了盖子，盖子才刚打开，少年就忍不住尖叫了一声，踉跄着后退了好几步。方才强忍着想要呕吐的欲望，怒道："舅舅，你这是什么意思？！"

那盒子里装着的竟然是一颗血淋淋的人头，一打开盒子那一双死不瞑目的眼睛就直勾勾地望着他，即便是自认为胆子不小的少年也着实吓了一跳。最重要的是那颗脑袋上的脸面他很眼熟，就在几天前他还跟对方见过面说过话。

南宫御月站起身来道："带回去给你娘。"

"不……"少年想要拒绝，母亲若是看到这鬼东西，一定会被吓坏的。

眼前白衣一闪，南宫御月已经到了他面前。伸出一只冰凉的手扣住少年的脖子，轻声道："我说，送回去给你娘。听明白了吗？"

少年想要挣扎，但是白皙修长的手指此时却如铁钳一般牢牢地扣在他脖子上，

他即便是使上了吃奶的力气也依然动弹不得。

"咳咳，舅舅……我……"少年挣扎着，眼中终于忍不住露出了恐惧之色。南宫御月轻哼一声，随手将人甩在了地上负手道："这次我砍了他们两个的脑袋，下一次若是再让我发现你们往我身边伸手，我就剁了你的手。"

少年剧烈地咳嗽着，然而站在不远处的侍女仆从却没有一个敢上前去搀扶他。

"焉陀弥月，你这个疯子！咳咳……我，我是皇子！"

南宫御月居高临下地看着他，眼神却仿佛是在看一件死物："皇子很稀罕吗？就算你死了，你娘不是还有一个皇子吗？"

少年忍不住打了个寒颤，似乎终于发现眼前这个人根本就没法沟通，站起身来连仪容都顾不得整理拔腿就往外面跑去。南宫御月看着空荡荡的门口，淡淡吩咐道："把这个给他送过去。"

"是，国师。"捧着盒子的人声音里隐藏着颤抖。

南宫御月淡淡扫了他一眼，重新回到了那铺着白色兽皮的矮榻上。真是无聊透了，所有人都这么无聊，他们怎么不都去死呢！森然的杀气在大厅里渐渐弥漫开来，侍立在周围的侍女们都不由吓得腿软，齐齐跪倒在了地上不敢抬起头来。

南宫御月轻哼了一声，无聊。

突然一个人影在他脑海中闪过，南宫御月淡漠的眼底突然多了几分光彩。拓跋兴业倒是收了个有趣的徒弟，凭什么拓跋兴业那老不死的能有笙笙这么有趣的徒弟呢？如果能抢过来就好了……

十皇子满脸土色地带着两个盒子回到了宫中，将左皇后焉陀氏吓了一跳。

"充儿，这是怎么了？"

十皇子拓跋充摇了摇头，扭头看向身后的人捧着的盒子。焉陀氏自然也看到了，有些奇怪地问道："这是什么？"

拓跋充道："舅舅……南宫国师让我带给您的。"

焉陀氏有些惊讶："他竟然会送东西给我？"上前一步想要伸手打开。

"母亲！"拓跋充突然叫道，见母亲回头疑惑地看着自己，拓跋充咬了咬牙上前两步自己伸手掀开了盖子。

"啊?!"焉陀氏并不会比儿子之前的反应好多少，清秀的面容顿时吓得花容失色。

焉陀氏虽然身为北晋后宫的三位皇后之一，却是三后四妃中年纪最小的一个。她年长南宫御月三岁，论容貌却比不上自己的亲弟弟。南宫御月遗传了太祖母的容貌，从小便是个漂亮孩子。焉陀氏却像父亲多一些，虽然不难看却着实算不得多美。也就难怪她明明比金禾皇妃年轻许多，论宠爱却远不及对方了。

"这是谁？"焉陀氏忍不住叫道。

拓跋充脸色难看地道："是前几天您让我去找的人。"

"是二弟杀了他们？"焉陀氏不敢置信地道。

拓跋充点了点头，焉陀氏的脸色顿时变得更加难看起来。好半晌才回过神来，有些无力地挥挥手示意捧着盒子的人下去。咬牙道："他这是什么意思？让他帮忙他不肯，现在我们自己办了，他还要……他这是想干什么！"

拓跋充小声道："国师说，如果我们再往他身边伸手，下次就直接剁了我的手。"

"他敢！"焉陀氏厉声道，咬牙切齿了半晌方才恢复了平静，道："派人传个信，叫你大舅舅进宫来一趟，我有重要的事情想要跟他商议。"拓跋充连忙点头，只是有些迟疑地道："母亲，国师那里咱们还是不要太……毕竟，太后那里若是不悦，也不好交代。"

焉陀氏冷笑一声，道："什么太后？不过是仗着家族还有做过先王的皇后便耀武扬威罢了。按着中原的规矩，她早就该在冷宫里待着了！"

"母后！"拓跋充吓得沉声叫道。

太后没有儿子也没有养子，如今还能安安稳稳地坐在太后的位置上，自然是靠着家族的实力。更是因为许多当年追随先王的老臣，只要这些人还掌握着权力，就算是父皇也不能轻易对太后如何。这些年太后轻易不过问朝政，但每当她开口的时候却依然能感觉到当年的貂族大王后的威严。

偏偏这位太后对谁都很冷淡，只除了她从小养大的南宫御月。无论南宫御月的脾气如何古怪放肆，在她眼里都只是小孩子胡闹。想到此处，拓跋充心中也忍不住生出怨怼。已经二十八岁的南宫御月如果是小孩子，那他这个才十四岁的算什么？婴儿吗？

焉陀氏深吸了一口气，叹了口气。

"罢了，太后向来偏心他，咱们能说什么？"焉陀氏有些无力地摆摆手道："听说那些刺客都死了？"

拓跋充点头，低声道："幸好都死了，拓跋罗那里想必也查不出来什么线索。"

焉陀氏有些不甘，咬牙道："我们明明布置得万无一失，就连拓跋胤都被牵制住了，那么多的高手竟然杀不了一个拓跋罗。就算是这样哪怕是杀了贺兰真也好啊！"

拓跋充遗憾地道："南宫御月在最后改了命令。"并不是那些人真的杀不了人，而是最后南宫御月改了命令，所以那些人根本没有尽力。焉陀氏心里有些发凉："他把自己的人弄去送死，而且还是白死！"落到拓跋罗手里的人肯定活不了，南宫御月明知道这样的结果却……

拓跋充苦笑道："他还亲手砍了两个亲信的头。"

真是个疯子……

焉陀氏叹了口气对儿子道："算了，你让人好好听着拓跋罗那边吧。还是小心一些的好，若是让拓跋罗抓住了把柄……"

"是，母亲。"拓跋充点头称是。

转眼又两天过去了，大皇子府的刺客案依然没有什么进展，朝廷只能加紧了各处巡逻，各家府邸的守卫也更加森严了。君无欢被北晋皇帝亲自招入了宫中，也不知道君无欢跟北晋皇帝说了什么，北晋皇帝似乎相信了这件事确实和君无欢无关。原本君府附近的眼线也渐渐撤了，京城似乎渐渐恢复了原本的平静。

所有人都知道，这平静只是表面上的。大皇子不会放过幕后之人，而幕后的人只怕也不会那么轻易罢手。

这些都不是楚凌现在应该操心的事情，楚凌眼前最大的事情便是和谷阳公主的比试。

曲笙这个名字两年多前在京城很是出名了一段时间，之后随着楚凌的沉寂，除了偶尔随着拓跋兴业出席一些宴会，寻常人几乎不会见到她的身影，这个名字渐渐地成了传说。

但是现在，曲笙再一次轰动了京城。

向北晋皇帝最宠爱的谷阳公主提出挑战，北晋皇帝竟然还代替公主答应了?!

有不少人觉得，谷阳公主是不是失宠了？毕竟曲笙就算再不行也是拓跋兴业的亲传弟子，揍一个公主还不是跟玩儿一样？

楚凌不知道谷阳公主这几天过得怎么样，她也没有功夫去理会。因为她现在就要面对自己的第一个挑战了。看着跟前站着的十个高矮胖瘦不一但是无不散发着精悍气息的人，楚凌不由在心中叹了口气。

再看了一眼将擂台周围围得水泄不通的人们，看来上京皇城的百姓们都很乐于看到她倒霉的样子啊。

一个武将模样的中年男子走到楚凌跟前，笑道："曲姑娘，这十位高手都是大将军亲自选的。其中五位是军中的将士，五位是宫中侍卫，曲姑娘若是没有什么异议，您看？"

楚凌偏着头，好奇地问道："你们不怕我师父作弊吗？"

男子笑道："姑娘说笑了，大将军的品行是无人不服。"

楚凌点头，也就是说师父他老人家就算真的作弊，你们也会当成我运气好。不过要师父替自己作弊什么的，还是想想就行了。看了一眼围绕在擂台周围满脸兴奋地等着看她倒霉的人们，楚凌耸了耸肩："开始吧。"

男子点头，"现在距离正式的挑战还有四天，所以这十个人曲姑娘可以分三天打完。不过拓跋将军说，为了避免过几天影响姑娘发挥，他希望姑娘能在两天内完成。"

楚凌点头，浑不在意地道："知道了。"

足下一点，楚凌已经飞身掠上了擂台。擂台下的人们立刻兴奋地叫了起来，喧闹的叫嚷声比菜市场还热闹几分。

楚凌看到站在台下的君无欢、百里轻鸿和拓跋明珠、拓跋赞、拓跋胤，还有许多眼熟但是叫不出名字的人。她还看到了秦殊和西秦王秦希，不过秦希正在对她幸灾乐祸。

楚凌看向君无欢的方向，君无欢对她微微点了下头，无声地道："小心。"

楚凌扬眉一笑，对着台下的中年男子道："开始吧。"

中年男子问道："第一轮，曲姑娘想要怎么打？"

楚凌扫了一眼台下的十个男子，道："来三个，一起上吧。"

"哪三个？"

"随便。"

"小丫头狂妄！"

一声怒吼从台下传来，一个人影抢先一步走上了擂台。那是一个看起来三十出头的矮小却十分精壮的男子。虽然他看起来比楚凌还要矮小半个头，但是每一步踏在擂台上却都震得擂台沉闷作响，可见力气惊人而且下盘扎实。在他身后，两个人影也跟着一左一右掠上了擂台，两个佩着腰刀的青年男子，无论是身高体型都一模一样，甚至连相貌都有七八分相似，显然这是一对双生子。

楚凌微微眯眼，听说双生子之间会有微妙的心电感应，通俗地说会比寻常人更有默契。这两个人明显练的是同样的功夫，又一直都在一起的话，那他们的威力就远不是一加一等于二那么简单了。

难怪这两个人的修为看起来应该略逊她一筹，师父还是将两人选了上来。明显是一开始就准备以多欺少。

楚凌后退了脚步已经抽出了一根长长的软鞭，对着那矮小男子一笑道："是不是狂妄，你试试不就知道了吗？"

矮小男子冷哼一声："就算你是拓跋将军的弟子，我也不会手下留情的！"说完举起手中长满了尖刺的大锤就朝楚凌砸了过来。楚凌微微挑眉，身形一偏整个人便朝着右边滑过去，避开了迎面而来的大锤。还没等楚凌高兴，身后两道劲风扫来，那一对兄弟一左一右同时挥刀扫向了楚凌。楚凌啧了一声，手中长鞭如灵蛇一般缠住了挥向自己的大锤，身体也随着大锤挥动的力道荡开了几丈远。

一刀落空，那兄弟俩换了个方向再一次围向了楚凌，楚凌不再给他们合围自己的机会，手中的长鞭大开大合，犹如几条毒蛇在擂台上四处乱窜。她轻功已经练得极好，这两年内力进步也很惊人，长鞭挥舞起来更不像普通人那般软绵无力，偶尔一下打在擂台的边缘，被打中的东西立刻就成了碎片。

"东躲西闪，算什么本事！"那矮小男子连续挥出了几十下都没有落到楚凌身上，忍不住道。

楚凌对他一笑："好啊，给你一个面对面的机会。"

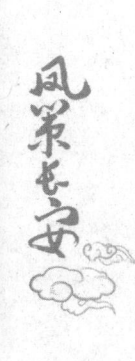

她手中长鞭突然平扫而出，逼得那两兄弟齐齐后退。但是她却没有乘胜追击，而是翻身扑向了另一边的矮小男子。左手一翻一道银光出现在了她手边。那矮小男子只觉得眼前人影一闪，一道冷冽的刀风已经逼近了他，他连忙提起大锤挡在了跟前。流月刀就算再是神兵利器，也不可能隔着这么近刺穿一把大铁锤，楚凌也不勉强，刀尖刚沾上大锤就撤开刺向了矮小男子的左肋。

　　那矮小男子这才知道眼前这漂亮姑娘东躲西闪固然让人抓狂，但是近战才是真正的可怕。矮小男子连忙用力挥动着大锤，不让她有机会接近自己身边。他天生神力，一把半人高的铁锤挥动起来也是虎虎生风，寻常人若是不小心撞上只怕立刻就要骨头粉碎。

　　楚凌侧首避开身后袭来的刀锋，回身一脚将另一把刀踢偏了位置，手中的流月刀已经扫向了对面的人。

　　同时那矮小男子的铁锤也再一次砸了过来。楚凌凌空翻身避开，一锤砸到了地上，木板搭成的擂台顿时多了一个窟窿。

　　楚凌一跃而起，身在半空手中的长鞭抖动犹如一根长矛射向那矮小男子，很快又紧紧缠住了他的铁锤。男子怒吼一声，用力挥动着铁锤，但是却怎么也摆脱不了那银鞭的纠缠。楚凌被他带着围着擂台四周打转，最后她抓住了擂台边上的旗杆将鞭子缠在了旗杆上。

　　底下围观的人们早就忍不住纷纷出声喝彩，虽然有拓跋兴业的名声做保，但是普通人对楚凌的武功并没有抱多大的希望。毕竟她只是一个才十五岁的小姑娘。此时人们才知道这位曲姑娘展现出来的实力确实不辜负她拓跋兴业亲传弟子的名声。

　　擂台对面的一处小楼上，敞开的窗户里面坐着几个人。正对面擂台的窗前坐着一个身形魁梧却有些消瘦的老者，眉宇间带着一股自然流露的霸气，正是如今北晋的皇帝。北晋皇帝对面坐着的却是拓跋兴业，他正目不转睛地盯着外面的擂台。

　　皇帝旁边坐着一个四十出头，气度雍容的高大男子，他相貌称得上英俊，但是仿佛因为经常皱眉，并不算大的年纪眉心处却已经有了几道深刻的皱纹。男子眉宇间也带着几分阴沉气息，让人忍不住想要敬而远之。

　　北晋皇帝笑看着拓跋兴业道："曲姑娘的身手果真不凡，实在不是十七能比的。大将军好眼力。"

　　拓跋兴业道："十七皇子和笙儿道不同，不必比较。况且，笙儿资质天赋也确实是难得一见。"

　　北晋皇帝似笑非笑地扫了一眼缩在旁边的拓跋赞："十七以后要努力了，你四哥在你这个年纪的时候，纵然比不上曲姑娘也比你出息多了。"拓跋赞做了个鬼脸，笑道："儿臣遵命，对了，九姐，你看笙笙的武功怎么样啊？"

　　站在一边一直脸色都不太好的谷阳公主狠狠地瞪了拓跋赞一眼没有说话。倒是原本在跟别人说话的拓跋充回头回了拓跋赞一句笑道："阿赞倒是处处向着曲姑娘，不愧是师姐弟啊。"

拓跋赞跳脚："是师兄妹！"

另一个年长一些的皇子也忍不住调侃道："阿赞，你年纪不如曲姑娘，武功不如曲姑娘，就连入门都比曲姑娘晚了几天，争这个大小做什么？"拓跋赞怔了半响，梗着脖子道："我比她高！"

众人闻言，纷纷笑出声来。

"明王，你觉得曲姑娘能赢吗？"北晋皇帝突然开口问道。

那中年男子对这场比试似乎并不感兴趣，听到北晋皇帝问起这才抬头看了一眼，微微蹙眉道："大将军的弟子，自然是能赢的。"北晋皇帝看向拓跋兴业，拓跋兴业皱眉道："第一场多半能赢，再往后只怕更难。"

"曲姑娘这个年纪就能有如此身手，无论输赢都已经足以自豪了。"北晋皇帝笑道，眼中带着几分赞赏。他是真的有些欣赏曲笙的，虽然是天启女子，但是却比貊族的女子更聪明，更坚毅也更努力。北晋皇帝忍不住叹了口气，可惜不是他的女儿啊。

"大将军，两年前朕说册封曲姑娘为郡主你不同意。如今曲姑娘学业有成，你看……"

拓跋兴业皱眉思索了片刻，方才道："那便多谢陛下了。只是，此事还要等她了结了这次的事情再说。若是败了……"

北晋皇帝满意地一笑："那朕就等着曲姑娘大获全胜了。"

您还记得曲姑娘的对手是您的亲生女儿吗？

台上四人的打斗已经进入了最后阶段，楚凌放弃了那矮小男子朝着那兄弟中的一人攻去，完全不顾旁边的另一人。出乎意料的攻击很快打乱了两人的节奏，两人这才震惊地发现，即便是一对三，眼前这少女之前竟然依然还保留了实力。

片刻后，楚凌终于瞅准了机会一掌将一人拍落了擂台。少了一个人，不仅楚凌的压力大减，同时也让剩下的人乱了分寸。楚凌身体如竹一般荡开，手中的流月刀灵巧地挑开了男子手中的刀，一脚将他踢了下去。

楚凌还没来得及高兴，身后风声大作。楚凌连忙往后翻身，笑道："大叔，你们三个一起上都没机会，更何况现在只有你一个人了？"矮小男子怒吼一声，一言不发地冲了上来。

楚凌飞身后退，腰间长鞭一抖再一次卷向了对手。

半刻钟后，男子被楚凌的长鞭逼到了擂台的边缘。他终究是个要颜面的武者，打到这地步已经尽了全力，再被个小姑娘逼下台实在难看。

"我认输！"男子高声道。

楚凌秀眉一扬，收回了长鞭。

矮小男子道:"曲姑娘确实厉害,我心服口服。之前是我口出狂言,还望见谅。"

楚凌大方地笑道:"承让。"

人群中传出一阵欢呼声,楚凌纵身跳下了擂台。

之前那男子立刻迎了上来,拱手道:"恭喜曲姑娘获胜。"楚凌明显感觉到了他对自己的态度与先前不太一样了。先前虽然也很礼貌,但是却带着客套和不以为然。现在看似没什么区别,眼底却多了几分敬意。

"多谢。"

男子道:"下一场的时间曲姑娘可以自由决定,只要两天之内都可以。"

楚凌沉吟了片刻,道:"一个时辰后,两个人。"

"可有人选?"

"随便。"楚凌道。

"是,在下明白了。曲姑娘请好好休息。"说完,男子便转身离开显然是去准备下一场了。

"笙笙。"君无欢和桓毓迎了上来,君无欢不动声色地扶了楚凌一把。楚凌感激地对他笑了笑,别看她方才表现得从容自若,实际上半点也不轻松。方才在台上不觉得,这会儿下了擂台楚凌确实有点腿软了。

桓毓有些幸灾乐祸地看着她:"好端端地非要逞强,你要是一个一个打早就把那三个人甩下去了。"

楚凌翻了个白眼:"你懂什么?我这叫先声夺人。"

桓毓对她竖起大拇指,笑嘻嘻地道:"佩服!佩服!曲姑娘真豪杰也。"

"笙笙。"身后秦殊走了过来,面带关心轻声问道:"可有受伤?"楚凌笑道:"多谢关心,还好。没有受伤。"秦殊看了一眼桓毓便将目光落到了君无欢扶着楚凌的手上,很快又移开了:"没事就好。"

桓毓挑眉道:"这不是西秦大殿下吗?怎么也来凑这个热闹?"

秦殊怔了一下,看着桓毓有些疑惑地道:"这位公子,恕秦某眼拙,不知是……"桓毓愣了愣,这才想起了自己现在是玉小六……玉家六公子不是桓毓,"这个,在下玉澹宁。方才在人群中见大殿下风采不凡,听笙笙说起的。"

楚凌自然不会去拆他的台,只是在秦殊看不到的地方似笑非笑地瞥了他一眼。

秦殊淡笑道:"原来是玉六公子,幸会。在下不过一介质子,当不起玉公子一声殿下。"

君无欢道:"既然大家都认识了,咱们找个地方坐一会儿吧?笙笙有些累了,一会儿还要上擂台。"

秦殊点头:"也好。"

设置擂台的地方不远处就有一处不错的茶楼,走进去才发现今天这地方当真是非同一般的热闹。不仅楼上早早就被人包下来了，就是楼下的大堂也早就坐满了人。

楼上匆匆下来一个人道："曲姑娘。"

对方虽然穿着常服看起来和寻常貂族人没什么区别，但是楚凌却是见过他的，是北晋皇帝身边的侍卫。

"曲姑娘，长离公子，西秦大殿下还有玉公子，主上请几位一起上去喝茶。"

皇帝请喝茶，谁敢说不去。众人互相对视一眼，便跟着那侍卫上楼去了。

此时的二楼上没有一个不是王孙贵胄。

"曲姑娘，恭喜啊。"拓跋罗先一步开口笑道。

楚凌含笑点头："多谢大皇子。"

"笙笙，你有没有受伤？"拓跋赞上前来，关心地问道。楚凌心中微暖，虽然这小子平时挺烦人的，但是真到了有事的时候还是挺关心她这个师姐的。楚凌对拓跋赞摇了摇头，跟君无欢等人一起走到窗边的位置齐声见礼："见过陛下，见过明王。"

"师父。"

"大将军。"

北晋皇帝挥手让众人免礼，道："曲姑娘不愧是大将军的爱徒，名师出高徒的话果然不假……"说到此处，大约是想起了拓跋赞同样也是拓跋兴业的徒弟，顿时有些心塞。同一个师父教出来的，拓跋赞学不好自然不会是师父的问题，难不成真的是老十七的资质不行？

楚凌笑道："陛下谬赞了，只是尽力而已。若是丢了师父的脸，师父要揍我，陛下可千万要救命啊。"

北晋皇帝笑道："姑娘家怎么好随便打，你放心，朕定然不让大将军打你的。不过你若是真赢了，朕一定送你一个大礼物。"

楚凌心中疑惑，面上却笑嘻嘻道："那我就谢过陛下了。"

拓跋兴业淡淡瞥了一眼自己这完全不怯场的徒弟，道："还不错，一会儿小心一点。"

楚凌松了口气，能让拓跋兴业说一声不错，那就是真的不错了。

"是，师父。"

明王看了看楚凌，有些阴沉的脸上挤出一个笑容，道："大将军真是好福气，收了个胆识不凡的徒弟。"

楚凌看着眼前的明王，无辜地眨了一下眼睛。总觉得这位说得不像是什么好话。人家又确实是在夸她啊，所以楚凌只好谢过："多谢明王殿下夸奖，我就怕给师父丢脸呢，有了陛下和明王殿下的夸奖，看来我这个徒弟做得还是合格的。"

楚凌见过明王的次数并不多，说话更是头一次。或许是因为想要上位的路太过艰难漫长了，这位位高权重的明王殿下看上去总有那么几分阴沉和严肃。

"嘴也很伶俐。"明王冷飕飕地看了她一眼皮笑肉不笑地道。楚凌只觉得浑身上下都是一凉，面上却十分淡定地与明王对视。

北晋皇帝仿佛没有看到明王和楚凌之间的交锋，笑呵呵地跟君无欢三人说了几句话便打发他们去一边休息了。北晋皇帝日理万机，自然不可能全天旁观楚凌的比武。说了一会儿话就带着拓跋兴业和明王走了。这三位一走，原本还有些安静的二楼上立刻就热闹了起来。

几个面熟的公主和年纪小的皇子都凑到楚凌身边来问东问西。还有两个小姑娘看着君无欢三人小脸红扑扑的，毕竟这三位无论放在哪里都绝对是美男子。

不远处，谷阳公主和拓跋明珠坐在一起，不知道说了什么，隔得远远的谷阳公主时不时瞪楚凌一眼。楚凌对她启唇微微一笑，往后面靠了靠换了个方向，正好让坐在自己身侧的君无欢将她严严实实地挡了起来。

"怎么了？"君无欢轻声问道。

楚凌摇摇头，笑道："没什么。"

一个二十出头的青年拉着谷阳公主走了过来，谷阳公主一脸的不情愿却被他拽着挣脱不了，只得不甘不愿地过来了。正在跟君无欢说话的拓跋罗也注意到了，回头看向对方笑道："六弟，九妹，这是……"

那青年看着楚凌和君无欢，笑道："前些日子谷阳对两位无礼了，还请两位见谅。九妹，向曲姑娘和长离公子道歉。"

谷阳公主瞪着自己的亲哥哥，见他警告地看着自己，顿时更加愤怒了。这几日谷阳公主觉得委屈极了。她堂堂公主，就算是对曲笙怎么样了又如何？不过是个南人丫头罢了。更何况，她不是还没对曲笙做什么吗？

这几日，六哥怪她，母妃骂她，就连外祖父家里的人都编派她的不是。好像她惹了什么天大的麻烦似的。别的南人死了都没人管，怎么这个曲笙就动不得了？

楚凌看了看两人，含笑开口道："六皇子客气了，倒也说不上什么无礼。公主是为了自己，我也是为了自己，各凭本事罢了，道歉什么的就免了吧。公主身份尊贵，我如何配得上让公主亲自道歉。"说罢，还似笑非笑地看了君无欢一眼。

长离公子放下手中的茶杯，轻声道："笙笙说得是。"从头到尾竟没有看谷阳公主。

谷阳公主的眼睛立刻就红了，张嘴想要说什么却被六皇子一把拉住，道："无论如何，总归是九妹先惹的事。既然如此，我们就先告辞了。"说完果真拉着谷阳公主头也不回地走下楼去了。

楚凌啧地轻叹了一声，道："这位六皇子，有点意思。"

拓跋罗倒是有些好奇，看着楚凌问道："曲姑娘觉得六弟哪里有意思？"

楚凌漫不经心地把玩着自己的发辫,道:"身为皇子能屈能伸,还不够有意思吗?"而且还是个貂族皇子,谁说貂族人没心眼的?她倒是觉得只要是人,心眼都不少。

◆第八章◆
名动上京

这一天,楚凌一共打了三场。

第一场三个人全胜,第二场两个人,楚凌轻伤但还是胜了。第三场同样也是两个,楚凌虽然赢了但是双方都受了伤。所幸这一天的比武已经到此为止了,如果再来一场的话,楚凌必败无疑。由此也可以看出楚凌对自己实力的估算精准。

在擂台跟前几乎停驻了一整天的人们只觉得心满意足,离开之后还忍不住纷纷议论着这位拓跋大将军的亲传弟子。从前或许还有不少人暗中对拓跋兴业收一个天启少女为徒的事情心中不满,今天看到楚凌的表现无话可说了。

拓跋罗和拓跋胤是皇子中少有的将三场比武都看完了的。回去的路上,拓跋罗看着走在身旁的四弟忍不住叹了口气。拓跋胤不解地看了大哥一眼却没有开口问,他一向不爱说话拓跋罗也是了解他的。

拓跋罗道:"可惜阿赞不成器,又比曲姑娘小了一些。"

拓跋胤看着他道:"便是阿赞不比她小,大将军也不会同意的。"

拓跋罗点头,无奈地道:"我就是随便想想,大将军是聪明人他的弟子绝不会和我们这些人扯上关系的。就是阿赞,他跟咱们关系不错,但是你看大将军待他跟待曲姑娘是一样的吗?"

拓跋胤道:"十七弟资质不如曲笙。"

拓跋罗无奈地叹了口气,皱眉道:"老六今天想要做什么?"

拓跋胤道:"大约是想让曲姑娘收回挑战。"

拓跋罗嗤笑一声,摇头道:"他想得倒是美,曲姑娘赌上了大将军的名声,这场挑战就算是父皇都不能阻止。他觉得他纡尊降贵去道个歉,就能让曲姑娘主动认输?"

拓跋胤淡然道:"或许他就是这么想的。"

拓跋胤并不觉得意外,这些年貂族人高高在上惯了,曲笙的出现挑战了许多

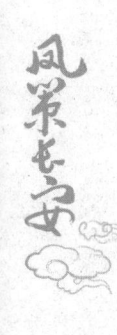

貂族权贵的底线，但是偏偏她靠山太硬了没人敢随便动她。在这些貂族人眼中，貂族以外的任何人都是低贱的。所以六皇子才会觉得，他们主动给曲笙和君无欢道歉，就已经是给了他们莫大的面子了。

君无欢敢和金禾氏闹翻，曲笙敢向谷阳公主挑战，这两个人像是一般人吗？

"今天曲姑娘连胜七人，明天就只剩下三个了。看来这场挑战势在必行，四弟到时候也会出战？"拓跋罗有些好奇地道。

拓跋胤点了点头："明王府让百里轻鸿出战。"

拓跋罗皱眉，道："百里轻鸿，看来明王打算要重用百里轻鸿了。这十年百里轻鸿一直都在沉寂，倒也不容易。"

拓跋胤轻哼了一声并不说话，只是拓跋罗清楚地感觉到他身上的寒意更甚了几分。不由得往路边靠了靠，叹气道："我知道你跟百里轻鸿不对付，不过……"

拓跋胤仿佛没有听见拓跋罗的话，径自往前面走去，拓跋罗被他抛在了身后。望着他越走越远的背影，拓跋罗只能叹了口气，无奈地摸摸鼻子快步追了上去。

楚凌是跟着君无欢一起坐马车回家的，对于君无欢坚持要送自己的事楚凌也没有反对。自从上次送东西的乌龙之后，两人的关系似乎更加亲近了一些。桓毓也跟着凑热闹，挤上了马车。

楚凌这一天着实累得不轻，君无欢将人送回家也不多做打扰便告辞了。等上了药吃了饭，雅朵就催着楚凌赶快回房休息。雅朵看着楚凌躺下替她拉好了被子才转身离开，等到雅朵出去，原本闭着眼睛躺在床上的楚凌睁开了眼睛坐起身来。

"出来。"楚凌冷声道，随身带着的流月刀也已经握在了手中。

只见眼前白影一闪，一个挺拔的身影出现在了不远处的桌边。

楚凌看着他并不觉得惊讶："南宫国师这是什么意思？"

南宫御月站在旁边打量着楚凌，片刻后方才道："今天打得不错。"

楚凌有些诧异地看着眼前的人，这位悄无声息地出现在她房间里，难道就是为了夸她？

"多谢，没想到国师竟然赏脸去看我比武？"楚凌道，"国师大驾光临，不知有何见教？"

"见教？"南宫御月微微侧首，道："没有。"

"笙笙。"南宫御月突然叫道。楚凌忍不住打了个激灵："国师，咱们不熟。如果方便的话，您称呼我一声曲姑娘就可以了，或者直接叫曲笙也可以。"

"不方便。"南宫御月道。

要不是我打不过他……

"笙笙要不要拜我为师？"南宫御月看着楚凌，突然道。

前几天你不是还在纠结要不要跟我一起孝顺师父吗？

南宫御月显然不觉得有什么不对，看着楚凌道："我想了一下，你先拜我为师，就不用再孝顺拓跋兴业了。"楚凌神色有些怪异地看着他，"你在劝我背叛师门？"

南宫御月皱眉，似乎对背叛这个词有些不适应，劝道："良禽择木而栖。"

跟我师父比起来，你算哪门子的好了？

"你真的不要？"看她满脸抗拒南宫御月脸色微沉，眼神有些危险地看着她。

"不要。"楚凌坚定地拒绝。

南宫御月轻哼一声，抬起手的瞬间身影一闪已经到了楚凌床边。楚凌早有准备，身上的被子被掀起挡在了两人之间的瞬间，流月刀已经飞快地扫了出去。

上好的丝被被流月刀划破，刀锋直逼南宫御月。南宫御月不闪不避，一挥袖挥开了刀锋手指再一次抓向楚凌。

"嗖！"一道劲风穿过了门和屏风从外面射了进来。南宫御月原本抓向楚凌的手立刻变了方向，伸手接住了射进来的暗器。

下一刻，君无欢的声音在外面响起。

"南宫御月，出来！"

听到君无欢的声音，楚凌不由得松了口气。不得不说，长离公子无论是人品还是实力都让人相当的有安全感，特别是在遇上精神病的时候。

南宫御月的眼神立刻变得阴鸷起来，冷声道："多管闲事！"

即便是再怎么不愿意见到君无欢，南宫御月依然还是站起身来往外走去。

屋外的庭院里，此时天色已经暗了下来。君无欢负手站在院子中间，走廊边上的灯笼照出的昏黄的光映在他脸上，那张俊美的容颜此时却是从未有过的冰冷。南宫御月一出来，立刻对上了他冰冷的视线，微微扬眉道："君无欢，难得看到你这么生气，难不成你真的看上笙笙了？"

君无欢冷声道："与你无关，南宫御月，是不是从来没有人教过你规矩？"

"规矩？"南宫御月冷着脸看着他，"什么东西？"

君无欢点点头，道："既然没人教过你，现在我教你。"

这话却让南宫御月变了脸色，南宫御月声音冰冷："你是什么东西，也敢说教本座规矩？"君无欢这话，着实是戳到了南宫御月的逆鳞，自从他成年之后即便是他的父兄和太后也没有说过要教他规矩。君无欢显然并不在意戳到了南宫御月逆鳞。君无欢反手从腰间抽出了一把软剑。

南宫御月眯眼看着君无欢，舌头慢慢在唇边舔了一下，才悠悠地道："君无欢，你为了个丫头就要跟我动手？"

君无欢笑道："怎么？伤还没好？"

"找死！"南宫御月厉声道，一瞬间原本站在走廊下的身影已经快若闪电地朝着君无欢袭了过去。君无欢轻笑一声，手中软剑一抖，剑身立刻变得坚硬笔直，毫不客气地朝着南宫御月刺了过去。两人便在楚凌的院子里缠斗了起来。

楚凌早已经从里面出来，蹲在屋檐下看着打得激烈的两人。忍不住抬头望了一眼天空，仰天轻叹："本姑娘可真是红颜祸水啊。"

　　这场打斗很快引来了府中的守卫和雅朵，雅朵看到院中的两个人，有些无措地道："笙笙，这又是怎么了？"楚凌扶额，无奈地道："不小心惹到一个精神病，没事儿很快就过去了。"

　　话音刚落就听到半空中传来南宫御月的一声冷笑，嗖地一声一枚暗器朝着雅朵射了过来。楚凌脸色一沉，一把拉过雅朵反手将暗器接在手里原路送了回去。

　　南宫御月的武功并不见得比君无欢高明，竟然还能分出心思听楚凌和雅朵说什么。这会儿被楚凌一枚暗器送回来，又有君无欢步步紧逼，立刻就落了下风。

　　君无欢毫无谦让的风度，刷刷几剑就让南宫御月只能飞快地躲闪了。

　　"君无欢，你卑鄙！"

　　君无欢冷笑一声，道："你可以再试试，我会不会杀了你。"南宫御月不以为然："你敢杀我？"君无欢下一剑突然改变方向朝着南宫御月的上方攻去："你说得对，那你说我敢不敢毁了你这张脸？"

　　毁容的威胁似乎比杀了他还要更严重一些，南宫御月的招式突然更加地凌厉起来："君无欢，你这个多管闲事的病秧子，本座一定要你死得难看！"

　　"废话太多！"

　　楚凌拍拍受了惊吓的雅朵，轻声问道："没事吧？"雅朵眨了眨眼睛有些惊魂未定："那人……"

　　楚凌轻抚着她的背心安慰："没事的。"

　　推开了雅朵，楚凌提起流月刀飞身上了房顶，挥刀就朝着南宫御月砍了过去。与两年前不同，如今的楚凌已经可以插手高手之间的争斗了，况且她和君无欢认识两年又时常切磋默契自不必多说。

　　君无欢看到她跃上房顶就明白她的心思，长剑一停拦住了南宫御月的去路。南宫御月听到身后刀风凌冽，原本并不在意只是随手一掌挥了出去，大部分的注意力还是在君无欢身上。楚凌仿佛猜到了他的动作一般，刀在距离他不远的地方突然改变了方向，恰好与他的掌风擦身而过。等到南宫御月再想要闪开已经来不及了，只能伸手硬挡，只是楚凌手中的是流月刀，南宫御月也不敢硬接，抬起手中的刀挡了上去，咔嚓一声短刀应声而断。

　　南宫御月还来不及称赞楚凌的刀好，身后剑气已经逼到了跟前，南宫御月脸色一变虽然强行脱身却还是被剑气重重地扫过了背心，背心的衣服也破了一条口子。

　　南宫御月跌落回地上退了两步才站稳，抬头看着君无欢冷笑道："三年不见，你已经堕落到这个地步了？"

　　君无欢不以为意，不紧不慢地将软剑收回腰间，道："跟你比起来，我自问还好。你自己走，还是我先揍你一顿然后把你扔回去？"若是从前，南宫御月或许不惧君无欢这个威胁，他跟君无欢半斤八两，谁输谁赢还不好说呢。如今旁边还有一个实力明显已经不弱了的楚凌，南宫御月就不得不防了。

"笙笙，你对我如此冷漠，却对君无欢这个病秧子这么好？"南宫御月道。

楚凌面无表情地看着下面的南宫御月，再一次确定眼前这人并不是个性格高冷的冰山，而是一个面瘫，面部肌肉坏死的那种。

"国师。"楚凌突然开口道。

南宫御月挑眉看着楚凌，楚凌问道："如果我请求师父揍你一顿，你说他会不会答应？"南宫御月的眼神渐渐地变了，楚凌脸上却多了几分笑容，道："我觉得，全京城的人一定都很想看国师挨揍，就像今天他们也很想看我倒霉一样。不知道国师能扛住我师父揍多久呢？"

"笙笙，你在威胁本座？"南宫御月似乎有些好奇地问道。

楚凌摇头道："不，我是认真地在考虑。既然我惹不惹你，你都会找我麻烦，不如先赚够本再说？我突然觉得长离公子的提议很不错，要是把国师挂到白塔上去，肯定全上京的人们都会觉得很有趣。"

不，我并没有这么提议。君无欢无语。

南宫御月冷声道："那上京一定会多很多瞎子。"看了看楚凌，南宫御月不知道想到了什么眼神又变得柔和了一些，他轻声劝道："笙笙，本座的提议你真的不考虑一下吗？拜本座为师本座一定会对你比拓跋兴业好的。"

"老夫的徒弟不劳国师费心。"拓跋兴业的声音突然在院外响起，众人回头看到拓跋兴业不紧不慢地从外面走了进来。一双炯炯有神的虎目盯着南宫御月道："国师，方才的话劳烦你再说一遍，老夫年纪大了，耳力不如当年了。"

南宫御月沉默了片刻，突然转过身纵身腾起，片刻后便消失在了墙头。

能屈能伸，识时务者为俊杰，国师大人果然真俊杰也。

"师父威武，你一来南宫御月就走了！"楚凌跳下房顶，走到拓跋兴业跟前笑道。拓跋兴业淡淡地扫了她一眼，又看向君无欢道："今天多谢长离公子了。不知长离公子这个时候怎么在这里？"

君无欢也跟着飘落下来，淡笑道："在下突然想起来有些事情忘了跟笙笙交代，贸然来访恰好遇到南宫御月，还请大将军海涵。"拓跋兴业微微眯眼不再多问，点了下头对楚凌道："你方才的提议不错，回头为师会好好跟国师和太后聊聊的，看来上次跟国师聊得还不够。"

楚凌忍不住问道："师父，你跟国师到底什么仇什么怨啊？"

拓跋兴业摇头，他跟南宫御月真的无仇无怨。

楚凌忍不住眼前一片黑暗！南宫御月那货心眼比针尖儿还小，只怕别人挡了他的路他都能记恨几天，师父又是这样光明磊落不拘小节的人，只要不是什么大仇大恨，只怕也不会觉得自己跟人结了仇。

君无欢笑道："笙笙不用担心，下次南宫御月再敢招惹你，你只管往他脸上招呼就行了。"

楚凌愣了愣："脸？"突然想起来方才君无欢和南宫御月的对话，"南宫御月这么重视他的脸？虽然长得是很好看，但是……"君无欢明显更好看一些啊。即便是因为生病气色影响了，但是只看轮廓的话，明显还是君无欢更胜一筹。

君无欢微微勾唇："他确实很看重脸，不然笙笙以为什么伤能让他闭关三年？"

楚凌眨眼："难不成……"

君无欢点头："是啊，三年前不小心把他脸上划了一道口子。"他敢对天发誓，那一剑真的不是故意的。都打成那样了，谁还管得了剑往哪儿划啊？谁知道脸上只是小小的一道伤口，南宫御月却像是被踩了尾巴的猫一样，拼了命地朝他伸爪子。

面瘫，精神病，竟然还是颜控，这到底是什么怪异的属性？南宫御月和君无欢最初结仇该不会就是因为嫉妒君无欢长得比他好看吧？

第二天的比武远没有第一天精彩，因为楚凌是一个一个打的，对于被养刁了胃口的围观者们来说自然比不上昨天一开场就一挑三让人热血沸腾。对于观众们的失望，楚凌也不在意，不紧不慢按部就班地将剩下的三个人扫下擂台只花了一个上午的时间。

"今儿的擂台去看了吗？"茶楼里，喝着茶的人们尚且意犹未尽地讨论着比武的事情。有人道："今儿没什么看头，要说还是昨天好看。"

"没什么看头？"他对面的人忍不住道："老兄，要不你去试试？就算是今天那三个也都是货真价实的高手，咱们这样的只怕是几个一起上也不是人家的对手。"

"这话不错，这曲姑娘虽然是个天启女子，但是却比咱们貊族女子更加英姿飒爽。拓跋将军收她做弟子，我服！"有人道。

"服不服的，咱们也不能怎么样啊。"

"话不能这么说，人家厉害就要承认，难不成咱们貊族儿郎连这点气度都没有了？"

"这话不错。这曲姑娘若是咱们貊族女子，那当真是完美无缺了。"

"若真是如此，只怕就是皇子王爷们也抢着想要将曲姑娘迎回家里做正妃。"有人忍不住笑道。

楚凌坐在一个偏僻的角落里，有些无奈地听着不远处人们的议论。她承认这次她确实是怀着几分刷名气值的打算的，但是这样走到哪儿都被人议论还是有点麻烦的。"曲姑娘。"楚凌端着茶杯的手顿了一下，抬头看向站在自己跟前眼睛锐利的人。看到对方却不由得微微一愣："襄国公，上官大人，你们怎么在这儿？"

襄国公笑道："在下和上官大人碰巧在这里喝茶，正要走就看到姑娘。还没恭喜姑娘旗开得胜。"

楚凌对这位襄国公的印象不算太坏，虽然之前在君无欢府中有些不太愉快以及他们现在做的事情让她也不太赞同。但这毕竟也不是襄国公能决定的事情，倒也不能完全怪罪到他头上。

"两位请坐。"人家都站在自己跟前了，总不能赶人。只是楚凌有些疑惑，这两个人来找她做什么？

襄国公谢过，便和上官成义一起坐了下来。

襄国公看看四周笑道："曲姑娘好雅兴，还有闲心来外面喝茶。如今这上京可是到处都在讨论姑娘啊。"

楚凌拱手道："让国公见笑了。"

襄国公摇头："哪里，曲姑娘名动上京城，段某却是真心佩服。"

楚凌对她笑了笑，两人毫无意义地互相客套恭维了一会儿，让楚凌觉得有些后悔让两人坐下了。襄国公或许是察觉了楚凌的无聊，话题一转说起了江南的风土情。他谈吐优美，又颇为健谈，楚凌倒也听得兴致勃勃，不知不觉便有些冷落了上官成义。原本楚凌觉得脾气应该不会太好的上官成义竟然也没有发作，只是冷着脸坐在一边听两人胡扯。

"不知曲姑娘是哪里人？"襄国公问道。

楚凌笑道："我是在上京附近出生的，不过小时便跟着姨母姨父去了西域，前两年才刚刚回来。"

"哦？"襄国公微微蹙眉，"没想到曲姑娘的身世竟然如此曲折。"

说实话，这样的身世着实算不上曲折。最多从小父母双亡有些可怜罢了，但是又被姨父姨母收养在西域避开了战乱，这样的人生比这个时代的许多天启女子都要好得多了。楚凌笑了笑并不接话，她有些摸不准这位襄国公找她到底想要干什么了。

襄国公看着楚凌，好一会儿才道："说起来曲姑娘有些像在下认识的一个人。"

楚凌心中一震，面上却不动声色地看了一眼坐在旁边的上官成义。上官成义看向楚凌的目光却并没有什么异样，只是有些诧异地看了襄国公一眼，显然也对他说的话有些不解。

楚凌心中稍安，笑吟吟地道："哦，不知国公说的是谁!？"

襄国公垂眸，半响方才摇了摇头道："已经过世很久了，说了曲姑娘想必也没有听过。"

楚凌轻声道："抱歉，似乎让襄国公想起不开心的事情了。"

"怎么会？"襄国公道，"能和曲姑娘说说话，在下也是很高兴的。"

旁边的上官成义终于有些不耐烦了，轻咳了一声仿佛在示意襄国公该说正事了。襄国公看了楚凌一眼，笑道："以后曲姑娘若是有机会，欢迎去平京走一趟？"

楚凌笑道："多谢国公，若有机会我一定会去的。"

上官成义慢悠悠地开口道："曲姑娘本是纯正的天启血脉，难道不想去天启看看吗？"

楚凌微微眯眼，莞尔一笑，低声道："上官大人，上京原本难道不是天启的地方吗？"

上官成义脸色微变，看着楚凌的神色有些难看了起来。楚凌笑道："有机会我一定会去天启的，到时候说不定要打扰襄国公和上官大人。至于现在我还是应该以习武和功课为重，毕竟生逢乱世，总要有能力保护自己才行。"

上官成义皱眉道："听说曲姑娘已经及笄，这个年纪无论在北晋还是天启都该议亲了吧？"

楚凌皱眉，她不喜欢这个老头儿。

楚凌看着上官成义，认真地摇头道："生逢乱世，议不议亲并不重要。"

"荒谬！"上官成义怒道："生在乱世难道就不用生儿育女传宗接代了？"

楚凌盯着面前的茶杯，很想抬手把这杯茶扣在这老头儿的头顶上。

"这是谁家的妞儿，竟然长得如此水灵？"一个粗鲁的声音突然从旁边传来，伴随而来的还有一股刺鼻的酒气。一个醉醺醺的貊族男子摇摇晃晃地走了过来，醉眼惺忪地打量着楚凌，眼中闪动着色欲的光芒。

楚凌皱眉，神色默然地看着他。

男人笑嘻嘻地到了桌边，就想要俯身去抓楚凌却被襄国公伸手拦住了："你做什么？"

那人并不会将一个天启人放在眼里，不以为意地拍开了襄国公的手道："干什么？爷不是找你，滚开。"说完又转过去对楚凌笑道："小美人儿，你是哪家的姑娘。快跟爷回家去，以后保证你吃香的喝辣的。"

楚凌对皱着眉想要起身的襄国公摇了摇头，看着上官成义问道："上官大人，你说该怎么办呢？"

上官成义嘴皮子哆嗦了一下，半响没有说话。若是寻常貊族人，他们还可以喝退，但是能在这样的茶楼坐着的又怎么会是普通人，只看那醉汉身上的衣服就知道身份不一般。如今他们正是到处求人的时候，哪里敢在上京皇城里随便得罪人？

楚凌嘲弄地笑了一声，撑着下巴对那醉汉笑了笑，伸手对他勾了勾手指："你过来。"

那醉汉大喜，立刻就凑了过去。却见楚凌一只手抓着对方的衣领，站起身来用力一甩，竟将一个比她高了一个头的壮汉直接甩了出去。把人甩出去之后她并没有作罢，而是上前飞快地补了几掌，将那想要爬起来的醉汉再一次打得爬不起来，只能趴在地上直哼哼。楚凌一只手抓着对方的脑袋毫不留情地往地板上撞了几下方才抬起来，笑眯眯地问道："现在你还要我跟你回去吗？"

"你这臭丫……啊?!"骂人的话还没有说完男子就惨叫起来，原来楚凌折了他一只胳膊。

"还要我跟你回去吗？"楚凌居高临下，笑容可掬地问道。

"不要了。"那醉汉似乎终于清醒了一些，见楚凌又要按着他的脑袋往地上砸，连忙叫道。

楚凌满意地拍了拍他道："这才乖。"

楚凌站起身来，拍拍手漫步走回了桌边。她身后那醉汉早就被同伴扶起来跌跌撞撞地下楼去了。

楚凌站在桌边看着上官成义摊手道："上官大人，你瞧。如果我只是个什么都不会的弱女子，再倒霉遇上个你这样的爹或者丈夫，方才是不是就该一死以保清白了？或者就算侥幸活着逃过一劫，也要被你们逼着自尽殉节？太平盛世听你们胡说八道也就算了，如今这世道你们有什么脸面要求女人那么多？有空想怎么约束女子，不如多去挖两亩地，砍几担柴吧，免得一个个弱不禁风看得人难受。"

"你……"可怜上官大人一生遇到的女子都是温柔娴静的，哪里见过楚凌这样彪悍还牙尖嘴利的女子，顿时气得一佛出世二佛升天。他满是皱纹的脸涨得通红，指着楚凌半天说不出话来。

襄国公见他如此，连忙伸手拍了拍他的背劝道："上官大人德高望重，跟个小姑娘置什么气？"

楚凌含笑看了一眼还瞪着自己、抖得像是要犯病的上官成义，毫无愧疚地将一块碎银子放在桌上，转身离开了。还没等她下楼，身后便传来了襄国公有些担忧的声音："上官大人？老丞相?! 你怎么样了……"

楚凌耸了耸肩，负手下楼去了。

"襄国公和上官成义去见了笙笙？"君府里，君无欢坐在一棵树下听着属下的禀告不由微微皱眉问道。站在他跟前的灰衣男子点头道："是，公子。曲姑娘在茶楼坐了一会儿襄国公和上官成义就到了。"

君无欢道："不是巧合？"

男子摇头，"应该不是，襄国公和上官成义出门之后直奔了茶楼，然后直接找上了曲姑娘，看起来像是本来就冲着曲姑娘去的。"

君无欢轻哼一声："这想必是上官成义那个老狐狸的主意。不过……"君无欢漫不经心地摩挲着手中的书页，襄国公看阿凌的眼神有些奇怪。虽然他掩饰得很好，但还是被他捕捉到了。

阿凌年纪这么小，从一开始用的就是天启官话口音，对貊族话也很熟悉，学得非常快。可以肯定应该是从小住在北方的，襄国公应该是不会认识她的。

两个毫无关系从前也没有过接触的人，能让襄国公表现出格外的关心，要么是姓段的对阿凌有什么心思，要么就是阿凌跟什么人长得相像。君无欢思索了半响，觉得应该是第二个。

那么在襄国公眼中，阿凌到底像谁呢？

"公子？"等在一边的男子见自家公子半响没有反应，不由出声道。

君无欢抬眼，沉声道："去给那两个人传个信，请他们不要再找笙笙了。身份有别，笙笙毕竟是天启人出身，他们这样会给笙笙带来麻烦的。"男子迟疑了一下，道："恐怕，那两位也不会再找曲姑娘了。曲姑娘刚走那位上官大人就晕过去了。"

"嗯？"君无欢有些诧异地挑眉道。

男子连忙将事情的经过说了一遍，听完之后君无欢也是半响无语。好一会儿才忍不住低笑出声，听到他的笑声男子不由暗暗松了口气，看来曲姑娘气晕了上官成义的事情让公子心情不错。

君无欢无奈地摇了摇头，摆摆手道："罢了，你退下吧。"

"是，公子。"

男子很快退了出去，君无欢靠着身后的树干闭目养神，脸上的神色却没有半分轻松，而是一种近乎冷漠的清醒。各种思绪在他脑海中飞快地转动着，君无欢试图从这些纷繁的线索中理出一个思绪来。

"启禀公子。"门外，管事急匆匆地来禀告，"魅影回来了。"

君无欢睁开眼睛沉声道："让他去暗室见我。"

"是，公子。"

片刻后，君无欢推开了一扇沉重的石门，里面是一个并不算宽敞甚至也不舒服的房间，小小的斗室只有一张石椅子和几个柜子。君无欢推门进去的时候，一个穿着藏蓝色衣衫的男子正站在房间中央，他长着一张毫不起眼的脸，即便是在人群中也没有人会注意到他的那种。只是此时他独自伫立在石室中，却有一种独特的沉稳气质。

"公子。"见到君无欢推门进来，男子立刻拱手道。

君无欢点了点头，道："不必多礼，我让你查的事情可有消息了？"

男子道："回公子，三年前凌姑娘第一次出现被人注意到的地方就是在信州那个小城，在此之前这世上就仿佛从来没有过这个人一般。属下无能，什么都没查到。"

君无欢有些无奈地叹了口气，却也不觉得意外。阿凌胆子确实是很大，敢冒充身份去拜拓跋兴业为师谁能说她胆子不大？但是她行事非常谨慎，一种诡异的仿佛与生俱来的谨慎。

这种习惯并不会因为她外在表现出的随意嬉笑而改变，因此有很长一段时间君无欢其实怀疑楚凌是不是某个组织培养出来专门混到他身边来的。后来他发现自己应该是猜错了，至少阿凌绝对不会是他的敌人。

走到一边坐下，君无欢问道："上京呢，浣衣苑最近几年可有发生过什么事？"

男子道："浣衣苑自从三年前灵犀公主死了，小公主失踪，原本关在浣衣苑的天启皇室女眷就基本上没人了。这两年那里关着的多是一些犯妇，三年前拓跋胤在浣衣苑杀了不少人，那些被厌弃的天启女子也没有人送回浣衣苑，那地方如今已经没有多少人关注了。"

"灵犀公主死后，小公主失踪了。"君无欢思索着，灵犀公主、小公主、襄国公，襄国公、阿凌……"

"小公主失踪的时候几岁？见过她的人有哪些？现在如果再看见还能不能认出来？"

男子摇头："小公主失踪的时候应该是十三岁了，若是还活着，现在也已经十六岁了。当年浣衣苑的守卫和管事被拓跋胤清洗了一次，见过小公主的人只怕是不容易找到了。不过小公主曾经随灵犀公主在四皇子府住过一段时间，四皇子府应该有人认识她。公子，是怀疑那位小公主还活着吗？"

君无欢心道："我不仅怀疑小公主还活着，而且还认识很久了。"君无欢从前并非没有做过这样的联想，但是总觉得荒谬。一个在浣衣苑长大的孩子无论如何也不可能长成阿凌这样的。

虽然阿凌一直不肯告诉他她的出身来历，但是君无欢看得出来阿凌绝对是从小就受过良好的教育而且是有着强大自信的姑娘。这教育未必是琴棋书画方面的，但是毫无疑问阿凌的学问，见识都极不错。别说是在浣衣苑里被一群女眷养大，就算是天启皇室也教育不出这样的公主来。

更何况，小公主在拓跋胤府上住了那么久，拓跋胤怎么会认不出来？甚至连四皇子府上似乎也没有人觉得她眼熟。

君无欢不得不再一次重视这个原本觉得不太靠谱的怀疑了。

一来，阿凌那天对襄国公和上官成义说的话，君无欢很难将它归结于单纯的对那些皇室女眷的同情。阿凌并不是一个心软的人，比起那些曾经金尊玉贵的皇室中人，她更同情那些底层的寻常百姓。

二来，襄国公对阿凌的态度有些奇怪。

襄国公是天启两位公主的亲舅舅。

君无欢神色渐渐变得凝重起来，站在他跟前的男子也不由得有些紧张："公子可是有什么吩咐？"

君无欢沉吟了片刻，方才道："三天内，把上京皇城里可能存在的曾经见过天启皇后和襄国公府女眷的人的名单给我。"男子正要应是，君无欢却又突然道："不，不用了。你派人去驿馆传个信，就说本公子请襄国公喝茶。"

"是，公子。"男子心中有些惊讶，公子素来沉稳多智，说出口的命令必然都是经过了深思熟虑的。这还是他第一次听到公子当场收回自己刚刚出口的命令。

君无欢微微眯眼，思索了片刻方才道："安排一队人手专门关注笙笙，平时不用管也不用理会，一旦她有性命之忧，一定要出手将她救出来。不要随便靠近她，会被她发现的。"

"是。"

君无欢想了想，没有什么需要交代了，便挥了挥手让人退下了。

空荡荡的暗室里只剩下君无欢一人，君无欢靠着椅子闭目休息了一会儿。不知道想到了什么突然低笑出声："笙笙……阿凌啊。你可真是让我意外呢。"

襄国公接到君无欢的帖子的时候有些意外，毕竟之前这位长离公子已经明显地表现出了对他们的疏离。虽然凌霄商行遍布天下，但是长离公子跟天启朝廷的关系却相当一般。

既然如此，君无欢为什么会突然给他下帖子呢？而且还只给他一个人？

虽然满腹怀疑，襄国公还是在上官成义不解的眼神中欣然赴约了。

君无欢约定的地方并不是君府，而是城中一处距离驿馆并不远的私人别院。襄国公随着侍从一走进花园里，便看到满园的各色菊花竞相争艳。花丛深处的凉亭里，长离公子一身白衣正坐在桌边烹茶。公子如玉，静雅风流。斟茶的动作如行云流水，仿佛从古画中走出来的名门公子。

襄国公叹了口气，道："都说城外的百香园是上京赏菊最好的去处，那一定是他们没有见过长离公子的别院。"

君无欢抬眼看了他一眼，手上的动作却没有停止，只是淡笑道："襄国公过奖了，北地苦寒，哪里比不得上京繁华。"襄国公默然，有些苦涩地笑了笑。上京即便是苦寒，原本也是天启的都城。不过十年，如今重回故地却已经是客人了。

"贸然相邀，还请见谅。国公请坐下喝杯茶。"君无欢拂袖笑道。

襄国公走到君无欢对面坐了下来，看着君无欢亲手放到自己跟前的茶杯，平静地道："长离公子邀在下前来，总不会只是为了喝茶吧？"

君无欢淡笑道："国公说得是，确实有些事情想要请教。"

"请说。"襄国公道。

君无欢的视线落在襄国公的脸上，口中却慢慢地道："听说段老夫人年轻时曾是上京第一名门闺秀，可惜我等晚生了几年，没能见识老夫人的风采。"

襄国公眼神骤然一缩，抬头看向君无欢的眼神瞬间变得凌厉无比，沉声道："长离公子，家母已故你不觉得自己太过无礼了吗！"

君无欢歉意地笑了笑，道："襄国公与已故天启皇后一母同胞，早年在下曾有幸远远地见过先皇后一面，当真是一派母仪天下之风。"

"你到底想说什么！"襄国公沉声道。

君无欢道："在下只是有些好奇，两位公主又是何等风华？"

襄国公沉默了片刻道："人已经不在了，说这些有什么用？长离公子当世名流，还请对已故之人尊重一些。"

君无欢轻笑一声："尊重？在下并未见天启人对两位公主如何尊重。国公竟来要求在下？君某仿佛是个西秦人。"

襄国公额头上的青筋跳得越发快，君无欢身体微微前倾，低声笑道："亲妹妹和两个外甥女在浣衣苑那种地方受尽凌辱，这些年国公睡得可好？"

"君无欢！"襄国公终于无忍可忍，抬手一掌直接拍向了君无欢那张可恶的笑脸。他出身书香世家，学的是防身健体的功夫，论打斗并不见得如何高明。君无欢连躲都没有躲，只是微微坐直了身体。他这一拳就在距离君无欢鼻梁不到一寸的地方堪堪停住了。一把匕首悄无声息地架上了他的脖子："襄国公，还请你冷静一些。"不知何时他身后已经多了一个灰衣男子。

匕首冰凉的触感确实让襄国公冷静了下来，他恨恨地收回了拳头，眼神依然凌厉地盯着君无欢。君无欢朝着他身后的人点点头，那人立刻收起了匕首对着君无欢躬身行礼消失在了凉亭外面。

襄国公平复了一下心情，这才冷眼看着君无欢："长离公子，你到底想要干什么！"

君无欢问道："襄国公认识笙笙吗？"

襄国公一愣："我不知道你在说什么！"

君无欢摇头笑道："襄国公不必紧张，君某只是想要确定一些事情而已，襄国公对笙笙额外的关注瞒不过君某，难道就一定能瞒过别的什么人吗？君某对襄国公和段家的私事不感兴趣。我只想知道，襄国公觉得笙笙像谁？有几分像？"

如此直接的问题倒是让襄国公有些惊讶，君无欢垂眸喝了一口茶，道："笙笙对我很重要，任何对她有危险的事情我都要扼杀在尚未发生之前。笙笙本就是天启人却拜了拓跋兴业为师，身份尴尬。若是有人拿她的身份做文章，对她来说非常危险。"

襄国公道："长离公子如此看重曲姑娘？以我之见，有拓跋将军在，最后长离公子未必能如愿。"北晋人民风开放，拓跋兴业现在同意君无欢追求曲笙，并不代表他就真的会把曲笙嫁给君无欢。

"这是君某自己的事情。"君无欢道。

襄国公沉吟了良久，方才："长离公子不用担心，段某关注曲姑娘确实是因为她与家母年轻时候有几分相似。但是长离公子应该知道，天启南迁之时大批权贵宗亲死于非命，家母乃是深闺命妇，并不是寻常人可以见的。"

君无欢道："上京皇城里，目前能接触到笙笙也见过段老夫人年轻时模样的人有多少？"

襄国公沉吟可片刻，皱眉道："不超过五个，都是当初投降了貊族的天启权贵家里的老夫人。不过如今天启的旧权贵都夹着尾巴做人，这些人只怕也未必见得到曲姑娘。况且，曲姑娘与家母也不过四五分相似罢了。多年不见那些人未必……"襄国公的声音突然顿了一下，君无欢抬眼："怎么？"

襄国公道："有一个人……她少年时是家母的伴读，后来嫁给了当时一个新科进士。十年前那人全家投了北晋。据我所知，那人的小女儿嫁了北晋中书左丞相田伯章的嫡次子。前几年孙女又进宫做了北晋皇帝的妃子。最有可能遇到曲姑娘而且能觉得曲姑娘眼熟的人，应该就只有她了。"

君无欢垂眸点了点头道："多谢国公。"

襄国公看了看君无欢道："此事是段某之过，长离公子请放心，以后我不会再接近曲姑娘了。"

君无欢道："如此甚好，多谢。"

送走了襄国公，君无欢垂眸望着跟前的茶杯许久，方才开口道："魅影。"

"公子。"方才离开的灰衣男子再次悄无声息地出现。

君无欢问道："方才襄国公说的人，去查查。"

魅影道："公子，不必查。襄国公说的应该是中顺大夫李晔的夫人。李家自从攀上了田家，这些年也算是十分风光的。前几年又将长孙女送入了宫，还有了身孕，可惜没保住。"

君无欢蹙眉道："这位李夫人是个什么样的人？"

魅影皱眉道："这位李夫人性格颇为跋扈，当然这只是面对中原人的时候。面对貊族人的时候倒是十分谦卑。她对襄国公府的太夫人并不友善。早几年有一位贵妇无意间提起她当初给襄国公府太夫人做过伴读的事情，她便栽赃那位夫人家里私通南朝，令那家人被满门抄斩了。前几天襄国公和上官成义上门，还被她刁难嘲讽了一番。"

君无欢凝眉思索了一下："是……六年前袁家的事？"这事君无欢有些印象，不过两家都不是什么好东西，自然也就没有插手了。

魅影点头："那李夫人如今只怕正愁她的孙女没有晋身的资本。若是她怀疑曲姑娘的身份……"

君无欢慢慢地摩挲着手中的茶杯，魅影却敏锐地感觉到有一股淡淡的杀气开始弥漫。

君无欢的声音在凉亭里响起。

"那就送她上路吧，年纪也不小了。襄国公府太夫人既然过世了，她身为伴读也该去侍候着了。算是本公子送给襄国公的谢礼。"

"是，公子。"

当天晚上，听到李老夫人突然病故的消息，襄国公手也不由得抖了一下。看着洒在桌上的茶水，襄国公不由苦笑，长离公子真是好手段啊。想来若不是他十分识趣地配合，说不准也是跟李老夫人一样下场了吧？

君无欢对那位曲姑娘倒真是一片真心。

那样一个聪明厉害的小姑娘，他也确实不该给她添麻烦了。

可惜啊，若是……

上京皇城里发生了什么，君无欢做了什么楚凌自然不会知道，甚至李老夫人的死都没有传进她的耳朵里。一个四品官员的妻子而且还是年纪不小的人病死了，这并不值得让拓跋大将军的弟子关注，也不会让京城的其他权贵关注。如今上京城里所有人的注意力都在曲笙和谷阳公主的比试上。

一大早等楚凌一行人到地方的时候，整个校场外面乌压压一片全都是人头。用人山人海都不足以形容这地方今天的热闹。雅朵跟在楚凌身边，一脸的严肃，仿佛楚凌不是要去跟个小丫头打架而是要上战场一般。

楚凌有些好笑地拍拍她道："谷阳公主那两下，我不用十招就能把她踢下来，别紧张。"

雅朵勉强笑了笑："还有长离公子和四皇子。"

楚凌道："如果他们都赢不了，就只能是我师父出手了。我师父就算不帮我，怎么也不会胳膊肘往外拐吧？"

一点都没有被安慰到的雅朵叹了口气："祝你好运，笙笙。"

"承你吉言，阿朵姐姐。"楚凌笑眯眯地道。

校场的擂台周围此时早已经被人挤得水泄不通了，但是该有特权的人依然还是有特权。虽然别的人几乎都要无处立足了，依然还是有不少人能够悠然地找到自己的座位。视野最好的位置被北晋皇帝带着左右两位皇后几位重臣和几个年幼的公主皇子占据了，靠前面的位置几乎都分成了两边，支持楚凌和支持谷阳公主的人泾渭分明。

"笙笙，在想什么？"君无欢的声音从旁边传来，楚凌抬头看向他，指了指自己座位后方的那些身着锦衣一看就来历不凡的观众："这些人是怎么回事？"

君无欢笑道："这些人都是下了赌注，赌笙笙你赢的人啊。"

楚凌诧异："还能这样玩儿的？你也下赌注了？"

君无欢含笑点头。

"多少？"

君无欢伸出一根手指，楚凌挑眉道："一万两？"君无欢摇头，楚凌有些惊讶，"十万两？"

君无欢俯身靠近她耳边，低声道："一百万两。"

楚凌不由得抽了口凉气："你不会把整个上京的流动银两都调出来了吧？"一百万两现银，即便是对长离公子来说也不是一个小数。君无欢轻笑一声道："那倒是没有，三成罢了。"

楚凌喃喃道："我有点腿软，是不是太没见过世面了？"

"为什么？"君无欢不解地问。

楚凌幽幽道："压力大啊。今天这要是输了……"君无欢笑道："我倒是无所谓，不过笙笙今天无论你输了还是赢了，都有人恨你。那边都是押了谷阳公主赢的。"君无欢一指对面谷阳公主等人身后的人。

楚凌扭头问旁边的雅朵："阿朵，你有没有下注？"

雅朵有些羞涩地道："我没有长离公子那么多钱，只下了三万两。"

楚凌沉默了半响，突然深吸了一口气道："既然无论输赢都有人恨我，那当然还是赢比较好了。阿朵，你再去帮我下个注。"

雅朵眨了眨眼睛，道："赌你赢吗？押多少？"

楚凌十分豪迈地道："全押了！"

雅朵想了想，站起身来道："好，我回去替你拿钱。"顺便她自己也再多加一点吧。长离公子都这么大方，她这个做姐姐的怎么能小气呢？

"全部押下去，我能赚多少呢。"楚凌喃喃道。

坐在旁边的君无欢轻声笑道："笙笙不要想太多了，你的赔率不太高。"

"啊？"楚凌有些失望。

君无欢道："这种比武赔率都不太高，毕竟能连胜十人的挑战者实力肯定不弱。而被挑战者却需要请外援，实力肯定不如挑战者。除非对方能请来拓跋大将军那样的绝顶高手双方实力悬殊，不然赔率一般都不高的。这次谷阳公主那边有百里轻鸿，另一个虽然没公布，只要不是大将军，我跟拓跋胤都能应付，所以……"

楚凌叹了口气："我要是早点知道有这个赌注，就暗箱操作一下。"

"比如？"

"比如，我要是提前受点伤啊什么的。"楚凌遗憾地道："不就将赔率拉高了么？"

"那真是可惜了。"拓跋罗的声音从旁边传来，隐隐带着几分笑意，"我们应该提前通知曲姑娘才是。"拓跋罗和拓跋胤带着贺兰真和四王妃走了过来。贺兰真高兴地朝着楚凌挥了挥手，走到了方才雅朵的位置："笙笙，你好厉害！你一定要赢啊，我把我的嫁妆都押上了。"

楚凌苦着脸："我觉得我的肩膀好重。"

贺兰真道："我帮你捶！"说着真的伸出双手替楚凌捶肩膀，"我们王爷说，要是你赢了我就可以有十万两的入账啦。以后我养孩子就靠你啦。"

楚凌无语地看了拓跋罗一眼："大皇子，大皇子府已经穷得要靠我赚钱养孩子了吗？"

拓跋罗笑道："恰逢其会，不赚一笔怎么过意得去？"

拓跋胤倒是神色严肃："第一场是对方的百里轻鸿出战。"

楚凌点头表示明白,所以第一场你也要出战嘛。

楚凌偏着头探出身体看向对面,拓跋明珠和百里轻鸿早早地坐在了谷阳公主身边。

楚凌偷偷扭头瞥了一眼高处看台上的北晋皇帝,看不太清楚北晋皇帝的脸色,不过此时只怕是不太好看了。

一直等到雅朵都回来了,才终于听到一阵鼓声响起。原本喧闹的校场上顿时安静了下来。一个官员走上前擂台,一脸肃然地宣布起今天比武的规则和顺序。总之就是请来的外援先打两场,然后才是正主的比试。即便是某一方连胜两场,第三场也不能豁免。第三场才是真正的挑战者和被挑战者解决恩怨的时候。

兴奋的人们觉得那官员实在有些啰嗦,人群中纷纷传来嘘声。

对方似乎知道自己不受欢迎,好脾气地笑了笑宣布第一轮比试开始。

一阵鼓点之后,一个人影飞身上了擂台。

拓跋胤站在擂台的边缘,手中长剑直指台下的百里轻鸿:"百里轻鸿,上来。"

百里轻鸿并不着急,神色平静地站起身来纵身一跃也上了擂台,反手抽出了自己手中的长剑。

虽然一个是中原人一个是貊族人,但是两人都是用剑的,看起来竟然莫名地让人觉得有些相似。

拓跋胤并不多话,等百里轻鸿抽出了剑,手中的剑就直接刺了过去。两个人都是战场上出来的,招式并不算精巧却都威力惊人。楚凌坐在台下,看着擂台上腾挪飞掠的两个人影和那杀气腾腾的两把剑,神色也专注了起来。

外行看热闹,内行看门道,这样级别的比武即便是在这高手云集的京城,也并不常见。

围观的人们纷纷喝彩助威,坐在前面的这些人反倒是安静了许多。

楚凌偏过头低声问道:"你觉得谁的胜算大一些?"

君无欢微微蹙眉道:"不好说。"

楚凌扬眉:"哦?我还以为你会觉得四皇子胜算更大一些。"

君无欢道:"百里轻鸿这些年默默无闻,但武功确实比十年前进步了。特别是这两年他的剑法似乎更不一样了,不过……"不过他未必会出全力。

楚凌轻叹了口气,道:"四皇子武功虽然高强,但是面对百里轻鸿似乎总是不太冷静。"

"不用担心。"君无欢笑道,"四皇子不是会被外因影响的人,打久了他自然会冷静下来的。"

楚凌点了点头。

君无欢说得没错,最初的时候拓跋胤出手还杀气腾腾,但是越往后却打得越稳了。他很清楚,愤怒和仇恨只会影响他的发挥,面对百里轻鸿这样的高手需要的不是仇恨而是冷静。

两人这一战足足打了将近大半个时辰。也让围观的人们看得目眩神迷，沉醉其中忘记了时间。

最后两人同时一剑刺向对方，却刺中了对方的剑尖。双剑相碰的瞬间，一股劲力迅速朝着四周扩散开来。坐在最前面一排的人首当其冲，楚凌伸手揽住了雅朵挥刀扫开了冲到跟前的劲气。旁边君无欢一挥袖，宽大的广袖立刻将跟前的劲力打散，化解了他们附近所有人可能会有的狼狈。

拓跋罗忍不住看了一眼君无欢，这样的轻描淡写他自然做不到，这位长离公子果真是深不可测。

台上的两人此时却双双顿住了身形半晌没有动弹。众人纷纷好奇地看向擂台，却见两人各自后退了两步没有说话。

后方看台上，北晋皇帝有些好奇地问下首的拓跋兴业："大将军，这是？"

拓跋兴业道："平手。"

拓跋兴业的声音不高却清楚地传到了擂台上，擂台上的两个人对视了一眼，双双收剑转身下了擂台。虽然没能分出胜负，但是围观的人们依然觉得十分满意。看了这样精彩的打斗，胜负什么的已经完全不重要了。

"第二轮比武开始，请两位高手上台！"台上的官员高声宣布。

"小心。"楚凌看着君无欢轻声道。

君无欢含笑站起身来，道："笙笙放心便是。"

对面的谷阳公主看到君无欢起身，脸上的神情忍不住扭曲了一下。

君无欢漫步走上了擂台，便听到身后风声微动，他头也不回地侧身避开了背后袭来的一刀。对方一刀落空并不气馁，下一刀立刻袭来，君无欢袍袖一卷，卷住刀身一甩，两人就迅速拉开了距离。

君无欢看着站在自己对面的南宫御月挑了下眉，脸上却没有意外的神色，只是抬手抽出了软剑。

"国师？！"

"谷阳公主请的竟然是南宫国师？"

"金禾氏竟然能请动南宫国师？"这个才比较奇怪吧，南宫御月号称疯子可不是白叫的。这人不讲理，就算是焉陀家想要求他办事都要看他心情，更何况是金禾氏？南宫御月今天的心情似乎很不错。他把玩着自己手中的刀，偏着头打量着君无欢。君无欢神色平静地任由他打量，只听南宫御月笑道："君无欢，你要是输了，可怎么办呢？"

君无欢道："我就算输了，又如何？"一平一负一胜，对笙笙也不会有什么影响，最多就是让人说君无欢不如南宫御月而已。

南宫御月脸上露出一个诡异的笑容："如果，笙笙也输了呢？"

君无欢蹙眉，看着南宫御月："你打算用这些废话打败我吗？"

南宫御月轻哼一声，道："行，那就先干掉你再说！"说字还未出口，南宫御月身形一闪已经到了君无欢面前，刷刷刷三刀毫不留情地扫向了君无欢。君无欢脚下轻轻移动了一步就避开了南宫御月这三刀，同时手中的软剑一挺刺向了南宫御月的手臂。南宫御月反手举刀一挡，剑尖刺在了南宫御月的刀身上。

软剑本就柔软，触到刀身立刻弯了起来。南宫御月唇边勾起一抹冷笑，抬手一震一股劲力就透过刀身逼向了君无欢。君无欢不紧不慢，手中软剑一凛，原本弯曲的剑身立刻弹向了南宫御月的刀。

刀剑相撞，两人双双后退了几步。下一刻，便又各自上前再一次缠斗在一起。

如果说拓跋胤和百里轻鸿的比试让人觉得精彩和热血沸腾的话。南宫御月和君无欢却是让人有些头晕和摸不着头脑。这两人的动作很快了，眼力差一些的根本看不清楚他们的招式。这两人动不动就用内力相拼，比拼内力说起来高端大气上档次，对普通人来说可看性却着实大打折扣。

坐在旁边已经恢复了平静的拓跋胤皱眉道："南宫御月想要拖垮君无欢。"

其他人纷纷看向他，拓跋胤道："长离公子身体不好，必然不耐久战。南宫御月一上台就比拼内力，又是以快打快，时间久了若是牵动君无欢的旧疾……"就算不犯病，一个长期生病的人体力必然不如一个身体健康的人。南宫御月脑子是有病，但是他的身体没病。

"好卑鄙！"贺兰真忍不住道。

楚凌无奈笑道："擂台之上只有胜负，哪有什么卑鄙不卑鄙的。"

"那长离公子怎么办？"

楚凌觉得她想问的应该是：我的银子怎么办？

"不用担心，长离公子既然上台心里应该也有数。"拓跋罗劝道。

楚凌清楚地看到对面谷阳公主得意的笑容，微微眯眼给了她一个轻蔑的表情。谷阳公主原本的得意立刻变成了咬牙切齿。楚凌心中轻哼，挑衅本姑娘你还太年轻了。

君无欢和南宫御月这场比武打得没有百里轻鸿和拓跋胤久。楚凌渐渐地就察觉到了君无欢的脸色有些发白，不由皱起了眉头。君无欢身体是不好，但是她跟君无欢切磋过很多次，除了发病时，别的时候通常对动手并没有多少影响。现在君无欢看起来确实是像要发病的模样。

君无欢的变化南宫御月自然也发现了，他对着君无欢露出一个愉快却充满了恶意的笑容。他手中的刀凌厉无比地朝着君无欢的胸口招呼过去。

君无欢连连退避，道："我还以为这三年你有多少长进，原来都拿去学这些下三滥的东西了。"

南宫御月却不生气："等本座把你踩在脚底下碾死，你就知道谁才是下三滥了。"

君无欢冷笑一声："你以为，凭这些招数就能赢我？"

南宫御月笑道："我若是不能赢你，那就是你这些年都在装病。"

君无欢手中的长剑挽出两朵银花，笑道："南宫，三年前你赢不了我，三年后一样也赢不了。我建议你：早点习惯。"剑锋突然爆出了炫目的光芒，众人只看到两个虚影之间有一团让人几乎想要闭眼的光芒乍起，下一刻南宫御月已经被一股强大的劲力推出了几丈远。随之而来的是几道森然的剑气，南宫御月连忙闪开同时挥刀再一次斩向君无欢。

君无欢不闪不避，眼神漠然地直视南宫御月，手中软剑举起劈下。南宫御月一跃而起再一次避开了纵横的剑气。却见君无欢对他勾唇一笑，软剑横向挥出正好斩向南宫御月的腰间。南宫御月身后就是擂台的边缘自然不能再退，只能凌空翻身，在半空中挪移了方向避开这一剑之威。只是等他落地的时候，君无欢的剑已经到了他的背心。

南宫御月扭头，神色阴郁地盯着身后的君无欢。

"君、无、欢！"

君无欢对他笑了笑，"你又输了。"

又！输！了！

三年前的比武，两个人是私下进行的，虽然南宫御月输了但是没人看见。三年后的比武，却是当着大半个上京的权贵和百姓的面。南宫御月怎么能忍？

正要发作，就见楚凌已经从台下跃了上来，微笑道："国师，还请自重。"

南宫御月轻哼一声，恨恨道："笙笙，这个病秧子耍诈！"

楚凌心中默默翻了个白眼，明明是你自己使诈然后又轻敌，现在输了却怪别人耍诈？就算君无欢使诈，赢了我也很高兴啊。大约是楚凌的表情太明显了，南宫御月阴郁地扫了君无欢一眼，转身走了。

看着他远去的背影，楚凌觉得这位可能真的病得不轻。

"你怎么样？"楚凌靠近君无欢，不动声色地低声问道。

君无欢垂眸有些无奈地苦笑："不太好，南宫御月的刀上涂了药。"南宫御月的猜测没错，如果他能再拖一会儿的话，君无欢真的会输。不过君无欢对他早有防备，一发现不对就毫不犹豫地使出了十成十的功力打得南宫御月措手不及。他现在觉得浑身上下的力气都在渐渐消失。

"最后一场在下午，我们先下去。"

楚凌拉着君无欢一起跃下了台，落地的时候君无欢强撑着在楚凌的扶持下才站稳。不过在外人看来，却是这对小情侣因为赢了比武而高兴得舍不得分开。

校场周围的人群中传来阵阵欢呼声。

看台上，北晋皇帝面带笑容道："这长离公子果然不凡，除了大将军朕还是头一回看到御月在人前吃亏。"

拓跋兴业道："国师方才怕是有点轻敌。"

北晋皇帝吩咐道："御月最好面子，这两天怕是心情不好，你们别往他跟前凑。"这番嘱咐也算是北晋皇帝的慈父之心了。南宫御月是不敢杀皇子公主，但是他折腾人的手段也不少。

几位小皇子小公主忍不住缩了缩脖子，他们才不要找南宫国师玩儿呢。

拓跋兴业微微眯眼看着下方的君无欢和楚凌，目光落在了君无欢身上。虽然是南宫御月败了，但是真正受伤的人只怕是君无欢吧。如此看来，这位长离公子对笙儿倒当真算得上是一片真心了。

北晋皇帝皱眉问道："御月怎么会答应帮谷阳的忙？"

这个问题却是不太好回答，拓跋兴业摇头："臣不知。"他是真的不知道，别的人也不敢回答。

看台上有些沉默了，最后还是左皇后有些尴尬地笑了笑，低声道："陛下不知，国师和长离公子有些旧怨，先前听说曲姑娘的另一位帮手是长离公子，就去了金禾皇妃那里……"她还记着前几日南宫御月的威胁，也不肯叫二弟了，只是淡淡地叫了一声国师。

北晋皇帝也知道南宫御月跟焉陀氏的关系不怎么样，倒也不为难她，只是笑了笑道："这倒是像御月能做出来的事情。不过看来这次又输了啊。御月还是被太后宠坏了，太任性了。我貊族男儿，赢就是赢，输就是输，这点气度还是要有的。"

"陛下教训得是。"焉陀氏神色有些尴尬地应道，心中暗暗将南宫御月骂了不知道多少遍。

"长离公子没事了吧？"拓跋胤看着君无欢问道。

坐在旁边的拓跋罗一愣："怎么？长离公子方才……"在拓跋罗眼里，君无欢胜南宫御月胜得十分轻松，至少比百里轻鸿和拓跋胤要轻松得多。君无欢有些无奈地轻笑了一声道："有劳四皇子关心，一时不小心岔了内力，并无大碍。"

拓跋胤却并不那么好骗，道："是南宫御月使诈，他的刀有什么问题？"

楚凌道："他的刀上涂了药，引得人内息混乱。"

拓跋胤皱眉："南宫国师这实非武者所为。"君无欢身体本来就不好，若是受了药物影响突然内息混乱极有可能牵动旧疾。

君无欢淡淡道："南宫国师本就不是纯粹的武者。"南宫御月本质上跟他一样的，武功在他们眼里只是变强和需要用到的工具。如拓跋兴业那样纯粹追求武道的心，君无欢是没有的，南宫御月就更不可能有了。他们有可能永远都领悟不了武功的最高境界，不过他们也并不在意。他们都志不在此。

贺兰真和雅朵把楚凌拉到旁边，贺兰真小声地道："笙笙，你等一下上台小心一点。"

"怎么了？"楚凌不解地道。先前贺兰真还表示，她一个打十个谷阳公主都绰绰有余呢。

雅朵道："谷阳公主好像有点厉害。"

"怎么可能？"不是楚凌骄傲自满，只是绝对的实力是不可能在短时间内突破的。

贺兰真连连点头道："是真的，方才我和雅朵撞上谷阳公主了，虽然只是擦肩而过，但是她感觉好厉害。我打不过她。"

楚凌挑眉，贺兰真的实力她有一些了解，这个塞外长大的公主武功在女子中算是相当不错了。

楚凌点了点头道："我知道了，放心。"

楚凌越过人群去看另一边的谷阳公主。谷阳公主这次却没有看她，而是微微垂首在跟担心女儿过来的金禾皇妃说着什么。楚凌眯眼思索着，谷阳公主似乎发现了她打量的视线，立刻抬起头来准确地看了过来。两人对视了片刻，又各自移开了视线。

"笙笙，怎么了？"君无欢问道。

楚凌压低了声音道："那不是谷阳公主。"

君无欢一怔，立刻抬眼看了过去。谷阳公主依然是之前的装扮和模样，与早上看起来没什么差别，但是气质却不太一样。

楚凌道："虽然她极力模仿，但是她的眼神跟谷阳公主不一样，而且她说话的速度比谷阳公主略慢了一些，习惯性的小动作也不一样，她的小动作很少几乎没有，我猜他应该是个杀手或者细作。"君无欢眼眸微沉，道："还不清楚对方来历，不要上台。"

楚凌摇头道："没事，对方也未必清楚我的实力。你和四皇子这样级别的高手，是不会隐姓埋名去当杀手和细作的。"

"更何况，当着这么多人的面还有这么多高手。我就算输了也不会有事。"

君无欢沉默了片刻，点了点头："小心。"

拓跋胤坐在君无欢身边自然也听到了他们的低语，拓跋胤沉声道："找人代替挑战，只要揭穿她这场挑战就算她输了。"找人帮忙可以，但是找人代替是懦弱者的行为。

楚凌笑道："我想看看，金禾皇妃找了什么样的高手对付我。"

说话间，台上鼓声响起宣布第三场比试开始了。

楚凌纵身跃上擂台，很快谷阳公主也站起身来走了上去。谷阳公主那边的人纷纷喝彩，虽然不少人都知道谷阳公主肯定是打不过楚凌的，但是敢于直面挑战的勇气还是让不少人对她心生好感。

楚凌似笑非笑地看着对面的人，道："公主，请指教。"

谷阳公主沉默地点了下头，拔出了腰间的弯刀。

楚凌笑道："公主要不要换一把称手的兵器？我看你不像是习惯用弯刀的人。"

谷阳公主抬眼看向楚凌，道："不必，多谢。"

楚凌挑眉道："既然如此，那我就不客气了。"楚凌并没有带流月刀上台，流月刀是难得一见的名刀，即便是貊族皇室能拥有那样品质的刀的人也寥寥无几。带着流月刀跟谷阳公主比武，几乎等于是欺负她。

楚凌抽出腰间的长鞭，长鞭在她身边画了个圈鞭梢落在了旁边的地上，石头砌成的地面立刻多了一道白痕。谷阳公主神色微变，手中的刀紧了紧。

楚凌轻笑一声也不再废话，长鞭一抖鞭梢便如灵蛇一般射了过去。谷阳公主提刀一挡，手中的刀画了几个圆弧，想要将长鞭扫开。却不想那长鞭仿佛有了自己的意识一般，环绕着她的弯刀不散去。

楚凌笑道："我说了，公主的兵器不顺手，公主现在还可以考虑换一把。"

谷阳公主轻哼一声，见自己挥不开楚凌的长鞭，便飞快地退出了长鞭攻击范围然后才横刀挥出。楚凌一鞭子扫过去，避开了这一刀，两人飞快地靠近了对手缠斗在了一起。

两人出手如风，一边抵挡对方的进攻一边趁机攻击对方，台下的人们也看得眼花缭乱。

"咦？没想到谷阳公主竟然如此厉害？"有人忍不住议论道，在此之前从来没有人对谷阳公主的武功抱有什么希望。却没有想到，谷阳公主实力竟然也不弱。跟曲笙打了这么久依然是平分秋色。难不成谷阳公主才是皇室继四皇子之后新一代的武学天才？

看台上的北晋皇帝微微皱眉，很快就变了脸色。

坐在他身边的两位皇后见他脸色不好，连忙关切地道："陛下，您这是怎么了？可是哪里不适？"

北晋皇帝脸色铁青地盯着擂台上半响不语。

楚凌一只手扣住了谷阳公主的手腕，不过谷阳公主很快就反手甩开了，楚凌脸上划过一丝意外，很快脸上的笑容就变得意味深长起来。

"公主好本事，真是让我佩服得很。"

谷阳公主一言不发，楚凌也不在意，笑眯眯道："这场比武想必大家也看得厌烦了，不如咱们速战速决？"

谷阳公主手中的刀继续挥出，楚凌一边让开一边提起手中的鞭子扔到了一边，"我不欺负你，既然你玩刀，那咱们就玩刀吧。"这话一落，人们只看到楚凌的身影如惊鸿一闪扑向了谷阳公主。谷阳公主挥刀迎了上去，楚凌手中的匕首却已经换到了另一只手，银光一闪，血光乍现。

谷阳公主眼底闪过一丝暴虐，全然不顾手臂的伤挥刀斩向楚凌。楚凌诧异地挑眉，飞身后退："你终于肯出全力了吗？"

谷阳公主厉声道："我要你死！"

楚凌笑道："谁死谁活还不好说呢。"

人们目瞪口呆地看着台上打成一团的两个人，这是谷阳公主？！

台上的女子单手挥舞着弯刀，却几乎挥出了长刀的气势。看上去不像是个公主，倒像是在战场上杀红了眼睛的将士。眼里除了敌人什么都没有，非要让敌人倒下才肯罢休。

楚凌也不示弱，打到这会儿她终于感觉到这场比武的痛快了。这个人的实力确实是不弱，只是之前想必是不想露出马脚一直在隐忍，打得楚凌十分不舒服。

所有人都睁大了眼睛看着台上两个少女的交锋，这场比武足足打了半个时辰，最后还是楚凌略胜一筹将匕首插进了谷阳公主的后肩处。谷阳公主头也不回提起刀就向身后砍去，楚凌手腕一拧匕首在她的伤口里转了个圈，原本挥向楚凌的刀立刻脱力。

楚凌这才抽出匕首飞身退开，谷阳公主却不肯罢休，转身又是一刀。只是她受了重伤，一边肩膀几乎不能动弹大大影响了她的行动。楚凌轻轻挑开了她的刀，眼睛微闪了一下，手中匕首向着她的脸上挑去。谷阳公主连忙避开，但是楚凌的匕首依然还是在她脸上划破了一刀伤痕。楚凌也不勉强，飞身一脚将人踢下了擂台。

校场周围发出震天的喝彩声，也有人连忙上前去扶被踢下来的谷阳公主。

突然靠得最近的人惊呼道："你不是谷阳公主！你是谁！"众人惊悚，而看台上的北晋皇帝的脸色已经无法用阴沉二字来形容了。

楚凌站在擂台上低头看了看自己无奈地叹了口气，她身上被砍了三刀，虽然都避开了要害。背上还挨了一肘子，这会儿浑身都痛，好想直接倒下去睡一觉啊。

"笙笙。"

君无欢掠上擂台，伸手扶住了她，看着她手臂和肩膀上的伤眼神微沉。楚凌安抚地对他笑了笑："没事儿，人在江湖漂哪能不挨刀啊。那人功夫不错，不知道是什么来历。"

君无欢沉声道："先下去再说。"扶着楚凌飞身掠下了擂台。

被人围着的谷阳公主此时半张脸都染着血迹，但是依然能够清楚地看到脸上那张被划破了的、不知是什么材料做成的面具下的另一层皮肤。楚凌的匕首直接在他脸上划了一条口子，那面具薄如蝉翼，破了一个口子立刻就裂绽出更多的裂口。脸上的鲜血更是渗入了其中，让半张脸都变成了一种诡异的红色。

有人上前一步，好一会儿终于从那张脸上将面具撕了下来。人们这才惊悚地发现，这不仅不是谷阳公主，还是一个身形瘦小的男子。

一时间众人都有些尴尬得不知道该怎么办了。

北晋皇帝就派人来传话,让金禾皇妃一行人以及这个假冒谷阳公主的人全部过去见驾。众人回头看向后面的看台,那里早就已经没有了北晋皇帝的身影。

北晋皇帝并没有回宫,一个不算大的房间此时已经挤了不少人。谁也不敢开口说话,房间里的气氛凝重阴沉得让人喘不过气来。

楚凌坐在拓跋兴业身边,她身上的伤刚刚草草地处理过了。君无欢坐在她旁边看着她随意包扎的伤忍不住皱眉。

片刻后金禾皇妃和谷阳公主走了进来,谷阳公主脸色苍白,再也没有了往日的骄纵,战战兢兢的模样仿佛是一个被欺负了的弱女子。金禾皇妃的脸色也有些苍白,一进了门便跪倒在了地上。

"请陛下恕罪,是我自作主张让人假扮了谷阳的。"金禾皇妃道。

谷阳公主战战兢兢地跪在金禾皇妃身边,她并非不知道冒名顶替的罪名有多严重,当时不愿意在君无欢和曲笙面前丢脸的心思压过了一切。被人挑唆了几句,竟然就真的胆大包天在这种场合做出了这样的事情。

"父皇,女儿知道错了。女儿……"

北晋皇帝看着她,问道:"那人是怎么装扮成你的模样的?"易容术在北晋是个稀罕的玩意儿,更不用说这样几乎弄得跟本人毫无二致的易容术了。

楚凌也有些好奇,她是听过易容术的,不过竟然有能够做到以假乱真的易容术,她还是第一次见到。谷阳公主摇了摇头道:"我不知道,是有人卖了那个东西给我。说只要找个武功高强,跟我身形脸形差不多的人戴上就可以了。"那个面具,她花了五万两银子买的。

北晋皇帝轻哼一声:"你若是不敢接受挑战,当初就该直接认输。接受了挑战,却在擂台上弄虚作假,丢尽了皇室的颜面!"

"父皇!"谷阳公主哭泣道:"我知道错了,我只是一时糊涂,求父皇原谅我吧。我以后再也不敢了。"

"父皇。"站在旁边的六皇子也上前跪了下来:"是儿臣没有管教好九妹,才让她做出了这种事情。求父皇责罚儿臣吧。"

北晋皇帝看向旁边的拓跋罗,问道:"大皇子,你怎么看?"

拓跋罗垂眸,恭敬地道:"今日之事在场的人都看到了,皇室总要给貊族贵族和各部一个交代。九妹向来冲动,被人蛊惑也不是不可能的。请父皇从轻发落吧。"

北晋皇帝满意地点了点头,看向拓跋兴业:"大将军,曲姑娘是你的弟子。你有何意见?"

拓跋兴业看向楚凌,楚凌对他摇了摇头,表示自己无所谓。

拓跋兴业道:"既然谷阳公主输了,请公主当众向笙儿道歉。"

"这是应该的。"北晋皇帝并不觉得让一个公主向一个臣子的徒弟赔礼道歉会损害皇室颜面。虽然入主中原之后北晋皇帝不可避免地也染上了一些中原皇帝的毛病，但毕竟曾经也是豪气冲天带领貂族入主中原的一代霸主，这点气度还是有的。

北晋皇帝这才看向谷阳公主和金禾皇妃，沉声道："既然大将军和曲姑娘不追究此事，那就由朕处置了。"

谷阳公主闻言眼睛微亮，这种事情正主不追究的话就会好许多。只听北晋皇帝道："前几日，漠北奚林部的族长为他的儿子向朕提亲求娶一位皇室贵女，谷阳回去准备吧，半个月之后便出嫁到奚林部去。"

"父皇?!"

"陛下！"

闻言金禾皇妃母子三人都忍不住齐声叫道，谷阳公主更是快要晕过去了。奚林部在漠北极北的地方，当初貂族入关之前的领地就算是苦寒了，但是奚林部的地方比貂族的祖地还要穷困得多。距离上京比南朝的平京还要遥远，貂族最兵强马壮的时候也无法去征服那个地方。貂族的公主，没有人愿意被送到那个地方去和亲。

到了那边就算你是公主也没有什么用，出了什么事情哪怕父皇肯为她做主，等北晋的人赶到只怕她的尸骨都已经烂了。

"父皇，不要！谷阳不要去那种地方！"谷阳公主痛哭流涕地哀求道，金禾皇妃也搂着女儿苦苦哀求。北晋皇帝脸上却没有丝毫的动容之色，半点也看不出来就在不久前眼前的这对母女还是他最宠爱的妃子和女儿。

"做错了事情，就要付出代价。"北晋皇帝看着谷阳公主道，"你若输了或者不敢上台，朕不怪你。但是，你做出这种事情，玷污了我貂族千百年的传承和精神。便是朕放过你，你以为貂族各部会放过你吗？"如今貂族入关未久，很多传统也并没有被完全抛弃。如果谷阳公主留下，很有可能被贵族和各部首领要求处死。如今北晋也并不是北晋皇帝能一言九鼎的地方，比如明王，比如他那些看金禾皇妃和六皇子不顺眼的皇子们。能抓到机会弄死一个敌人，他们想必也不会放过这个机会。

谷阳公主绝望地放声大哭，房间里却没有一个人替她说话。

楚凌沉默地看着这一切，心中却不由生出了淡淡的寒意。

一场令人期待许久的比武让人热血沸腾心满意足，最后却是虎头蛇尾结束。

貂族的贵族和百姓们果然如北晋皇帝所预料的那般群情激动。

各国各部族来参加大皇子婚礼的使臣都还没有离开，让貂族人觉得自己在各国和塞外部落的人面前丢了面子。朝中的权贵天天要求陛下严惩谷阳公主。民间的普通人也议论纷纷，将谷阳公主视为貂族的耻辱。

直到北晋皇帝宣布谷阳公主将会和亲关外奚林部，人们这才渐渐平静下来。奚林部族长原本是为自己的嫡长子求亲，这次却换成了庶子。奚林部族长表示，奚林部未来的王妃不可能是一个懦弱奸诈的女人，哪怕她是皇帝陛下的女儿。

楚凌被迫留在家里养伤，但是这些消息却丝毫没有遗漏地传入了她的耳中。坐在院子里的树下，挥退了替她传消息的人，楚凌也不由得轻叹了口气。

倒不是她同情谷阳公主，而是北晋皇帝对谷阳公主的态度让她心里发寒。谷阳公主那般骄纵，说到底还不是北晋皇帝和金禾皇妃惯出来的吗？若不是北晋皇帝娇宠，一个皇妃的女儿能比左右皇后的女儿还骄纵？但是出了事之后，北晋皇帝将谷阳公主丢出去和亲连个眼神的波动都没有。

不由自主地，楚凌想起来她也是个公主，她也有个皇帝爹。这个皇帝爹在危难到来的时候丢下自己的妻子儿女跑了，去了南朝继续当他的皇帝。而他的妻女却在浣衣苑那样的地方受尽了非人折磨，一个个默默凋零。

"笙笙。"

楚凌回头，就看到君无欢和桓毓漫步走了进来。楚凌笑道："长离公子和玉公子怎么有空来我这里？"

桓毓轻哼一声，道："本公子要走了，临走前来跟你告个别。"

楚凌有些惊讶："怎么？襄国公和上官大人已经跟北晋谈好了？"

桓毓脸色有些难看地在楚凌对面坐下，道："谈好了，不然怎么会走？"

看桓毓的脸色，显然谈判的结果并不让他满意。他本来就是个跟着来凑热闹的人，谈判的事情别说他没有发言权，就是连参加的机会都没有。

君无欢道："天启答应每年给北晋一千万两岁贡，六十万匹丝绢，还有各种药材。另外，每年要送一名宗室贵女来北晋和亲。"

所谓的和亲自然不是来当皇妃或者王妃，不是充入北晋后宫当个小嫔妃就是入哪位皇子府做妾。

"岁贡翻了一倍，襄国公和上官大人竟然也答应了？"楚凌道。

桓毓道："他们不答应也没办法，北晋最近一直在整顿兵马，上京附近的兵马也在开始往南边调动了。上官成义都要吓疯了，除了答应他还能怎么办？"

楚凌轻叹了口气："如此，我就只能祝玉公子一路顺风了。"

桓毓取出一个盒子递到楚凌跟前，楚凌有些意外地看着他，"这里面是什么？难道是送我的礼物？"

桓毓翻了个白眼道："你前两天不是下注赌你赢吗？这是你赢的钱。"

楚凌有些意外，"赌局是你开的？你们还经营赌坊？"

桓毓嗤笑道："就算我们经营赌坊，也不会在自己家的赌坊赢钱好吧？君无欢下了三百万的赌注，我们以后喝西北风啊？这是帮雅朵姑娘送回来的，她说这么多钱怕被人给抢了。谁敢抢拓跋兴业的徒弟的钱？"

楚凌道："这个倒不一定，人为财死鸟为食亡，总有不要命的人。"

打开盒子看了看，楚凌眨了眨眼睛，里面整整齐齐的一盒子全都是银票金票，

"这是多少钱？"

桓毓道："你和雅朵，一共下了二十三万两，你的赔率太低了，这里是四十八万两。"

翻倍也很可以了，楚凌一本满足地想着："我是四十八万两，那长离公子岂不是……"

桓毓笑嘻嘻地道："是啊。"

楚凌有些羡慕地看了坐在旁边的君无欢一眼，有钱人啊。

君无欢轻声道："笙笙若是缺钱用，跟我说一声便是了。"

楚凌连忙摇头："倒也不是缺钱用，你明白的吧？眼热。"

君无欢无奈，"其实我也不是很有钱。"他是有钱，但是他用钱的地方也很多。

楚凌将装着银票的盒子放到旁边，看向两人皱眉道："两位可有注意到这两天城中的动向，我总觉得这两天的风声有些不太对。是谁在背后操控？"

君无欢道："很多人。金禾皇妃这些年得罪的人不少，即便是不得罪人，也免不了有人想要对付他们。如今谷阳公主自己把把柄送上来，别人不会放过的。"桓毓倒是有些幸灾乐祸："我真是同情六皇子和金禾皇妃，这两天金禾氏可是忙得晕头转向。也不知道是谁耍了谷阳公主那个蠢货。"

"你以为是谁？"君无欢淡淡道。

桓毓挑眉："怎么？你知道是谁？该不会是你暗地里捣鬼吧？"

君无欢摇了摇头，楚凌道："是南宫御月吧？"

君无欢赞赏地点头道："八成是他。"

"谷阳公主哪儿得罪他了？"桓毓皱眉，有些不解地道。

君无欢淡淡道："南宫御月回京的第一天就在城外遇到了谷阳公主。谷阳公主没认出来，带着人骑马从他旁边过去溅了他一身灰尘，谷阳公主的仆从还差点甩了他一马鞭。当天晚上，那仆从就被自己的马踩死了。"

桓毓震惊："南宫御月会被马溅一身灰尘？他的轻功是摆来看的吗！？"

君无欢道："你也可以理解成，他故意找事。"南宫御月向来是你不得罪我我不得罪你，但是我要整你的话，你肯定就会得罪我。

"还有，大概就是三年前谷阳公主骂了南宫御月一声……咳，不太好听的话，正好被南宫御月听见了。"

桓毓和楚凌对视了一眼。

以后还是不要招惹疯子了，太可怕了。

桓毓摸着下巴思索着道："如果把这件事透露给金禾皇妃……"

"你你有证据吗？"君无欢问道。

桓毓摇头："没有。"

君无欢道："所以，你没有办法。或者就算金禾皇妃相信了你的话也没有用，金禾皇妃现在不会跟焉陀氏撕破脸。焉陀皇后毕竟是左皇后，还有两个儿子，金禾皇妃却渐渐失宠了。"

楚凌偏着头道："北晋皇帝这么爽快地将谷阳公主嫁出去，是不是为了警告金禾皇妃？"

君无欢看着楚凌，半响方才道："笙笙好生敏锐。"

楚凌眨了眨眼睛，便听他继续道："笙笙若是生在皇室，定然会是个让所有人都惊艳不已的公主。"

楚凌一怔，放在桌面的手指微微动了一下，笑道："长离公子谬赞了，我可没有那个福气。更何况，如今这世道生在皇室可不是什么好事儿。"

君无欢笑了笑并没有再继续这个话题，倒是桓毓兴致勃勃地道："我可是听说，北晋皇帝有意册封笙笙为郡主啊？就算当不成皇室公主，皇室郡主也还是很威风的。"

楚凌摇头道："不过是看在我师父的面子上罢了，而且陛下还没有下诏，也未必就会成。"

君无欢蹙眉道："北晋皇帝想要册封的想法似乎很坚定，好几个人劝说都被他挡了回来。"

楚凌正要说话，门外就传来了匆促的脚步声："小姐，陛下派使者来了！"

北晋皇帝的使者来意很简单，就是为了宣布册封楚凌为郡主的诏书。郡主不同于公主或者后妃，不需要册封大典，只需要在朝堂上公布。受封的人接了诏书，次日再入宫谢恩就完了。

北晋皇帝为了表示对拓跋兴业的看重，特意为楚凌选了一个颇有意思的封号武安郡主。

楚凌听到这个封号的时候不由挑了下眉，觉得这位北晋皇帝陛下估计还是念过不少中原的历史书的。武安二字自古以来都是武将毕生的梦想和最高的追求。拓跋兴业未必有这个追求，但或许是因为拓跋兴业太无欲无求了，才让北晋皇帝将这个封号补偿到了她的身上。

毕竟臣子忠心不贪婪是好事，但是太无欲无求了的话就会让君王有些不安了。拓跋兴业大约也明白了北晋皇帝的心思，所以才同意册封她为郡主的。

送走了传旨的使者，君无欢和桓毓才从里面走了出来。桓毓满脸的坏笑："恭喜哦，武安郡主……"故意拉长的声音怪腔怪调，让人一听就觉得他不怀好意。楚凌翻了个白眼，随手将圣旨和郡主的印信金册放到一边的桌上道："恭喜？空手白口的算什么恭喜？礼物呢？"

桓毓抽了抽嘴角，打量了一下自己发现浑身上下好像没有什么拿得出手的礼物。犹豫半响只得一脸肉痛地将自己手里的折扇递了过去。楚凌接过来一看，不以为意地道："一把破扇子拿来干吗？这都要入冬了。"

"一把破扇子！"桓毓险些气得喷血，"君无欢，你看看这没见识的臭丫头！"

君无欢不以为意地从楚凌手里拿过扇子看了看，"是一把破扇子啊。"又随手还给了楚凌，道："笙笙不喜欢就收着吧，回头卖给上京那些中原权贵，也能卖个万八千两的。"

"嗯？"楚凌有些惊讶，"一把小扇子这么贵？有什么特别的地方？"

君无欢笑道："没什么特别，最多就是扇面算是一幅不错的古画，你知道的，这年头附庸风雅的人多。"

楚凌点点头将折扇收了起来，眼前不就有一个吗。

桓毓捂着腮帮子怒瞪着楚凌，楚凌不解地看着他："玉小六，你捂着脸干什么？"

桓毓咬牙："我牙疼！"

楚凌被册封为武安郡主的消息很快就传遍了整个京城，原本没什么访客的府邸开始变得门庭若市。愁得雅朵好几天没去店里天天蹲在家里帮楚凌接待客人了。

这些客人中，中原人和貉族人都不少。原本这两年楚凌很少在外面走动，上京那些天启官员和后来加入北晋朝堂的天启人虽然知道有楚凌这个人，却也没怎么来凑热闹。虽然是拓跋兴业的徒弟，但是毕竟拓跋兴业是武将，跟他们那些文官不是一路的。又不知道北晋人是怎么想的，自然也不敢随意跟楚凌套近乎。

如今北晋皇帝为了楚凌将自己的亲生女儿都贬到漠北去和亲去了，还册封了楚凌为武安郡主，这些人精哪里还会不知道北晋皇帝的意思，自然纷纷上门来了。

而其中更有不少是想要向楚凌求亲的。若是自家的子弟能娶了武安郡主为妻，不仅在大将军面前有了身份，就是在貉族人中间也能更上一层楼。怀着这样心思的人当真是不少，不仅如此甚至还有人将主意打到了雅朵身上。

雅朵是武安郡主的养姐又是表姐，人也聪明能干，这门亲事自然也是十分划算的，弄得根本无意成婚的雅朵烦不胜烦，干脆和楚凌一起直接躲进了旁边的大将军府这才消停下来。

躲进大将军府的楚凌并没有如人们以为的那么平静，这日一早做完了早课楚凌便悠闲地出门去了。一路上确定没有人跟踪自己这才拐进了一个小胡同里，片刻后从另一个方向一个穿着灰扑扑袍子的少年走了出来。

楚凌熟门熟路地来到了城西一个看起来像是贫民区的地方，这里鱼龙混杂住着各色人。唯一的共同点大概就是他们都很穷，是这个皇城里混迹在最底层的一群人了。

一走进去楚凌就感觉到无数盯着自己的目光，有贪婪的恶意，也有警惕的试探还有单纯的畏惧和怜悯。楚凌扫了一眼那些蹲在街边衣衫褴褛许多还缺胳膊断腿的人，唇边勾起了一抹淡淡的笑意。

一刀银光在她掌心闪现，轻薄的匕首在她手上挽起几个耀眼的刀花，原本那些目光立刻就收回去了大半。

楚凌一路往深处走去，绕过了两个巷子，里面变得越发的阴暗起来。

楚凌在一处破败的小门前停了下来，抬手敲了敲门。里面传来一个有些沙哑的声音："谁啊？"

楚凌推开门，乱七八糟的小院子里几乎没有人落脚的地方，散发着一股比外面还要难闻的恶臭。院子的角落里坐着一个仿佛有五六十岁的消瘦老者，他是貊族人，看起来却骨瘦如柴，眼睛里写满了惊恐，随便一个什么人都能将他吓得胆战心惊一般。楚凌看着他一边僵硬得不能动弹的肩膀和少了一条的腿皱眉。

"你是什么人？！"男子惊恐地问道。

楚凌挑眉道："你是牟奇？"

"我不是！"男人惊呼道，看起来像是想要往院子里那一堆废材里面钻，只是他少了一条腿行动不便，挣扎了半天也没能挪动位置。楚凌笑了笑道："我既然找到这里，你觉得我会不知道你的身份吗？"

"你是四皇子的人？！"男子惊恐地道。

楚凌走到他身边蹲下："看来虽然你运气好逃过了一死，四皇子还是把你给吓坏了。你这个模样，可不像是貊族人。"

男子连连摇头："四皇子饶命！不关我的事，我什么都没有做啊。我只是一个守门的，我什么都没有做！"

楚凌轻哼一声，道："行了，我有事情问你。你老实说，我可以考虑不将你的下落告诉四皇子府。你应该知道吧，当初浣衣苑的人，一个都没有留下。你运气好逃过一劫，多活了两年也算是占了便宜了。"

"你想问什么？"男子惊恐地道。

楚凌道："三年前，那位灵犀公主的尸骨是怎么处理的？"

男子惊愕地抬起头来，突然道："你不是四皇子的人？！"楚凌手中的匕首架到了他脖子上："我确实不是四皇子府的人，不过我也会杀人。"

男子颤抖了一下，楚凌另一只手里把玩着一个金锭子道："老实回答我的问题，然后你就可以拿着这个找个好点的地方过完你的下半辈子了。"

男子有些贪婪地看着她手里的金锭，环境和时间确实可以改变一个人。三年前他还是看守着浣衣苑那些天启贵女的貊族守卫，三年后他却已经和这片地方的任何人都没什么区别了。

男子犹豫了一下，方才道："浣衣苑外面有个天坑，死了的人都被丢在里面，每过一个月会……"

"看来你还是不太老实。"楚凌打断了他的话，冷声道，"每过一个月就会处理那些尸体，但是灵犀公主的尸体在她死后的当天就被人从天坑里抬出来了，所以根本就不在那里。"

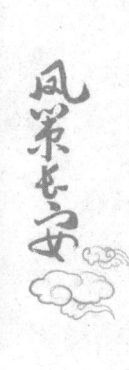

男子抖了抖，道："公子既然知道……"

楚凌道："你若是什么都不知道那我就走了，不要想跟我讨价还价。"

男子沉默了片刻，终于开口道："那位的尸体，因为死了，两个守卫还有个小丫头也不知去向了，所以便被报了上去。上面的人没查出什么，本来说要将她挫骨扬灰，不过在那之前四皇子突然回来了。然后就……"说到这里，男子说不下去了。显然是后面的事情太过可怕了。他的脸上也不由露出恐惧之色，脸上的肌肉也开始颤抖起来。

楚凌垂眸："这么说，灵犀公主的尸骨现在在四皇子手中？"

男子点头："是，是四皇子亲自将灵犀公主带走的。"

楚凌叹了口气，站起身来随手将金锭抛在他身边。那人连忙扑过去抓了起来抱在怀里，楚凌回头看了他一眼，道："好好活着吧。"有时候活着比死了更惨。

走出了那阴暗杂乱的小院，楚凌抬头看了一眼有些阴暗的天空，伸手拉起了颈后的兜帽将自己隐藏在了披风下面才走了出去。

走出了小巷，就看到不远处有几个小乞丐蹲在地上玩泥巴，楚凌走过去将一块碎银子抛在了他们跟前，道："我要见你们老大。"其中一个小乞丐抬起头来看了她一眼，只看到了那宽大兜帽下面一双冷淡的眼眸。

小乞丐拿起碎银站起身来对楚凌道："跟我来。"

楚凌点点头，跟着那小乞丐在破败的小巷子里绕来绕去，终于在一个院子外面停了下来。这个院子看起来倒是比之前那个院子好多了，至少周围都很宽敞开阔，若不是这个地方实在是太破败灰暗了，甚至称得上是个不错的宅邸。

小乞丐敲了敲门就自己推开门进去了，楚凌沉吟了片刻也跟了进去。

院子里空荡荡的什么都没有，走进大厅里面却十分干净。陈设说不上多么典雅名贵，却也都是上好的料子做成的，只是略显陈旧了一些。

一个穿着布衣的中年男子正坐在大厅里等着她们。楚凌当然明白之前那小乞丐故意带着她绕圈子，必然早有人抄近路来报过信了，倒也不在意。只是对对方点了点头道："黄老大，幸会。"

中年男子示意那小乞丐退下，方才打量着楚凌道："你认识我？"

楚凌摇头："不认识，一个朋友介绍的。"

中年男子轻哼一声道："既然是朋友介绍的，藏头露尾是什么意思？"

楚凌轻笑了一声，伸手拉下了头上的兜帽露出了一张少年的面容。中年男子不由一愣，听楚凌的声音他也猜到了这人年纪绝对不会大，但是却没有想到竟然是一个看起来只有十四五岁的少年。

男子眯眼道："不知是哪位朋友介绍小公子过来的？"

楚凌对他一笑，道："我朋友姓玉，他说当年在上京的时候跟黄老大有几分交情。有什么事情的话，可以来请你帮忙。"

"玉？"中年男子皱眉，"原来是他。"沉吟了片刻，男子抬起头来看着楚凌道："交情归交情，找我办事，不知道公子付不付得起价钱？"

楚凌轻笑一声，抬手将一个袋子抛到了黄老大身边的桌上。袋子落下桌子发出了一声沉重的响声，黄老大并没有去看那袋子，只是满意地点了点头道："公子果然爽快，有什么事情请说。只要是力所能及的，在下一定尽力而为。"

楚凌笑道："黄老大也是个爽快人，在下就多谢了。其实倒也没什么大事，我想请黄老大帮我查一些消息，这京城里比你消息灵通的人，只怕也不多了。"

黄老大笑道："不错，别的本事咱们或许没有，但是若说打探消息的话，在下确实可以替公子效劳几分的。就算你要宫里的消息，也未必没有办法。"

楚凌点头："佩服，如此便多谢了。事后需要多少银两黄老大尽管开口，只要消息有用。"

黄老大挑眉："公子就不怕我狮子大开口？"

楚凌摇头："我相信玉公子不会给我介绍这样的人。做生意，公道才是长久之计，不是么？"

"公子说得是。"

等楚凌从贫民区出来已经是傍晚了，换回了衣服悠然行走在大街上，竟有一种刚刚从阴暗地回到阳光下的感觉。楚凌饶有兴致地打量着路边的小乞丐小摊贩还有形形色色来往的人们。貂族人终究还是太少了，这座皇城即便明面上由他们掌握了，暗地里谁又知道还有一些什么人呢。

"笙笙。"一个让楚凌头皮发麻的声音传来，楚凌抬头就看到迎面走来一个人。

楚凌翻了一下眼皮，决定当成没看见，淡定地转了个身换一条路走。

"笙笙。"背后风声轻动，那声音已经到了耳边。

楚凌无奈地叹了口气："国师大人，您这样到处乱走会吓到无辜百姓的。"可怜京城的普通百姓大约不知道和他们擦肩而过的是怎么样一个人。

"我帮了笙笙大忙，笙笙也不谢我。"南宫御月声音平淡，楚凌却总觉得听出了几分幽怨。

楚凌抬眼看着他，疑惑地问道："你什么时候帮过我？"

"我帮笙笙报仇了啊。九公主要被送到漠北和亲了，笙笙不高兴？"南宫御月理所当然地道。

楚凌无语半晌："国师，我怎么听说，九公主得罪过你啊。"

南宫御月点头道："是啊，她得罪了我，又得罪了笙笙。她是我们共同的敌人。"

楚凌深吸了一口气道："不，你想多了，她不是我的仇人。虽然她稍微得罪了我一下，但是我只想抽她一顿，算不上仇人。"南宫御月摇头："笙笙，你太心软了这样是不行的，以后会吃亏的。"

"不然？"楚凌问道。

南宫御月道："她的嘴巴总是不干不净的，笙笙就应该拿针把她的嘴巴一针一针地缝起来。她狗眼看人低看不起笙笙，笙笙就该把她的眼睛挖出来。她觉得自己高高在上，笙笙可以把她的膝盖骨挖掉，让她以后一辈子都只能跪在你面前。"

我真的遇到了一个精神病了啊。

楚凌叹了口气，道："国师，问你个问题。"

"笙笙问。"南宫御月道。

"你会笑吗？"楚凌好奇地问道。

南宫御月眼睛微动了一下，道："会。"

"笑一个。"

南宫御月唇角微微上扬了一下，可惜眼睛里毫无笑意，除了嘴角脸上的所有肌肉都仿佛是铁铸的一般，一丝一毫都舍不得移动。

楚凌叹了口气，转身走了。

南宫御月站在原地呆愣了片刻，见楚凌越走越远立刻又追了上去。

"笙笙。"

楚凌侧首看着追上来的南宫御月，诚恳地道："国师，咱们不熟。"

南宫御月道："你拜我为师，就熟了啊。"

楚凌道："我师父是拓跋兴业。"

"我不介意。"南宫御月大度地道。楚凌微笑道："我介意，我师父也介意。"

南宫御月眼底闪过一丝杀意，楚凌微微眯眼警惕地看着他。那杀气一闪而逝，南宫御月轻声道："别怕，我不会杀你的。"

楚凌无语，有些无力地道："多谢啊。"

楚凌偏着头打量着南宫御月，好一会儿才开口道："国师，你是不是觉得很无聊啊。"

南宫御月想了想，还是点了点头，"是很无聊。"

楚凌道："你不觉得你应该去做点有意义的事情吗？"

"什么是有意义的事情？"

楚凌道："比如练武功啊，你刚输给君无欢，又打不过我师父。说不定还打不过百里轻鸿和拓跋胤，不是应该在家里好好练功吗？你要是天下第一高手了，想收谁当徒弟还不是轻而易举的事情。"

南宫御月沉默了良久，点头道："你说得对。"

楚凌满意地点头道："那你回去练功，我回家了？"

南宫御月不答，楚凌朝他挥挥手转身飞快地走了。

南宫御月盯着她的背影看了良久，直到楚凌的身影已经消失在了人群中那双淡漠的眼眸方才动了动。

"笙笙骗我。"南宫御月慢条斯理地道,"等我能打赢拓跋兴业的时候,笙笙早就跑了。还是先杀了君无欢吧。"

长离公子此时并不知道有一个精神病正在暗搓搓地谋划要他的命。一向清冷的君府书房里此时几乎要坐满了人。君无欢坐在主位上脸色有些苍白地靠着椅子,虽然在室内他却依然披着一件大氅,看起来有几分羸弱之感。

"这本账做得不错,二十六处商会分行,每处每月少了不到一千两,而且还都写明了用处。我一贯是用人不疑的,甚少特意去查这些细账。我只问一句话,这批银两去哪儿了?"

扑通!

一个瘦小的老者跪了下来:"公子恕罪,公子恕罪,是属下,是属下挪用了银两!"

君无欢冷声道:"我是问你,银子去哪儿了。"

老者颤声道:"是小的花掉了。"

"怎么花的?"

老者道:"属下好赌,输掉了。"

君无欢双眸淡漠地盯着跪在跟前的老者,淡淡道:"你是不是觉得,我很好骗?"

"属下不敢,真的是属下……"老者趴在地上哀求。

"文虎。"

片刻后文虎从外面走了进来,手里还拎着一个少女。他毫不怜香惜玉地将那少女扔在了老者身边,老者失声叫道:"蓉儿?!"那少女有些艰难地从地上爬起来,畏惧地藏进了老者怀中:"爹!"

父女俩抱头痛哭,旁边坐着的掌柜们也忍不住露出了不忍之色。他们都是凌霄商行的管事,彼此自然也都认识了许多年了。这老者一向忠厚老实与人为善,看着他这副凄惨的模样自然心生不忍。

一个有些微胖的管事忍不住想要开口说什么,却被君无欢抬手阻止了。

君无欢目光淡漠地看着眼前的父女俩,道:"你爹说,那些银子都被他输掉了。你怎么说?"

少女惊恐地依偎在父亲的怀中,楚楚可怜的模样十分惹人怜爱。可惜在君无欢眼中,这惹人怜爱的少女和满脸皱纹的老头却并没有什么区别,他道:"既然你没有话说,那我便信了钱都是他赌掉了。从三年前开始,他前后从凌霄商行挪用了三十八万六千五百两银子,吴明,按规矩应当如何处置?"

坐在最前面的是一个清瘦的中年男子,带着几分儒雅的味道。他说出来的话却跟他身上的气质半点也不相合:"回公子,按规矩,贪墨银两超过十万两者,断其双手。超过二十万两,拒不归还者,死。"

君无欢轻叹了口气，看着眼前的老者："你跟了我也有十多年了，把挪走的银两补回来，我饶你一命。"

老者不语，只是不停地流泪。

旁边那微胖管事忍不住劝道："老李，你怎么这么糊涂！公子网开一面，你赶快应下来啊。若是手里银两不凑手，我手里还有一些……"公子愿意网开一面是天大的好事，还不应下是不想要命了么？

老者有些绝望地摇了摇头，君无欢冷笑一声，声音也多了几分冷漠："也罢，带下去吧。"

"爹！"那叫蓉儿的少女抓着老者不肯放手，却被人拽开眼睁睁地看着父亲被人拖了下去。少女只能放声大哭，"爹！爹！"

书房里只有少女低低的哭声，君无欢看着她的目光却越发冷漠了起来。不知过了多久，方才道："再过半刻钟，你爹就要死了，你要不要去送一送他？"

少女不答，只是低着头哭泣。

君无欢失望地叹了口气："到了这个地步，你依然不肯开口？"

少女猛然抬起头，惊愕地望着座上的君无欢。君无欢居高临下地盯着她，"我再给你一次机会，银子被你拿到哪儿去了？"花厅里的众人震惊地看着眼前的少女，没想到真正挪用了银子的竟然是这个看起来柔弱无助的少女。

"我不知道、我不知道你在说什么……"蓉儿颤抖着道。

君无欢眼神里闪过一丝杀气，漫声道："好一个不知道，好一个孝顺女儿。李淦倒是养了一个狼心狗肺的好女儿，宁愿看着自己的亲爹死，你也不肯招，是吗？"

少女慌乱地道："我没有……不是……你冤枉我……"

君无欢似乎终于失去了耐性，"文虎，去请南宫国师来一趟。就说我请他看一场戏。他要是不来，你就问问他，拿了我那么多银子，不该亲自上门来谢我么？"

"是，公子。"

听到南宫国师四个字，那少女眼底的慌乱更盛了。畏惧地看着座上苍白的青年男子，仿佛他是什么妖怪。

君无欢对其他人道："吴明留下，其他人先回去吧。李淦的事情先由你等共同处理，晚一些我会再指派人接手。"

"是，公子。"听到这里，众人也明白了这次的事情只怕不仅仅是挪用了一些银子那么简单了。

书房里很快便只剩下四个人了，那少女依然低低地哭泣着，那叫魏停的管事趴在地上也不敢说话。汗水一颗一颗地滴落在地上，打湿了跟前的地板。

君无欢不再理会众人，拿起了桌上一本书看了起来。

文虎去得很快，回来得也快。跟在他身后进来的却是一身白衣飘然的南宫御月。南宫御月踏入书房，扫了一眼地上的人淡然道："君无欢，这就是你要我看的戏？"

君无欢放下书卷道："怎么？不好看？"

南宫御月轻哼一声："无聊、低级，哪里有笙笙有趣。"

嗖！君无欢手边的茶杯飞了出去，在半空中一杯水直接泼向了南宫御月。南宫御月一挥袖，茶水还没有沾上他的衣服就被卷向了另一个方向落到了旁边的柱子上。

君无欢盯着他打量了半响，突然笑道："缺钱就说一声，就凭你我的关系，拿几十万两给你应应急也没什么。就那几两银子，值得你花费那么多心机和上不得台面的手段吗？"

"啪！"南宫御月神色阴冷地盯着君无欢，左手在身边的扶手上一拍，上好的檀木做成的椅子竟然被他生生拍掉了一边扶手："君无欢，本座跟你没有任何关系！"

君无欢漫不经心地点点头，他也不在乎那点微不足道的关系："没关系你就可以偷我的钱用吗？"

"偷？"南宫御月不屑地道。

君无欢想了想，更正道："错了，是骗。牺牲美色让个不懂事的丫头去替你偷钱，南宫我建议你不要接近笙笙。"

"凭什么？"南宫御月道，"本公子做什么用不着你管。"

君无欢慢条斯理地道："我是为了你好，在笙笙眼里，你这种骗女人的人渣就该被阉了然后下地狱十八回，最好下辈子也做一个被人渣骗的女人。"这是阿凌姑娘的原话，不过说话的对象是风流倜傥的桓毓公子。

南宫御月面无表情的脸终于扭曲了一下，扫了一眼地上的少女道："本座跟她没有关系，你敢在笙笙面前乱说本座弄死你。"

"没关系？"君无欢诧异地看了那少女一眼，道："没关系她拿我三十多万两给你花？我还以为你缺钱缺得需要吃软饭了。正打算接济你一下呢。"

"君无欢，你去死！"南宫御月终于不再忍耐，直接一掌拍了过去。

上京的绝顶高手那么多，南宫国师唯独心心念念想要弄死君无欢，真的不只是因为他长得更好看。

"公子？！"

君无欢站起身来，不闪不避地迎了南宫御月的这一掌。两人交手的同时君无欢还不忘挥袖将书房里的四个人送到了外面。转眼间，好好的一个书房就被两人打成了一片废墟。

吴明焦急地看着里面打得天翻地覆的两个人："这怎么就打起来了！"

文虎倒是见怪不怪了："没事，打一会儿就停了。"

扫了一眼地上不知何时已经忘记了哭泣的李蓉儿，吴明皱了皱眉眼底闪过一丝厌恶。老李生了这种女儿，也是倒了八辈子的霉了。就现在那双眼睛还直勾勾地看着南宫御月呢，也不想想人家国师看得上你吗？

眼看着书房里两人越打越烈，毁了书房还不够直接冲上了房顶，一时间院子里碎瓦乱飞，文虎连忙一左一右抓起两个阶下之囚躲开。吴明也跟着抱着脑袋逃窜："这可真是神仙打架，小鬼遭殃啊。"

一块溅起的碎瓦片向着吴明的脑门射了过来。文虎连忙扔开手里的人想要去拉他却已经来不及。

"闪开！"

一个身影从跟前一闪而过，吴明只觉得眼前一花，一个纤细美丽的少女已经站在了他跟前，手里还捏着一片碎瓦。

"曲姑娘？！"

楚凌有些诧异地看着房顶上的两人，不解地道："这是怎么了？"

楚凌有些头痛，她不过是路过君府的时候想来看看君无欢身体如何了，没想到竟然看到一场大战。

吴明连忙凑到救命恩人旁边，飞快地将事情的经过说了一遍。楚凌有些诧异地挑眉看了看房顶上的两人，南宫国师似乎总是在努力刷新自己对他的认知啊。勾搭小姑娘替他偷君无欢的钱？

被文虎扔在地上的少女依然还痴痴地望着南宫御月，楚凌心中忍不住暗道："少女，你清醒一点吧。南宫御月从头到尾看过你一眼吗？刚才要不是君无欢把你扫出来，你这会儿都被那些残垣断壁压死了。"

可惜少女并不知道楚凌的心思，小手捧心双眸含泪，好一副可怜楚楚的痴情模样。

吴明见楚凌看着她，连忙小声劝道："曲姑娘，你可千万别心软，这丫头心狠着呢。"他跟着公子在商场上乱世中十多年，还真没见过几个比这丫头心狠的人。对外人狠那不算什么，对自己的亲人狠那才是真正的狠角色。

楚凌若有所思地点了点头，低头捡起地上的一块瓦砾朝着房顶上的两个人掷了过去。打斗中的两人立刻向后退开，双双向下面看来。

"笙笙！"南宫御月身形一闪就朝着楚凌过来了。不过在他伸手去拉楚凌的时候却被另一只手挡住了。君无欢伸手拦在了他前面，南宫御月神色冰冷："君无欢，滚开！"

君无欢轻咳了一声，淡笑道："这是我家，谁该滚国师心里没数么？"

南宫御月轻哼一声，转向楚凌道："笙笙，我带你去白塔玩好吗？"

楚凌抬手揉了揉眉心，道："多谢，我对白色过敏。两位要不还是先处理眼前的事情？"其实到现在楚凌都没想明白南宫御月为什么总是缠着她不放，难不成她还有吸引变态的体质？

君无欢走到楚凌身边，笑道："笙笙今天怎么想起来看我？"楚凌道："刚好路过，想来看看你身体如何了。既然能打架，想必是没什么问题了。"

君无欢摇头，有些无奈地道："我也是没办法啊，南宫国师的手段太厉害了。除了跟他打一架，我还能怎么办呢？"

楚凌想起李蓉儿干的好事，十分理解地点了点头。君无欢并没有证据证明那些钱确实被南宫御月拿走了，如果南宫御月不承认，君无欢还真不能拿他如何。人家好歹是个北晋国师，北晋皇帝和太后的面子还是要给的。

同情地看了君无欢一眼，楚凌迟疑道："你就当破财消灾吧？"

君无欢道："若是能消灾倒也罢了，问题是破了财灾也还是在啊。"

"灾"现在正脸色阴沉地看着眼前的君无欢，若不是楚凌在场说不定他又一刀砍过来了。卑鄙无耻的君无欢，竟敢在笙笙面前卖惨！几十万两银子对他来说算什么！

南宫御月轻哼一声："君无欢，你少在这里含沙射影，本座没拿你的银子！"

楚凌生生从南宫御月的面瘫脸上看出了"笙笙，他冤枉我"的委屈来。不由在心中翻了个白眼。

君无欢叹了口气："南宫，我没让你还银子。不过下次……"

"下次怎么？"南宫御月扬起下巴，他并不觉得君无欢能拿他怎么办。

君无欢轻笑一声，温声道："下次如果你再拿我的银子买我的东西，你想要的所有东西，我都会涨十倍的价。只要你觉得你搬我银子的速度能比我涨价的速度快。"

南宫御月嗤笑："你以为全天下只有你才做生意吗？"

君无欢道："有的东西，好像确实只有我才卖。就算不是只有我卖的东西，我也能变成只有我卖，你要试试吗？"

本座要让人抄了凌霄商行！

看来南宫御月这精神病干不过长离公子，楚凌在心中点评道。

一群人在一堆瓦砾中间说话不是什么愉快的事情，君无欢一挥手带着众人去了旁边的院子里。

进了花厅坐下，君无欢看着跪在地上的两个人，道："笙笙，你说这两个人该如何处置？"

楚凌诧异地看了看君无欢，没想到他竟然会问自己意见："这是长离公子的人，自然是公子说了算。"

君无欢侧首看向南宫御月："国师认为呢？背主之人，该如何处置？"

南宫御月淡定地道："杀了便是，啰嗦什么？"

君无欢低头，似笑非笑地看向跪在地上的李蓉儿，对上她惊愕欲绝的目光。

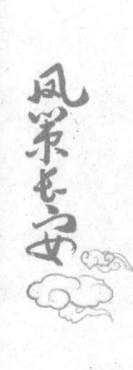

温声道:"你看,即便你背弃了凌霄商行抛弃了你父亲,依然什么都得不到。何必呢?"

李蓉儿连连摇头,伤心欲绝地看向南宫御月:"公子,公子……"

南宫御月嫌恶地挥开了她抓着自己衣袖的手:"放肆,别用你手碰本公子。"

李蓉儿被他一挥袖扫出了好几步远,若不是楚凌伸手拎住她的衣领,说不定后脑勺就直接撞上了桌子。李蓉儿呆了呆,痴痴地望着南宫御月泪流满面:"公子,我是真心爱你的啊,为了你我什么都愿意做。为什么要这样对我……"

南宫御月眼神漠然:"本座答应你什么了?还是做了什么了?"

李蓉儿顿时哑然,确实,南宫御月什么都没做,也什么都没有答应过她。她只是看到他就不能自拔,仿佛为了他做什么都心甘情愿,好像只要她做得够多了他就会多看她一眼。

南宫御月偏着头看向君无欢,道:"君无欢,你的人脑子有问题。"

君无欢点头:"确实不怎么正常,跟你不是正好一路的吗?既然你拿了她辛苦偷来的钱,就把她一道领回去吧。"

南宫御月冷眼看着他,君无欢道:"怎么?一个丫头都养不起了?南宫,你这样让你手底下的人以后还怎么敢替你效力?既然这丫头心心念念都是你,本公子就权当做一回善事,成全她算了。"

南宫御月冷笑道:"三十万两都不追究,你倒是大方。"

君无欢笑道:"三十万两而已,本公子抬手就能赚回来。就当是给你的零花钱吧。"

咔嚓。

南宫御月淡定地抛开被自己掰下来的桌子一角,道:"这丫头看着还有两分姿色,你既然这么大方本座就收着了。"说完便站起身来冷哼了一声对李蓉儿留下一句"还不跟上",就快步走了出去。

李蓉儿没想到事情竟然还能如此峰回路转,眼底不由露出狂喜之色,连忙擦干了眼泪跟了上去。

身后,君无欢的声音淡漠地传来:"直到现在,你还是没有问过你父亲一句。"

李蓉儿愣了愣,回头看了一眼坐在主位上的男子。仔细看的话,君无欢的容貌是比南宫御月更加俊美一些的。李蓉儿在极少数几次见过君无欢的时候却完全不敢去注视君无欢的容貌。那双看着她总是冷冷淡淡的眼眸,仿佛她所有不堪的心思都逃不过那一双眼睛一般。

咬了咬牙,李蓉儿还是转身快步跟上了南宫御月的脚步。

"公子,就这么放了她?"吴明和文虎都忍不住问道,脸上也带了几分不甘。公子如此做,未免也太宽厚了一些。君无欢抬手道:"商行管事的是李淦,出了事情要由他负全责,带下去按规矩办吧。"

"是，公子。"

两人带着人躬身退出，楚凌方才看着君无欢叹息道："你若是讨厌那李蓉儿，直接处置了她便是，又何必……"

君无欢轻笑一声，道："笙笙可是在同情她？她为了南宫御月愿意付出一切，想必性命也是愿意的。她求仁得仁，我为何不成全她？"

楚凌摇了摇头："我同情她做什么。"要同情还不如同情李蓉儿的父亲，当真是白养大这么一个女儿了，"话说，你居然会被南宫御月给坑了，真是难得。"君无欢无奈道："我事情太多了，手下的人良莠不齐或是被人安插了钉子也是在所难免的。怎么就难得了？"

楚凌问道："你跟南宫御月是什么关系？"

君无欢摊手，道："笙笙觉得我们有什么关系？"

楚凌点头道："至少不是在外人面前表现出来的单纯的敌对关系。"君无欢可不是什么大度的人，南宫御月坑了他几十万两银子他竟然会如此轻而易举地就放过。

君无欢笑道："笙笙不妨猜一猜，我跟他有什么关系。"

楚凌撑着下巴盯着君无欢的笑脸思索了良久，方才道："师兄弟吧。"

"嗯？"君无欢有些诧异地看着她，"笙笙怎么会这么认为？"

楚凌道："南宫御月身世来历清楚明白，长离公子肯定跟南宫御月没有血缘关系，外界的消息也没有显示两位在几年前结仇之前有什么交往的记录。两位都是武功高强之辈，却很少有人知道两位的武功传承自何处。我猜君公子十三岁之前应该是在某处拜师习武。至于南宫国师，据说他少年时身体不好，这段时间的行踪也有些模糊，外界说他在养病也未必就是真的。"

君无欢注视着楚凌半晌，方才叹了口气有些无奈地笑道："笙笙真是太聪明了。"

楚凌摇头："若不是长离公子故意在我面前露出破绽，我怎么会猜到你们俩还有关系？南宫国师看起来对这个关系好像有点深恶痛绝。"君无欢摇头道："不，他只是对任何排在他前面，比他厉害的人深恶痛绝。"

"所以，长离公子是师兄？"

君无欢但笑不语，楚凌叹气道："我还真有些好奇，是什么样的高人能培养出长离公子和南宫国师这样的弟子。"

君无欢摇头道："笙笙最好不要遇到他，不过在下也很好奇，是什么样的人和地方能教养出笙笙这样的姑娘来。"

楚凌愣了一下，眨了眨眼睛笑道："要不，咱们还是别在这里互吹了，有点尴尬。"

君无欢从善如流地转移了话题跟楚凌聊起了朝堂上的事情。楚凌看着眼前俊

美清瘦的男子，忍不住在心中叹道：跟君无欢聊天总是让人觉得很愉快，从来不会让你觉得为难和尴尬。

不过这个评价，只怕绝大多数人都不会同意。

◆第九章◆
黑市冥狱

李蓉儿满心欢喜地跟着南宫御月走进白塔才知道，事情并不会总如自己所愿。白塔里入眼皆是白色，就连侍从侍女们的服饰都是一水儿纯白。每一个侍女都是上等的相貌，一身白衣飘飘宛如仙女一般，李蓉儿有些拘束地扯了扯自己身上的衣服。

想起自己以后就没有了父亲和凌霄商行的庇护，李蓉儿心里不由得有些慌乱起来，连忙抬头看向走在前面的南宫御月，眼神殷切。

对了，公子将她送给了南宫公子，南宫公子一定会……李蓉儿羞涩地微红了脸颊。

却不知道她这一番作态在白塔的其他侍女眼中简直就是找死。

南宫御月在主位上坐了下来，立刻有侍女恭敬地送上了茶水。南宫御月端起来喝了一口，不知道想到了什么眼神更加阴郁起来，一抬手便将手中的茶杯砸了出去。

砰！瓷器清脆的碎裂声在大殿中响起，奉茶的侍女立刻吓得脸色惨白跪倒在地上簌簌发抖："奴婢该死，国师恕罪！"

南宫御月轻哼了一声，正要开口说什么却突然停了下来。看着跪在地上的侍女若有所思，片刻方才道："起来吧。"

"是，国师。"侍女连忙站起身来，脸上的神色却依然充满了畏惧。

南宫御月端详着她，一边思索着什么。

这些女人真无聊，还是笙笙有趣。笙笙倒是不怕他，但是笙笙也不肯理他。再想起君无欢，笙笙喜欢君无欢那样虚伪的家伙。这眼光可真不怎么好，枉费她生了那么一双漂亮的眼睛。

南宫御月有些厌倦地挥手道："下去。"

"是，国师。"侍女松了口气，连忙躬身告退了。

南宫御月的目光慢慢转向了站在一边的李蓉儿，看着她红着脸仿佛含情脉脉地望着自己，唇边勾起了一抹极淡的笑意："你，过来。"

"公、公子。"李蓉儿激动地上前。

南宫御月伸手抬起她的下巴仔细端详了好一会儿，方才放开她拿起旁边的手帕擦了擦指尖皱眉道："你觉得君无欢好还是本座好？"

李蓉儿道："在蓉儿心中，公子自然比君公子好千万倍。"

"哦？"南宫御月饶有兴致地挑眉，"你觉得本公子比君无欢好千万倍？"

"正是，在蓉儿心中公子是这世间最好的。"李蓉儿双颊通红。

南宫御月喷了一声，道："君无欢这人一向虚伪又记仇，你知道他为什么将你送给本座吗？"李蓉儿一愣，有些不明所以地看着南宫御月。南宫御月道："因为他知道你落到本座手里，会比直接杀了你更惨。"

"公子？！"李蓉儿大惊。

南宫御月已经一挥袖将她扫了出去："来人。"

"国师。"两个侍从立刻应声走了进来，看了一眼地上的李蓉儿毫无动容。南宫御月道："送去兽营，本座不想再看到她了。"

"是，公子。"两个侍从上前拉起李蓉儿就往外面走去。李蓉儿虽然不知道兽营是什么地方，却也明白那绝不会是自己想要去的地方。她慌乱地挣扎起来："公子！为什么？我是真心爱慕公子的，公子为什么要……"

"闭嘴！"南宫御月端正地坐在主位上，神色冷漠地看着她，"本座最讨厌的就是真心，更讨厌背主的人，真是让人恶心。"

李蓉儿惊愕地看着眼前的南宫御月，仿佛从没见过他一般。这是她认识的那个公子吗？

李蓉儿又何曾真的认识过南宫御月呢？

很快，大殿里又恢复了往常的寂静。南宫御月坐在主位上，容颜如冰雪雕琢的一般冷漠。

不知道过了多久，才听到他轻笑了一声。

真心？那是什么玩意儿？

比起这些无聊的人，还是笙笙更有趣一些。这么多年了，好不容易遇到一个有趣的人，希望笙笙一直都这么有趣才好，不然……

"国师。"门外，一个侍女进来低声禀告，"太后娘娘有请。"

南宫御月脸上的冰雪稍融："知道了。"

北晋太后的居处并不在后宫，而是在北晋皇宫右路的一座带着偌大花园的宫殿庆福宫中。庆福宫和后宫隔着一道宫门，看似一体又全然独立着。

太后的年纪并不大，如今才五十出头。她是前任北晋王的大妃，如今北晋皇帝的伯父的继妻，也是明王的嫡母。北晋皇帝登基之后，封了她为太后。她便一

直住在庆福宫中，除了偶尔有大事才出门，与明王府的关系也并不如何亲密。但即便是如此，无论是明王还是北晋皇帝都不愿意得罪这位太后。因为她身后的家族以及先王的许多老臣都对这位太后十分敬重。

北晋入关之前，当家主母的权力比现在更重，那时候北晋王的大王妃在北晋王不方便的时候几乎能当半个家。这位太后的能力是十分出众的，甚至北晋皇帝登基之后还曾经靠她稳定过局面。

不过这两年，太后越发低调起来了。每日只在庆福宫享福，偶尔招宫中后妃或者族中后辈来说说话。"太后。"

南宫御月走进殿中就看到太后正坐在主位上喝着热腾腾的羊奶茶，她下首却坐着好几个女眷还有嫔妃。

太后含笑对他招手道："弥月，快过来让我瞧瞧。"

南宫御月只得走过去，目光淡淡地扫过坐在一边的女眷们。

太后抬手仔细看了看他，皱眉，道："你这孩子回来了也是轻易不肯进宫来看我，这才几日怎么又瘦了？"

南宫御月道："没有。"

"没有什么？"太后扬眉道。

"没瘦。"

太后看着他摇了摇头，道："罢了，我不跟你说这些，你都是个大人了我也替你操心不了几天了。"

"太后找我有什么事？没事我就……"南宫御月道。

太后立刻打断了他的话："当然有事，昨儿我才想起来，你都快要三十岁了。咱们貘族这个年纪，做祖父的都有了，你却连个媳妇都还没有。"

我离三十还差几年呢。

太后道："今儿我特意请了这几位貘族贵女，你好好跟她们处处。"貘族人没有中原那些矫情的礼数，既然是要成婚双方自然要先处处看了。除非是为了联姻，那自然是家里做主没办法。"见过国师。"众女眷纷纷起身见礼。

南宫御月目光森冷地扫过那些正一脸娇羞地看向自己的貘族贵女，微微挑眉。

这个，太丑。

这个，太黑。

这个，太胖。

这个一副娇滴滴的样子，你以为你是中原人吗？画虎不成反类犬，丑！

"我看完了。"南宫御月回头对太后道。太后满意地点头，这次总算不推三阻四的了，"这么快就看完了，你中意哪位姑娘？"

南宫御月道："都不要。"

"……"太后半晌无语，底下的几家贵女也很是尴尬。陪同前来的女眷连忙站起身来跟太后告辞，拉着自家姑娘赶紧走了。

看着那些人识趣地走掉了，南宫御月心中满意地点了点头。太后瞪着南宫御月半响，才终于忍不住道："弥月，你当真一个都看不上？"

南宫御月道："是焉陀邑找你了么？"

太后无奈地道："他是你大哥。"

南宫御月呵了一声，明显是不以为然："那几个丫头都跟焉陀家有关系吧？"太后叹了口气，道："你大哥这些年也不容易，我倒是不管你想要哪家的丫头，但你总要娶了才算。你若是看不上那几个丫头，你告诉我你看上谁了，我去替你求亲便是。当初你阿娘将你托付给我……"

"太后。"南宫御月不悦地道。

太后没忍住拍了他一下："叫姨奶奶。"

南宫御月不说话，太后道："你这孩子越长大越不乖了，难道我当年哪里教错了？"想到此处，太后还真有些担心，若真是被自己教坏了，怎么对得起将他托付给自己的外甥女？

"算了。"太后揉了揉眉心道，"别的我不管你，但是你今年必须得给我成婚。不然你手里那些东西就别想要了。"

南宫御月眼神微变，要是别人敢跟他说这样的话，他早就一巴掌过去将人拍死了。但是说话的是从小将自己养大的太后，南宫御月还是觉得这一巴掌不拍比较好。算了，本座跟个老太婆计较什么？

"娶妻，也不是不行。"南宫御月悠然道。

"哦？"太后有些惊喜，"你看上哪家的姑娘了？"

南宫御月毫无表情的脸上突然绽开了一个真正的笑容。

他道："我要娶曲笙。"

楚凌接到侍女的禀告急匆匆赶到大将军府大厅就看到拓跋兴业正坐在主位上陪着几个人喝茶。为首的是一个四十出头的中年男子，坐在他下首的则是一个三十左右的男子，楚凌微微蹙眉觉得他有几分眼熟。

"见过武安郡主。"众人纷纷起身见礼。

楚凌示意众人免礼，方才看向拓跋兴业道："师父，您召徒儿过来可是有什么事？"

拓跋兴业看着楚凌道："这位是荣郡王，这是焉陀家的家主，宁都郡侯。这两位是来大将军府求亲的。"楚凌眨了眨眼睛，笑道："师父你老人家终于要给我娶一个师娘了吗？恭喜师父！"

坐在旁边的焉陀家主忍不住抽了抽嘴角，拓跋兴业瞪了她一眼道："别胡说，荣郡王和宁都郡侯是替国师来向你求亲的。"

国师南宫御月？！拓跋兴业看着她道："虽然两位上门提亲，不过答不答应还是在你。所以我叫你过来问一问，笙儿，你觉得国师如何？"

楚凌眼睛眨也不眨地道："回师父，徒儿觉得自己年纪尚幼，武功未成，不敢耽于情爱辜负了师父的期望。更何况国师身份崇高，出身不凡，徒儿实在不是良配，就不耽误国师了。祝国师早日觅得良缘，徒儿告退！"说完就想转身开溜，焉陀邑连忙道："曲姑娘且慢。"

楚凌转身看着他："宁都郡侯？不知有何指教？"

焉陀邑并没有因为楚凌拒绝了自家弟弟而生气，反倒是十分温和地笑了笑，"曲姑娘可是对弥月有什么不满意的地方？弥月十分看重姑娘，若是姑娘有什么不满的地方他想必是愿意改的。"

"他想要娶我。"楚凌道。

焉陀邑一怔，有些没明白过来楚凌的意思。楚凌耐心地道："我对国师最不满意的地方就是，他要娶我啊。"

焉陀邑无语，这话是没法谈了。他想起自家那糟心的弟弟，还是鼓起了全部的勇气和耐性试图跟楚凌沟通："其实弥月人还是不错的。"

楚凌真诚地看着焉陀邑："宁都郡侯，这话你自己相信吗？"

抱歉，我也不信。焉陀邑在心中默默道。

坐在旁边的荣郡王终于开口笑道："大将军，郡主，咱们来得确实有些突兀，或许是郡主一时没有反应过来。不如两位先考虑一下，咱貊族人没那些繁琐的规矩，便是议亲不成也没什么嘛。"拓跋兴业皱眉道："笙儿的话也不是没有道理，原本我也并不打算让笙儿现在就成婚，而且国师的年纪只怕……我看，还是罢了。"

荣郡王笑道："大将军，话不是这么说。这么多年都过了，国师想必也不是这一时半刻就非要立刻成婚不可的。事情都好商量嘛，更何况郡主如此才貌资质，就是翻遍了上京皇城也找不到几个堪与国师相提并论的青年才俊了啊。不如，两位先考虑考虑？"

荣郡王俨然也是个老狐狸，就算求亲不成也不能让他们这么快就当面拒绝啊。不然回去怎么跟太后和国师交代呢？

楚凌眼珠子转了转，南宫御月显然就是个大麻烦，跟他扯上关系简直就不用活了。

清了清嗓子，楚凌正色道："想必郡王也听说过一些我的消息，实不相瞒，其实我如今已经有了中意的人。国师的一片美意，我实在是无福消受啊。"

荣郡王道："郡主说的可是长离公子？"

楚凌点头道："正是。"

"这个……"荣郡王有些为难了，国师固然优秀，但是长离公子也不差啊。虽然长离公子的身体有些问题确实算个弱点，但是国师明显是脑子有问题，好像更严重一些。荣郡王有些为难地扭头去看焉陀邑，焉陀邑轻咳了一声道："这个，咱们今天来也就是想要问一问大将军和郡主的意向。若是两位同意，再正式上门提亲。既然郡主不同意，不如这事儿再缓缓？我们回去也好跟弥月和太后说说。"

幸好他们没直接提着聘礼上门来，这主要也是预防一个说不好直接被拓跋兴业连人带聘礼丢出去。

拓跋兴业想了想点头道："如此也好。"

两人松了口气，连忙起身告辞。

送走了一行人，楚凌和拓跋兴业面面相觑良久。楚凌方才道："师父，我真的没有招惹那个精神病！"拓跋兴业很是理解徒弟的苦闷，点头道："为师明白。"老夫也没有招惹过南宫御月，还不是一样被他针对。

"这件事你怎么想？"拓跋兴业问道。

楚凌道："肯定是拒绝啊，真要跟他扯上关系，我这辈子还有希望吗？师父，你就要少一个徒弟了。"

拓跋兴业挑眉道："这么说，你是真的看上君无欢了？"

楚凌犹豫了一下，摇摇头道："我跟君无欢交情不错，两害相权取其轻嘛。"拓跋兴业显然没信这话，思索了片刻道："若实在不行，君无欢也不错。荣郡王那句话倒是没错，这上京比南宫御月厉害的年轻人确实不好找。君无欢比起南宫御月总是要好得多的。"

楚凌蹙眉道："前两天南宫御月还要收我为徒，现在就要娶我了。再过几天他不会想要拜我为师吧？"

拓跋兴业道："大约正是因为他总在你面前吃闭门羹，所以才缠上你的。"

那我也不能顺着他啊。

拓跋兴业挥手道："罢了，不管怎么说焉陀家这个亲是不能结的，陛下那里想必也不会同意，我进宫去跟陛下说一声。"楚凌点头同意拓跋兴业的话，北晋皇帝肯定不会希望拓跋兴业被任何一方势力拉拢的。

楚凌也跟着站起身来道："师父，我去找君无欢。"

拓跋兴业想了想："这事确实要跟君无欢说一声，去吧。"

楚凌点点头，一溜烟便出了大将军府飞快地往君家而去了。

"长离公子，江湖救急！"楚凌急匆匆地进了君府，一把抓住迎面出来的君无欢道。

君无欢有些好笑地挥手让人退下，方才看着楚凌笑道："难得看到笙笙这么着急的模样。"

楚凌翻了个白眼："你要是被疯子缠住了，你也会着急的。"

君无欢淡然道："我已经被南宫御月缠了好些年了。"

楚凌微微眯眼，抬眼打量着他："你是在跟我炫耀吗？咦？你知道我说的什么事？"

"不知道，不过能让笙笙头疼的人也没有几个。"君无欢轻声道，"可是南宫御月做了什么让笙笙不悦的事情？"楚凌轻哼一声，道："南宫御月说要娶我，方才荣郡王和宁都郡侯跑到大将军府提亲去了。"

君无欢一怔，眼眸一瞬间也多了几分冷意。淡淡道："他这次回来倒是越发能胡闹了，莫不是这三年闭关真的把脑子弄坏了？"楚凌抚额："我不管他脑子坏没坏，我只知道要是真的跟他扯上关系，我离脑子坏就不远了。"

见她一副苦大仇深的模样，君无欢眼底的冷意瞬间消散轻声道："笙笙不喜欢他吗？"

楚凌道："我是个正常人。"

君无欢安慰道："北晋对女子的要求并没有那么严苛，若不是为了联姻，姑娘家不喜欢的父母多半也不会强求。拓跋大将军必然不会愿意让南宫御月做他的徒婿，我看北晋皇帝也未必愿意让你跟焉陀家扯上关系。阿凌若是相信我，不如此事由我出面解决如何？"

楚凌眨了眨眼睛："我就是来找你帮忙的啊。"

君无欢怔了怔，不由失笑。摇了摇头，笑道："是在下不对，此事笙笙尽管放心，我一定处理得妥妥帖帖。"楚凌侧首打量着长离公子俊逸无双的笑颜，忍不住叹了口气："算起来，这两年一直都是你在帮我的忙。"

君无欢摇头道："怎么能这么说，当初在信州阿凌的所作所为可不仅仅是帮忙了。这两年我能做的也不过些许小事罢了。"楚凌耸耸肩，笑道："债多了不愁，以后长离公子有什么事情尽管吩咐。赴汤蹈火在所不辞。"

"笙笙这么想就对了。"君无欢微笑。等你欠的债多了，我再来慢慢算好了。

大将军府干脆利落地拒绝了焉陀家的提亲，同时长离公子也跟着向大将军府提亲。这一次拓跋兴业却没有拒绝，不仅没有拒绝，拓跋兴业和君无欢还一起入宫觐见了北晋皇帝。从宫里出来的时候，君无欢和拓跋兴业手中就多了一份北晋皇帝亲自颁布的赐婚诏书。

只是大将军认为武安郡主年纪尚小，学业未成，婚期延后。

如此一来，焉陀氏和太后自然也没有什么好说的了。至于南宫御月暗地里如何跟君无欢钩心斗角就不是外人能知道的了。

君无欢和曲笙的婚事立刻传遍了上京的权贵中间，原本上门提亲的人都不见了，楚凌这才发现原来长离公子还有这个用处。

有了未婚夫妻的关系，楚凌和君无欢之间来往也就更方便了。

"二姐和狄钧到京城了？"坐在上京名气最大的多宝阁中，楚凌有些惊讶地看着君无欢道。

君无欢点头："两天前就到了，住在城西的泰安客栈。"

楚凌蹙眉道："两天前就来了？他们没有联系你们？"

君无欢摇头道："他们好像路上遇到了一点事，只怕也是不想麻烦我们。下面传来的消息说，他们在路上救了一个人。"楚凌问道："这个人身份有问题？"

君无欢摇头，笑了笑道："这个人你也认识，云翼可还记得？"

楚凌大惊："云翼还在北晋？！"

君无欢摇头道："三年前我便让人将他送回天启去了，应该是他自己最近又跑出来了。"

楚凌有些无奈地摇了摇头，三年过去云翼也该长大了，君无欢道："这倒也不能全怪他，云家这些年日子不好过，只要北晋和天启之间有什么事情，云家人就要被天启那些自以为忠孝节义的人拿出来批判一番。几年前云老先生故去之后，云家的日子也越发不好过了。这两年云家一直都很低调，但是……"

楚凌了然，有些事情并不是你低调了就能有用的。

"云翼还想要刺杀百里轻鸿？"楚凌问道。

君无欢摇头道："应该不会，当初我跟他说明白了，云翼是个聪明人，他应该听进去了才是。"

楚凌想了想，道："罢了，我先去见见他们再说。"

君无欢道："你若有什么需要帮忙的尽管吩咐人去办，这几日我有些事情要忙，只怕顾不上你这边。"楚凌关心地问道："有什么大事？"君无欢道："北晋皇帝决定派人讨伐沧云城了。"

"领兵的是谁？"楚凌蹙眉问道。

君无欢道："拓跋胤和百里轻鸿。"

楚凌不由默然，拓跋胤是北晋名将，百里轻鸿曾经是天启名将，这两个人若是合作……

楚凌脑海中灵光一闪："拓跋胤和百里轻鸿能合作吗？"这两个人无论是立场还是私怨都很难合作吧？君无欢道："还没最后定下来，但是最好不要。拓跋胤不是不知轻重的人，就算他跟百里轻鸿有私怨也不会带到战场上去的。"

楚凌摩挲着手指思索了良久，方才道："你想要换下拓跋胤。"

君无欢点头："拓跋胤知道轻重，但不代表别人也一样。明王应该也不会希望拓跋胤跟百里轻鸿一起去。"

楚凌蹙眉道："明王一系没有别的将领了吗？他竟然放心让百里轻鸿领兵？"

君无欢笑道："明王自己倒是可以，但是现在他绝不会轻易离开上京的。他若是亲自领兵，难保北晋皇帝不会狠狠心直接让他死在战场上。明王麾下的将领也不是没有，但是能与拓跋胤抗衡的却没有。百里轻鸿被闲置了这么多年，如今拓跋明珠孩子都生了几个了，明王也该对百里轻鸿放心了。当初若不是有爱才之心，明王何必答应拓跋明珠嫁给百里轻鸿？"

楚凌蹙眉道："这些年，都是在试探百里轻鸿？"

君无欢点了点头，楚凌也不由叹息，这位明王殿下的心思当真让人害怕。他就不怕把百里轻鸿给试探废了？

"既然不让拓跋胤出征，你心中可有什么别的人选？"楚凌好奇地问道。

君无欢苦笑道："人选倒是有几个，但是要掌握北晋朝堂哪里那么容易？只能推波助澜走一步看一步罢了。"

楚凌点头："好，有什么需要帮忙的，告诉我一声。我先去看看二姐他们。"

君无欢看着她，轻声道："笙笙完全可以不必掺和这些事情。"

楚凌有些疑惑地挑眉，侧首看着他。君无欢道："笙笙与黑龙寨的人认识总共也不过才几个月吧？笙笙其实可以不管这些，安心做拓跋大将军的弟子。无论你是什么身份，大将军都会护着你的。"

楚凌眼眸微沉，沉默了半响方才淡淡道："长离公子坐拥凌霄商行天下财富，就连北晋皇室也要拉拢你。你又是为了什么呢？我不可能永远躲在上京皇城里看着一小片的安宁繁华，一旦走出去，不依然是哀鸿遍野吗？"

楚凌笑了笑，对着君无欢挥了挥手转身出门去了。

楚凌来到泰安客栈并没有从正门进去而是直接翻墙，很快便在后面的一个小院子里找到了叶二娘。两年多不见叶二娘容色依然如旧，看来这两年多过得不差。狄钧蹲在屋檐下，有些无聊地道："二姐，咱们这样什么时候才能找到摇红姐啊。"

叶二娘有些无奈地道："咱们不是打听过了吗？摇红妹子在明王府。明王府那地方，哪里是那么轻易就能混进去的？"

"道理我都懂。"狄钧道，"但是咱们在这里待着也没有别的办法啊？不然咱们先去找君公子，问问他小五的下落。"叶二娘头疼地道："四弟，长离公子刚跟北晋郡主订了婚。他到底是什么立场，咱们都还不知道呢。更何况，摇红被带走之前跟我们说了，不用急着救她，她不会有事的，你忘了吗？"

"那不是她怕我们冒险，安慰我们的吗？"狄钧眨了眨眼，有些茫然地道。

叶二娘叹了口气，"若是如此，她说的就应该是不要救她，而不是不用急着救她。"

有差别吗？

"噗嗤。"楚凌忍不住轻笑出声，叶二娘和狄钧立刻警惕地看了过来，楚凌轻声笑道："二姐，你这么说四哥是听不明白的。"

"小五？！"

"小五！"

两人都是大惊，复又大喜。狄钧更是忍不住扑了上来，伸手就要去抱楚凌。楚凌连忙一闪身躲开了："四哥，你武功有长进啊。"狄钧抱了个空，有些郁闷地道："比不上你，看来你这两年进步更大。"

"小五。"叶二娘拉着楚凌上下打量了一番，这才道："你这孩子一走就是两年，让我们好生担心。"

楚凌很是歉疚："抱歉二姐，我……"

叶二娘拍拍她的肩膀道："君公子派人跟我们说过，你有重要的事情要办。这两年你的信我们也都收到了，只是一直都不见你的人，我们实在是有些担心。"

楚凌眼眶有些发热，轻声道："二姐，你们的事情我也知道。听说黑龙寨现在越发地壮大了。"

说到这个狄钧很是兴奋，"小五，你走了可是亏大了。我跟你说，咱们现在跟沧云城……"楚凌含笑听着狄钧说着黑龙寨这两年的事情，叶二娘也不阻止他，只是含笑看着两人。楚凌心中很是感动，明明她这两年行踪不明，所有事情也都只有凌霄商行传的信还说得不明不白的，他们却依然还是选择相信她。

等到狄钧说完，心满意足地看着楚凌。楚凌伸手拍拍他的肩膀称赞道："很好，四哥也长大了。"

狄钧没好气地拍开她的手："说什么呢？我是你四哥！没大没小的！"

叶二娘含笑看着她道："是君公子传信给你，告诉你我们来京城的？"

楚凌点头道："我早些天就知道你们要来了，不过摇红姐姐那边……"

叶二娘摇头道："其实我们来京城，最重要的就是想知道你好不好。摇红妹子那边我们心里有数，不着急。"楚凌微微凝眉，被明王府抓了还不着急？楚凌沉吟了片刻，问道："二姐，摇红姐姐的身份来历，你们清楚么？"

叶二娘道："不太清楚，不过摇红说她和明王府原本有些关系，当年就是从明王府逃出去的。原本我们就是拼死也不能让明王府的人将她带走，但是摇红说她不会有事，自己跟明王府的人走了。我和大哥三弟商量了一番，既担心摇红又想着你在上京，就由大哥和三弟留在家中我带着四弟到上京来看看。"

楚凌微微松了口气，这么说祝摇红应该真的不会有事。

思索了一下，楚凌道："这些日子我打探了一些消息，摇红姐姐在明王府确实没有受苦，不过想要见到她本人也不容易。前两日我请人帮我送了一封信给她，这两天应该会有消息了。咱们再看看吧。"

叶二娘点了点头，拉着楚凌坐下来道："先不说这些，跟二姐说说你这两年是怎么过的？"

楚凌沉吟了片刻，叶二娘见她为难正想说不方便就不用说了，却见楚凌看了一眼旁边的狄钧将叶二娘拉远了一些，低声道："二姐，我跟你说一件事儿，你能暂时帮忙保密么？"

叶二娘微微挑眉，点头道："你相信二姐，二姐自然不能辜负你。"

楚凌点点头，拉着叶二娘进屋去了。

"四弟，你守在外面！"

被抛在外面的狄钧有些郁闷："什么呀，明明我跟小五关系最好啊。"

楚凌思索再三，还是决定将事情告诉叶二娘。君无欢的顾虑确实有道理，但是现在君无欢跟武安郡主定亲必然会让叶二娘等人怀疑君无欢的立场。否则叶二娘也不会进京之后完全不联系凌霄商行的人。

两刻钟后，楚凌和叶二娘一前一后从房间里出来。叶二娘一向沉稳的脸上还带着几分震惊和茫然，显然是被楚凌震惊得还没能完全回过神来。狄钧连忙迎上来道："二姐，小五，你们说了什么？"

叶二娘眼神飘乎乎地看了狄钧一眼，摆摆手有气无力地道："没什么。"

"没什么？"二姐这模样像是没什么吗？侧首去看楚凌，楚凌无奈地对他笑了笑。叶二娘可以说，狄钧暂时是真的不能说。倒不是信不过狄钧，而是这孩子实在是太胸无城府了。上京还有这么多的人精，说不定一个不小心就被人给忽悠进去了。

叶二娘道："别问那么多，你陪小五去看看云公子，我有点困了先去睡一觉。"

狄钧愕然地抬头看了一眼蓝天白云，再看看叶二娘确实有些恍惚的神色，还是点了点头："那二姐你好好休息。"叶二娘点点头，无声地飘走了。

楚凌看着叶二娘的背影很有些愧疚，她也知道自己说的事情太多了，叶二娘大约需要一些时间来消化。

"云翼怎么了？"楚凌问道。

狄钧有些惊讶："你认识那小子？"

楚凌道："比认识你们早一些。"

狄钧笑道："那倒是巧了，原来我们救了小五的朋友啊。他伤得有点重，我们救他的时候他正被人追杀，但是他也不肯说为什么会被人追杀，只说要去沧云城。我们救他的地方离上京已经不远了，离沧云城却很远啊。而且他的伤也坚持不到沧云城，所以就先带他一起来上京了。"

楚凌皱眉，"追杀他的是什么人知道么？"

狄钧摇头："只能看出来是天启人。"

楚凌轻叹了口气，道："先去看看他吧。"

云翼伤得确实不轻，浑身上下好几道伤痕不说，就连脸上都多了一道血痕。三年前尚且有几分稚气的他已经长开成一个俊朗的少年了。只是他眉宇间却比三年前更多了几分郁色，显然这三年过得也不轻松。

许是两人的声音惊动了沉睡中的人，云翼动了动慢慢睁开了眼睛。看到楚凌，云翼愣了愣似乎没有想起来她是谁。两人面面相觑了片刻，云翼眼睛一闪，"你怎么在这里？！阿……"

楚凌笑眯眯地接上了他的话："云公子，我们又见面了。我是凌楚，看来你还记得我？"

云翼沉默了片刻，道："你就是狄大哥和叶姐姐说的，小五？"

楚凌伸手戳了戳他没受伤的脸颊，笑道："他们可以叫我小五，你不行。知道吗？"

云翼看着楚凌好一会儿方才淡淡一笑："阿凌，别来无恙。我还以为我们不会再见了。"

楚凌含笑，"这说明我们有缘啊。"

三年前那个一时义愤便离家出走想要刺杀自己亲哥哥的少年终于长大了。

难得两人认识，狄钧便也很有眼色地将地方留给两人叙旧了，虽然他其实也很想跟小五叙叙旧。看着退出去关上门的狄钧，云翼道："你这个哥哥倒是淳朴。"

楚凌坐在床边看着他挑眉笑道："云公子你当年也很淳朴。"

云翼的笑容顿时僵硬了几分，显然是想起了自己当初刚遇到楚凌的时候的事情。半晌，云翼才翻了个白眼道："我倒是没想到这两三年不见，你竟然还能混成了个山贼头子。你该不会是又骗了人家吧？"楚凌没好气地往他脑门上拍了一下，道："怎么说话呢？你的命还是山贼头子救回来的呢。"

说到此处云翼脸上的笑容也渐渐淡去了，楚凌看着他道："君无欢说你回去了，怎么又来北晋了？出什么事了吗？"

云翼不答楚凌也不在意道："不能说就算了，二姐和四哥说你要去沧云城，怎么跑到上京来了。"

云翼看了她一眼，道："也不是不能说，直接去沧云的路我过不去，只能走上京绕过去。"

"过不去？"

云翼咧嘴对她笑了笑，声音有几分淡淡的苍凉："天启派了人封锁了去沧云城的所有路径，你也知道我的武功一般般，想要闯过去根本不可能。"

楚凌凝眉看着他："到底出了什么事了？"

云翼深吸了一口气，哑声道："云家完了。"

"什么？！"楚凌大惊，云家——也就是从前的百里家——是天启传承已久的世家，虽然这些年被打压得厉害，日子也不好过，但是底蕴总还是在的。什么叫云家完了？

云翼望着头顶的房梁，眼神空旷："一个月前，一群黑衣人半夜突然闯入云家，云家被灭门了。"

楚凌深吸了一口气没有说话，听着云翼继续道："我二哥让家中几个护卫护着我逃了出来，云家其余人我也不知道他们怎么样了，第二天我们悄悄潜回去的时候，云家已经被烧成了一片废墟。"说到此处，泪水已经从云翼的眼中流了出来。楚凌伸手替他抹去了脸颊边的泪水以免浸湿了脸上的伤口。

"二哥让我去沧云城……"云翼沉声道，"所以，我一定要去的。"

楚凌轻叹了口气，安慰地伸手拍了拍他，问道："已经是一个月前的事情了，为什么上京没有收到消息？"

云翼脸上露出一个嘲讽的笑容，道："你可知道是谁动的手？你可知他们为什么要灭了云家？"

楚凌看着他，云翼道："因为云家不小心得知了他们想要跟北晋人合作，灭了沧云城。"

楚凌脸上的平静终于维持不住了，手指颤了颤道："朝廷要和北晋人合作灭了沧云城？"这跟自毁长城有什么区别？天启的人已经被貂族人吓疯了吗？

云翼道："朝廷那么多人，难道所有人的心思都一样吗？两年前，还有一个侯爷投靠北晋呢。如今北晋不也有许多天启旧臣依然做着高官权贵吗？"

"天启皇帝都不管吗？"楚凌皱眉道，对于那个远在天启的皇帝爹，楚凌是没有什么好印象的。

云翼嗤笑一声："那位皇帝陛下啊？他能管着自己就不错了。"

"……"楚凌沉默了许久，方才轻叹了口气道："你的事情能告诉长离公子吗？我现在没有办法帮你，能平安送你去沧云的，只怕只有长离公子了。"

云翼沉默了片刻，道："听说君无欢要娶拓跋兴业的徒弟？"

楚凌犹豫着道："这件事，只怕要君无欢决定要不要告诉你。不过你暂时应该不用担心他会不会出卖你，是他告诉我你在这里的，他若是要出卖你，你现在就不在这里躺着了。"

云翼垂眸思索了片刻，道："我二哥说君无欢信得过，虽然我不知道他的眼光到底好不好，不过算了，你告诉他吧。"

楚凌不由笑了笑，伸手揉了揉云翼有些凌乱的发丝。其实还是个孩子啊。

云翼恨恨地瞪了她一眼本想发作，不知突然想到了什么眼眶又有些红了，瞪着楚凌好半天也没有说话，最后干脆恨恨地闭上了眼睛。

楚凌回到家中的时候心情依然很沉重，甚至觉得自己精神都有点分裂。她不是貂族人，也无法认同貂族人的残酷统治。同样她也无法认同天启朝廷，她那位皇帝爹在大难临头的时候带着人跑了，留下自己的臣民、子女、妻妾在北方被貂族人奴役欺凌。还有天启的那些朝堂上的人，这样的天启真的有存在的意义吗？

她抬手揉了揉眉心，头痛！

"笙笙回来了？"

楚凌扭头看过去，便看到君无欢不知何时已经坐在了她房间里的桌边喝茶。

楚凌忍不住道："长离公子武功绝顶，就是用来探姑娘家闺房的吗？"

君无欢放下茶杯，有些歉意地道："抱歉，我若是直接上门太引人注意了。"

楚凌道："别让守卫看见就好，提醒长离公子一下，大将军府的守卫也不是吃素的。"

君无欢笑道:"多谢笙笙提醒,以后我会更加小心的。"

楚凌走到他对面坐下,君无欢伸手递了一杯茶给她:"我看着笙笙脸色不太好,可是云翼出了什么事?"

楚凌点了点头:"最近天启那边可有什么消息传来?"

君无欢摇头:"云家出事了?"

楚凌看着他:"云家被人灭门了。"

君无欢一怔,显然也没有料到这个结果。皱眉道:"我收到云翼的消息就猜到天启那边只怕是出了什么事。但是怎么会?虽然外人都觉得云二比不得百里轻鸿惊才绝艳,但也绝不是无能之辈,怎么会被人灭门?"

楚凌道:"云翼说云家被烧成了一片废墟,另外……他说朝廷和北晋人暗中联手,想要剿灭沧云城。他二哥让他去沧云城,你能不能帮忙?"君无欢点了点头道:"我要先见云翼一面。"

楚凌点头道:"云翼现在伤得不轻,你知道他们在哪儿,自己去便是了。"

因为云家的事情,气氛有些凝重。楚凌看着君无欢问道:"长离公子专程在这里等我,可是有什么事?"君无欢点头道:"过几日,便是田家太夫人的七十寿辰,到时候他们一定会给你下帖子的。到时候,我想请阿凌帮我一个忙。"

楚凌点头道:"你说。"君无欢这两年帮了她不少忙,如今君无欢需要她帮忙她自然也不会推辞。

君无欢道:"帮我杀一个人。"

楚凌挑眉,这还是君无欢第一次如此直白地请她帮忙杀人。要未婚妻帮你杀人,君公子这样真的好吗?

"什么人?为什么要杀?"楚凌问道。

君无欢伸手将一张帖子递了过去,楚凌低头一看上面写着的是一个人的信息和生平。

铁牡尔,明王手下排名前三的战将。如今官拜二品镇国上将军。曾经追随明王统一貊族各部以及入关,战功赫赫。此人生性残暴,曾经在入关的时候连续屠光了三座城池。这人不仅对天启人残暴,对自己人也不见得多仁慈。当年貊族统一的时候,凡是被他打败的部落都近乎灭族。不仅是天启人痛恨他,貊族人也讨厌他。

楚凌一目十行地扫完了帖子,问道:"为什么选他?"

君无欢道:"他会跟随百里轻鸿一起出征沧云城,而且他跟拓跋胤不和。拓跋胤也非常看不惯他,这次出征,拓跋胤竭力反对他跟随出征。"

楚凌道:"你想杀了他嫁祸给拓跋胤?"

君无欢摇头道:"不,这只是其次。这个人早就该死了,原本明王这几年不用他,我暂时也不用动他,毕竟死了一个上将军也是一件大事。既然拓跋梁想要用他了，我就只能杀了他。"

"你是怕……"楚凌有些明白了。君无欢冷笑道："这人是嗜杀成性，若是真的将他放出去，我倒是不知道他到底杀的沧云城将士多还是杀的普通百姓多了。"

楚凌沉吟了片刻，点头道："我知道了。"

君无欢有些疲惫："有劳你了，阿凌。"

楚凌笑道："若不是你没办法自己动手，你也不会找我吧。"

君无欢苦笑，有些无奈地道："惹上了南宫御月，总是要付出一点代价的。也是眼下我手里的高手太少了。铁牡尔的武功不弱，但是还不是你的对手。"

楚凌偏着头，似笑非笑地看着他："我觉得……长离公子似乎经常都会高估我。我虽然没有跟铁牡尔动过手，但是却跟与他齐名的孟河将军切磋过。就算是现在的我，最多也只能算是个半斤八两吧？"

君无欢道："因为阿凌总是出乎我的意料啊。我记得，三年前阿凌几乎还没有丝毫内力的时候，寻常三流高手在你手中就已经占不到便宜了。"

楚凌摸了摸鼻子有些郁闷，这就是一开始就露底太多的坏处。

楚凌耸耸肩道："行吧，人交给我。怎么死的你就不用管了。不过我帮你杀人，有什么好处呢？"君无欢温声笑道："阿凌想要什么尽管开口便是，只要我有的，绝不推辞。"

楚凌想了想，好像暂时也没有什么想要的。

"那就先记着吧，回头我想到了再告诉你。"

君无欢淡淡一笑，点头道："阿凌说了算。"

深夜君无欢在灯下翻看着厚厚的册子，虽然长离公子看上去在貊族权贵之间游刃有余，但是每天要从他眼底过多少银两、账册、物资和消息却都是外人难以想象的。

抬起头来看了看外面的天色，君无欢不由轻叹了口气，眼底也多了几分淡淡的疲倦。

起身活动了一下身体，漫步走到床边，今晚无星无月，若不是外面的院子里挂着灯笼，几乎是伸手不见五指。看着屋檐下垂着的灯笼，君无欢眼底突然闪过一张娇俏的容颜。回过神来，不由怔了怔无奈地摇了摇头。

人就是这样，总是越来越贪心想要得到更多。想着想着，君无欢不由自己笑了起来。许是笑得太过肆意，体内原本安分的内息也跟着开始混乱起来。心口处一阵一阵地抽痛，君无欢立刻伸手压住心脉调息，一只手也扶着窗框微微弯下了腰。

一道冷风从暗夜中袭来直逼君无欢的眉心，君无欢头也不抬，只是抬起左手一卷袖袍便将这一道突然而来的袭击挡了出去。

一个黑衣人悄无声息地落在了院子里，君无欢微微挑眉还没来得及说话，那人就已经飞身扑了上来。两人一瞬间就打到了一起。

"咳咳，要打出去打，我前两天才刚毁了一个书房。"

来人显然杀气腾腾，出手如风。两人双双落在院子里，就再一次交起手来。

院子里如此激烈的打斗，竟然也没有惊动府中任何守卫。只有小院门外，文虎抱着自己的刀靠着门口的墙壁抬头看前面不远处的一盏灯笼。

君无欢靠着柱子闷咳了几声，道："你若是心里实在难受，可以去刺杀拓跋胤，为难我一个病人做什么？"

院子的另一头，黑衣人站在崩了一角的假山下面。手里的剑却撑着地面，显然也累得不轻。

"云家，到底出了什么事？"黑衣人问道。

君无欢道："我也是刚得到消息的，到底出了什么事我也还不知道。不过大概跟貊族想要进攻沧云城有关。"

"云家已经退出朝堂了！"黑衣人厉声道。

君无欢低笑了一声，道："云家世代为官，门生故吏遍布天下。得到一些隐秘的消息并不是什么奇怪的事情，云二也不是两耳不闻窗外事，只会闷头过日子的人。"

黑衣人紧握着拳头，看起来像是想一拳打掉君无欢脸上的笑容。

君无欢目光淡淡地看着他道："既然选择了不同的路，你还关心这些事做什么？"

黑衣人不语，眼眸冰冷。

君无欢也不在意，觉得站着难受便靠着柱子旁边的扶手坐了下来。

"那你让人告诉我这件事，又是什么意思？"

君无欢道："我不知道你在说什么。"

黑衣人冷笑一声，道："你想告诉我，那位瑶光夫人不是你的人？长离公子的手倒是伸得长，连明王心心念念的人都能收为己用。"君无欢仰着头打量着他，"所以呢，你打算去拓跋梁面前告发我吗？"

"我要知道云家被灭门的真相。"黑衣人道。

君无欢唇边勾起一抹嘲讽的笑意："百里轻鸿，我没有义务帮你。你知道交易是要建立在互利的基础上的。这些年咱们合作得一向不错，但是这次你这个筹码仿佛不够。"

"不够吗？"黑衣人扯下了脸上的黑布，果然是百里轻鸿。

"这么说，那颗棋子对你来说没那么重要了？"百里轻鸿冷声道。

君无欢悠然地道："那云翼对你来说重不重要？"

百里轻鸿眼神一缩，目光凌厉地看向君无欢："云翼在你手里？！"

君无欢笑道："碰巧，我的运气一向很好，百里公子是知道的。"

百里轻鸿深吸了一口气，道："你想要什么？"

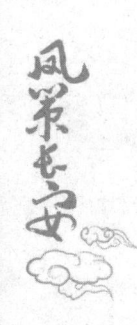

君无欢道："我要拓跋胤的命。"

"我杀不了拓跋胤。"百里轻鸿面无表情地陈述事实。

君无欢点头道："没要你去杀拓跋胤，你只要让明王相信留着拓跋胤是明王府的大患就行了。放心，有人会帮你的。另外，我也不在乎拓跋胤死不死，但是明王府一定要拓跋胤死，百里公子明白了吗？"

"你想要明王府和大皇子自相残杀。"百里轻鸿道。

君无欢笑道："这算什么自相残杀？就算没有我他们早晚也要交手，我最多只能算是推了一把而已。"百里轻鸿看着君无欢，半晌方才道："君无欢，你到底是什么人，你想干什么？"

君无欢摊手道："我是凌霄商行的主人，一个商人，这不是天下皆知的事情么？"

百里轻鸿冷笑一声："商人？一个商人会想要挑动皇室纷争？"

君无欢道："百里公子难道不知道，这世上收益最大的便是从龙之功？你怎么知道我不是想要扶持一位新的君王呢？倒是我更加好奇，百里公子你想要做什么？背弃国家、背弃家族亲人，但是你似乎也并未对北晋有多少忠心，对你如今的亲人有多少感情啊。百里轻鸿，你想做什么？你想要什么？你可曾后悔过？"

百里轻鸿沉默了良久，方才道："事到如今，已经没有后不后悔之说了。我只能一直走下去，直到我死。不是吗？"

君无欢摇头："我不知道。"

"谁也不知道。"百里轻鸿淡淡道："你想要的我会替你达成，但若是云翼出了什么事……"

君无欢轻笑一声道："你放心，就算不看你，我也要给云二一个面子的。但是，你若是从中作梗，我也不介意杀一个小鬼。毕竟云二大概已经死了，死人的人情不值钱。"

百里轻鸿深深地看了他一眼，纵身一跃掠过墙头消失在了茫茫的夜色中。

目送百里轻鸿的身影消失在黑夜中，君无欢轻叹了口气："百里轻鸿，你当真不后悔吗？"

"公子。"

看到百里轻鸿离去，文虎才推门进来就看到他家公子正坐在屋檐下不知道在想什么。再看看眼前一片狼藉的院子，不由在心中叹了口气。这段时间这府中的院子真是遭殃了。

君无欢站起身来，道："传信给桓毓，云家的事情尽快给我消息。让他找找云家的幸存者。我不相信云二这么容易就死了。"

"是，公子。"

清晨起来，又是一个好天气。等楚凌练完功去前厅用膳，雅朵已经出门去了。

楚凌慢条斯理地独自享用早餐，君无欢的人就替她转送来了一封黄老大派人送的信，信上有楚凌托他查的事情，还附赠了一个消息说有个有趣的地方，问他有没有兴趣一起去玩玩。

打过两次交道，楚凌还是有些了解黄老大的为人的，他说有趣那想必是真的有趣了。略一思索她便答应了下来，"劳烦替我回复，明天酉时见。"

"是，小的告退。"

送走了传话的人，楚凌起身去了叶二娘三人目前落脚的客栈。云翼的伤看起来已经好了不少，正坐在院子里的树下和狄钧说话。看到楚凌从房顶上落下来，忍不住皱眉道："你就不能走门么？"

楚凌傲然道："本公子身份尊贵，出行不便。"

云翼嗤笑一声："你不是荒山野岭长大的吗？怎么就身份尊贵了？"

旁边的叶二娘倒是忍不住抽了抽嘴角，心道："拓跋兴业的亲传弟子，北晋皇帝亲封的武安郡主，真的是身份尊贵啊。"说起来也是叶二娘当真相信楚凌的人品，若是换一个人说不定都要怀疑她是不是真的投靠北晋朝廷了。

楚凌俯身看了看云翼道："伤好了不少，看来君无欢来看过你了？"

云翼有些不自在地往后靠了靠，没好气地道："凑得这么近干什么？"楚凌看着他的模样失笑："咱们都这么熟了，有什么不好意思的？难不成你做了什么对不起我的事情心虚了？"

"才没有，你少乱说！"云翼道。

楚凌挑眉："看来是真的有啊。"

"你！"云翼怒瞪着她，这种讨厌鬼，就算真有人做了对不起她的事情，不也是顺理成章的吗？楚凌觉得他还有伤在身，不能把人气坏了，这才站起身来对他笑了笑道："你跟君无欢商量好了吗？他打算什么时候派人送你去沧云？"

云翼垂眸道："我现在身上有伤不能走远路，不过君公子答应帮我把消息送到沧云城去。所以我暂时不用急着去沧云了。"楚凌微微蹙眉："你又不去了？"

云翼道："我本来就是为了送信才去的，君无欢的人比我脚程快。"

楚凌点了点头，好奇地道："你这么相信君无欢？"

云翼咬牙道："我二哥说，君无欢信得过！"

见他又有了要生气的趋势，楚凌连忙安抚地摸摸他的头顶道："好了，好了，我知道君无欢信得过，我也相信他。既然不着急，你就好好养伤吧。别的就先别想了。"

叶二娘笑道："小五，你今天来不仅是为了云公子吧？"

楚凌点头，取出了信函道："我刚拿到摇红姐姐的回信，还没来得及看呢。"叶二娘和狄钧都有些惊喜，这两天他们也打听到了明王府是什么样的地方，寻常人别说是出入了，靠近都难，更别说接触到祝摇红。

打开信函一看果然是祝摇红的笔迹，祝摇红在信上说她在明王府还有事情要办，暂时还不能离开。辛苦叶二娘和狄钧亲自为了她走一趟，是当时时间太过紧急，让她没有将话说清楚。她当年本就是从明王府逃出去的，跟明王府还有一些私怨要了结。

看完了信，叶二娘忍不住蹙眉道："跟明王府有仇可以大家慢慢想办法，她一个人跑回去也太危险了。"

楚凌偏着头思索着，一边看着信纸上娟秀却带着几分凌厉的笔迹。她倒是不认为祝摇红是独自一个人，一个十年前从明王府逃出来的女子，能孤身一人创立红溪寨，又在如今这个敏感时期自投罗网回到明王府，她背后真的没有人扶持吗？两个人的身影飞快在楚凌脑海中闪过，楚凌在心中轻笑一声，只是不知道，祝摇红到底是谁的人呢？

看着叶二娘担心的模样，楚凌安慰道："二姐，你别担心，摇红姐姐能独身一人在外面这么多年，不是心里没有成算的人。"

叶二娘叹了口气："现在也只能这么想了。"

"二姐，既然不救祝姐，小五也找到了，咱们接下来干什么？回去吗？"狄钧问道。

叶二娘摇摇头道："不行，摇红那里也不知道是个什么情况，咱们还是留下看看吧。何况，小五暂时也不会回去吧？"狄钧不解："小五为什么不能回去？你还有什么事吗？"

叶二娘点头道："小五有很重要的事情，咱们过几日就换个地方住。住在客栈里还是太惹眼了。"

旁边云翼道："叶二姐，狄四哥，昨天长离公子跟我说他在北城有一个小院子，我们可以搬过去住。"

叶二娘看了楚凌一眼，蹙眉道："是不是太麻烦君公子了？"

楚凌想到自己过几天还要帮君无欢杀人，借他一个院子住一段时间好像不是大事儿，便道："二姐，没关系，你们跟云翼住一起还能有个照应。我手里倒也有两处院子，不过大概没有长离公子的那么安全。"

叶二娘想起楚凌和君无欢如今的关系，这两人显然都是知道对方的身份和行事的。叶二娘便也不再拘泥，笑道："既然你这么说，我们就打扰君公子一段时间了。"

楚凌这才放心下来，上京这地方太麻烦了，有君无欢的人照顾着她也放心一些。安顿好了叶二娘三人，楚凌倒是放下了一桩心事。这几天拓跋兴业不在京城，楚凌也自由了许多。拓跋兴业不是那种会派人盯弟子梢的人，楚凌和君无欢如今也算是名正言顺的未婚夫妻关系，见面倒是更加方便了许多。

楚凌的小院里，君无欢握着一本随手从桌上拿来的兵书把玩着，一边看着楚凌挑眉道:"黄老板说请你去有趣的地方?"楚凌点头道:"是啊。"君无欢笑道:"他能带你去什么有趣的地方?黑市吧?"

楚凌笑道:"我倒是听说过黑市的大名,却没什么机会去看看。怎么样?一起去吗?"

君无欢道:"笙笙想要什么可以告诉我,我让人帮你找便是了。"

楚凌站在君无欢面前平静地看着他道:"君无欢,我知道黑市是什么样的地方。我是不是没有跟你说过,我已经见过真正的地狱了。"

君无欢抬眼看着她,楚凌道:"对我来说三年前走出来看到外面的世界的时候,我就已经见过这个世间的地狱了。除此之外,别的任何事情都在我的承受底线之上。"

君无欢看着眼前的神色平静的窈窕少女微微有些出神。三年前……

"白骨露于野,千里无鸡鸣。从前,我一直觉得这只是一句诗词,再悲惨也不会真的出现在我面前。"楚凌轻声道。

君无欢半晌没有说话,良久才突然轻笑一声道:"笙笙只是要去个黑市而已,怎么说得这么凝重了?笙笙不嫌弃的话,带上我一个吧?"

楚凌定定地看着君无欢半晌,方才轻声笑道:"好呀。"

楚凌和君无欢按照和黄老大约定的时间到了约定的地方,黄老大看到跟在楚凌身边的君无欢不由皱眉道:"小公子,你没说是两个人。"

楚凌道:"我这个年纪去个不认识的地方,总要找个伴儿吧。"

黄老大有些怀疑地看了一眼君无欢,长离公子此时穿着一身布衣,脸上也做了一些修饰,肤色蜡黄,看起来就像是一个命不久矣的病书生。

楚凌笑道:"带一个是带,带两个也是带。黄老大觉得呢?"

黄老大想起这位小公子出手时的大方,终究还是没有多说什么。一路带着两人转了不知道多少弯儿,又是进宅子,又是走地道的,一路上楚凌走得悠闲,半点也没有好奇想要认真记路的意思。她很想告诉黄老大,用不着带他们这么绕弯子,他就算再怎么绕她也还是能将这个黑市的大体位置给估算出来。

三人走了将近一个时辰,才终于到了传说中的黑市。

一个像是地宫的地方,门口有人守着。才刚刚靠近楚凌就感觉到了暗地里有无数的眼睛在看着他们。黄老大取出一个牌子递给了守门的人,对方仔细核对了一下又警惕地看了一眼楚凌和君无欢,这才将人放了进去。

君无欢和楚凌事先都戴上了黄老大给他们的面具,这些人也看不出什么来。

大门打开,跟外面的幽暗不同,这里面却是恍若白昼。

一个足有一亩地大小的广场,此时广场上来来往往不少人,其中大半的人都是戴着面具的。这些人显然就是客人,而那些没戴着面具的人就是这黑市主人自己的人。抬起头,头顶是大理石雕成的顶,距离地面足足有三层楼高。广场四周

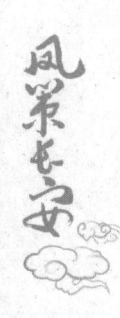

便是一个一个的房间，上下两层看起来倒是比广场上更热闹。

"这就是黄老大说的有趣的地方？"楚凌有些意兴阑珊地道。

君无欢走在楚凌身边，悠然地道："传说这里只要你肯花钱，就没有买不到的东西。黄老板说是不是？"

"你来过？"

君无欢轻哼一声："我来这里做什么？玉六来过。"

黄老大跟在两人身边，听着两人的对话不由心惊。黄老大在心中猜测着两人的身份。

君无欢侧首似笑非笑地看了黄老大一眼，道："黄先生还是少想一些比较好。"

黄老大有些尴尬地笑了笑："公子说得是，两位这边请。"当下果然不敢再胡思乱想了，他只是个做情报生意赚钱的，可不想惹上什么不能惹的人物。

上了楼里面果然十分热闹，卖的东西也是千奇百怪。

各种宝物珍品自不必说，还有一些乱七八糟匪夷所思的东西，但凡你能见过的东西这里都能卖。就算没有，你说要买也马上有人给你弄来，只要你能出得起价。

楚凌有些好奇地问答："这里卖的消息，比起黄老大来如何？"

黄老大笑了笑，道："这个嘛不好说。"

楚凌挑眉："哦？"

黄老大道："咱们做小本生意，替客人探的一般是现在的消息，了不起再往前推一些时间。这个靠的是人力赚个辛苦费。这里卖的，都是大消息。"

"比如？"

黄老大道："比如，哪一家灭门案的幕后真凶，比如哪个大人物私底下做了什么伤天害理的事情，比如什么宝藏或宝贝的下落等等。当然，如果有他们没有卖的消息，公子也可以付了定金请他们探查，等他们有了消息以后，就会看这消息的大小收取费用了。"

楚凌道："听起来也没多大差别。"

黄老大笑笑不说话，君无欢微微眯眼，道："我倒是正好有个事情想要问问。"

黄老大有些惊讶，楚凌也有些惊讶地看着君无欢。君无欢自己手下的消息渠道就十分惊人了，他竟然还想要从这里买消息？似乎明白楚凌的疑惑，君无欢淡笑道："有时候，消息相互印证一下才更加放心不是吗？"

"不知公子有什么想要知道的？"一个人出现在三人背后，恭敬地笑道。三人转身看向来人，是一个穿着灰布衣的中年男子，看起来并不起眼就跟这里面任何一个跟他穿着同样衣服的人差不多。

君无欢挑眉道："你？"

中年男子笑道："在下只是区区一小管事，若能为公子效力，自然是荣幸之至。"说话间，男子便将三人引向了旁边的空房间。

服务态度倒是挺好的，楚凌在心中评价道。
　　进了房间坐下，房间里随时侍候着的侍女送上了茶水便恭敬告退了。男子问道："不知公子想要知道什么？"
　　君无欢垂眸，沉吟了片刻，道："我想知道三年前失踪的那位天启小公主在哪里？"
　　中年男子眼底闪过一丝诧异，很快又恢复了平静。沉吟了片刻方才道："公子恕罪，这个问题在下无法回答你。"君无欢挑眉："不是说就算不知道，你们也可以去查吗？现在竟然连查都不查就回绝我？你们就是这样做生意的？"
　　中年男子叹了口气，拱手道："不瞒公子，这条消息公子并非第一个来问的人。这三年，前后有三个人来问过，公子是第四个。但是这笔银子，我们到现在也没有赚到。如果公子一定要问，在下只能说这位小公主最大的可能是死了。但是没有尸体的话，公子想必也不会愿意付钱不是吗？"
　　君无欢道："你们为何认为她死了？"
　　中年男子道："三年前那位公主失踪之后，四皇子派出了手下最精锐的人四处寻找，最后却并没有任何消息。虽然在信州曾经传出过那位公主的消息，但是我们派人去打探过，最后证实这个消息只是想要救谢廷泽之人的调虎离山之计。另外还有一种推测，说小公主被一个高人救走了，但我们认为这个消息并不可靠。因为我们查到小公主消失的地方并未出现过什么高手，那两个守卫最大的可能是死在小公主的手中的。"
　　君无欢笑道："你们居然认为一个能杀死两个守卫的孩子会那么容易死去？"
　　中年男子摇头道："那两个守卫是被偷袭而死的，其中一个甚至是被人用石头砸死的。另外那天坑外面就是一条大河，小公主从小长在浣衣苑绝对不会游水，但她若是走陆路，绝对逃不过猎犬的鼻子。公子认为她能到哪里去？第二年旱季，一共从那条河底发现了三十多具尸体，其中女子二十一名，与小公主年龄身形相近的有九具，经过仵作检查之后，落水时间与小公主失踪相近的有三具。只是没有确凿的证据证明那是小公主，所以我们这边的消息里记录的一直都是失踪。"
　　君无欢了然，事实上在这些人眼中那位天启小公主已经死了。
　　君无欢问道："最后一个打探小公主消息的人，是什么时候来的？"
　　中年男子露出一个怪异的笑容，道："半个月前。"
　　君无欢点了点头，随手丢出了一张银票："多谢。"
　　那中年男子见他们似乎没有什么问题了，便恭敬地告辞离去了。一直都没有说话的楚凌这才抬起头来，面具下的眼神有几分复杂："我倒是不知道你竟然对一个天启公主这么有兴趣？"
　　君无欢笑道："是挺有兴趣的。难得来这里，你竟然没有什么想问的么？"
　　楚凌摇头："消息确实灵通而且相当细致，不过也仅此而已。"她并不觉得这

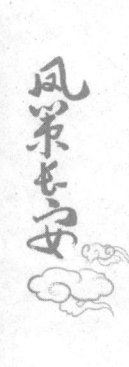

个黑市就真的无所不知了。

楚凌心中叹了口气，君无欢果然早就在怀疑她了。

君无欢笑看着楚凌道："你好像不太高兴，你有什么想知道的事情可以问问我，我告诉你可好？"

楚凌含笑看着他，"当真？"

"自然。"

楚凌笑眯眯地道："我想知道沧云城主长什么模样，你能给我一张画像吗？"

君无欢愣了一下，"你要晏翎的画像干什么？"

楚凌道："我觉得晏城主一定是个难得一见的美男子啊，想要膜拜一下不可以么？"

君无欢轻咳了一声，无奈地道："抱歉，我也没见过晏翎的模样。"

楚凌轻哼了一声，也不勉强："那便罢了。"

这话刚说完，君无欢还想说些什么外面突然传来一声凄厉的惨叫。楚凌眼神一凛袖底的匕首已经握在了手中。君无欢伸手拍了拍她的肩膀问道："外面怎么回事？"

黄老大看了一眼外面，一副稀松寻常的模样道："那边大概是来了什么珍品好货吧。总是要弄出一点动静才能吸引人过去看的。"

这个货，自然不是一般的货。

"咱们也过去看看。"君无欢看了楚凌一眼，道。

三人起身出门走了过去，还没走近就听到里面传来兴奋的欢呼吼叫声还有女子凄厉的惨叫声。

这是一间非常宽敞的大房间，房间四周此时已经坐满了人。现在所有人的目光都落在了房间中央的人身上，再没有一个有心思关注身旁的人和事。

房间中央最明亮的地方躺着一个白皙美丽的女子，如今已经将要入冬，她身上却只裹着一片短小轻薄的丝绸。白皙娇小的身体在地上簌簌发抖，也不知道是因为天太冷还是因为周围人的目光。她脖子和双手上都戴着乌黑的镣铐，白皙如玉的肤色，绯红的绸缎，乌黑的镣铐更是衬得她有一种独特的魅惑。

此时她旁边站着一个高大的中年男子，男子手里挥动着一条马鞭，显然方才那女子凄厉的叫声就是他挥舞鞭子造成的。此时见众人的目光都聚了过来，男子这才得意地道："这是前两天才刚到的绝色美人儿，各位可以看看，这相貌，这模样可算得上绝色？"

男子抓起女子微卷的长发让她的脸面向众人，所有人都不由得抽了口气。这女子并不是纯粹的天启人或貊族人，看着像是天启和西域外族的混血。女子轮廓深邃却并不让人觉得凌厉，身形纤细肤色甚至比大多数天启人更加白皙，还有一头微卷的褐色长发。楚凌明显地听到旁边有不少人的呼吸粗重了起来，甚至还有人开始咽口水。

"我出十万两！"已经有人按捺不住叫道。

那男子却并不答话，继续笑道："这位可不是什么随便找来的西域蛮人，她看起来虽然像个外邦人却是个正经的名门闺秀。三个月前有几个天启官员被抄家了各位应该知道吧？这位姑娘便是从那里出来的，她亲爹可是当朝四品，家里原本也是天启名门啊。还专门有人教导了两个月，才有了如今这般绝色尤物的模样。"

被抓着头发的少女一言不发，只有眼泪不停地滑落。她的泪水却得不到任何人的同情，只会越发激起这些男人的兽性。

"我出十五万两！"

男子满意地笑了，环视着众人："还有更高的吗？这样的美人儿可不是随便什么地方都能遇见的。"他的话音未落，加价的声音已经再次响起来了，不过是转眼间，价格就从十万两飙升到了二十二万两。

绝色美人，异族，天启名门贵女，这些词一再地刺激着这些热血沸腾的男人。

楚凌厌恶地侧过了脸去。

君无欢靠着楚凌耳边，低声道："笙笙若是喜欢她，可以带回去。"

楚凌挑眉："我还以为，英雄救美是你才该做的事情。"

君无欢轻笑一声道："这天下遭遇不幸的女子何其多？哪里救得过来？更何况我只会救你啊。"

楚凌瞪了他一眼，这家伙是在撩她？！

房间里人头攒动很是有些拥挤，君无欢伸手将她拉到自己身边，轻声道："以她的容貌，无论谁买去了至少都没有性命之忧。"楚凌轻叹了口气道："我知道，这里的人也不止她一个，我又能救几个呢？走吧。"

君无欢没有反对，只是伸手握住了她的手。这个世间放眼望去到处都是可怜人，阿凌迟早是要习惯的。楚凌的脚步走得不紧不慢，因为她在极力控制自己的情绪，控制自己不要动手杀了这些人。

她知道君无欢说的是对的，她的理智也告诉她怎么做才是正确的。她确实什么都做不了，这地方比方才那个女子更可怜的少女比比皆是。一路走过来，那些被关在笼子里的少女，那些伤痕累累的姑娘和孩子，她们的下场都只会比那美丽的少女惨无数倍。

但是，她又能做什么呢？哪怕她毁了这个地方，幕后的人很快就会在另一个地方建立起同样的黑市。哪怕是她有能力连幕后的人也一起毁掉，也依然会有人在不知道的地方再建立起相似的黑市。

这个世界永远会存在阴暗，但是她却连目之所及的正义都做不到，因为放眼望去满眼都是罪恶。

淡淡的杀气在楚凌身上蔓延开来，黄老大立刻敏锐地离楚凌远了几步。

君无欢低声道:"阿凌后悔了吗?"

楚凌抬眼,有些无奈地苦笑道:"我最近几年,经常觉得自己很没用。有些时候我甚至怀疑,这两年多我留在上京是不是在逃避什么。"君无欢挑眉,"你觉得你在逃避什么吗?"

楚凌道:"或许是我不想看见外面的情形,留在上京这繁华地,就可以当做什么都看不见。"

君无欢摇头:"不要被不好的情绪影响了你的心,你不是神,你选择了你能做到的最好的。无论是谁都不会比你做得更好,即便是我自己也一样。如果你真的是那种满腔热血不顾一切的人,或许现在这世上已经没有你了。我们都知道,要救一个两个人很容易,但是要救千万人却难上加难。"

楚凌问道:"救一人和救千万人有冲突吗?"

君无欢笑道:"没有,但我会为了救千万人而放弃救一人。"

楚凌看着他:"你是个让人钦佩的人。"

君无欢终于忍不住伸手揉了揉她头顶的发丝:"别想那么多。"

楚凌淡淡一笑,救一人和救千万人有冲突吗?有时候是有的。但是楚凌知道,能含笑坦然地做出选择的人,一定是一个经历过很多痛苦的人。即便是现在的她,其实也是做不到从容地去选择救谁不救谁。

千万人的命是命,难道一个人的命就不是命了吗?

但是,想着这些的她又能怎么样呢?

之后的黑市之行就显得有些压抑了,直到最后楚凌和君无欢也没有真的买一些什么。出了黑市,黄老大目送两人的背影消失终于松了口气。

君无欢亲自将楚凌送回家中已经是深夜了,雅朵并不知道楚凌半夜自己跑出去过,整个府邸依然是一片静谧安宁。君无欢看着坐在桌边的楚凌轻叹了一声,道:"阿凌在想什么?还在想方才黑市上的事情?"

楚凌摇头笑道:"没什么,这个黑市跟哪位朝中权贵有关系?是明王吗?"

君无欢挑眉:"阿凌怎么会这么想?"

楚凌道:"能支撑起这样一个地方,背后的权势必然不会小。明王麾下有大批的中原高手,无论是打探消息还是做什么别的事情都很方便。另外明王要豢养冥狱,还要养私军,他哪儿来的那么多钱?冥狱那么多高手,平时不用也浪费吧?"

君无欢笑道:"不错,这黑市的幕后之人确实是明王。这个地方每年可以为冥王敛财无数,若不是做的生意太不入流了,我都有些心动了。"

楚凌思索了片刻:"你说拓跋罗知不知道明王手底下有这么一个产业?"

"自然是不知道的。"君无欢笑道,停顿了一下看着眼前的楚凌,"你想要将这个消息告诉拓跋罗?笙笙是想要毁了这个黑市么?"

楚凌轻声笑道:"长离公子不是想看两虎相争吗?"

房间里一片宁静，不知道过了多久君无欢突然低低地笑出声来。

"笙笙……"君无欢望着她，轻叹道，"我再也没有见过比你更加聪明敏锐的姑娘了。可真是让我觉得有些担心啊。"楚凌似笑非笑地看着他："担心什么？长离公子果然还有许多秘密不肯示人吗？怕被我看破吗？这个你倒是可以放心，毕竟你一直藏得很不错，而我又确实无人可用。"

君无欢笑道："我说过了，笙笙可以和我交换秘密。我担心的不是这个。"

"那是什么？"楚凌挑眉，君无欢含笑不语。

我担心，这样的你让我再也不愿意放开了怎么办呢。

君无欢看出来楚凌的兴致明显不高，陪着她说了一会儿话便起身告辞了。

回到君府，君无欢刚走进书房就看到一个人已经站在书房里等着了。

"公子。"

君无欢点了下头问道："事情办得怎么样了？"

男子道："请公子恕罪。"

君无欢蹙眉，"怎么？没办成？"

男子摇头道："有人先我们一步将人买走了。"君无欢沉声道："我不是说了，无论多少钱都要将人带出来吗？"男子道："但是，买人的是黄老大的人，应该是替曲姑娘出的价。属下若是抬价……"

君无欢想起之前在黑市里黄老大确实离开了一会儿，不由叹了口气。

"公子？"男子以为那女子很重要，有些羞愧地道，"不如属下再想办法从黄老大那里将人买回来？现在人应该还在黄老大手里没有交给曲姑娘。"

君无欢摆摆手道："不必了，这件事你不用管了。"

"是，属下告退。"男子恭敬地拱手退了出去。

君无欢靠着身后的椅背思索了良久，方才轻笑出声。摇了摇头，轻叹道："阿凌到底还是心软。"说了那么一大堆理由想要说服自己说服别人，最后还是忍不了。

所以他才说，那地方不适合阿凌去，破财啊。

一梦醒来，楚凌在床上打了个滚儿。

趴在床上却不太想如往常一般早早地起身练功。于是干脆就趴着发呆顺便将昨晚的事儿再在脑子里捋一捋。虽然跟君无欢说利用黑市挑动明王和拓跋罗之间的争斗并不是随口胡说的，但是细节方面却还要好好琢磨一下。毕竟这年头，谁都不是傻子。

楚凌自觉自己不是一个以貌取人的人，拓跋梁这个人第一眼给楚凌的感觉就是不喜欢。第一次见到拓跋梁，楚凌就觉得这人浑身上下透着一股让人不舒服的邪性和野心勃勃。楚凌从来没有见过一个人的眼睛，那么像是暗夜里的饿狼。

即便再不喜欢明王，楚凌也不得不承认，拓跋梁是个很难对付的人。在上京这几年，她跟拓跋罗的关系很不错，但是对拓跋梁却一点都不了解。他手下的兵马，他手下的冥狱，还有这个黑市，也难怪北晋皇帝如此忌惮他了。

趴在床上想了一会儿，赖床到底不是她的习惯，楚凌还是从床上一跃而起准备梳洗了继续去练功了。

楚凌刚做完每天早上的功课，准备去用膳，下人就来禀告道："有一位秦公子求见。"

"秦公子？"楚凌一愣，好一会儿才回过神来连忙道，"快请他到花厅用茶。"

楚凌换了一身衣裳去了前厅，果然在花厅里看到了正喝着茶的秦殊。楚凌笑道："秦兄一大早过来，可是有什么事情？"秦殊放下茶杯，看向她淡笑道："笙笙，打扰你了？"

楚凌摇头道："我整天无所事事，打扰什么？只是难得见你进城来。"

秦殊淡笑道："笙笙订婚了，我还没来得及给你道贺呢。"楚凌摆手道："也没有什么大事，就是先订着，婚期还早呢。到时候再恭喜吧。"

秦殊仔细看了看她，忍不住笑道："便是貂族女子生性豪爽，说起婚事来也难免有三分羞涩，笙笙倒是比她们更大方一些。"楚凌眨了下眼睛："你是说我不知道害羞？"

秦殊摇头："我可没有这个意思，昨日六皇子府设宴给谷阳公主送别你没去，我还以为你有什么事呢。"

楚凌一愣，谷阳公主已经要走了吗？

"虽然我封了个郡主但毕竟不是皇室中人，而且关系尴尬，也没必要非得凑上去。"

秦殊若有所思地点了点头道："说得也是。"

楚凌看着他，笑吟吟地道："你还没说，找我有什么事儿呢？"

秦殊有些无奈地道："没事儿就不能找你了吗？"

楚凌道："那倒不是这么说的，咱们什么交情？你什么时候来看我我都欢迎的。不过，以你的性子，若是没事也不会这么一大早的就上门吧？"

秦殊轻叹了口气，有些无奈地道："瞒不过你。"

楚凌道："有事儿便说吧，用不着客气。"

秦殊垂眸道："笙笙知道西秦陛下之前来上京的事情吗？"

楚凌点头道："自然，西秦王不是还没走吗？"襄国公和上官成义有事情走得快，但是西秦王一行人却依然还留在上京。秦殊叹了口气，道："西秦送了十位贵女来北晋，其中就有我九妹，还有一位堂妹和表妹。"

楚凌想起来上次在城外别庄听到西秦王说的话，想必这个表妹就是那位彤姐姐了。她好像说是要被指给大皇子做侧妃。

楚凌点了点头，道："她们，怎么了吗？"

秦殊闭了闭眼，道："昨晚，彤儿自杀了。"

楚凌一惊，心底也不由抽了口凉气。这可不是一个姑娘不愿成婚自杀那么简单的，弄不好北晋皇帝可能会迁怒于西秦。楚凌看着秦殊，轻声问道："这位姑娘既然不愿意和亲，当初西秦王实在不应该带她来。"虽然这么说对那些被带来的姑娘不公平，但是西秦如今的情况是为了向北晋表示顺服而不是挑衅。这样将人带来了，成婚之前来个血溅三尺对谁都没有好处。

秦殊黯然道："是她自己要来的。"

楚凌皱眉，她原本以为是西秦王为了戳秦殊的痛处强迫她来的，毕竟秦殊看起来跟那位彤姑娘的关系好像不太一般。

既然没人逼她，这姑娘莫不是跟西秦皇室有什么深仇大恨？

"到底是怎么回事？"楚凌道，"能说说吗？"

秦殊俊秀的脸上有几分淡淡的尴尬，不过他也明白想要请人帮忙自然不可能不将事情说清楚。

原来这位彤姑娘姓许名月彤，是秦殊嫡亲姨母所生的表妹。两人从小一起长大，当初秦殊为西秦大皇子的时候，西秦王和王后曾经和许家戏言将来等两个孩子长大了让许月彤入宫做大皇子妃。只是谁也没有想到貊族突然入关，天启偌大的国家和上百万兵马在他们面前也是一败涂地，更不用说西秦只是一个小国了。

后来秦殊入了上京做质子，西秦王和王后过世之后，王位自然传给了二皇子秦希。许月彤却一直没有出嫁，直到这次甄选和亲的人选，许月彤不顾父母的反对坚持要来。虽然秦希那熊孩子确实混账，倒也不至于真的去逼迫自己姨母唯一的女儿和亲的，这次确实是许月彤自己要求的。

到了上京之后秦殊和许月彤见了一面，才知道许月彤根本就不是来和亲的，她是来找秦殊的。她想要跟秦殊在一起，这自然被秦殊拒绝了。今天北晋皇帝刚刚决定让许月彤入大皇子府，她就自杀了。

"救回来了么？"楚凌问道。

秦殊点了点头神色黯然，苦笑道："说来也是我们对不住她，若非西秦王室无能，何至于需要……"

楚凌心中暗道："你们确实对不起那些被迫和亲的女孩子，但是倒也不至于对不起许月彤，毕竟是她自己要来的。"更何况当初秦殊离开西秦的时候是交代过，让许家自行婚配的。当初只是两家说说并没有订婚，许月彤并没有婚约在身。

楚凌看着秦殊问道："那你们现在有什么想法？可是有什么需要我帮忙的地方？"

秦殊有些惭愧地道："此事暂时被封锁了，我知你和大皇子大皇子妃都有些交情，能否请你帮忙和大皇子妃说一说，让月彤暂缓入府的时间？""听你说，我看那许姑娘的性子只怕有些执拗，就算延后得了时间，你们能劝说得了她么？"

秦殊有些无奈地苦笑了一声，道："再看吧，也是这次陛下定的时间太急了，就在后天，所以才只能来麻烦笙笙了。"许月彤只是个附属国送来的美人，说是侧妃其实也不过是个侍妾罢了，自然用不着北晋皇帝特意选日子。

楚凌也不由叹了口气，有些同情秦殊。弟弟是个熊孩子不说，还有个让人头疼的表妹。就算是做了质子，只怕秦殊半天也没有放心过西秦。

刚送走了秦殊，雅朵便拿着帖子进来了。

"笙笙，你朋友走了？"

楚凌点头，看了一眼她手里的帖子问道："谁家的？"雅朵笑道："田家，田家老夫人的寿宴，请咱们去贺寿呢。"雅朵翻着帖子，道："这些中原世家还真是精细，这两年收了这么多帖子这是我见过最好看的。"

楚凌接过了帖子一看果然做得很精致，不仅精致上面的字迹也十分地好看，一看就是书香门第出来的东西。

雅朵坐下来蹙着眉道："田家的寿宴，你去就成，我就不去了。"

楚凌想了想道："也行。"田家这次的寿宴，只怕也不会安生。

田家算得上是如今在北晋混得最好的天启世家了。因为田家并不是北晋入主中原之后才归降的，田家上一代家主还在的时候就拖家带口去了关外。这一代家主在北晋入关的时候立下了汗马功劳，如今官拜中书省平章政事，从一品官职仅次于左右丞相，也是如今北晋官职品级最高的中原人了。

不仅如此北晋皇帝还追封了他的父亲为凉国公。如此的殊荣，即便是在貊族人中也不多见。因此田家太夫人的寿辰，无论是貊族还是中原人自然都要上门道贺的。

"我让人给你准备贺礼。"雅朵也知道她在这些事情上不爱费心，贴心地道。

楚凌笑道："辛苦阿朵了。"楚凌也不是不懂这些，只是懒得费心罢了。

既然答应了帮秦殊忙，楚凌少不得也要亲自往大皇子府走一趟。贺兰真新婚，这些日子也很忙，不过听说楚凌来了还是很高兴将她拉到自己的院子里说话。

"笙笙，你终于来看我了，我都要疯了。"贺兰真道。

楚凌挑眉道："好好的大皇子妃怎么会要疯了？难不成大皇子欺负你了？"贺兰真没好气地瞪了她一眼，郁闷地道："你说，一个小小的皇子府，事情怎么那么多啊？以前在塞外，我自己打理阿爹分给我的人马牲畜也没有这么多的事情啊。"贺兰真烦躁地翻着手中的册子，"这家不能送这个，那家不能送那个，满月要送什么，寿宴要送什么，谁家和谁家关系好，谁家和谁家面和心不和……我的天，貊族人什么时候这么烦人了？都把时间花在这些事情上，他们的兵马还好吗？"

楚凌心中暗道：按这个势头一直发展下去，过个二三十年可能真的好不了了。

楚凌道："大皇子没有派人教你吗？"

贺兰真挑了下眉头，道："有啊，母后娘家的一位太太，她有没有教我我不知道，脾气倒是挺大的，鼻孔都要仰到天上去了。本公主是皇子妃还是她是皇子妃！"

楚凌惊讶地看着她："你该不会把她赶走了吧？"

贺兰真看着她："不行吗？"

楚凌想了想，竖起大拇指赞道："干得好。"贺兰真毕竟是外来的，若是一开始就被人给欺负了以后再想要立威就难了。拓跋罗若是聪明人，就会知道该怎么处理妻子和母家的关系。

"能看吗？能看的话我帮你看看，顺便跟你说说？"楚凌问道。

贺兰真立刻欢喜地将册子递过去："笙笙真好。"

其实你就是在这儿等着我吧？

楚凌果然帮贺兰真看起了桌上的册子，顺带跟她介绍了一下京城里各家权贵的关系和平时需要注意的礼节。贺兰真一边听着一边在心中狠狠地夸奖了自己一番。跟笙笙说话果然舒服，听笙笙讲这些东西比拓跋罗找来的人强多了。

明明三句话就能讲清楚的事情，那些人三个时辰都讲不明白还一副你怎么这么没见识的表情。

等到事情都解决了，两人同时松了口气，贺兰真心满意足地要请楚凌吃饭。席间楚凌才提起了许月彤的事情，她自然不能说许月彤不想嫁给大皇子自杀了，只说许月彤身体不适想要缓一些日子。西秦大皇子上门请她帮忙跟大皇子府说一声。贺兰真一挥手，道："这有什么？小事罢了。既然身体不好那就先养着，一个月后再送进来就是了，她现在进来了我也没功夫照顾她。"

楚凌道："不用禀告陛下和大皇子一声吗？"

贺兰真瞥了她一眼："禀告什么呀？只要人最后进了大皇子府就行了，大皇子又不是缺这一个女人，大不了我先找一个赔给他就是了。"

楚凌半晌无语，这么看来贺兰真还真是一个合格的当家主母。实在是太大方了，就是不知道拓跋罗是高兴还是心塞了。

两人正说话，拓跋罗已经带着拓跋胤走了进来："还在外面就听到笑声，看来王妃和郡主果真是投缘啊。"

"大皇子，四皇子。"楚凌起身见礼。

"大皇子，四弟，你们怎么来了？坐下一起吃饭？"贺兰真笑着招呼两人，一边吩咐人再加几个菜来。来了中原这些日子，她最满意的就是上京的吃食比她们那边多得多，每一餐她都吃得心满意足。

拓跋胤淡淡地谢过了贺兰真，和拓跋罗一起坐下，拓跋罗笑问："听说你们俩一上午都在院子里？郡主来了怎么不请她出去走走？"

贺兰真轻哼一声，道："你懂什么？笙笙教了我许多东西，那些乱七八糟的事情笙笙一讲我就都明白了。"

拓跋罗失笑："怎么就是乱七八糟的事情了？我可是听说，郡主连自己家的事

情都是雅朵姑娘在打理。"

贺兰真道："那是笙笙聪明，什么都会。"

拓跋罗无奈地摇了摇头，拓跋胤坐在一边沉默地用膳。

拓跋罗看了看楚凌，似乎不经意间问道："郡主，不知君公子可有跟你提起过上京有一个特别的集市？"

楚凌眉梢微动："特别的集市？"君无欢办事速度可以啊。

拓跋罗道："我也是刚刚听人提起，似乎由来已久却不现于人前。我想长离公子是生意人，说不定消息会比我们广一些。"楚凌皱眉，一副认真回忆的模样，好一会儿方才道："我倒是偶然听君无欢身边的人提起过，不过听他们的语气也并不是什么了不得的机密。只是君无欢说那地方不适合我去，不知道是不是大皇子说的地方。大皇子是从哪儿听来的消息？"

拓跋罗笑了笑道："意外听一个商人随口说的，有些好奇罢了。"

楚凌摇摇头，道："我对做生意的事情不太擅长，平时也不怎么听君无欢说这些事情。大皇子若是有兴趣，我帮你问问他？"

拓跋罗摇头道："我只是一时有些好奇罢了，哪里需要劳烦郡主和长离公子？随口问问罢了。"

楚凌点了点头果然不再多说什么，一副对这个话题也不感兴趣的模样。

"两日后田家的寿宴，郡主想必也会去参加？"大皇子问道。

楚凌点头道："是呀，师父不在我要替师父送一份贺礼过去。田家也给我下了帖子，总不好不给田大人面子。"拓跋罗点头道："不如到时候郡主和王妃一起去？四弟妹也可以一起，四弟，你说呢？"

拓跋胤抬眼淡淡地看了他一眼，随意地点了下头。

贺兰真合掌道："那很好，我一个人人生地不熟的，有四弟妹和笙笙陪着就放心了。笙笙，一起去吗？"

楚凌思索了一下，便果断点头答应了。

"那就一起吧，正好我也不太熟。"

用过了午膳，楚凌和拓跋胤便一道告辞从大皇子府出来了。出了门，两人站在门口面面相觑，楚凌觉得有点尴尬。轻咳了一声道："四皇子，我先告辞了。"

拓跋胤道："郡主要回去吗？正好顺路一起走吧。"

楚凌扭头看了看就在大皇子府旁边的四皇子府，请问哪里顺路呢？

拓跋胤道："我要去一趟兵部。"

楚凌点了点头："四皇子请。"

两人并肩走在街道上，谁都没有说话的意思，气氛很是沉默。拓跋胤是本来就不爱说话，楚凌却是不想跟拓跋胤有太多的交流。她下意识地加快了一些脚步，赶快回家好摆脱这位大爷。

"郡主似乎不愿与本王相处？"耳边突然传来了拓跋胤的声音。

楚凌立刻回过神来，抬起头来果然看到拓跋胤正打量着自己。楚凌连忙一笑道："四皇子说笑了，四皇子是天潢贵胄身份尊贵，我不过……"

"不必恭维我。"拓跋胤淡淡道，"本王确实不好相处。"

您真有自知之明。

楚凌看了看拓跋胤，问道："四皇子，您是有什么话要跟我说？"

拓跋胤皱眉道："没什么，只是郡主和长离公子的婚事，最好还是慎重一些。"楚凌心中一跳，面上却不动声色："怎么说？"拓跋胤淡然道："长离公子这个人，并不简单。"

楚凌垂眸，笑道："多谢四皇子提醒，这桩婚事确实仓促了些，不过眼下也是没有法子。不管怎么说，我还是要感谢长离公子的。听说四皇子过些日子便要出征了，祝您一路顺风。"

拓跋胤也知道之前焉陀家上门提亲的事情，点了点头道："郡主心里有数便好。"

"笙笙。"一个熟悉的声音从两人头顶上传来，两人抬头望去便看到君无欢站在楼上的窗口含笑看着两人。君无欢微微扬眉："四皇子，在笙笙面前说在下的坏话，可不是君子所为。"

虽然两人走在大街上，声音也不大，但是君无欢内力精湛，他想要听的话自然也能听见两人说什么的。

拓跋胤抬眼，淡然道："本王说的是实话。"

楚凌无语。

君无欢也不在意，对楚凌笑道："笙笙下午可有事？"

楚凌摇了摇头，君无欢笑道："我请笙笙喝茶可好？"这话只对楚凌一个人说的，完全无视了旁边的拓跋胤。拓跋胤也并没有跟君无欢喝茶的意思，跟楚凌告辞之后便转身离开了。

楚凌上了茶楼看着坐在厢房里的君无欢，挑眉道："很少看你这么当面不给人面子？"

君无欢喝着茶，淡定地笑道："背地里说我坏话，我还要给他面子？"

楚凌摸了摸下巴，认真地道："我觉得那应该不算是坏话。"

君无欢摆摆手笑道："不说他了，扫兴。笙笙刚从大皇子府出来吗？"

楚凌点点头，道："你动作很快啊，那地方的消息都已经传到拓跋罗耳朵里了？"君无欢淡淡一笑，道："拓跋罗问你了？他果然对那地方很感兴趣。"

楚凌摇头道："我觉得他不是对那地方感兴趣，他是对那地方的人感兴趣吧？"拓跋罗身为大皇子，说完全不知道有这么一个地方存在是不可能的。能让他突然感兴趣起来，只有两个可能，那地方的人和那地方的钱。

君无欢含笑道："我让人透露给他了一些明王府的消息，还有明王府的财力。也不算夸大，那拓跋梁靠着那黑市确实赚了不少钱。"楚凌问道："如果你是拓跋罗，你会怎么做？"

君无欢道："我会告诉北晋皇帝。"

"嗯？"楚凌有些意外。

君无欢道："那地方并不是谁都能掌握得住的，与其费心费力地去抢夺一个自己根本掌控不了的东西，还不如拿来换一点有用的东西。"

楚凌道："拓跋罗似乎不是这么想的。"

君无欢笑道："笙笙问的是如果我是拓跋罗会怎么做，事实上我不是拓跋罗所以我也只能用君无欢的角度来考虑这个问题。如果我真的是拓跋罗的话，说不定会跟他一样的选择。"

"即便是你知道你掌握不了？"楚凌问道。

"不试试怎么知道呢？"君无欢道，"不过拓跋罗现在跟明王争夺还是有些太勉强了，想要他让位置的可不仅仅是明王而已。"

楚凌摩挲着茶杯道："所以，他是想找你合作？"

君无欢有些诧异："笙笙连这个都看出来了？"

楚凌道："拓跋罗总不会是真的只是好奇我知不知道这个地方吧？他既然问了，还特意带上你，自然是希望我告诉你一些什么了。不过你既然想跟明王接触，就不能跟拓跋罗联手抢他的生意了吧？"

君无欢看着她良久，忍不住抚额道："笙笙，幸好你不是我的敌人。"

楚凌翻了个白眼："我也想说这句话，早先拓跋明珠亲自出马拉拢你都被你拒绝了，还说什么只跟着皇位上那个走。现在又来钓明王和拓跋罗，原来先前是在拿乔啊。"

他还是觉得笙笙有时候说话实在是不怎么中听。

君无欢叹道："时移世易啊，拓跋罗是众矢之的，老实说即便是我全力相助他上位的机会依然不大。其余的皇子这两年我也认真看过了，说不上资质平平，但是能和拓跋梁抗衡的也几乎没有。"

"你确定你这样下注没问题吗？"楚凌皱眉道，"拓跋梁可不是什么良善之辈。"

君无欢笑道："正好，我也不是。笙笙，我从来没有赌输过。"

楚凌不再说话垂眸思索着什么，扶着茶杯的手指漫不经心地轻轻敲动着。君无欢知道她在想事情，也不打扰只是含笑看着她安静地喝茶。楚凌面上虽然平静，脑海里却转得飞快。

上京的局势、皇室权贵的钩心斗角、君无欢的立场等等飞快地在她脑海中转了一遍又一遍，楚凌的神色也发生着微妙的变化。良久楚凌方才长长地出了口气，睁开了方才微闭的眼睛看着君无欢。

"我知道你要做什么了。"楚凌沉声道。

君无欢微笑，"我就说幸好笙笙不是我的敌人。"

楚凌挑眉道："你怎么知道我不是呢？"

君无欢道："因为笙笙不会是我的敌人啊。"

请问，这个结论你到底是怎么得出来的？

楚凌道："虽然早先我就隐约明白长离公子想要做些什么了，但我还是不得不说公子这样的手笔，只怕普天之下找不出来第二个了。"君无欢轻笑一声，"多谢阿凌称赞，一起吗？"

一起吗？！

一起干什么？

楚凌叹了口气，看着他道："其实我没有长离公子这样的雄图壮志。"

君无欢道："但是世事必然会推着阿凌一直往前走的，阿凌自己也明白这个道理。不然你为什么要拜拓跋兴业为师，又为什么要留在上京呢？以阿凌的本事，完全可以找一个深山老林隐居，平平淡淡地过完一辈子。"

楚凌道："我还没修炼到那个境界，一辈子躲在深山里不见人，我还活着做什么？"

君无欢轻叹了口气，忍不住伸出手轻抚了一下楚凌的发丝。楚凌被他这个动作弄得一僵，有些警惕地看着他。君无欢叹息道："我不知道为什么会这样，不过有时候我总感觉阿凌跟这个世间有些游离的感觉。"

君无欢问道："如果貊族并不残暴，而是对所有百姓一视同仁。阿凌觉得怎么样？"

楚凌道："那自然很好。"

君无欢问道："如果北晋对所有人都一视同仁，百姓安居乐业。大将军要阿凌跟随他出征南朝一统天下，阿凌会去么？"

楚凌想了想，道："也许会。不过应该不会发生那样的事情。"她的身份毕竟不合适。

君无欢笑叹道："所以，阿凌明白了吗。你希望天下安定百姓安居乐业，但是能安定天下的是北晋、天启还是西秦，你并不在意。"楚凌皱眉道："有什么问题？"

君无欢摇头："其实我也觉得，阿凌的想法才是对的。毕竟，对普通百姓来说只有安宁才是最重要的，谁当权没有那么重要。但现实却是我自己也做不到呢，阿凌。我可以去北晋为官，劝说北晋皇帝改变对天启和西秦的策略。当然，北晋皇帝会接纳的可能性几乎为零。我连想都没有想过这个可能。我若是入北晋为官，必然也是为了别的目的。"

楚凌沉默了良久，方才点头道："我明白你的意思了。"君无欢是西秦人，暂

且不管他这个身份是真是假，即便是被北晋如此优待的他也是无法接受北晋的统治的。甚至从未考虑过提供正确的策略帮助北晋更好地统治北方统一天下。

能不能实现和有没有想过去做，这是两回事。君无欢直白无比地告诉她，他从来没想过这个可能。如果北晋真的能善待百姓安定天下，君无欢可能会放弃自己现在做的一切，但是他不会主动去达成这一切。

连身为商人过得不错的君无欢都是如此，更不用说别的人。果真应了那句话，非我族类其心必异。

但是楚凌——天启公主，曾经在浣衣苑里受了无数的苦楚，亲眼看着自己的姐姐母亲还有很多亲人死在了北晋人手里。她却可以毫无芥蒂地表示如果北晋人能够善待百姓，她可以接受北晋统一天下。

这难道不奇怪吗？难道她天生就有圣人的胸襟？

楚凌当然没有圣人胸襟，只是她对天启也没有什么归属感罢了。这两年她见到了太多的百姓疾苦，有时候真的会觉得如果这一切能够结束，让寻常百姓安居乐业，真的挺好的。

无论由谁来结束这个乱世，都挺好的。

但是她知道，貊族人永远做不到这一点。

楚凌叹了口气："你既然这么不放心我，怎么还告诉我这么多事情。就真的一点都不担心吗？"

君无欢摇头笑道："我说过，阿凌不会是我的敌人的。"

"因为你怀疑我的身份？"楚凌似笑非笑地看着他问道。

君无欢微微挑眉："那么，阿凌觉得我的怀疑对吗？"

楚凌摊手笑道："我不知道啊，长离公子不是说你从来没有赌输过吗？那就试试吧。"君无欢端起旁边的茶壶替她续上了茶水，轻声道："这次我依然不会输，阿凌可愿与我一道离开上京？"

楚凌问道："你还要在上京待多久？"

君无欢道："最多三个月。"

楚凌道："那就过完这三个月再说吧，长离公子，我见过不少野心勃勃的人，不过我原本并不太喜欢跟这类人打交道。而你，却是我见过的人中野心和胆子最大的一个。啊，抱歉，我说的野心不是贬义。"

君无欢深深地看着楚凌，良久方才轻声道："阿凌，我等你。"

楚凌一口喝干了茶杯里的茶，站起身来整理了一下衣袖道："那么，暂时先一切照旧？"

君无欢端起茶杯喝了一口，表示同意。

楚凌刚转身又顿了一下，回过神来双手撑着桌面居高临下地看着君无欢，"对了，还有一个问题。长离公子，你到底是谁？"

君无欢看着楚凌，轻声道："阿凌，只要你点点头，我就告诉你。"

楚凌眨了下眼睛："抱歉，今天脖子不太舒服。"说罢，她不再停留果断地转身走了。君无欢看着她的背影有些无奈地笑了。

难不成之前都猜错了？无论从本身的情况天赋资质还是性格想法，阿凌都不该是那位小公主才对。他从来没有赌输过，这次他还是赌了——他绝对没有错！

从茶楼出来，楚凌有些漫无目的地在大街上漫步。她看着街上匆匆而过的行人，不由在心中暗暗轻叹了口气。和君无欢这人在一起，真是半点也不能放松。反正他也拿不出证据来，那就随便呗。这么想着的楚凌，其实已经有几分赖皮的意思了。

楚凌也知道，君无欢说得没错。楚凌虽然看起来一直在努力让自己变强，但是她却并没有任何目标。

做个好徒弟？她不是潜心武道的武者。

效忠北晋？她是天启人，她也不认同貊族的统治，甚至不认为他们的统治能长久。

还是为了天启努力？一个上到君王下到朝臣醉生梦死的王朝，她不知道为什么要为了他们去奋斗。

为了姐姐，为了浣衣苑里那些悲惨死去的女人。她们的悲剧是谁造成的？天启的男人配不上天启的女人，楚凌心中想着。

楚凌坐在一座高楼的房顶上居高临下地俯视着整个上京。远处是金碧辉煌的宫城，宫城不远处有一座醒目的白色高塔。周围纵横的街道上分布着一座座府邸，再往外面延伸则是各种民居。街道上来来往往的百姓行走着，趾高气昂的貊族人，小心翼翼的天启人，兴致勃勃的外族人，市井百态不一而足。

"你想跳楼吗？"一个声音从底下传来。楚凌低头没看到人，微微挑眉站起身来从房顶跳了下去。却没有落地而是飘然落到了小楼最高的一层，果然看到小楼外面的走廊上，云翼正扶着栏杆睁大了眼睛瞪着她。

"你怎么在这儿啊？"楚凌笑道。

云翼轻哼一声道："君无欢说你心情可能不太好，要我来陪陪你。"

楚凌忍不住失笑，君无欢难不成以为她需要心理辅导？

"你笑什么！"云翼怒瞪着她道。楚凌连忙摆手道："没笑什么，我就是看到你高兴，所以才笑的。"

"毛病。"云翼轻哼一声转身就走，楚凌不紧不慢地跟在他身后进了屋里。这地方平时没什么人来倒是安静，云翼走到窗口的桌边坐下开始烹茶。虽然云翼平时看着不太靠谱，但是煮茶的时候动作却十分优雅从容。楚凌在他对面坐下来撑着下巴笑道："看到你煮茶，我总算相信你真的是百里……呃，云家的公子了。"

云翼立刻很不优雅地给了她一个白眼，道："你好意思说我吗？"

楚凌摊手道："我本来就出身平平啊，跟你这样的世家名门公子怎么能比？"

"出身平平？不见得吧？"云翼不以为然。他虽然不是多有心机的人，但是身在百里家，从小到大见过的人不知凡几。什么人是什么出身，仔细看多少还是能看出来的。说她是普通的平民出身，就算他真的傻了也不会相信。

"你怎么找到我的？君无欢告诉你的？"

云翼挑眉："难不成你以为本公子会整个京城到处找你？"

楚凌笑眯眯地道："我还以为咱们交情不错呢，好歹我比君无欢早认识你吧？找找我怎么了？"

云翼将一杯茶放到她面前，道："你为什么心情不好？"

楚凌正坐起来，手肘撑着桌面摇头道："我没有心情不好，只是有些疑惑而已。"

云翼挑眉，傲然道："说来听听，本公子替你解惑。"

楚凌问道："你希望天启有朝一日收复北方吗？"

云翼理所当然地道："自然。"

楚凌道："即便你的家被天启人烧了，你的家人都被天启人杀了？"

云翼皱眉道："杀了云家人的是叛徒和恶人，不是所有的天启人。我会替他们报仇，但是我不可能因此憎恨所有的天启人。"

楚凌微微挑眉，少年三观这么正啊？

楚凌道："天启永嘉帝昏聩无能，就算收复了北方，又能如何？"

"非我族类其心必异，貂族人永远也不会对天启一视同仁的。他们占了我们的土地，杀戮我们的百姓，自然要将他们赶回去。什么叫就算收复了北方又能如何？你的想法怎么这么奇怪？难道因为永嘉帝不好，我们就什么都不做吗？"云翼眼神怪异地看着她，看起来很像是想问，你的脑子是不是有什么问题？

楚凌揉了揉眉心："好吧，这个问题好像是挺傻的。所以云翼少年，你已经打算为了天启的未来奋斗了吗？有没有什么目标，未来的规划是什么？打算从哪里入手？"

云翼目瞪口呆地看着楚凌，这人想法变得怎么这么快？

看着他的模样，楚凌忍不住大笑出声。

云翼被她笑得面红耳赤，恼怒地瞪着她："你还想不想喝茶了，不想喝就还给我。"

楚凌连忙收住笑，悠然地抿了口茶道："我还给你你也不能喝了啊。"

云翼轻哼一声，好一会儿才道："我也不知道我能做什么，或许我一辈子什么也做不了。毕竟我本来也只是个什么都不会的人。不过有一句话我祖父从小就教我，我觉得他说的很有道理。"

楚凌放下茶杯，认真地看着他。

云翼道:"祖父从小便教我们,穷则独善其身,达则兼济天下。如今这样的世道,如果不想遁世隐居或者一辈子庸庸碌碌地伏低做小,总是要有自己的路去走不是吗?只要自己觉得是对的,不管是什么路都是可以的。"

楚凌问道:"这么说,如果我真的投靠了貊族人,你也觉得可以吗?"

云翼思索了一会儿道:"如果你觉得是对的,当然可以。你不是百里轻鸿那样的卖国贼,现在北方的所有百姓都不是。他们是被朝廷抛弃了的,不是他们抛弃了天启。不过如果是这样的话,咱们大概做不成朋友了。"

楚凌笑道:"好吧,为了不少了云公子这样的朋友,我还是要慎重选择的。"

云翼怒瞪着她:"你不是应该坚定地站在我们这边么!"

楚凌噗嗤一声笑出声来:"君无欢让你来劝我真是太英明了。话说,我记得你不太喜欢君无欢啊,君无欢对你做了什么让你突然对他言听计从了?"

云翼哼了哼,偏过了头去耳廓却有些红了:"我干吗要告诉你。"

楚凌挑眉,看来论洗脑长离公子也是很厉害的。

"不告诉就不告诉,闲着没事跟我去一个地方吧。"楚凌放下茶杯道。

云翼到底年少,立刻好奇地道:"去哪儿?"

楚凌笑道:"到了你就知道了。"

半个时辰后,楚凌和云翼出现在了一座不太起眼的宅邸中。这座院子虽然不错,但是却空空荡荡的,走了半天两人也没见到什么人。云翼跟在楚凌身边,好奇的神色溢于言表。

一直走到府邸的最深处的一个院子里,才有人迎了上来,"公子。"他没有看云翼,仿佛云翼根本不存在一般。楚凌点了点头问道:"人什么时候送来的?"

男子道:"今天天还没亮就送过来了,我们转了几处地方才带回来,没有被人跟踪。"

楚凌点头道:"黄老大是生意人,应该明白规矩。"

男子恭敬地退下,楚凌方才带着云翼走了进去。

有些素雅的房间里,一个带着外域风情的绝色美人儿满脸惊慌地看着眼前的两个少年。她并没有见过这两个人,但是却知道想必就是这两人买了她。自从流落到那个地方,她就知道自己将会遭遇到什么样的事情。被人从黑市带回来之后,她这一天一夜几乎都没有合过眼睛。

当看到这两个少年的时候,不得不说她心底其实暗暗有些松了口气。至少,不算是最糟糕的情况,这两个少年看起来也不像是坏人。

楚凌走到一边坐下,问道:"你叫什么名字?"

女子颤声道:"我叫凤莞儿。"女子的中原话说得很好,听不出半点外族的口音。若不看外表的话,一举一动也是纯粹的天启贵女姿态。楚凌道:"我将你买回来花了二十多万两白银,你可知道?"

女子点头，看着楚凌的目光却多了几分戒备和畏惧。

楚凌轻笑一声，道："你暂时可以放心，我对你不感兴趣。不过，你总要让我觉得对得起我花费的这些银两吧？"

风莞儿显然是个聪明人，立刻就抓住了楚凌话中的重点："公子想要我做什么？"

楚凌问道："你会做什么？"

"我读过书能识字，也会算账。琴棋书画我都会一些，我还会天启，貊族和西域的语言和文字。"风莞儿匆忙地道。楚凌点点头道："会三种语言文字倒是不错，不过对我来说用处不大。"

风莞儿眼神微暗，咬牙道："我知道公子不是坏人，公子买我的钱我一定会还给公子的。我愿意为公子效力，只求公子能允许我还清了钱之后赎回自由身。"

楚凌撑着下巴，饶有兴致地看着她，"我为什么要答应你？随便把你送给哪位朝中的权贵，我能得到的回报可能都会远大于这二十多万两银子吧？"

云翼坐在一边，目瞪口呆地看着楚凌扮演纨绔公子。她一个女人，竟然比他在天启见过的纨绔子弟还像纨绔子弟。

风莞儿脸色一白，突然咬了咬牙伸手拔下头上的簪子就朝着自己的脸上划了过去。只看她力道之大、速度之快就能看出这是铁了心要划破自己的脸了。作为一个绝色美人儿，能下得了这样的狠心是极其少见的。楚凌手中射出一道银芒，风莞儿手里的簪子立刻就被打落在了地上叮的一声。

风莞儿惊愕地看着楚凌，眼底更多了几分绝望。

楚凌叹了口气："这些人办事是越来越不靠谱了，竟然还能让人随身带着这种东西。"

风莞儿忍不住浑身颤抖起来，她用双手抱住自己的胳膊死死地咬着牙关看着楚凌。

云翼忍不住皱眉，靠近了楚凌低声道："你差不多就行了，要真把她逼得自杀了，你那二十多万两就真的泡汤了。"

顶着云公子"你是不是嫉妒人家美色"的眼神，楚凌笑吟吟地看着风莞儿道："你要不要再考虑一下怎么说服我？"

风莞儿看着楚凌好一会儿，一咬牙跪在了地上道："我愿为公子效力，只求公子不要将我送人。虽然我不知道我现在能为公子做什么，但是只要公子需要我去做的，就算我现在做不到以后我也会做到的。若公子实在是看不上，我只能以一条贱命回报公子了。"

"你是说，我要你做什么你都可以去学。"楚凌道，"除了要你卖身？"

"是。"风莞儿也顾不得因为楚凌说的话害羞，坚定地道。

"即便是要你毁容，你也在所不惜？"楚凌问道。

凤莞儿抬头与楚凌对视，眼神一瞬也没有移动，"我阿娘早就说过，我这样的样貌在这样的世道只能是个祸害。是我自己私心舍不得才落得如今这样的地步，若是公子不喜不要便是了。"

楚凌点了点头，道："你起来吧。"

凤莞儿有些迟疑地看着楚凌，到底还记得自己方才的话什么也没有问站了起来。

楚凌道："你的容貌留在京城确实挺危险的，我会派人送你离开京城。往后需要你做的事情，也会派人告诉你。"

凤莞儿一怔，回过神来眼中已经满是欢喜："莞儿多谢公子开恩！"

楚凌摇摇头道："凤家既然已经没有了，你以后也不要再用这个名字了。"

凤莞儿点头称是，道："以后我就叫晚风，晚风拜见公子。"

楚凌满意地点了点头："不要让我失望。"

"是，公子。"

让人将人带了出去，云翼才皱着眉头道："你到底要那姑娘干什么？"

楚凌笑吟吟地看着他："你是觉得我冷血吗？"

云翼道："她已经很可怜了，你何必……"

楚凌淡淡道："她是我从黑市上带回来的，那里还有更多比她更可怜的人，但是我却救了她。"云翼道："所以，你一开始卜她就是有目的的？"

楚凌含笑看着云翼道："二十多万两，我若是为了做好事的话，我可以买下另外十个比她更可怜的人。为什么要选她？难道就因为她长得漂亮？云翼，我又不是真的男人，难道你在指望我怜香惜玉？"

云翼不语，只是默默地看着她。

楚凌站起身来，走过他身边的时候拍了拍他的肩膀，"少年，你不会以为君无欢真的是让你开导我的吧？"云翼有些担心地道："你到底想要让她做什么？"

楚凌笑道："你放心，我对逼良为娼没什么兴趣。"

◆第十章◆
暗流汹涌

转眼间便到了田家寿宴，用过了午膳楚凌方才去了大皇子府和贺兰真、四皇子妃结伴一起去了田家。

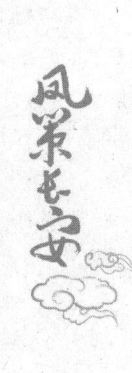

田家算得上是位高权重的名门勋贵了，如今的家主田衡是当朝从一品且掌握着军政大权，想要交往奉承的人自然数不胜数。他们到的时候已经有些晚了，田府外面却依然还是门庭若市。田家的管事和家中几位公子夫人都在忙着迎客，看到三辆马车过来，田家大公子就立刻带着夫人亲自迎了上来。

"大皇妃，四皇子妃，武安郡主。"田家嫡长子田亦轩长得高大挺拔，少夫人温婉秀丽。在两位皇子妃和一位郡主面前也并不显得唯唯诺诺，恭敬却并不卑微，由此可见田家在北晋朝堂的地位稳固。

贺兰真笑道："田少监，田夫人。"田家长子如今也早就入朝，官拜都水监少监。

田亦轩拱手道："两位皇子妃和郡主大驾光临，田家上下蓬荜生辉，还请三位先入内奉茶。"

贺兰真含笑点头拉着楚凌跟着两人往里面走去。田家做事十分周到，一行人刚进门田衡就带着夫人迎了出来，亲自将三人请到了大厅奉茶。

专门招待女眷的是田家花园的几间敞轩，三间宽大的敞轩外加两侧的一座小楼一座水阁环绕着一个戏台子足够用来招待所有女眷了。此时戏台上咿咿呀呀地唱着戏，楚凌倒是没有心思听戏，而是饶有兴致地打量着宾客。

等到众人都过来见了一圈礼了，贺兰真方才暗暗松了口气，靠在楚凌身边低声道："可算是结束了，这么多人要怎么记得住啊。"

楚凌也压低了声音，笑道："真不知道你可以问问四皇子妃啊。"

贺兰真瞄了一下坐在另一边跟人说话的四皇子妃，叹了口气。她跟这个弟妹的脾气不太合，平时两人也没什么交往。贺兰真看得出来，四皇子妃并不太喜欢她。不过也没什么，她才是大嫂，总不至于还要看四皇子妃的脸色。

楚凌自然也察觉到了，原本按理说四皇子妃这个时候应该帮她介绍指点。但是一进来四皇子妃就离得远远的跟相熟的人说话，丝毫没有要帮贺兰真的意思。

楚凌只得安慰道："我也不太认识人，没关系多看几次就认识了。"

两人对视一眼，都在对方眼中看到了同情。

权贵间的关系是很错综复杂的，楚凌即便是有些了解也难免头晕脑涨，更不用说初来乍到的贺兰真了。

贺兰真拉着楚凌有些好奇地道："田家的宴会好像中原人很多，她们怎么不来跟你说话？"这些人似乎都并不怎么接近楚凌，完全没有想要跟一个郡主交往的热情。

楚凌道："可能是我师父不太和善吧？"楚凌毫无心理负担地将锅甩给了自家师父。

贺兰真想了想也觉得很有道理："大将军看起来确实很有气势。"

贺兰真毕竟是皇子妃，来找她说话的人还是很多的。楚凌自然不能一直跟在她身边，干脆跟她说了一声，自己出去走走了。虽然贺兰真也很想跟着楚凌出去，但是她毕竟是大皇子妃，身为皇子妃的责任还是要尽到的，只能羡慕地望着楚凌离去的背影。

田家的府邸是纯天启的构造和样式，算得上是楚凌在上京见过的除了君府外最有天启风格的府邸了。

她坐在花园里的假山上，悠闲地闭目养神。耳边传来不远处咿咿呀呀的戏曲和乐器声，下午的阳光洒在身上带着淡淡的暖意倒是让人有些昏昏欲睡。

"你们看到武安郡主了吗？"一个娇俏的声音突然传入楚凌耳中。楚凌微微扬眉，睁开了眼睛往声音的来处看去。

不远处的池塘边，几个中原少女正围着一个装扮华贵优雅的少女说话。

众人安静了好一会儿，才有人道："方才好像看到是和大皇子妃一起来的，没怎么注意看长什么模样。"

另一个少女笑道："武安郡主先前打擂台名动京城，你竟然不知道郡主长什么模样？你们都没有去看吗？"

"我爹爹不让我出门，好生可惜。"有人道。立刻有人也跟着附和，貂族人虽然不约束家中女子，但是天启人却不然。许多家中甚至比从前约束得更加严苛了，有一部分原因是为了保护她们。

那一直没说话的少女终于开口了，淡淡道："咱们这些姑娘家家的，还是守规矩一些的好。那些打打杀杀的事情，哪里是咱们该做的？"

众少女立刻不敢再多说什么，片刻后才有人赔笑道："田姐姐说得是，咱们这些书香门第的，毕竟比不得武将之家。若真是整日在外面抛头露面，家中长辈必然要将我们打断腿的。"

那田姑娘这才有些满意地一笑："这话才对，女儿家当以娴静为主。"

众人纷纷称是，显然这群少女中是以这位田姑娘为首的。楚凌挑眉，片刻间便猜到了这位田姑娘的身份。听说田衡有一个嫡幺女名唤田君仪，年方十五才貌双全，深得田衡夫妇和太夫人喜爱，想必就是这位姑娘了。

楚凌不在意地笑了笑，这样养在深闺从没受过什么苦的名门少女，难免心高气傲一些。楚凌正想要跳下假山悄悄离开，突然听到一个少女低声道："南宫国师和长离公子都爱慕武安郡主，郡主可真是好……"

"你说什么？！"那田姑娘突然打断了少女的话，将那说话的少女吓了一跳。田姑娘沉声道："武安郡主不是跟长离公子订婚了吗？"

少女有些惊疑地看了田姑娘一眼，道："我爹跟焉陀家的一位关系不错，跟他喝酒的时候听他偶然说起过。说是前些日子焉陀家主请了荣郡王一起亲自登门为南宫国师提亲。这事儿外面也有些传言，田姐姐没听说过吗？"

田姑娘脸色微沉，她前些日子在城外为太祖母祈福，昨天傍晚才刚刚回来，自然没有听说过这些事情。

见她脸色不好,其他人也有些不敢说话了,气氛一时间有些尴尬。

过了好一会儿,才听到那田姑娘淡淡笑道:"我倒是有些好奇,这位郡主到底是如何的国色天香了。走,咱们去拜见武安郡主一番。"

这哪里是拜见,这分明是要去找武安郡主的麻烦啊。

"田姐姐,还是别去了吧。"

"是啊,君仪……"众人纷纷劝道,"今天毕竟是太夫人的寿辰,不如咱们去太夫人跟前陪她说说话吧。"

田君仪轻哼一声,冷笑道:"你们怕什么,郡主来了我们去请个安是应该的礼数。那边都是朝中的贵妇,郡主一个姑娘家想必也是孤单,咱们去陪她不是正好。"

"这……"

众人看田姑娘一脸固执的模样,只得无奈地跟了上去。

等到人都走光了,楚凌方才从假山上站起来,拍了拍衣服上的灰尘挑了挑眉。

"这是南宫御月的桃花吗?"楚凌饶有兴致地道,"这姑娘的眼神可真不怎么样。"看在她眼睛不好的分儿上,还是避着她一点儿吧。"看上本座,怎么就是眼神不好了?"南宫御月的声音在不远处响起,楚凌蓦地扭头看过去,果然看到方才那些少女站着的旁边一棵大树上,南宫御月正坐在树干上笑吟吟地看着她。

难怪她没发现南宫御月,这家伙竟然没节操到躺在树上听爱慕他的姑娘为他争风吃醋。

楚凌叹了口气,对着他露出一个恰到好处的笑容:"国师,近来安好?"

"虚伪。"南宫御月轻哼一声,身形一闪已经落到了楚凌的跟前。

南宫御月比楚凌高了一头,居高临下地看着楚凌道:"你还没说,看上本座怎么就眼神不好了?"

楚凌眨了眨眼睛,一脸无辜地道:"国师只怕是误会了,我的意思是,田姑娘要找我,但是我就坐在这里她却没看见,可不是眼神不好吗?"

南宫御月轻笑了一声,显然并不相信楚凌的话:"是吗?"

楚凌笑颜如花:"是呀。"

南宫御月突然伸出手就向楚凌的脸颊捏去,楚凌微微侧首同时伸出手隔开了南宫御月的手,"国师自重。"

南宫御月轻哼一声,手腕一转避开了楚凌的手继续锲而不舍地抓向她的脸。楚凌右手提起匕首毫不犹豫地对着他的手掌刺了过去。两人一瞬间已经交换了七八招,南宫御月很快就发现这么近的距离如果不依仗内力的话他是占不到便宜的,便也不再勉强往后退开了两步。

抬起手看了看自己手背上一道浅浅的血痕,南宫御月将手放到唇边轻轻舔去了血痕,轻声道:"最毒妇人心。"

楚凌无语，你手贱还怪我下手狠？

知道跟南宫御月纠缠下去也没什么用处，楚凌直接跃下了假山转身走人。不想南宫御月立刻又跟了上来："笙笙想不想知道我这几天做什么去了？"

楚凌摇头："不想。"

南宫御月道："真的不想么？如果跟君无欢有关呢？"

楚凌瞥了他一眼："你真的会告诉我吗？"

"说不定呢？你求我我就告诉你。"南宫御月道。

楚凌呵呵了两声："不用，既然是秘密国师就自己留着吧，我这个人好奇心不重的。"

南宫御月道："你就不怕君无欢有危险吗？"

楚凌挑眉道："国师已经能打得过君无欢了吗？"

南宫御月脸色一沉，眼神立刻有些阴郁起来："谁告诉你我打不过君无欢的？"

楚凌心中暗道：这难道不是事实么？还需要人告诉？

"总有一天，我要杀了君无欢。"南宫御月眯眼道。

楚凌无奈地叹了口气，在心中哀叹自己的不幸。

"国师也是来参加寿宴的么？"楚凌问道。

南宫御月冷哼一声："寿宴？那是什么玩意儿。"

"那你是？"

南宫御月突然靠近了楚凌，压低了声音道："君无欢想要干坏事，本座要来看着他。"楚凌微微眯眼，"你怎么知道君无欢想要干坏事？他想要干什么坏事？"南宫御月悠然道："等本座抓住他，自然就知道了。无事不登三宝殿，君无欢那种人竟然会来给田家的老太婆贺寿，你以为他安了什么好心？"

楚凌淡定地道："君无欢是商人，跟权贵打好关系是应该的。"

南宫御月道："是么，本座不信。有本座在，君无欢想做什么都不行。"

君无欢猜到了，所以今天君无欢什么都不会做，他请我做了。

"你们在干什么？！"一个有些尖锐的声音突然传来，楚凌一怔想起来这好像是那位田姑娘的声音。

楚凌不动声色地退开了两步，扭头看过去就看到身后的花墙入口处田姑娘正带着一群人走了过来。

楚凌微微眯眼，从南宫御月的眼中看到了一丝得意和幸灾乐祸。

"你们在做什么！"田姑娘已经带着人走了过来，盯着楚凌沉声问道。

楚凌轻轻拂袖，面带微笑看着田姑娘，声音温和地道："田姑娘，你这是在质问本郡主还是南宫国师？"

田姑娘脸色微变，双眸盯着楚凌的面容道："我只是听说，郡主和长离公子已经定亲了。郡主还与别的男子靠得这般近，只怕对长离公子不好吧。"

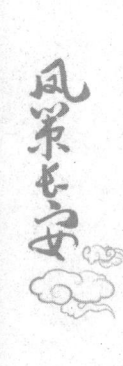

楚凌道："多谢田姑娘提点，本郡主知道了。本郡主方才与南宫国师说了几句话罢了，田姑娘实在不必为长离公子担心。"

"我不是……"田姑娘忍不住看了南宫御月一眼，见他眼神不悦连忙想要解释，"国师，我不是……"

南宫御月对田姑娘如何并不感兴趣，他有些失望地看着楚凌："笙笙，你就这般迫不及待地想要跟我撇清关系么？"

我跟你没关系！

"君无欢能给你什么，我也同样可以给你啊。"南宫御月轻声道，旁边的田姑娘越发气得脸色发白，看着楚凌的眼神仿佛要射出刀子来了。

楚凌叹了口气，幽幽道："国师，感情的事是不能勉强的，自我一见长离公子便惊为天人，从此心中再无他人。国师如此厚爱，恕我实在是难以消受啊。"谁还不会演戏？

"笙笙如此厚爱，无欢却是受宠若惊，今生定不敢负了笙笙一片真心。"一个带笑的声音从不远处悠悠传来，众人侧首便看到长离公子一袭蓝衣漫步而来。

南宫御月这个坑货！

"君无欢。"南宫御月面无表情地看着朝他们走来的长离公子。

君无欢走到了楚凌跟前，含笑道："笙笙，我去家里寻你，雅朵姑娘说你已经走了。你是跟大皇子妃一起来的吗？"楚凌在心中翻了个白眼，我仿佛告诉过你我会跟大皇子妃一起来吧？虽然如此，楚凌还是很给长离公子面子地点了点头。

君无欢伸手握住了楚凌的手，方才面向南宫御月，道："国师也在这里。"

南宫御月冷冷地盯着他，旁边的田君仪却有些忍不住道："你是长离公子？"传说长离公子是个病秧子，怎么会是这个样子？

君无欢看了她一眼，微微蹙眉："不知这位姑娘是？"

田君仪道："小女田君仪。"

君无欢微微点了下头，便转身看向楚凌轻声道："笙笙可还有事？若是没事我带你去见几个人可好？"

楚凌巴不得赶紧摆脱南宫御月这个麻烦，自然是点头："好啊。"

君无欢眼底闪过一丝笑意，道："咱们走吧。"

被无视了的田君仪脸色顿时有些难看，看着君无欢拉着楚凌要走，忍不住开口道："长离公子，还请你以后管好自己的未婚妻。"这话一出，原本就有些阴凉的花园里的温度立刻降低了许多，胆子小的姑娘甚至忍不住打了个寒颤。

君无欢再次看向田君仪，脸上虽然带着笑意眼神却透着几分冰凉："不知道田姑娘这是什么意思？"

田君仪轻哼一声，傲然道："既然有了婚约，就不要再跟别的男子纠缠不清了，免得别人还以为长离公子连自己的未婚妻都留不住。"

楚凌眉头微皱，看着田君仪的目光也多了几分厌烦。这姑娘大约是被田家养得有些不知道天高地厚了，之前还能维持一副大家闺秀高高在上的做派，这会儿也不知道受了什么刺激开口乱咬人了。

君无欢打量了田君仪片刻，目光渐渐变得有些漫不经心起来。他抬手轻轻理了理楚凌垂在胸前的发丝，漫不经心地道："田姑娘说的别的男子是南宫国师吗？"

田君仪脸色微红，忍不住看了南宫御月一眼。只是南宫御月虽然是个精神病，却是个随时保持着面无表情的精神病。凭田君仪的眼力想要从他脸上看到什么表情是不太可能。有些失望地低下了头，田君仪轻声道："长离公子明白就好，我也是为了长离公子的名声……"

"有一句话不知道田姑娘听说过没有？"

"什么？"田君仪看着君无欢。

"狗拿耗子，多管闲事。"君无欢有些血色浅淡的薄唇轻轻吐出了几个字，让田君仪脸上的笑容顿时僵住了。

君无欢一只手把玩着楚凌的发辫，一边淡淡道："笙笙如此美丽聪慧，自然会有不少虫子黏上来，这跟笙笙有什么关系？想要追求她的人越多，就证明笙笙越优秀。这跟田姑娘有什么关系？"

"你！"田君仪没想到君无欢竟然会说出这样的话来，"长离公子难道真的不怕别人说你……"

君无欢道："本公子何必在乎别人说什么？田姑娘，你若是对南宫国师有意，可以自荐枕席，拉踩笙笙是什么意思？还是说你田家真的以为本公子和大将军都是没有脾气的人？"

田君仪心中一惊，却还是忍不住第一反应就是去看南宫御月的反应。

南宫御月轻哼了一声，道："君无欢，你少在笙笙面前污蔑本座。本座才不是这么随便的人！"

君无欢嗤笑一声，有些慵懒地道："是啊，你随便起来不像人。笙笙，有一句话田姑娘说得还是对的，以后离南宫御月远一点。"

南宫御月冰山一样的脸终于裂了，阴冷地瞪了君无欢片刻突然冷笑一声："本座自然跟长离公子不一样的，君无欢，病了这么多年你还行吗？"

你们两个是不是不知道这里还站了一群未出阁的小姑娘啊？同情地扫了一眼站在旁边脸色苍白的田姑娘，楚凌拉了拉君无欢低声道："咱们先走吧，我有点累了。"

君无欢收回了和南宫御月厮杀的眼神，牵着楚凌道："也好，走吧。"

"你们站住！"田君仪苍白着脸色厉声道。楚凌皱眉，对这姑娘的再三纠缠有些不耐烦了："田姑娘，适可而止。"

田君仪咬着唇角，恨恨地瞪着楚凌声音有些尖锐地道："你自己不知廉耻……"

众人只见跟前身影一闪,原本站在楚凌身边的君无欢已经到了田君仪跟前。君无欢伸手一探就扣住了田君仪的脖子,正要开口说话旁边一道劲力已经冲了过来。以君无欢的实力,随手一提就能让田君仪避开这一掌,但是君无欢并没有这么做。

不仅没有,因为他捏着田君仪的脖子,即便是田君仪自己发现了也没有办法躲开。于是田君仪便生受了这一掌,一口鲜血直接吐了出来。

君无欢站位十分巧妙,不仅这突如其来的一掌没有伤到他半分,就连田君仪突然吐血都没有溅到他身上分毫。看着手中吐血的少女,君无欢毫不动容,淡淡道:"道歉。"

旁边围观的少女哪里想到竟然会发生这样的事情,纷纷尖叫着退开了。

田君仪被君无欢捏着脖子根本说不出话来,但最让她难受的是方才那一掌是南宫御月打的。她忍不住扭头看向南宫御月,脸上也忍不住多了几分哀戚之色。

君无欢并不想看她,手指扣紧了几分淡淡道:"道歉。"

"君无欢。"楚凌沉声道,若是君无欢一不小心将人给掐死了麻烦就大了。

"这是怎么了?!这是怎么了?!"不远处一大群人急匆匆地赶来,却是田衡和夫人带着大儿媳妇还有几个凑热闹的宾客赶了过来。看到被君无欢捏在手里唇边染血的女儿田衡顿时变了脸色,"长离公子,你这是什么意思?"

君无欢淡淡道:"我也想问田大人,你是什么意思。"

田衡一愣,他确实不知道这里发生了什么事情。

"请长离公子先放开阿仪,有什么话都好说。"

君无欢轻笑了一声:"好说,既然田大人不知道令爱做了什么,我就好好跟你说说。田大人,俗话说女大不中留,留来留去留成仇。令爱对南宫国师思之如狂,别的姑娘但凡跟南宫国师多说两句话,她就恍若疯癫地百般辱骂。这也罢了,本公子管不着,但是她千不该万不该,不该骂到笙笙头上。田大人是觉得大将军不在上京,武安郡主可以随意让你田家人欺负了,还是以为君某马上就要死了?"

田衡的脸色一阵青一阵白,"长离公子,这只怕是个误会。还请你先放开阿仪。"

一起过来的贺兰真已经到了楚凌面前,拉着她道:"笙笙,那丫头骂你了?她还对你做了什么?这也太猖狂了!"辱骂皇帝亲封的郡主,还是拓跋大将军的亲传弟子。这田家难不成是觉得他们地位稳固已经可以跟拓跋将军抗衡了?

"误会?"君无欢微微挑眉道,"是什么误会?是笙笙跟田姑娘有杀父杀母不共戴天之仇,还是田姑娘得了什么不知名的癔症胡乱咬人?或者是田大人想说本公子和笙笙的耳朵出了什么问题,田姑娘其实并没有骂笙笙?"

田夫人皱眉道:"长离公子这话太过了,阿仪自幼便知书达理,怎么会辱骂郡主?"

君无欢轻笑一声，对着田君仪道："把你刚才对笙笙说的话，对着你的母亲说一次。不然你这辈子就不用再说话了。"

田君仪自然不愿，她又不傻。

"不说？"君无欢笑道，"田姑娘莫不是以为本公子是开玩笑的？"微微眯眼，君无欢扣着田君仪脖子的手开始收紧。

"长离公子，虽说来者是客但是你也太过分了！"田衡终于忍不住沉声道，他在上京也是有头有脸的人物，若真的让君无欢一个毛头小子拿捏住，让别人怎么看他？

"请你立刻放开阿仪，否则别怪老夫不给你面子！"

君无欢手指再一次用力，田君仪脸色已经有些发青，终于受不了挣扎着道："我说。"

君无欢满意地放松了一些，田君仪颤抖着看着田夫人道："你不知廉耻！"田夫人惊呼一声，不敢置信地看着自己的女儿。虽然内心里明白女儿并不是骂自己，但是当着这么多宾客的面被女儿说不知廉耻，还是让田夫人恨不得有个地缝可以钻进去。

君无欢轻哼一声，随手将田君仪扔了出去："田大人好教养，这件事回头你自己去跟大将军解释吧。笙笙，咱们走吧。"

楚凌看了看君无欢，轻叹了口气伸手握住君无欢的手。看着田衡淡淡道："田大人，我这个郡主确实有些比不得皇室血脉来得名正言顺。但再怎么名不正言不顺也是陛下亲自册封的。不过你该庆幸我如今是郡主，看在陛下的面子上我给田大人一个面子。若不然，说不得我只好自己动手讨回公道了。"

田衡气得脸色铁青却终究说不出什么话来，旁边的田夫人早就忍不住扑过去抱起了田君仪，心疼地看着女儿奄奄一息的模样忍不住道："郡主，就算阿仪一时失言，长离公子也不能这样折腾人啊。"

楚凌淡淡道："夫人可能弄错了，令爱吐血可不是长离弄的。"

"是本座动的手，怎么了？"旁边的南宫御月漠然道。

田夫人惊愕地看着南宫御月，却见南宫御月居高临下地俯视着两人，皱眉道："什么玩意儿也敢肖想本座？君无欢说得倒也没错，田家这个教养……我貊族也好些年不曾出过如此明目张胆肖想男人的女人了。想一想谷阳公主要被送到漠北去了，她留着好像有些不公平啊。田大人，本座建议你尽快把你这女儿嫁出去，免得哪天你当了外祖父都不知道怎么回事。"

围观的众人忍不住抽了口凉气，这话说得好毒啊。

田家是中原人，如今的北晋权贵为了保持血统纯净是绝不会让家中嫡子娶中原人，哪怕是田家这样的权贵之家的女儿。同样身为中原人的权贵家族对女子的名声是十分苛求的，也绝不会娶田君仪这样一个名声败坏的女子。

如此一来，也就剩下那些想要攀附田家的小门小户了。

"国师！"田衡怎么会不知道这个道理，忍不住厉声道。

南宫御月似乎对眼前的状况毫不在意，倒是饶有兴致地看着听了他的话痛苦地哭啼着的田君仪道："若是实在嫁不出去，倒是可以送到白塔来给本座当个侍女。脑子虽然不好使，长得倒还可以，当个摆件也是可以的。"

楚凌站在君无欢身边看着南宫御月忍不住抽了抽嘴角，君无欢低头看她，轻声道："笙笙，怎么了？"

楚凌低声道："别闹了，别忘了我还有事儿要办。"

君无欢不以为然，"没关系，找机会再办就是了。"

楚凌翻了个白眼："那你们接着闹，我要走了。"

君无欢立刻温和地道："那不闹了，我陪笙笙走吧。"

楚凌瞪了他一眼，一字一顿地道："我、自、己、走！"

君无欢沉默了一下，轻声道："小心。"

见他明白了自己的意思，楚凌满意地点了点头，也不打招呼直接扭头走了。

旁边的人见状，连忙问道："咦？郡主这是……"

君无欢垂眸道："笙笙心情不好，只怕没办法给田老夫人贺寿了，就先走了。"众人也理解，都闹成这样了谁还会贺寿啊？田家人自然看到了楚凌离开，只是今天的事情说到底都是因为楚凌而起，他们自然没有心情留楚凌了。眼前还有南宫御月和明显不打算走的君无欢，需要他们解决呢。

楚凌一路飞奔回家之后便直接宣布闭门谢客今天谁也不见。

今年田家的寿宴上气氛无比的诡异，下午发生的事即便田家再怎么封锁消息依然还是难以避免地传到了宾客们耳中。出了如此难堪的事情后当事的两位竟然没有如武安郡主一般愤而离去，仿佛丝毫感觉不到尴尬一般。人家不走田家自然不能赶人，不仅不能赶还要继续热情周到地招待着。

君无欢和南宫御月各自占据了大厅的一角漫不经心地喝着茶。君无欢不走，南宫御月也不走。

"长离公子。"

君无欢抬起头来看到站在跟前的两个人微微扬眉："明王殿下，百里公子，两位有何见教？"

明王笑道："岂敢，只是看长离公子独自一人，本王便不请自来，是否打扰了公子？"

君无欢摇头道："两位请坐。"

两人坐下来喝了杯茶，明王方才道："听说下午长离公子和田大人闹得有些不愉快？"

君无欢闻言脸色微沉，淡淡道："明王若是要说这件事，就不必开口了。"

明王叹了口气道:"原本这事本王确实不应该插手,不过田衡毕竟是陛下的心腹,这样的人能不得罪还是不得罪的好。"

君无欢露出一个冷冷的笑意:"明王的意思是,笙笙无端被人辱骂就这么算了?田家的女儿自己不知廉耻也罢了,求而不得便将火撒在笙笙身上,她好大的脸面啊。"

明王劝道:"这事自然是田家的丫头不对,稍后让田家的丫头亲自上门向武安郡主赔罪便是了。这件事不如看在本王的面子上,到此为止如何?"

君无欢挑眉道:"在下好像没听说过王爷和田衡有什么交情,田衡只怕未必会领王爷的情吧?"

明王道:"田衡领不领情是他的事,本王却是为了长离公子着想。天启有一句话说得好,贫不与富敌,富不与官争。田衡时常在陛下身边,若是他因此进些什么谗言,一次两次的陛下不信,三次五次呢?"

君无欢若有所思,明王道:"长离公子不如好好想想,武安郡主有大将军护着自然吃不了什么亏,到时候麻烦的还是长离公子。"

君无欢沉默了良久,方才淡淡道:"多谢王爷提点,不过此事如何还要看田家怎么做。"

明王笑道:"长离公子尽管放心,便是别人不说陛下也定会让田家的丫头亲自上门向郡主赔礼的。只是武安郡主那边……"

君无欢道:"若田家当真有诚意,我自会劝笙笙息怒的。"

明王满意地点了点头,他并不喜欢曲笙,但是却不得不承认曲笙这个女子很不好控制。连公主的脸都敢打,跟田家闹翻是理所当然的。偏偏拓跋兴业对这个徒弟十分宝贝,拓跋兴业为人正直,如果是曲笙有错在先还好说,如今摆明了就是田家不占理,等拓跋兴业回来只怕不会善了。

田家若是不傻就该知道,牺牲一个已经名声败坏的女儿平息拓跋兴业的怒火是十分必要的。田衡若是以为自己在北晋皇帝面前的脸面能比拓跋兴业大的话,正好让他看看自己在陛下心中到底有几斤几两。

"听说过些日子百里公子将要随军出征?"君无欢问道。

百里轻鸿微微点头,君无欢举起茶杯道:"如此,在下以茶代酒预祝百里公子马到功成?"

"多谢。"百里轻鸿淡淡道。

明王也顺势聊起了这个话题,笑道:"长离公子既然也知道此事,本王正好有一些生意想要跟公子谈。不知公子可有时间?"

君无欢侧首微微思索了片刻,道:"明王殿下想谈沧云城的事情?这个君某只怕是帮不上忙。"

"本王听说君公子是认识晏翎的。"明王微微眯眼道。

君无欢淡淡笑道:"王爷这消息倒是不假,沧云城产一种药材,王爷知道君某一直身体欠佳,所需的药材中有一味主药便是沧云城特产。这些年虽然也试着培植和买过一些别处的,但是药效终究不佳。几年前,一位友人为了君某曾经潜入沧云城想要取药不慎被抓了。在下去换人的时候见过沧云城主一面,后来有过两次交际,却都是晏翎亲自来谈生意,在下未再去过沧云城了。"

"君公子觉得,沧云城主是个什么样的人?"

君无欢思索了片刻道:"能以一己之力支撑起偌大一个沧云城,自然是当世俊杰。"

见君无欢显然无意多说,明王有些遗憾地叹了口气。不过他也明白这并不是什么好说话的地方,便也笑道:"如此,不如明日本王请长离公子喝茶,再做详谈?"

君无欢点头:"也好。"

说话间寿宴便已经正式开始了,田家太夫人被几个儿孙扶了出来满脸笑容地接受儿孙拜寿。显然她并不知道今天下午发生了什么事情,只是到孙女辈儿拜寿的时候才有些奇怪地问道:"阿仪丫头去哪儿了?"

田少夫人有些尴尬地笑了笑,道:"祖母,阿仪傍晚有些着凉了。"

田太夫人愣了愣,道:"既然是病了就让她好好歇息吧。"不等田少夫人松口气,就听到门外传来一声凄厉的惨叫:"不好了!死人了!死人了!"

原本喧闹的大厅顿时一片寂静,很快又重新喧闹起来:"怎么回事?!谁死了?!"

一个管事模样的男子跌跌撞撞地进来:"不好了!铁牡尔将军被人杀了!"

"什么?!"

众人大惊,君无欢垂眸慢条斯理地抿了一口茶水。

"铁牡尔将军被人把脑袋割下来了!"

主位上的田老夫人也是大惊,惊吓交加之下竟然也一头栽倒了下去。

"祖母!"

"娘!"

"太夫人!"

一时间,大厅里乱成一片。

等众人赶到铁牡尔被杀的房间里的时候,现场的模样更是让田家人的脸青紫交加。死的人不只是铁牡尔,还有田衡十分倚重的一个庶子的夫人,明眼人一看那模样就知道她是为什么死的。旁边角落里还有一个昏迷不醒同样一身狼藉的少女,却是田衡兄弟的女儿。再看铁牡尔将军的头和身体直接分离开来,鲜血染红了一地,看起来像是已经死了不少时间了。

田衡气得浑身发抖:"混账!混账!"一边连忙让人收殓少夫人的尸体,将那昏迷的少女抬下去。铁牡尔的名声本就不好,但是田衡怎么也想不到他竟敢在田家糟蹋田家的少夫人，这简直是奇耻大辱。现在铁牡尔死在田家了，到底是怎么回事还不好说。

明王同样脸色铁青，铁牡尔对他素来忠心耿耿，如今被人给杀了他怎么能不生气？

"田大人，你需得给本王一个交代！"

田衡冷哼一声道："交代？老夫还想要请王爷给老夫一个交代呢。如今铁牡尔得罪了什么人老夫不知道，但是这件事便是闹到陛下面前，老夫也不会善罢甘休！"

拓跋罗站出来，道："田大人，明王，两位还请冷静。当务之急还是尽快让人查出杀害铁牡尔将军的凶手，缉拿归案才是。"

明王有些怀疑地看着拓跋罗，之前拓跋胤坚决反对铁牡尔一起出征，这么巧今天铁牡尔就被人杀了？

拓跋罗哪里会看不出明王在怀疑什么："阿胤，你今天下午在哪儿？"听了他这话，众人哪里不明白明王是怀疑四皇子了？拓跋胤微微蹙眉道："申时末和大哥来田府，一直与几位将领讨论出征之事。"

立刻有人附和，纷纷表示四皇子没有单独离开过。

明王皱眉。对铁牡尔不满的不仅是拓跋胤，百里轻鸿同样也是。明王相信不会是百里轻鸿动的手，毕竟百里轻鸿一下午一直都跟着他的。

明王回头看了一眼，门外不远处君无欢和南宫御月正站得不远不近的说着什么。这两位显然是嫌弃里面血腥污秽，并不打算进来查看。

也不是，这两个人从下午开始就一直没有离开过。

门外南宫御月眯眼思索着什么，好一会儿才侧首打量着君无欢，问道："是你做的？"

君无欢轻笑了一声："南宫，你也有癔症吗？是不是我做的，你不清楚？"

"果然是你做的。"

君无欢道："你若是打算拿这种子虚乌有的事情来污蔑我，我建议你再想想。南宫，不是只有你手里才有把柄，两年前被你埋在城外荒山的人，你还记得吧？"

南宫御月眼神一冷，淡淡道："本座不知道你在说什么，两年前我在外面闭关并不在上京。"

君无欢道："不知道最好，正好我也不知道你在说什么。"

南宫御月看着君无欢："你这种人，竟然也能骗到那么多人相信，那些人眼睛都是瞎的吗？"

君无欢轻声道："我自问还算是个正常人，或许本来就是国师的眼睛出问题了。"

南宫御月嘲讽地笑了一声："本座懒得管你的事情，但是你最好也别插手本座的事情，否则别怪我不客气！"南宫御月不再理会不远处的凶杀现场，直接转身扬长而去。

君无欢叹了口气，"到底是谁在找谁麻烦啊？"他对南宫御月的那些破事真的一点兴趣都没有好吗？罢了，还是先回去看看阿凌吧，也不知道阿凌有没有受伤。若非不得已，实在不该让阿凌出手的。

想到此处，君无欢也转身潇洒地拂袖而去了。

君无欢到的时候楚凌正在跟雅朵聊天，原本好好地去参加田家的寿宴，却一脸不悦地回来还吩咐人闭门谢客。雅朵接到消息赶紧处理完了手里的事情回来，却见楚凌该吃吃该喝喝，并没有看出生气的模样，一时间倒是有些疑惑。

见到君无欢雅朵倒是松了口气，贴心地给两人留下了说话的空间退了出去。

君无欢看着懒洋洋地趴在桌边的楚凌，温声道："可有受伤？"

楚凌摇了摇头，道："对付一个酒鬼，我能受什么伤？"

君无欢道："虽然铁牡尔有勇无谋，但实力不俗。若不是我这边实在抽不出人手……"楚凌挑眉，有些危险地看着他："怎么？看不起我？"

君无欢哭笑不得，无奈地道："笙笙，我只是不想让你有什么危险。以后我绝不会再……"让自己觉得心动的姑娘去涉险，这对于任何一个男人来说都是难以接受的事实和打击。想到她独自去面对铁牡尔，一下午君无欢都觉得比发病了还难受，还不如他自己直接动手舒服一些。

楚凌似笑非笑地看着他："三年前你威胁我帮忙牵制拓跋胤的时候可不是这么说的。拓跋胤比铁牡尔危险得多吧？"

君无欢无奈地看着她半晌没有说话。这怎么能一样呢？可是哪里不一样现在却也不便跟阿凌说。

倒是楚凌坐直了身体，正色看着君无欢道："君无欢，我并不打算做一朵养在暖房里的花，有些事情该做的话无论付出什么代价都必须去做。如果你事事都要顾忌我的安危，这可能会让我觉得困扰。"

君无欢道："这不一样，这次是我让你去冒险的，你原本不必……"

"一样。"楚凌淡然道，"如果不是因为你的事情，我自己需要去冒险，你就不会阻拦了吗？"

"怎么可能，我……"君无欢骤然停住了要出口的话，望着楚凌道："阿凌，你……"

楚凌仿佛没看见他的表情，道："所以，如果有一天我必须去冒险，你却要阻止我，我会觉得很困扰。君无欢，你请我帮忙我很高兴，即便有点危险，但是我既然答应了那就是在我能力范围之内，所以你完全不必要太过担心。"

君无欢道："阿凌的意思是，我应该看着你去冒险？"

楚凌道："活在这个世上，谁不冒险呢。现在有人能护着我，有师父，有你，甚至可能连北晋皇帝因为师父的原因都会护着我一些。如果有一天这些都没有了，在我不得不冒险的时候，只怕早已经失去了冒险的能力和勇气了吧？"

君无欢默然不语。

楚凌轻声道："我跟你说这些，并不是在责怪你。长离公子素来算无遗策，但是有些事情或许会蒙蔽你的眼睛。如果三年前，我有现在的实力，你会如此担心愧疚吗？"

君无欢沉默了片刻，摇头道："不会。"长离公子利用过的人成百上千，若他当真如此心软早就不用活了。

"所以啊。"楚凌叹气道："有人关心我，我很高兴，但是我不喜欢有人将我当成经不起半点风雨的金丝雀。别人都觉得师父对人严厉，就连阿赞都怕他。我却觉得他很好，因为他做的是身为师父应该做的事情。"

君无欢这一次沉默了更久，方才有些无奈地看着她："阿凌这是在拒绝我。"

楚凌沉默不语，在她看来君无欢确实是关心则乱。事实上这几天她就一直在考虑这个问题，自从拜托了她去杀铁牡尔，她就时常能看见君无欢眼底的懊恼愧疚和挣扎。如果不是手里实在没有合适的人选，君无欢只怕会收回对她的请求。

楚凌很不明白君无欢这样的心理，她答应君无欢必然是因为自己有把握杀了铁牡尔全身而退，总不至于是她活得不耐烦了想要找死吧？君无欢是知道她的实力的，正常情况下根本不会做出这种对他来说称得上昏聩的判断。

楚凌在心中问自己，如果将她换成了别的实力相当的人君无欢还会这样吗？她心里清楚答案：不会的。君无欢是一个相当冷静而且心性坚定的人，绝少对自己做出来的决定后悔。绝大多数时候他做出来的决定就已经是最优的选择了。

这并不表示君无欢是个固执己见的人，楚凌明白这是身为一个决策者所需要具备的品质。

楚凌当然知道是什么原因，她是没谈过恋爱，但是她不是感情白痴。

她并不确定自己现在对君无欢到底有几分感情，但是她对君无欢现在肯定不是那种两情相悦非君不可的感情。不过不管将来她和君无欢会怎么样，如果君无欢心里一直都有想要将她小心翼翼地护在羽翼下的想法的话，他们也绝对长久不了的。

楚凌道："我不会说我现在对你没有别的感情所以将来也只会永远当你是朋友。我知道，这世间绝大多数人婚前连面也没见过，也夫妻恩爱地过了一辈子。我想，长离公子应该也不会接受这样将就凑合的感情吧。"

上次君无欢说凑合那是开玩笑的，如果楚凌真是一个可以凑合的人，只怕君无欢也不会看上她。

君无欢轻叹了口气，淡笑道："阿凌，我明白了。你没有干脆利落地拒绝我就很好了。我们现在这样，确实不太适合……"

楚凌点头道："不错，你我要做的事情都太多了。有些事情也并不适合让太多人知道。"她有事情瞒着君无欢，君无欢也有事情瞒着她。楚凌并不在意，身在这乱世君无欢这样的身份，当真是牵一发则动全身。君无欢可以赌上自己的全部甚至生命来陪她谈一场风花雪月。但是他却不能拿他身后的人去赌。

风花雪月有时候是催命符，身在乱世尤其是。

这个道理君无欢懂，楚凌也懂。他们都为彼此留出了余地。

君无欢看着她笑道："不管怎么说，今天的事情还是辛苦阿凌了。阿凌有什么需要的派人告诉我一声，回头我给你送来。"

楚凌嫣然一笑，"好啊，我会记得的。"

送走了君无欢，楚凌坐在桌边出神了良久。不知过了多久，方才回过神来抬手拍了拍自己的脸颊摇了摇头，自言自语道："本姑娘好像刚刚拒绝了一个还没来得及表白的美男子啊。我怎么这么厉害呢？"

至于表白了许多次都被毫不留情地拒绝了的南宫御月？

他说的话听听就算了，真信了那是自取其辱。

这一夜整个上京皇城再一次戒严，上京的百姓们似乎也习惯了这样的日子。因为铁牡尔的死貂族人没什么话说，中原人就更是夹着尾巴做人半点也不敢吭声了。

一大早田家就登门道歉了。

楚凌坐在花厅里看着客位上的田亦轩和田少夫人，还有跟在两人身边的田君仪。

田亦轩拱手道："昨天阿仪无礼冒犯了郡主，是我田家教导无方，还请郡主大人大量原谅小妹的冒犯。"说罢，又看了一眼站在旁边红肿着双眼的田君仪，道："阿仪，向郡主赔礼道歉！"

田君仪的神色很是憔悴，半点也没有昨日那高高在上的田家千金的风采。脖子上还有一圈青紫的痕迹，可见昨天君无欢是真的半点也没有留情。田君仪走到了厅中，看了楚凌一眼低下头道："昨天是我口无遮拦冒犯了郡主，求郡主海涵。"

楚凌伸手按住了旁边想要说话的雅朵，轻声道："田姑娘免礼。"

田君仪抬起头来有些无措地看着楚凌，又看向兄嫂。楚凌只说免礼，也没有说到底有没有原谅她。她在家里受了教训，也不敢恣意妄为。

楚凌轻笑一声，淡淡道："这只是姑娘家之间的一点小事，原本也不必如此郑重其事。只是昨天闹得有些不成样子了。我便罢了，师父那里总是要给一个交代的。否则等师父回来，只怕就要先将我这个没出息的徒弟收拾一顿。"

田亦轩赔笑道："等大将军回来，家父必定亲自上门赔罪。"

楚凌摇摇头道："这倒是不必了，本就是小事既然田姑娘道歉了，这事儿今天就了了。"

闻言田家三人一时都有些茫然，显然是没有想到楚凌竟然会这么好说话。楚凌微微勾唇，事情自然没有这么简单，田家运气不好养了这么一个坑爹的女儿。

"如此，多谢郡主宽宏大量。"田亦轩道。

楚凌点头，道："田大人不必多礼。"

既然事情了了，田家人留下礼物便告辞离去了。楚凌只让管事送他们出门便不再理会。倒是雅朵有些不悦地道："笙笙，怎么能这么轻易就算了？"

楚凌放下茶杯笑道："人家就是骂了我两句，被南宫御月打了一掌又被君无欢掐得差点没命了，得饶人处且饶人。"

雅朵轻哼一声道："是她自己惹事，有什么后果也是活该。"

楚凌道："你不用担心，那丫头以后的日子好不了。我若是真的提出什么苛刻的要求，反倒是帮了她。"雅朵想了想道："也对，听说中原人特别看重女子的名声，她如今名声坏了说不定以后都嫁不出去了。"

楚凌道："嫁不出去倒是不至于，毕竟想要攀附田家的人家还是挺多的。算了，不说她了。阿朵，如果我将来离开上京……"雅朵吓了一跳："你想离开上京？"

楚凌拍了拍她的手，轻笑道："我现在是跟着师父学习，但是肯定不会学一辈子的。总有一天是要离开上京的。"

雅朵笑道："也对，长离公子可是西秦人，若是你们将来成了婚肯定不会一直待在上京的。你要是不嫌我累赘，我就一直跟着你，你去哪儿我去哪儿。你要是有什么重要的事情要办，我就留在上京等你回来呗。"

楚凌叹了口气道："你毕竟是貂族人，我以为你想留在上京呢。"

雅朵不以为然："我还算半个天启人呢，若不是有你在，你看哪个貂族人看得起我呢？而且我从小在西域长大，真要说的话西域倒是比上京更像是我的家。"雅朵很清楚像她这样血统的人过的是什么日子，有些两族混血的人日子过得甚至还不如普通的天启人。雅朵从小在西域长大，那边各族混居虽然也有争斗却远没有北晋这么厉害。她被父母保护得很好，刚到上京的时候很是因为血统被歧视的事情委屈了一段时间。

雅朵搂着楚凌，道："笙笙你是我唯一的亲人了，你是貂族人我就是貂族人，你是天启人我就是天启人。你要是想去西域，那我就跟你一起去西域。"

楚凌轻叹了一声，也伸手抱住了雅朵："我不会丢下你的。"

明王麾下死了一员大将不仅仅是明王府的事情，铁牡尔毕竟也是镇国上将军，谁也不确定铁牡尔的死到底是天启的细作还是北晋内部的权力争斗所致。

明王显然更倾向于这是内部争斗，因为这两天不仅是拓跋罗兄弟俩，别的皇子宗室也开始蠢蠢欲动了。铁牡尔死了空出来的一个位置自然是需要人填补上去，但谁说一定就是明王的人呢？

这其中最积极的便是有焉陀家支持的十皇子一脉。焉陀家不仅实力雄厚，身后还有太后支持，一些朝中老臣、军中老将看在太后的面子上也会给十皇子几分面子。

这个时候北晋皇帝的态度就变得极其重要了。当天下午拓跋胤从军营回来的路上就遇到了刺杀。拓跋胤只是受了轻伤，但是他随行的护卫却全部战死。

一时间，整个上京皇城的气氛都变得凝重起来了。

原本有拓跋兴业坐镇京城，无论如何各方人马都还算安定。这几日拓跋兴业离开京城巡视西北驻军需要一些时日才会回来，京城里的局势却隐隐让人生出了几分不安。

君无欢坐在明王府最高处的小楼里喝茶，明王坐在他对面看着窗外的风景，在他们前方不远处就是魏峨的皇宫。

"长离公子觉得此处如何？"明王问道。

君无欢淡淡道："明王殿下的府邸，岂有不好的地方？"

明王摇头笑道："这原本是天启摄政王的地方，君公子可知本王为何会选择这地方作为府邸？"

"愿闻其详。"君无欢道。

明王笑道："他们暗地里都在编派，说本王是想要效仿天启摄政王凌驾于皇权之上。"

君无欢喝了口茶，淡淡道："王爷自然不是这么想的。"

明王笑道："不错，本王只是为了提醒自己千万不要蹈了这府邸的原主人的覆辙罢了。楚越自以为一世英雄，最后却被自己以为上不得台面的小崽子背后插了一刀，死得倒也不冤。"

君无欢漠然道："天启摄政王原本也称不上英雄，若不是他自毁长城，何来貊族入关之祸？"

明王看着君无欢半响，方才放声大笑道："长离公子是当世才俊，却不懂为王者的心思。永嘉帝昏聩无能，君傲却不识抬举非要效忠一个无能之辈。他不死谁死？楚越要杀他，永嘉帝可保住他了？本王猜，永嘉帝最多也就是背地里哭一哭，当着楚越的面只怕还要说一句君傲该死。"

君无欢垂眸，淡淡道："王爷如今的形势跟楚越可是天壤之别。天启皇室凋零，北晋却是枝繁叶茂。不说北晋皇帝陛下，大皇子、四皇子、六皇子、十皇子才能并不弱于人，除了十七皇子，剩下的几位身后也有强大的母族。王爷即便是想要效仿楚越，只怕也是不成的。"

明王摇头道："长离公子错了，北晋有一个天启最不具备的优势，公子可知道？"

君无欢道："貊族的族长之位，传贤不传子。"

明王傲然道："不错，我貊族王位有能者得之。若是过个一两代，或许有机会变成跟天启一样只传子嗣，但是现在不是还没有吗？陛下想要对付本王，本王知道。君公子可知道为什么陛下这么多年都没能成功？"

君无欢道："人心不齐。"

明王笑道："不错，想要传承祖制的人自然不会支持他，陛下手里除了拓跋兴业最多不过是他那些皇子后妃的母族。但是比起效忠陛下，他们自己也是有小心思的。若是弄死了本王却便宜了别人，他们岂不是要气死？"

"所以相较起来，明王府麾下一心一意效忠王爷，自然更难能可贵？"君无欢挑眉道。

明王问道："长离公子难道觉得不是吗？"

君无欢放下了茶杯，双眸直视明王道："王爷想要什么。"

明王目光定定地盯着君无欢道："本王要凌霄商行的助力。"

君无欢轻笑一声，道："君某若是拒绝呢？"

明王眯眼道："那本王就只好先对不住长离公子了。陛下现在奈何不了本王，不知道本王若是对凌霄商行出手，他会不会阻止？"君无欢微微眯眼，打量着眼前笑容阴沉的中年男子。

不知过了多久，君无欢方才轻笑了一声，道："王爷，这天下人都知道我君无欢什么都没有就是有钱。北晋这块地方虽然大，却也不是全天下。大不了我放弃北晋的所有产业，但是我的东西就算是毁了也不会便宜别人的。我若是切断了王爷养那些私军的粮食通道，不知道王爷打算怎么办呢？"

明王麾下那么多兵马若是断粮，只怕马上就要哗变。那些兵马若是闹出什么乱子，正好让北晋皇帝抓住一个天大的把柄，那当真是不死也要脱层皮了。

明王知道，君无欢并不是说笑的。

明王冷冷地盯着君无欢，君无欢淡淡一笑不以为意地伸手为自己添了一些茶。

却听到对面的明王声音有些阴冷地道："那不知君公子以为若是让天启人知道了君公子的身世会如何？"

君无欢倒茶的手微微顿了一下，抬起头来看着明王。明王笑道："本王倒是没有想到，君傲竟然还会有后人留在世上。不知道天启那些人知道了会怎么想？当年无论是畏惧楚越的威势还是本来就是楚越的附庸，对令尊的事插了一手的人还有不少都还活着吧？更有甚者依然掌握着天启朝堂的大权。君公子觉得，如果他们知道君傲的儿子还活着，是相信你会帮助天启收复北地，还是相信你是想要为父报仇呢？当年永嘉帝保不住君傲，现在他就会保你吗？如果陛下知道了君公子的身份，你觉得你还能活着离开北晋么？"

君无欢垂眸，"君某不知道王爷在说什么。"

明王冷笑一声道："是吗？那当年参与陷害君傲的名单，长离公子想必也不需要了？还有，令堂的遗物，君公子也是不需要的了？"

君无欢眼神蓦地锋利起来，目光冰冷地盯着眼前的明王。锐利的杀气扑面而来，即便是明王也不由自主地戒备起来。不远处，几个守卫也跟着将手按在了兵器上，目光紧紧地盯着君无欢。隐藏在暗处的弓箭手更是已经拉开了弓箭，只要君无欢稍有异动就会有百十支羽箭齐齐射出。

不知过了多久，君无欢慢慢收敛了杀气。看着明王的目光也恢复了平静，淡淡道："难道王爷就不想杀我吗？"

明王笑道："本王与你君家可没有什么恩怨，君傲的事情说到底本王也不过就是给了楚越一封信而已。君公子心里清楚，甚至所有的天启权贵也清楚，早在令尊死之前他们就都知道那封信是假的。他们只是需要一个杀君傲的凭据而已，有没有这个凭据，君傲都得死。本王将名单和令堂的遗物归还，难道还不足以了结这一段恩怨吗？"

君无欢垂眸似乎在思索着明王的话，明王也不着急悠闲地喝着茶等着。

许久，君无欢方才抬起头来淡淡道："先将我母亲的遗物归还。"当下竟然是承认了自己的身份。明王眼神微闪，他没想到君无欢竟然真的会这么容易就承认："本王如何相信公子？"

"王爷要什么？"

明王道："劳烦长离公子牵制住拓跋兴业，一个月内我不想在上京看到他的身影。"

君无欢似乎连考虑都没有，淡淡道："可以。"

"长离公子不考虑一下吗？"明王挑眉道，牵制拓跋兴业，并不是一件容易的事情。

君无欢冷笑一声："君某既然应了就自然会做到，考不考虑又有什么关系？"

明王点头："好，本王相信君公子。来人！"

片刻后，一个侍卫捧着一个黑木盒子走了进来。这说是一个盒子不如说是一个箱子，有一尺见方大小，通体漆黑却透着一种淡淡的光泽，一看便知道不是凡品。

君无欢伸手拉开箱子，里面的东西并不多，都是一些饰品还有几本书册和地契。可见明王说将君无欢母亲的东西还给他也是诚意十足的。不仅是君夫人常用的东西，就连原本她名下的地契也一并归还了。

君无欢伸手轻抚了一下那里面的东西，抬头看向明王："多谢。"

明王笑道："长离公子的人品本王还是相信的，这些东西公子可以先带走。"

君无欢站起身来，望着明王淡笑道："王爷，你当知道选择与我合作，你就永远不可能说出这个秘密了。"因为同样地，拓跋梁也将自己的把柄送到了他手里。

明王道："本王是诚心与长离公子合作的。"

片刻后君无欢从楼上下来，文虎捧着箱子跟在他身后，漫步走在楼下的走廊里，曲折的回廊通向前方。不远处一个妩媚的红衣女子带着人迤逦而来，两人错身而过谁也没有看谁一眼。

君无欢唇边勾起了一抹极浅的弧度。

不想重蹈天启摄政王的覆辙？

两人上了马车，君无欢方才靠在车厢上闭上了眼睛，本就苍白的脸上也露出了几分疲惫之色。文虎有些担心地看着他道："公子，拓跋兴业那里……"

君无欢淡淡道："拓跋兴业本就还要一段时间才会回来，斩断京城往那边去的所有消息往来。北边的势力也该动一动了，让他们不要跟拓跋兴业正面交手，只要拖延几天就行了。"

"若是如此，咱们的眼线只怕是要暴露了。"文虎皱眉道。

君无欢道："做完这些就让他们撤，这些都不要了。"

文虎点头："是，公子。"

看着君无欢疲惫的模样，文虎道："公子可是身体不适？咱们赶紧回去好好休息吧。"

君无欢摇摇头："只是有些累了，去四皇子府，我要见拓跋胤。"

文虎也不问为什么，只是沉默地点了点头俯身钻出了马车。

马车慢慢地开始移动起来，君无欢的目光落到了放在跟前的黑木箱子上，修长的手指轻抚着箱子的表面，唇边露出了一丝淡淡的笑意。

城中小院里，云翼和叶二娘、狄钧正坐着说话，看到楚凌进来都有些欢喜起来。狄钧起身道："小五，你怎么来了？"

楚凌笑道："闲着没事来看看你们。"

云翼扭头看了她一眼，有些不信地道："闲着没事？你不是忙得很吗？"

楚凌摊手道："你看看这几天上京皇城里，都这样了我能有什么事儿？"

叶二娘笑道："这倒是，听说前两天死了一个上将军？"

楚凌点头道："铁牡尔。"

云翼笑道："死得好啊，铁牡尔有屠夫之称，这种人早就该死了。也不知道是哪位英雄这么厉害竟然能悄无声息地杀了他。"楚凌暗道：英雄就站在你跟前，可惜不能告诉你。

走到一边坐下，楚凌看着叶二娘问道："二姐，黑龙寨现在跟沧云城是什么关系？"

叶二娘沉吟了一下，看了看坐在一边的云翼。楚凌笑道："不用担心，他跟沧云城应该也有几分关系。"相处了这些日子叶二娘也相信云翼的人品，点头道："云公子也算是自己人，说说也没什么。实话实说，黑龙寨现在算是沧云城的一处据点。这件事没跟小五你商量……"楚凌摇头道："二姐这是什么话，我相信大哥和你们做的决定。更何况我根本就不在，你们去哪儿跟我商量呢。"

叶二娘点头道："有了沧云城的支持，如今黑龙寨已经有两千精兵了。若不是

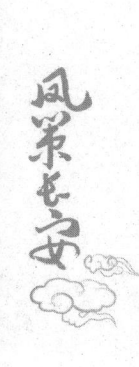

不想引火烧身，就算只想要占据一个小城只怕也不是难事。"

楚凌摇头道："不妥，信州在北晋腹地，盘踞山中北晋人无法可施，若是占据一城的话，只怕立刻就会引来灭顶之灾。"

叶二娘笑道："你三哥和摇红姐姐也是这么说的。大哥和我也同意，我们既然加入了沧云城自然会听从上面的调遣。绝不会随意行事的。"楚凌倒是有些好奇："二姐，你们是怎么加入沧云城的？"

叶二娘道："之前那位明公子后来又来过一次，就是为了那个小木盒子。是他替我们引荐之后，沧云城一位将军亲自过来与大哥谈的，我们都觉得不错便答应了。"

楚凌点了点头，黑龙寨能跟着晏翎确实比在信州单打独斗强得多。旁边云翼道："沧云城自身难保，往后只怕未必罩得住你们。"

叶二娘一怔，疑惑地看着云翼。

云翼对着楚凌翻了个白眼道："北晋最近在准备出兵沧云城，天启那边也有人插手。到时候沧云城腹背受敌，晏翎要是撑不住的话只怕沧云城就要没了。"

狄钧大惊，从地上一跃而起道："二姐，我们快回去！"

"你回去能干什么？"云翼道。

狄钧道："当然是去报信啊。"

云翼嗤笑一声："你以为沧云城在上京没有耳目吗？这种消息根本就盖不住，沧云城只怕早就收到消息了。"

"那我们可以去帮忙啊。"狄钧道。

云翼微微皱眉，思索了片刻扭头去看楚凌。楚凌挑眉："你看我干什么？"

云翼道："晏翎不是救过你吗？你去不去啊。"

楚凌翻了个白眼，语重心长地道："云公子，你知不知道我现在的身份？"她现在是拓跋兴业的徒弟，跑到沧云城去找死吗？

云翼有些烦躁地道："你真的打算就这样过下去？"

楚凌摇了摇头，道："那倒不是，我最近确实在打算离开上京了。"

"那不是正好，咱们一起走吧。"云翼道。

楚凌摇头："我离开上京也不一定会去沧云城，而且你心里的打算收回去，我不能恩将仇报吧？"

"恩将仇报？！"云翼的声音难得有些尖锐起来，道，"国仇家恨难道不算吗？要不是他……"

"云翼。"楚凌沉声道，"有些人我们可以在战场上打败他，但是不能用鬼蜮伎俩去害他。君子有所为，有所不为。"

云翼冷哼一声道："你拿什么去打败他？况且以他的身份，就算你走了也不见得就会受到多少牵连，最多就算个识人不明而已。"

楚凌笑了笑,安抚道:"总之我自己心里有数,等上京最近的事情告一段落我就会离开。"

旁边的狄钧一脸茫然:"你们在说谁?"

云翼瞥了他一眼,道:"没谁。"

狄钧看看他,再看看叶二娘,有些不满地道:"你们怎么都瞒着我啊。"

云翼同情地道:"你要是多长一点脑子她们说不定就不瞒着你了。"云翼看着狄钧摇了摇头,一脸惋惜地进屋去了。

叶二娘有些担心地看着楚凌,轻声道:"小五,遇到什么事情千万记得告诉我们,千万不要勉强自己。"叶二娘怜惜地拍了拍她的肩膀,三年前小五也只是一个才十三岁的姑娘。如今这个处境,叶二娘心思细腻,自然是明白楚凌对拓跋兴业的复杂感情的。

楚凌叹了口气,看着叶二娘苦笑道:"二姐,我有时候真觉得当初做错了。"

叶二娘摇摇头道:"那种时候,你还能怎么选呢?"

楚凌摇头:"得到力量的方法有很多种,但是我却选择了最走捷径的那一种。"

"那你真的后悔吗?"叶二娘问道。

楚凌思索了良久,还是摇头道:"不后悔,我只是怕他会后悔。"拓跋兴业是一个好师父,无论是单从想要找个好师父的角度还是这两年多的相处中来看,楚凌都绝不会后悔甚至有些庆幸。这世上天赋卓越的人很多,但是能有那个运气拜拓跋兴业为师的人却只有她一个。哦,拓跋赟只能算个添头。

收了她这么个徒弟,拓跋兴业必然会后悔的。

叶二娘轻声道:"不后悔就好,这世上确实有些事情难以两全。但是只要你的选择无愧于心,二姐都会支持你的。"

楚凌看着叶二娘温柔的眼眸,轻轻点了点头。

"谢谢你二姐。"

叶二娘笑道:"都是自家人,谢什么?"

旁边的狄钧抓着脑袋一脸茫然地看着两人,楚凌抽了抽嘴角,道:"离开上京就告诉你。"

狄钧眼睛一亮,"小五,一言为定啊!就算比不上二姐,我总能比大哥他们先知道小五的秘密吧?"

铁牡尔被杀,拓跋胤遇刺,这两日上京皇城确实是近两年来难得一见的暗流汹涌。

拓跋胤遇刺的事情最关心的自然是拓跋罗,北晋皇帝儿子很多,但拓跋罗却只有拓跋胤这一个同母的亲兄弟,兄弟俩从小相依为命感情很好。一旦拓跋胤出事,对拓跋罗一系势力来说将会是怎么样的打击显而易见。

"大哥。"四皇子府里,拓跋胤坐在榻上有些无奈地看着在房间里打转的拓跋罗，"你能坐下来吗？"转得他头痛。

拓跋罗轻哼了一声，道："那些刺客的身份，你真的不知道？"

拓跋胤沉声道："应该是明王府的人。"

"哦？"

拓跋胤道："大哥你应该也听说过，明王麾下有一个秘密的组织，我在外面见过这些人，跟昨天的刺客是一路人。"拓跋罗脸色铁青，咬牙道："拓跋梁！"

拓跋胤皱眉道："明王可能以为铁牡尔的死是我们下的手。"

拓跋罗轻哼一声，冷笑道："就算他知道铁牡尔不是我们动的手，一样会对你下手。你若是出了什么事，领兵的不就是他的女婿了吗？让一个天启人领兵出征，他倒是好大的心啊。"

拓跋胤默然。

拓跋罗又忍不住开始踱步，一边道："明王这是想要将征讨沧云城的功劳全部收入自己手里啊。"

拓跋胤淡淡道："大哥，沧云城未必就能打得下来。"

闻言拓跋罗不由皱眉道："父皇这次是铁了心要对付沧云城以及南征了。怎么？你觉得沧云城真有那么难对付？"

拓跋胤道："沧云城本就易守难攻，当初能选择这个地方晏翎是个天才。这些年我们别说是攻打沧云城了，连沧云城的边儿都没有摸过。沧云城东据险关，北靠群山，南边是灵沧江江面最宽阔水流也最急的地方，西边是与西秦相邻的几百里泽地。这样的地方，若是一个昏聩无能的将领还好说，遇到晏翎这样的人物，就算他想要据地为王，也不是不可能。"

拓跋罗皱眉道："你若是没有把握，这次咱们就不掺和了。"打仗是要抢军功的，如果明知道是一败涂地那还去做什么？拓跋胤摇了摇头道："不，我要去。"

拓跋罗蹙眉道："四弟，这不是意气用事的时候。"

拓跋胤道："大哥，我心里有数。晏翎占着地利，我们占着兵马优势，这次谁也不吃亏。我要跟晏翎公平地交手一次。"

看着拓跋胤坚定的神色，拓跋罗只得无奈地叹了口气，道："千万要小心。"

拓跋胤淡淡地点了点头："大哥来找我，不是单为了说这件事吧？"

拓跋罗这才想起自己的正事，拍了拍脑门道："四弟你手里可有什么高手能用？"拓跋胤道："大哥，你想报复明王？这不妥。"拓跋罗没好气地道："我是这么不知道轻重的人吗？你遇刺的事情和明王有关我已经禀告父皇了。动不了明王，咱们还能动一动别的地方。"

"嗯？"

拓跋罗道："黑市，四弟可知道？"

拓跋胤垂眸道："知道，我去过。"

拓跋罗有些惊讶："你去过？"

拓跋胤点头道："去买了点东西，那地方跟明王府有关？"

拓跋罗沉声道："那地方现在就掌握在明王手里，我一直就奇怪，拓跋梁哪里来的那么多钱养私军，君无欢可不是善财童子。"拓跋胤沉思了片刻，道："我手里确实有一些人能用的，但是跟明王府比起来只怕还是不够。"

"四弟有什么想法？"拓跋罗问道。

拓跋胤道："大哥不如先禀告父皇，直接带兵将那地方抄了便是。那种地方，本就不该存在。"

拓跋罗蹙眉，有些犹豫。拓跋胤叹了口气，道："大哥也对那个地方有兴趣？"

拓跋罗有些无奈，走到拓跋胤身边坐下，伸手拍了拍他的肩膀道："四弟，不仅拓跋梁需要钱，咱们也需要啊。"他身为父皇最倚重的大皇子说起来风光得意，其实他被迫成为了所有人的眼中钉却什么好处都没捞着。拓跋罗有时候都有些怀疑，他父皇是不是故意将他推出来做挡箭牌的。

拓跋胤沉默了半晌，方才摸出了一块令牌，道："大哥拿去吧。"

拓跋罗接过令牌，看着弟弟眼神动容："四弟，大哥谢你。"

拓跋胤道："自家兄弟，大哥不必多想。"

拓跋罗握着拓跋胤的令牌出了门，门外的阳光照得他眼睛有些疼，不由伸手挡了一下光。不远处四皇子妃带着人走了过来，手里还端着一盅汤。

"大哥。"

"弟妹。"拓跋罗微微眯眼，看了一眼四皇子妃手里的东西，劝道，"四弟受了伤，心情大约不太好。四弟妹若是有时间，还是好好照顾孩子吧。"言下之意，让四皇子妃不要去打扰拓跋胤。

对于这个弟妹，拓跋罗也很是头疼。好好的皇子妃不当，非要去招惹那个天启公主。以天启和北晋如今的关系，那公主在北晋的地位还比不上最卑微的侍妾，哪怕是真的生了孩子也改变不了地位卑下，就算四弟宠着一些又能怎么样？难道还能翻上天把你这个皇子妃给踢下去？

你若一定容不下她，直接赐死了也就罢了，还自作聪明地送回浣衣苑。让她死得那样凄惨又难堪，别说是拓跋胤，就算拓跋罗自己遇上这种女人也容不下她。

四皇子妃有些不甘心地咬了咬唇角，道："大哥，王爷伤得不轻，我煮了一些补品给王爷……"

拓跋罗意味深长地看了她一眼道："你自己心里有数最好。"

说罢拓跋罗不再理会四皇子妃，快步走了出去。四皇子妃转身看着拓跋罗离开的背影，紧咬着唇角眼底不由流露出几分怨恨。所有人都怪她，不就是死了一个天启女人吗？这三年，她过得还不够凄惨吗？

君无欢有些懒洋洋地靠在君府的一张躺椅里面闭目养神，一件狐裘盖在他身上只露出了一张苍白的毫无血色的容颜。

"公子。"文虎在门外躬身禀告。

君无欢慢慢睁开了眼睛，淡淡道："何事？"

"大皇子来了。"文虎道。君无欢慢慢坐起身来道："就说我病了，不见客。"

文虎一怔，迟疑地看着君无欢，君无欢淡淡一笑道，"去吧。"

"是，公子。"文虎当下也不再多言，飞快转身去回拓跋罗了。

君无欢从躺椅上站起身来，随手将身上的狐裘扔在了躺椅上，一袭有些单薄的白衣衬得他越发身形消瘦修长如竹。

"公子。"一个人影出现在了门口，来人穿着一身与君府所有的仆从一般无二的衣衫。

君无欢道："进来说话。"

那人起身走进了花厅，君无欢一挥袖一道劲力扫出，大门在他身后被关了起来。

房间里顿时有些阴暗起来，君无欢走到主位上坐下，随手打开了放在桌上的一个盒子，淡淡的光晕从盒子里流出，那是一颗硕大的夜明珠。

君无欢看着下面的人，问道："拓跋梁想要干什么？"

那人垂首声音低哑难辨："回公子，拓跋梁打算趁着拓跋兴业不在京城，起兵夺位。"

君无欢微微蹙眉："他想当皇帝想疯了吗？"

那人摇头道："拓跋梁麾下本就拥护者众，北晋皇帝想要立自己的儿子只怕引起了不少旧权贵的不满。而且南宫国师似乎也有意帮助明王，如今拓跋兴业不在，拓跋梁这边有百里轻鸿、南宫御月，若是再加上公子的话强行夺宫并非不可成之事。"

君无欢微微垂眸，道："特别是，现在拓跋胤还受了伤。"

那人沉默地点了点头。

君无欢问道："拓跋梁为何会突然想要强行夺位？最近受了什么刺激？"

那人愣了一下："公子不是也打算助拓跋梁夺位吗？可是有什么不妥的地方？"

君无欢漫不经心地摩挲着指腹道："倒也没什么不妥，只是太顺利了一些，让我有些意外罢了。拓跋梁都忍了这么多年了，我还以为说动他需要花一些功夫。"

那人笑道："拓跋梁如今自以为掌控住了公子，他原本就实力强盛，又有人替他牵制拓跋兴业，想必是觉得没有后顾之忧了吧。听闻北晋皇帝今日身体欠佳，若是北晋皇帝强行传位给大皇子，只怕是不好收拾。"

君无欢点了点头，道："拓跋罗这两日会对黑市动手，你们助他一臂之力吧。"

"公子的意思是……"

君无欢淡淡道："既然拓跋梁这么想要凌霄商行相助，那何妨让他再倚重一些。"

那人了然，点头道："公子说得是，不过拓跋梁近日暗中在接触北晋几个较大的商户。其中阜陵王家已经将嫡女送入上京，拓跋梁准备让她做明王府大公子的侧妃。"

"意料之中。"君无欢不以为意，"若是让凌霄商行一家独大，拓跋梁自然不会放心的。若是不出意外，他会挑选几家商户来扶持，以便将来与我抗衡。"

"咱们不管吗？"

"不管。"君无欢道："等这次的事情完了，上京的一切送给他又何妨？只要他吞得下去。你去吧，记住了一定要助拓跋罗抢下黑市。若是抢不了，就毁掉。"

"是，公子。属下告退。"

拓跋罗在君家吃了个闭门羹也并没有动怒，早前有人看到君无欢拜访明王府，离开的时候身边还多了一个黑色的木箱子。虽然不知道是什么东西，但是能让君无欢看上眼的东西绝对不多。

因此拓跋罗不得不有些不好的推测了。果然前些日子还对他以礼相待的君无欢，这次直接拒绝了见他。

拓跋罗垂眸思索了片刻，道："去武安郡主府。"

拓跋罗到的时候楚凌正在看书，听说大皇子求见，楚凌有些意外地挑了挑眉，还是让人请他到花厅用茶。

随手将手中的书卷放在一边桌上，楚凌换了一身衣服才前往大厅见客。

"大皇子大驾光临，有失远迎还望见谅。"楚凌走进花厅含笑道。拓跋罗笑道："是我打扰郡主了才是。"

楚凌坐了下来，看着拓跋罗有些好奇地道："大皇子日理万机，按理说没事是不会来我这寒舍的。可是出了什么事情？"拓跋罗道："倒是没有什么大事，就是有些小事想要请郡主帮忙。"

"请说。"楚凌道，"若是力所能及，必不推辞。"

拓跋罗笑道："不知郡主可还记得前几日在下说起的那个地方。"

楚凌莞尔一笑，道："自然记得，怎么？大皇子要邀请我一起去见识一番？"

拓跋罗道："确实要见识一番，就是不知道郡主有没有兴趣。"

楚凌道："我这个人虽然平时不爱走动，但是好奇心还是有几分的，若是大皇子相邀自然是要去的。"

拓跋罗看着楚凌，问道："如果，在下是想要请郡主相助，剿灭这个地方呢？"

楚凌一愣："大皇子这话……"

拓跋罗笑道："郡主不必担心，我既然说了这话自然也不怕传出去。当然能不传出去自然是最好了，在下信得过郡主和拓跋将军的人品。"楚凌叹了口气道："这种事情，大皇子找我还不如找君无欢。"

拓跋罗叹了口气，有些无奈地道："郡主还不知道么，君公子如今只怕是跟明王府关系更不错了。"

"怎么会？"楚凌有些意外地道。

拓跋罗道："应该很快，整个京城的人都会听说了。"

楚凌蹙眉，有些担心地道："若是如此，陛下那里……"拓跋罗摇摇头："君公子这么做总是有他的理由的。"

楚凌看着拓跋罗道："既然如此，大皇子为何还会来找我？你也知道我跟君无欢是有婚约的。"

拓跋罗笑道："两位不是还没有成婚吗？更何况就算在下信不过郡主，也是信得过大将军的。在郡主眼中，难道君无欢这个未婚夫比大将军这个师父还重要？"

楚凌垂眸，略有些心虚。她未必觉得君无欢比拓跋兴业重要，但是她做的事却实实在在都是在帮着君无欢的。

说到底还是道不同。

拓跋罗看着楚凌道："在下也知道郡主和君公子的婚事是怎么来的，自然不会将两位混为一谈。君公子向着谁是他自己的事，在下却是以私交请郡主相助。"

楚凌想了想道："这件事我会跟君无欢确定的，不过黑市的事情我可以答应你，到时候如果需要我会帮忙。"

"多谢郡主。"拓跋罗满意地拱手笑道。

楚凌淡淡道："不必谢，那黑市是什么我也听说过一些，我不喜欢那个地方，助大皇子一臂之力也没什么。"

拓跋罗点头："这是自然，郡主若是身份不便在下绝不会泄露郡主的身份。"

楚凌笑道："如此最好。"

送走了拓跋罗，楚凌脸上的笑意渐渐地淡了下来。垂眸注视着地面，楚凌微微蹙眉思索着："投靠拓跋梁，君无欢，你还真的想要搞乱整个上京吗？"

君无欢和明王府的消息果然传得很快，楚凌也被北晋皇帝召入宫中说了会儿话。北晋皇帝倒是没有为难她，只是暗示她和君无欢的婚事只怕要再议了。楚凌自然明白北晋皇帝的意思，当下表示一切由师父和陛下做主。北晋皇帝很是满意，赐了一堆东西作为安抚和补偿才放了楚凌出宫。

大皇子妃和四皇子妃联袂来访，楚凌跟贺兰真关系不错，但是跟四皇子妃却着实没有什么话说。贺兰真性格爽朗，两人本就交情还不错，倒也聊得开心。只是说到中途外面的管事来禀告，明王府的陵川县主来了。

贺兰真笑道："真是巧了，没想到陵川县主竟然也会选在今日来访。"谁都知道陵川县主性格高傲，目下无尘。虽然她嫁了一个天启人，但是对别的天启人，她的态度并不比对寻常貂族人好。就算是曲笙这样的身份，这位县主也是不怎么看在眼里的。

楚凌笑道:"我也有些意外呢,陵川县主竟然会大驾光临我这小地方。"

贺兰真道:"这话怎么说的?你是郡主,她是县主。她爹是明王,你师父还是大将军呢,也不差她什么。"北晋有很多个王爷,只有一个拓跋大将军。

"请县主进来。"

片刻后,拓跋明珠便带着人走了进来。一进门就看到坐在一边跟楚凌谈笑风生的大皇子妃,拓跋明珠微微垂眸,脸上满是笑意:"大皇子妃和四皇子妃也在啊,真是巧了。"

贺兰真笑盈盈地道:"可不是巧了吗?好些日子没见到县主了,县主可还好?"

"一切安好,多谢大皇子妃惦记。"拓跋明珠笑道,抬眼看向楚凌,"见过武安郡主。"

楚凌道:"县主不必多礼,县主难得驾临寒舍,还请坐下喝一杯茶。"

拓跋明珠看了看贺兰真和四皇子妃,谢过了楚凌在大皇子妃对面坐了下来。

楚凌看看三人,目光落在了拓跋明珠的身上,道:"县主来访,不知道所为何事?"

拓跋明珠道:"倒也没有什么大事,只是一直没能上门拜访郡主有些失礼。正好今天有空,就来叨扰郡主一番了。没有打扰郡主吧?"楚凌微微挑眉,这位陵川县主性格傲气得很,但是场面话说得也很顺溜嘛。楚凌笑道:"县主说笑了,县主来访自是蓬荜生辉。"

贺兰真看看你来我往说着毫无意义的话的两人,对楚凌使了个你厉害的眼神。贺兰真轻咳了一声道:"难得今天这么巧,咱们这么多人坐在这里也没什么意思,不如一起出去走走吧。"

"出去走走?"拓跋明珠有些意外,"去哪儿?"

"去逛街啊。"贺兰真道,"人多了逛街最热闹了。"拓跋明珠不就是想要让人知道君无欢转向了明王府,武安郡主也跟明王府交好吗?那就让全京城的人都看看吧。

楚凌觉得贺兰真的建议很不错,欣然点头。

贺兰真和楚凌都兴高采烈,另外两个自然也不好拒绝,于是一行人便起身带着人浩浩荡荡地出门去了。

这几天因为铁牡尔和拓跋胤遇刺的事情,上京皇城里着实有几分萧条。即便是上京最热闹的街道,也显得冷清了几分。见到这么一大群人,掌柜伙计自然十分地热情了。

楚凌和贺兰真兴致勃勃地买东西,拓跋明珠和四皇子妃一个百无聊赖一个可有可无地跟着。

楚凌和贺兰真心满意足地买了一堆东西让跟随的人拎着,继续往前走。

"大皇子妃,郡主。"拓跋明珠终于有些受不了这种无趣的活动,开口叫住了两人。两人双双回头看向拓跋明珠:"县主,你也有什么东西想买吗?"

拓跋明珠抽了抽嘴角,她需要什么东西都是直接让店家送到明王府让她挑选。

"没有。只是逛了一上午,我看四皇子妃有些累了,不如我们找个地方坐一会儿吃个饭吧?"拓跋明珠道。旁边的四皇子妃也跟着附和,她也不想跟贺兰真和楚凌逛街。

楚凌和贺兰真在两人看不见的地方相视一笑,贺兰真方才道:"也好,这一上午都是我跟笙笙买了,县主和四弟妹必也觉得无聊得很。"一行人找了个不错的酒楼进去坐下,贺兰真十分爽快地点了一大堆招牌菜,心安理得地享用起来。

楚凌一边悠闲地用膳,一边打量着微微蹙着眉吃得有些食不知味的拓跋明珠。她看得出来拓跋明珠是有什么话想要私下跟她谈,但是又不想让贺兰真知道。只是贺兰真和楚凌都没有给她这个机会,这位骄傲的陵川县主竟然也就当真跟着她们在这里耗了一个上午。

"还是跟笙笙一起好玩,就连逛个街都比往常有兴致多了。"贺兰真笑道:"以后有空我就经常来找你逛街了。"楚凌笑道:"没问题啊,阿朵忙得很,我平时也常常一个人,没什么心情也就懒得去逛了。"

旁边拓跋明珠道:"郡主若是觉得无聊,可以来明王府玩。我们府中人多,倒是热闹。"

楚凌笑道:"这个,只怕是打扰了吧?"

拓跋明珠道:"怎么会?这几日长离公子也时常到明王府呢,谨之还跟他切磋了一番,长离公子不仅富甲天下,武功修为也是高深莫测,郡主真是好眼光。"

楚凌含笑看着拓跋明珠,一双眼睛亮晶晶说不出的天真无邪:"真的吗?谨之是谁啊。"

四皇子妃插了一句道:"仿佛听陵川县主是这么叫县马的。"

拓跋明珠道:"谨之便是我的丈夫,百里轻鸿啊。"

楚凌点点头:"原来是陵川县马,我听君无欢说两年多前,他跟陵川县马就打过一架了。当时还受了重伤,足足躺了一个多月才好呢。"拓跋明珠微微抿唇,神色有些骄傲,出口的话却十分谦虚:"长离公子身体欠佳,才让谨之占了个便宜罢了。那次谨之也受了不小的伤。"

"若能亲眼看一次君无欢和陵川县马切磋,那才是三生有幸呢。"楚凌叹道。

拓跋明珠笑道:"这有什么难的?郡主若是常去明王府,总会遇到的。"

楚凌想了想:"如此,我就打扰了。"

"哪里,郡主客气了。"拓跋明珠垂眸微笑道。

贺兰真坐在旁边听两人说话也不在意,依然是笑吟吟地吃着东西。君无欢的事情她早就听拓跋罗说起过了,如今拓跋明珠想要拉拢曲笙她自然也不觉得意外。不过曲笙明显就对拓跋明珠没什么兴趣。明王府拉拢曲笙的主要目的是拓跋兴业，拓跋兴业可不是那么好拉拢的人。

正在此时旁边的厢房里突然传来啪的一声瓷器落地的声音，一个女子带着哭音叫道："秦殊！你就是这么对我的?!"

厢房的隔音本就不太好，若是寻常说话还不会有什么影响，但是这样放声尖叫的音量，别说是隔壁厢房就是外面的走廊只怕也听得清清楚楚。

楚凌一怔，突然神色微变猜到了那女子的身份。

拓跋明珠却有些不悦地皱眉道："什么人如此放肆？"

四皇子妃皱眉道："秦殊，这不是西秦大皇子的名字吗？难不成旁边是西秦那位大皇子？"

楚凌正打算开口遮掩过去，却听到旁边的女子叫道："我等了你这么多年，你竟然对我如此无情。你还是不是人？秦殊，我许月彤有什么地方对不起你的?!"

贺兰真微微蹙眉，觉得这个名字好像有点耳熟。

许月彤、秦殊？

许月彤不就是西秦送来和亲被赐给了大皇子的那个女人吗？不是说病了吗？这会儿怎么听起来生龙活虎的啊?!

"呃，笙笙……"

楚凌叹了口气，给了她一个歉意的眼神。

贺兰真眼睛一转，道："这儿太吵了，吃东西的心情都没有了，不如咱们换个地方吧？"

拓跋明珠却没有动，只是侧首听着旁边的动静突然开口道："大皇子妃，我好像记得陛下赐给大皇子的那位西秦姑娘，也是姓许的吧？"

贺兰真脸色微沉，淡淡笑道："确实是，一个侍妾罢了，县主管她做什么？"

拓跋明珠笑道："这话倒也不错，不过若是这个侍妾胆大包天地做了什么对不起大皇子的事情……"

贺兰真冷冷道："我是大皇子妃，这事自然由我处置。县主也不会希望有人说陵川县马什么吧？"拓跋明珠脸色微变，有些冷淡地盯着贺兰真，贺兰真毫不退避地与她对视。不知过了多久，拓跋明珠方才轻笑一声道："大皇子妃说的是，这事儿原本也跟我没关系。既然这样，咱们就先走吧。别吵到了人家小情侣叙旧。"

说完拓跋明珠当先一步起身往外走去，四皇子妃也跟着出去了。楚凌看着贺兰真叹了口气："这事儿我一定给你一个交代。"

贺兰真看了看她轻笑出声："多大的事儿啊，一个侍妾而已。笙笙你也别放在心上，回头想必西秦那边也会给我们一个交代。"

楚凌轻叹了口气："你说得对。"

送走了贺兰真等人，楚凌想了想还是转身回了楼上。站在门口听了一下里面没有动静，方才轻轻敲了敲门。

"谁？"秦殊的声音从里面传来，楚凌推开门站在门口看着他笑道："秦兄，别来无恙？"

秦殊脸上的神色有片刻的僵硬，很快又恢复了一贯的和煦，道："笙笙，你怎么在这里？"楚凌偏过头看了一眼里面的人，坐在窗边的是一个二十出头的美丽女子。此时美人正暗暗垂泪，倒是更多了几分楚楚可怜。

楚凌叹了口气，看着秦殊道："秦兄，方才不只是我在这里，大皇子妃、四皇子妃和陵川县主也在这里。"

秦殊脸色微变，坐在里面哭泣的许月彤脸上不由得露出了几分惊慌之色。楚凌走进厢房关上了门，看着秦殊叹气道："秦兄，有什么事情你们不能在家里说？"

秦殊无奈地叹了口气，笑容有些苦涩。他又何尝不想在家里说？今天这是一个意外罢了。

"你是武安郡主？"许月彤起身走过来，看着楚凌道。

楚凌微微点头，"许姑娘好。"

许月彤走到楚凌跟前，突然就跪了下去。楚凌吓了一跳连忙横向滑开了几步靠在窗口皱眉道："许姑娘，你这是做什么？"秦殊显然也被许月彤的举动弄得措手不及，皱眉道："月彤，你这是做什么？"

许月彤含泪看着楚凌道："郡主，求你成全我吧。"

楚凌半响不语，默默地看着眼前楚楚可怜的女子再看向秦殊。楚凌轻咳了一声，道："许姑娘，我不太明白你是什么意思。你还是先起来吧。我跟秦兄是朋友，你是他表妹。你这样跪在我面前……"许月彤却不能领会楚凌的尴尬，只是殷切地望着楚凌道："郡主，我不想进大皇子府，我等了表哥这么多年，我知道你跟大皇子和大皇子妃都交情深厚，求你帮帮我吧。"

楚凌有些头疼地按了按眉心，觉得自己上来提醒秦殊这件事大概是做错了。

旁边秦殊上前一把将许月彤拉了起来，许月彤挣扎不过便只能靠在秦殊怀里痛哭。

秦殊歉意地看着楚凌道："笙笙，抱歉。让你笑话了，你先走吧。"

楚凌点了点头，道："这件事终究还是要给大皇子府一个交代，秦兄心里有数便好。"

说罢便起身往外面走去。

"郡主！"许月彤有些不甘地伸手想要去拉楚凌，却被秦殊一把按住了："月彤，不要闹了！"

大约是秦殊如此无情的态度刺激到了许月彤，许月彤的情绪再一次崩溃，"什么叫不要闹了！我只是想求郡主帮忙成全我们而已啊。我等了你这么多年，你就一心一意想要将我送去大皇子府做侍妾？秦殊，你为什么要这么无情！"

秦殊疲惫地闭了闭眼道："有事情回去再说。"

"我不！"许月彤咬牙道，"你若执意要将我送去大皇子府，我就去死！"

楚凌伸手敲了敲自己的脑门叹了口气，转身面对着两人心平气和地道："许姑娘，我有几件事想问你。"

许月彤不解地看着楚凌，楚凌问道："是西秦王逼你来吗？你来之前知不知道是为了和亲的？你可知道若是忤逆了北晋皇帝的旨意，西秦将会遭受什么样的损失？"

许月彤怔怔地望着楚凌，楚凌双眸定定地看着眼前美丽的女子，从她眼底看到了一丝狠狈和心虚。

"看来你都知道。"楚凌点了点头道，"那你为什么还要来？"

许月彤喃喃道："我想见表哥啊，他们都不许我来，我等了表哥这么多年……"

"现在你见到他了。"楚凌毫不留情地道。

许月彤红着一双眼眸，看着楚凌的眼底有几分惊愕："郡主，我……"

楚凌道："说句冒犯的话，我倒是有些庆幸秦兄没有成为西秦王你没有做成西秦王后了。有这样一个王后，西秦也未必就比现在能好多少。"许月彤脸色一白，不由往后退了两步撞上了身后的秦殊。她看着楚凌不甘地道："我只是想要跟表哥在一起，有什么错？"

楚凌点点头道："没什么错，那你自己努力吧。秦兄，告辞。"

秦殊点了点头："麻烦你了，大皇子妃那里我自会解释的。"

楚凌不以为意地点了下头转身出去了，刚关上门里面就传来了许月彤悲戚的哭声。

楚凌摇了摇头，一个被宠坏了的千金小姐，以为所有的事情都会围着自己转，哪怕是这种关乎国家的大事也要为她的爱情让步。

拓跋罗的动作很快，楚凌很快就收到了拓跋罗的邀请。

深夜，楚凌按照和拓跋罗事先的约定到了城外的时候，拓跋罗已经带着人等在那里了。拓跋罗跟前不远处站着黑压压一片人，一眼看过去都是精锐兵马，前面还站着几个将领模样的人和一看就知道修为不弱的高手。

看到楚凌踏着月色而来，拓跋罗亲自迎了上来道："有劳你亲自走这一趟。"

楚凌微微挑眉道："大皇子不是也亲自出马了吗？"

拓跋罗有些无奈地道："我功夫平平，只要不拖了后腿就好了。"楚凌问道："四皇子的伤还没好？"拓跋罗摇摇头，"四弟将要出征，我怎么能让他再因为这些事情操心。若是再受了伤，只怕是……"

"两位兄弟情深，让人羡慕。"楚凌笑道。

拓跋罗的消息显然也十分灵通，领着楚凌一行人到了城西一座靠山的别院外。那别院从外面看并没有什么特别之处，既不恢弘也不华贵面积也不大，但楚凌远远地就隐约感觉到别院里蕴藏的杀气。

拓跋罗低声道："我收到的消息说，那黑市的入口就在这别院里。只是别院里

面有几个高手驻守,如果我们这么进去的话只怕会打草惊蛇。"楚凌点头道:"大皇子是希望我帮你解决这别院里的高手?"

拓跋罗点头,坦然道:"下面的事情我们自会解决,只是这些看守入口的高手,如果让他们发现了只怕到时候就算进去了也要扑一个空了。"

楚凌沉吟了片刻,还是点了点头道:"好。"

这种事自然不可能让楚凌一个人去做,事实上拓跋罗带来的几个高手也是为了这个准备的。楚凌和几人商议了几句之后便各自分散朝着别院的不同方向悄无声息地掠了过去。

靠在一棵大树上观察了良久,楚凌唇边方才绽出了一丝淡淡的笑意。

嗖!

一声极轻的风声响起,下一刻院子里靠围墙的一棵树梢动了一下,一只白皙的素手抓住了将要掉落下去的人。

楚凌微微松了口气,随手将已经没有了生气的人架在了树干上。在他身上摸索了一会儿,果然找到了一块小小的木雕身份牌。

楚凌仔细看了看对方,将木牌收进了自己的怀中。

不久之后,楚凌悄然无声地混入了别院中巡逻的队伍。

这别庄不大,地面上的守卫自然也不会太多,不过两刻钟楚凌就摸清楚了别院中的暗哨。

找了个隐秘的地方解决掉了前面的五个守卫,楚凌便与拓跋罗的人会合了。拓跋罗带来的这些人都是拓跋胤手下难得一见的高手,几个配合顺利地拿下了整个别院。

等候在外面的拓跋罗看到信号立刻带人冲了进来,众人一番寻找果然在后院的一间屋子里找到了密道的入口。

拓跋罗看着楚凌问道:"可要一道下去?"

楚凌笑道:"既然都来了,自然要去凑个热闹的。"

拓跋罗点点头道:"一切小心。"

楚凌含笑点点头,当先一步走进了密道入口。

拓跋罗果然事先得到了详细的消息,密道里明明有许多的分岔,但拓跋罗却目标明确没有丝毫的迟疑。楚凌并没有跟着他们进入大厅。靠在墙壁上听着里面传来厮杀声之后,楚凌便转身向着密道中的另一条岔道而去了。

比起大厅里的厮杀,这条密道却安静得过分。密道里干干净净的显然时常有人行走,楚凌屏住了呼吸小心翼翼地在密道中前进。前方突然传来一阵急促的脚步声,楚凌身形一闪整个人已经贴上了密道上方的阴影处。

只听有人道:"有人闯入!快!壬、癸两队去大厅支援。其余人全部退出,封闭这条通道!"

"是！"

几个人急匆匆地从下面的通道奔了过去。楚凌微微蹙眉思索着要不要赶紧退出去，不然对方真的完全封闭了通道她想要出去可麻烦了。不过很快她就不用纠结了，因为前方的入口处已经传来了沉重的轰隆声，对方已经放下了密道的机关，这条密道跟外面的黑市彻底被切断了。

楚凌叹了口气，从顶上落下来拍了拍衣服继续往里面走去。

长长的通道里空无一人，楚凌几乎都能听见自己的呼吸声了。走了将近半刻钟，方才看到前方有火光。里面是一个跟黑市很相似的地方，但是这里面却没有那些可怜的被当成商品的人，也没有那些来来往往的客人。整个大厅都显得有些阴森晦暗，大厅里来来往往的都是跟她一样穿着黑衣蒙着面的人。

楚凌不动声色地混入了这些人中间。

"出什么事了？"有人忍不住问道。

楚凌木然地摇了摇头，对方扫了一眼她身上的木牌倒也没说什么。

不远处有人低声道："有官兵闯入了……"

一个身形高大的黑衣人快步走了进来，沉声道："所有人，立刻离开这里！"

站在他附近的几个显然也是头领的人道："为什么？咱们还怕他们不成？"

"就是，老大。不就是一群官兵吗？咱们出去都杀了便是！"

黑衣人扫了说话的人一眼道："已经有人去了，不管能不能解决，这个地方暂时都不能用了。立刻离开！"

虽然有些不甘愿，但黑衣人显然也颇有几分威信，众人还是纷纷行动起来各自去收拾东西离开了。楚凌这才知道大厅四周的那一个个房间便是这些人平时休息的房间，这些人若没有任务是很少会出现在大庭广众之下的。拓跋梁竟然宁可黑市被拓跋罗抢去也不肯暴露这些人吗？

楚凌从容自若地混进了已经开始从另一条通道往外走的黑衣人中间，完美地将自己的存在感降到了最低。

等到楚凌跟着黑衣人从地道里出来的时候天色已经微亮了。他们出现在了一个山谷里。山谷的深处有一排一排简陋的屋子。楚凌盘算了一下时间，发现他们现在的位置距离上京皇城至少也有三四十里远了。

为免露馅，出来之后楚凌立刻就脱离了大队伍藏到了一处隐秘的地方趴着不动。如今已经入冬山坡上的草早就已经枯黄，楚凌趴在一处荆棘下的草窝里，既隐蔽又暖和。等到安置下来，楚凌才开始观察这个地方。她这两年时常会出城打猎或者练功，对上京附近还算熟悉。眼前这地方却有些眼生，若不是在深山里面就是距离上京很远。拓跋梁能找这么一个地方隐藏冥狱的人，倒也厉害。

所有人都知道拓跋梁手下养了不少高手，但问题是没有人知道这些人在哪儿。拓跋梁行事谨慎，就算是政敌甚至是北晋皇帝都拿不准他到底将这些人藏在了

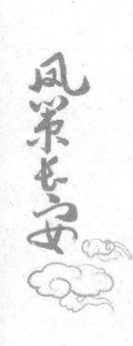

哪里。

"县主，县马！"下方传来一个声音道。

楚凌精神一振，放眼望去果然看到百里轻鸿和拓跋明珠并肩走了过来。拓跋明珠的神色有些难看，扫了一眼站在她跟前的几个人冷声道："到底是怎么回事？拓跋罗怎么会找到我们的地方的？"

为首的几个黑衣人纷纷低下了头，面上都露出了几分羞愧之色，"请县主恕罪，我等无能，实在不知道拓跋罗是如何找到入口的。"

另一人忍不住道："县主，咱们也不怕他们，直接将人都杀了便是，何必要撤出？"

拓跋明珠轻哼了一声道："拓跋罗知道了，难道拓跋胤会不知道吗？打得过拓跋罗和拓跋胤，你们能对付朝廷的千军万马？更何况为了拓跋罗折损这么多高手也不值得，你们还有更重要的事情要做。至于黑市，拓跋罗既然想要就先给他，本县主倒要看看他能守得住几天。"

"是，县主。"黑衣人连忙应声道。

拓跋明珠沉吟了片刻，皱眉道："话虽是如此，拓跋罗如何得到消息的还是要调查清楚。若是冥狱内部有人吃里扒外……"

黑衣人连忙道："属下等必定亲自清理门户，以报王爷和县主的信任。"

拓跋明珠这才满意地点了点头侧首看向百里轻鸿道："谨之，你可有什么话要说。"

百里轻鸿微微蹙眉道："没有，冥狱先在这里整顿一下，除了自查这两天全部随时待命，王爷随时需要用到你们。"

"是，县马。属下遵命。"

等百里轻鸿说完，拓跋明珠便挥挥手让人退下了。她一手挽着百里轻鸿的手臂，道："谨之，等我父王成功……"百里轻鸿抬手阻止了她道："县主，慎言。"

拓跋明珠有些不高兴地道："这里都是我们自己的人，慎言什么啊？拓跋罗那个蠢货，他还真以为自己能捡一个大便宜吗？为了这个黑市，将拓跋胤手里的高手都消耗殆尽了，到时候看他还能怎么办。"

百里轻鸿道："你不觉得，拓跋罗得到的消息太准确了吗？"

拓跋明珠眼神一黯，"我知道虽是将计就计，但是说到底咱们损失也不小。冥狱内部只怕是该清洗了。"百里轻鸿看了拓跋明珠一眼，她一句清洗冥狱内部只怕就要血流成河。不过百里轻鸿没有说什么，只是淡淡道："回去复命吧，王爷那边只怕也在等着消息。"

拓跋明珠点了点头笑道："好，我们回去。"

百里轻鸿拉着拓跋明珠离去，临走前朝着身侧的山坡上看了一眼。楚凌只觉得头皮一凉，虽然百里轻鸿只是状似随意地淡淡一眼扫过，但不知怎么的楚凌就是确定百里轻鸿是知道这里有人的。楚凌屏住了呼吸，听着两人说话的声音渐渐远去方才松了口气。

楚凌盯着百里轻鸿渐行渐远的背影蹙眉，百里轻鸿明知道这里有人却没有告诉拓跋明珠，看起来似乎也不打算告诉任何人。除非有人提前告诉百里轻鸿，否则百里轻鸿绝不会知道这里的人是她。楚凌自然也不会自作多情地以为百里轻鸿是想要放她一马。也就是说无论今天是谁在这里，百里轻鸿都不会管。

这位百里公子的立场还当真是有那么一点复杂啊。

离开了那处山谷，楚凌在山里转了大半天才终于找到了出路。看到远处的影影绰绰在竹林间的村落，楚凌愉快地松了口气。从昨晚到现在已经八九个时辰了楚凌连眼睛都没有合一下，多少还是有些疲惫了。

突然楚凌收住了脚步，转身看向身后的某处："陵川县马，既然来了便出来吧。"

片刻后一个人从树林中走了出来，果然是一个多时辰前才刚刚见过的百里轻鸿。

百里轻鸿看着楚凌道："你是什么人？"

楚凌微微挑眉，对着百里轻鸿笑道："陵川县马不是看到了吗？"

百里轻鸿淡淡道："郡主是昨晚跟着拓跋罗一起混进去的？"楚凌悠然地摆了摆手道："不，是拓跋罗请我去帮忙的。我只不过是走错了路，一不小心就混进了那些黑衣人里面。百里公子，方才还要多谢你没有揭穿我啊。"

百里轻鸿深深地看着眼前显得有些狼狈的黑衣少女，沉声道："大将军可知道郡主这么喜欢凑热闹？"

楚凌笑眯眯地道："明王和县主可知道百里公子这么心慈手软？"

百里轻鸿上前一步，楚凌立刻蹿到了身后的大树后面。双手抱着树干探出一个头来："百里公子，开个玩笑嘛。你方才既然没有揭穿我，现在就当没看见我成不成？"

百里轻鸿唇角微微勾起一个极淡的弧度："我为什么要当没看见你？"

楚凌道："难道你想要杀了我？"

百里轻鸿沉默不语，楚凌摊手道："你看，你杀了我好处没有，麻烦倒是不少。百里公子，我是打不过你但是不代表我跑不掉啊。"百里轻鸿道："你若是想好好做拓跋兴业的徒弟，就离君无欢远一些。"说罢百里轻鸿也不再理会楚凌，直接转身走了。

被留在山林中的楚凌眨了眨眼睛有些茫然。

"他特意来这里，就是为了跟我说这么一句话？这种话，什么时候不能说？"

百里轻鸿为什么要对她说这样的话啊？

等楚凌下了山才发现，这里竟然距离秦殊的别院不太远。不过鉴于现在秦殊自己都一身麻烦，楚凌也就没有过去打扰了，偶尔用轻功赶路也是一种乐趣。

等楚凌赶到上京皇城附近的时候天色已经暗了下来，眼看着皇城的城门就要关了而自己还有好一段路要赶，楚凌有些悲切地暗暗叹道：难道今晚要露宿荒野？

"笙笙。"

君无欢的声音传入她耳中，楚凌连忙刹住了脚步。这才注意到路边停着一辆看起来不起眼的马车，君无欢正挑起了马车前方的帘子含笑看着她，道："可要我载你一程？"

楚凌有些意外地挑眉道："你怎么在这里？"

君无欢无奈地道："本想去接你的，不过我也不确定你会从哪儿出来，只得在这里等着了。笙笙这是自己一路走回来的？"

楚凌扯了扯自己身上的衣服，翻了个白眼道："不然还能怎么办？"她能找到一身衣服将那惹人眼的夜行衣换下来就已经不错了。

君无欢撑着额头轻笑了几声，道："是我的错，应该早些去接笙笙。"

见他如此，楚凌倒是有些不好意思了，这原本也不关君无欢的事。

"时间不早了，快上来吧。"

楚凌也不客气，干脆利落地钻进马车："真是谢谢你了，要不是你我今晚又要露宿荒野了。"

君无欢坐在一边握着一本书看着她道："笙笙昨晚玩得可尽兴？"

楚凌想了想昨晚自己的经历，点头道："还不错，拓跋罗那边怎么样了？"

君无欢道："损失不小，不过好歹顺利将黑市拿下来了。就是不小心丢了武安郡主，让大皇子十分担心，今天一大早就派人来我府上报信了。"

楚凌有些歉意："抱歉，让你担心了。"

君无欢轻轻摇头："我知道笙笙没事。"

"哦？"楚凌有些诧异地看着他，君无欢道："笙笙就算出了什么事，只怕也要闹得天翻地覆。"

楚凌不由莞尔一笑："长离公子真是聪明过人。"

君无欢叹了口气："但是，我还是很担心。"有些人既然入了心又怎么可能放得下？

君无欢将楚凌送回郡主府才转身返回君府，刚到府门口管事就禀告说明王派人来请公子立刻过去一趟。君无欢也不在意，连门都没进就转身上车去了明王府。

明王府的书房里，拓跋梁正在大发雷霆。坐在下手的人纷纷低下了头，听着拓跋梁骂连大气也不敢出。即便是身为拓跋梁最宠爱的女儿，拓跋明珠此时也不敢多说什么。

"什么事让王爷如此大发雷霆？"君无欢站在门口，笑容自若地看了一眼书房里低着头听训的人。

明王看着君无欢，轻哼一声道："长离公子来得好快。"

君无欢只当没听懂他的嘲讽，淡定地道："有些事出城了一趟，王爷总不至于要我一天十二个时辰随时待命吧？"

明王吸了口气似乎冷静下来了，对君无欢点了下头道："长离公子请坐。"

书房里的众人也纷纷松了口气，再被王爷骂下去他们就想要跪地谢罪了。

君无欢坐下来喝了一口茶，方才道："不知王爷方才，为何动怒？"

明王眯眼看着他道："长离公子当真不知道出了什么事？"

君无欢摇头道："今天一早君某就出城了，方才归来连府门都没来得及进。"

明王沉默，一大早君无欢就去接了武安郡主出城去了，方才也有人来报君无欢和武安郡主是掐着城门关闭的时间才回来的。明王看了一眼明王世子，明王世子立刻开口为君无欢解惑："实不相瞒，昨晚拓跋罗带人毁了父王的一个大买卖，明珠怀疑有人吃里扒外，父王因此才大发雷霆的。"

君无欢点点头："原来如此。"

"长离公子有什么看法？"明王问道。

君无欢道："其实这原本也是寻常事，何劳王爷动怒？就算是凌霄商行，不也少不了别人安插的细作吗？"

明王沉声道："话虽如此，本王的损失却是不小啊。"

君无欢一副不以为意的模样，道："王爷虽然损失不小，却也是暂时的。拓跋罗虽然得到了不少东西，但是损失只怕更大吧。等到干爷事成，今天多少损失不能找补回来呢？"

明王看着眼前的君无欢，忍不住想在心里叹口气。君无欢实在是个很合他心意的人，无论什么事情他不仅能看得长远而且通透。他有什么想法和盘算，君无欢几乎一眼就能够看得出来。有时候明王都会忍不住遗憾，若是自己的儿子有君无欢七分的聪明他也就心满意足了。

这样出类拔萃的人，如果不是自己人那就是一件非常危险的事情。

明王道："这么说，长离公子觉得这件事就这么算了？"

君无欢轻抚了一下眉心，蹙眉道："王爷若是心有不甘的话不如将这件事透露给陛下吧。"

"哦？"

君无欢漫不经心地道："王爷既然不甘心让拓跋罗得到你的东西，告诉陛下他自会让你如愿。"

明王轻哼一声，道："陛下一向看重拓跋罗，就算知道了也不会怎么样。"

"陛下再看重拓跋罗，他也还是皇帝。若是让他知道大皇子暗地里想要谋划势力，心里怎么会舒服？"

明王深深地看了君无欢一眼道："我先前说君公子不懂帝王心，如今看来倒是我错了。"

　　君无欢垂眸道："既然王爷说君某不懂，君某自然要好生研习一番，免得以后再在王爷面前露怯。"明王点了点头，有些意味深长地看了君无欢一眼道："君公子不仅揣摩帝王心厉害，对本王的心思倒也摸得很准。"

　　明王看着君无欢道："君公子觉得本王的谋算有几分胜算？"

　　君无欢笑道："如果君某说没有胜算，王爷就不做了吗？"

　　明王脸色微沉，"自然不会。"谁也不会喜欢在自己想要做大事的时候被人泼凉水。明王更不是被人泼了凉水就会改变主意的人。

　　君无欢道："既然无论如何王爷都会做，那君某的意见又有何重要？"

　　明王淡淡道："本王自然是希望长离公子能鼎力相助。"

　　君无欢道："只要王爷手里有本公子想要的东西，无论如何本公子都必然会鼎力相助，不是吗？"

　　明王沉默了片刻，朗声笑道："君公子说得不错，看来是本王多虑了。"

　　这一次直到议事完毕，君无欢都没有再发表任何意见。看着所有人退了出去，书房里只剩下明王一人了，明王方才开口道："国师觉得，君无欢的话可信吗？"

　　南宫御月一袭黑衣从后面走了出来，淡淡道："你若是相信君无欢的话，那就离死不远了。"

　　明王皱眉道："国师既然如此不信任君无欢，为何还要拉他进来？"

　　南宫御月轻哼一声："明王殿下不是自诩能控制住君无欢么？我也有些好奇，你到底靠什么来控制君无欢？"

　　明王眼眸微沉："这个国师就不用操心了，既然国师认为君无欢此人信不过那便罢了。这次就当是一个交易，此事过后凌霄商行就该改名字了。"

　　南宫御月道："希望你真的有你自己以为的那么多底气。"

　　明王蹙眉，沉声道："国师不必想太多了，国师想要的本王自然会给你，只要……"

　　"只要帮你压制住北晋皇帝身边的高手是吧？"南宫御月轻笑一声，"皇帝身边确实有几个高手，若是君无欢当真能拖住拓跋兴业的话，有本座和君无欢、百里轻鸿联手，压制那几个高手不成问题。"

　　明王满意地点头道："本王就知道，国师不会让本王失望的。事成之后，国师想要的一切本王必然双手奉上。"

　　南宫御月嗤笑一声道："既然如此，本座祝王爷马到功成。"走到门口，南宫御月还是回头看着明王道，"本座再提醒王爷一次，最好小心一些君无欢。"

　　"多谢国师提点，本王心里有数。"明王看着南宫御月的背影淡淡道。

　　南宫御月嘲讽地笑了一声，走出书房瞬间消失在了门外。

◆第十一章◆
宫变之夜

预感到上京皇城即将出现混乱，楚凌找了个理由让雅朵离开了京城。虽然雅朵的商铺都在京城，但是每年也会离开出门两三次，所以这次有人相邀去数百里外的地方商谈货源的事情，雅朵一点也没有怀疑，跟楚凌交代了一番就去了。

雅朵出门了拓跋兴业也不在，整个郡主府和将军府就只有楚凌一个主人了，倒是显得有些空旷。

拓跋赞前些日子被关在将军府练功，拓跋兴业走了之后没坚持两天就又偷跑回宫里了。楚凌虽然有心按照拓跋兴业的吩咐好好管教这个小师弟，但是人躲进宫里去了她总不能跑进宫里抓人吧，便也只得作罢了。

晨练的时候看到突然出现在自己面前的拓跋赞，楚凌有些意外。

"你怎么来了？"随手将手中的刀放在桌边，楚凌问道。

拓跋赞蹲在墙头上道："你天天练啊练的，不烦吗？"

楚凌似笑非笑看了他一眼道："我若是个北晋公主皇子什么的，我也懒得练。"拓跋赞自然知道她在嘲讽自己这几日偷跑的行为，有些烦躁地抓了抓脑袋，道："我就搞不懂，你们这么拼命干什么？你这样，大哥这样，四哥也是这样！大家都开开心心地不好吗？"

楚凌对他招了招手，拓跋赞犹豫了一下还是从墙头上滑下来走到了楚凌面前。楚凌淡淡道："因为有的时候不拼命，是会没命的。"

"有、有这么严重吗？"

楚凌道："这些年若不是大皇子和四皇子护着，若是你没有成为师父的弟子，你觉得你现在能过得这么逍遥自在吗？还有大皇子，他是已故大皇后的嫡长子，若是在天启就是板上钉钉的太子人选。加上陛下又器重他，你觉得别的皇子会心甘情愿地看着他坐上那个位置吗？他不争，那全家都不用活了。"

拓跋赞眨了眨眼睛，有些不信："大家都是兄弟……"

楚凌似笑非笑地看着他："是啊，现在大家都是兄弟。等大皇子坐上了那个位置，以后别的兄弟见了他就要下跪了。能坐着，谁愿意跪着？"

拓跋赞叹了口气，有些烦躁地道："我不管！我才不会想要那些乱七八糟的东西。我以后要跟着师父上战场，当一个跟师父一样的大将军！"楚凌略带挑剔地看了他一眼道："好好练功吧你。突然跑过来说这些，出什么事了？是大皇子还是四皇子出事了？"

拓跋赞走到桌边坐下，心情有些低落地道："昨晚父皇当着好几个兄弟的面将大哥狠狠骂了一顿。"

楚凌微微挑眉，思索了片刻道："是因为黑市的事情，被陛下知道了？"

拓跋赞点了点头，点到一半突然反应过来："你怎么知道的？"

楚凌道："我为什么不能知道？"

拓跋赞轻哼了一声，道："我知道，你跟大哥关系也不错，他竟然也不瞒着你却瞒着我！"

楚凌摇摇头道："行了，别抱怨了。你父皇从哪儿知道这事儿的，怎么就把你大哥骂了一顿？"拓跋赞有些疑惑地抓着头发道："父皇好像也不是为了黑市的事情骂他，只是提了两句而已。我也不知道父皇在骂大哥什么，就是说大哥不专心政事什么的。大哥怎么就不专心政事了？以前的大嫂还说大哥每天都很晚才睡呢。"

楚凌同情地拍了拍拓跋赞的肩膀道："想不明白就别为难自己的脑袋了。"

拓跋赞拉着楚凌要去探望拓跋胤，楚凌想了想还是跟着拓跋赞去了。如果近期要离开上京的话，她确实有件事情需要确认。

"武安郡主，阿赞，你们怎么来了？"拓跋胤看着两人道。

拓跋赞道："我出宫来看笙笙，就顺便来看看四哥啊。"

拓跋胤不赞同地看着拓跋赞道："大将军让武安郡主督促你练功是为了你好，你却跑回宫里去实在是不像话。"拓跋赞做了个鬼脸，道："武功练练就好了，我又没有四哥那么好的资质，再练也成不了一流高手。"

拓跋胤道："天赋资质并不代表一切，既然知道自己资质一般就更应该将勤补拙。"

拓跋赞连连点头，眼睛却骨碌碌打转，一看就知道根本没听进去。

楚凌一边喝着茶一边打量着花厅，这小院并不是四皇子府的前厅，也不是拓跋胤应该住的正院花厅，而是当年姐姐带着她住的地方。堂堂一个皇子，却住在这样一个院子里养伤，实在是有些委屈了。就连花厅里的陈设都跟当年一模一样，看着这一切楚凌几乎都要认为拓跋胤对姐姐是真爱了。

可惜不管是真爱还是别的什么，姐姐都死了啊。

"四哥，昨天大哥在宫里……"

不等拓跋赞将话说完，拓跋胤打断了他道："大哥的事情，你别管。"

拓跋赞有些着急地道："什么叫大哥的事情我别管？大哥被父皇禁足了啊。"

拓跋胤道："就算你想管，也管不了什么。平白将自己卷进来，你别以为你年纪小父皇就不会罚你。"

拓跋赞扯着头发道："大哥到底做错了什么？就算是那个什么黑市的，又不是什么大事，怎么就值得父皇在那么多兄弟面前给大哥没脸了？你不知道，他们还暗地里嘲笑大哥说大哥失宠了呢。"

拓跋胤淡淡道："因为父皇是皇帝。"

拓跋赞愣了愣，扭头去看楚凌，眼底有些茫然和委屈。他生母出身卑微从小便无人教导，后来生母去世虽然有大哥和四哥照料，这些东西却是没有人教过他多少的。

楚凌轻叹了口气，道："中原有句话叫做：雷霆雨露皆是君恩。"

"我不懂。"拓跋赞道。

楚凌道："陛下不仅是父亲更是帝王，他看重大皇子想要大皇子成为未来的继任者那是他自己的意愿。他可以给，但是大皇子不能抢，甚至不能表现出太多对他手中权力的渴望。"

"父皇不是这样的人。"拓跋赞有些不满地道。

楚凌摇了摇头轻叹了口气。

拓跋胤忍不住看了楚凌一眼，微微蹙眉："郡主通达。"

楚凌垂眸淡笑道："是我妄言了，还请四皇子见谅。"

拓跋胤摇了摇头，大将军这个弟子确实是不简单。当初她也是这般……

楚凌微微挑眉看着拓跋胤，才发现他竟然在出神。拓跋胤这样的高手，当着两个人的面出神确实是难得一见的。楚凌慢慢移开了眼只当是没看见，有些好奇地道："我看这院子偏僻得很，四皇子怎么在这里养伤？"

拓跋胤回过神来，眼神微闪了一下很快又恢复了平静。淡然道："习惯了，清静才正好养伤。"

清静和偏僻，可不是同一个词儿。

按照她得到的消息，楚拂衣的遗体最后是被拓跋胤带走了。那么，到底是被他放到哪里去了呢？

拓跋赞张嘴正要说什么，门外传来了一阵喧闹声。拓跋胤立刻皱起了眉头沉声道："什么事？"

外面的侍从走了进来，战战兢兢地道："启禀四皇子，王妃来了。"

拓跋胤脸色微沉，冷声道："本王说过，不许她靠近这里！"

侍从苍白着脸色道："但是王妃、王妃说她有了那位公主的消息。"

什么？！楚凌一愣，那位公主指的该不会是她吧？

拓跋胤冷冷道："本王不想听她胡扯了，你去告诉她，她若是再来此处就给我滚出王府！"

侍从哪里敢违逆拓跋胤，只得点头称是想要退出去，却听到外面四皇子妃高声道:"王爷!我说的是真的!你难道不想找到那丫头吗?我真的有她的消息了!"

拓跋胤沉默了一会儿,却并没有让人放她进来,而是自己起身走了出去。

楚凌和拓跋赞对视一眼,也悄悄跟了上去。

四皇子妃站在小院外的台阶下,红着一双眼瞪着眼前拦着她的侍卫。看到拓跋胤出来,连忙想要上前道:"王爷!我说的都是真的!我真的有了那丫头的下落!"

拓跋胤沉声道:"你为什么会有她的下落?"

四皇子妃颤了颤,捂着脸哭泣道:"我知道当初是我不对,但是我已经受到惩罚了。王爷这两年一直在派人找那丫头,我想帮王爷找到她。我知道错了,以后就算王爷想要纳了那丫头,我也绝不会再对她做什么,求王爷原谅我吧。"

跟出来的楚凌刚好就听到这一句,嘴角不由得抽了一下。楚凌想一巴掌抽到这女人的脸上。

"本王都找不到的人,你凭什么找到?"拓跋胤淡淡道。

四皇子妃颤抖着从袖中掏出了一个东西递过去,道:"我阿爹前些日子回京,从外面带了个东西给我,说看着像是四皇子府的东西。我记得这东西当初王爷是给了那个楚夫人,我就暗中派人去查了查。这东西是两年前,一个十三四岁的小姑娘当了的,就在离上京不远的滕州川源县城。"滕州距离上京确实不远,川源县更是在滕州与上京地界交接处,快马加鞭的话不到一日便可到。

四皇子接过了她手中的东西,那是一个白银手镯并不怎么显眼,但是上面镶嵌着一块宝石倒是值一些钱。拓跋胤自然能认出,这确实是当初自己给楚拂衣的东西。

"你是说,她一个小姑娘安安稳稳地留在了距离上京如此近的滕州至少一年时间却没有被人发现?"拓跋胤沉声道。四皇子妃摇头道:"我不知道,我派人去打探了,打探回来的人说那姑娘穿得十分朴素,是跟着一个粗壮的乡下汉子一起去的。两个人好像关系还不错。或许是有人护着她。"

楚凌微微挑眉,这位四皇子妃好像是在暗示她被某个乡野村夫收留了,有可能还以身相许了。拓跋胤显然也听懂了这个暗示,眉梢皱得越发紧了。

小院门口的气氛一时间有些凝重,四皇子妃忍不住吞了口口水道:"王爷若是担心,我让阿爹再派人找找,人想必还在滕州。找到了我让人接回来就是了,王爷放心,以后我一定会好好待她的。"

"不必了!"拓跋胤沉声道,"此事本王会处理。"说罢便快步往外面走去,连身后的楚凌和拓跋赞都抛下了。四皇子妃一愣,反应过来连忙追了上去:"王爷,您去哪儿啊?你身上还有伤呢!"

被抛下的两人面面相觑,对视了一眼双双叹了口气。

拓跋赞眼珠子一转,压低了声音对楚凌道:"你知道四哥为什么住在这个破地方么?"楚凌摇头,她当然不知道。

"听说当初四哥把灵犀公主的遗体带回来了,然后就再也没有人见过了。你说会不会灵犀公主就被埋在这小院里,四哥经常住在这里,是为了能时常与她做伴吧?"似乎被自己的猜测吓到了,拓跋赞忍不住打了个寒颤。

楚凌皱了皱眉,带回来之后就不见了?拓跋赞说得还真不是没有道理。

"想什么呢?"拓跋赞戳了戳她的肩膀道。楚凌垂眸道:"想你方才说的事情啊。说不定,四皇子真的将灵犀公主葬在了这院子里。"

拓跋赞抖得更厉害了,"你也觉得我四哥有问题对不对?"

楚凌淡淡一笑道:"可能是吧。"

"咱们还是快走吧。我怎么觉得这院子阴森森的?"

拓跋胤走了,这院子就不能再让他们随意进出了,楚凌和拓跋赞只得离开。走到大门口的时候正好看到迎面而来的四皇子妃。

"四王妃。"

"四嫂。"

四皇子妃收起了唇边的笑意,淡淡地看着两人道:"十七弟,武安郡主,这是要回去了。"

拓跋赞自觉跟这个嫂子没什么可说的,点头道:"是啊,四嫂这是去哪儿了?"

四皇子妃道:"王爷方才出门了,我去送王爷。王爷不在,我也就不留你们了。十七弟,郡主,改日王爷回来了再过来喝茶?"楚凌微微凝眉,轻声道:"多谢四王妃,到时候还望王妃不要嫌弃我们打扰。"

"怎么会?"四皇子妃笑道,"两位慢走。"

目送四皇子妃离开,拓跋赞有些疑惑地道:"四嫂怎么看起来心情好像不错?四哥要是找到那位天启小公主,她真的这么高兴吗?"

楚凌脚下一顿,回过身若有所思地看着四皇子妃的背影。好像确实挺高兴的。

四皇子妃的消息是假的,楚凌当然知道。当初她离开浣衣苑的时候身边除了那两块玉,什么都没有带。更是从来没有典当过自己身上的东西,又怎么会拿着楚拂衣的遗物出现在滕州呢?

原本她以为是四皇子妃本身得到的消息就是假的,但是方才……

四皇子妃分明是想要将拓跋胤调离京城,她想要做什么?

"阿赞。"出了四皇子府,楚凌突然转身对身后的拓跋赞道。

拓跋赞被吓了一跳,险些跟楚凌撞在了一起。没好气地道:"你做什么?!"

楚凌道:"我有事情要办,你回宫里去吧。"

"回宫?"拓跋赞不满,"我才刚出来啊。"

楚凌道:"回宫,或者去大将军府,最近不要到处乱跑,不然回头师父回来我要你好看。"

拓跋赞震惊地看着楚凌:"你在威胁本皇子?"

楚凌面无表情地看着他:"对,我在威胁你。"

拓跋赞恨恨地瞪着她,楚凌抬手像是他要是再磨叽就要一巴掌拍过去的模样。拓跋赞连忙后退了好几步,没好气地道:"我知道你要去找君无欢!但是你别忘了,君无欢现在跟咱们不是一路人。等师父回来,你们俩就没什么关系了。"

楚凌轻叹了口气:"听话,回去吧。好好练功,别乱跑。"

不知是不是畏惧楚凌的威胁,拓跋赞哼哼了两声还是转身跑了。

看着拓跋赞远去,楚凌才叹了口气,转身朝着君府的方向而去了。

君无欢正坐在湖边的水阁里喝茶,看到楚凌进来不由笑道:"笙笙来得正好,我刚得了一些好茶,正准备让人给你送去呢。"

楚凌皱眉道:"你还是少喝一些茶比较好。"

君无欢叹了口气道:"笙笙说得是。"倒了一杯茶放到楚凌跟前,却给自己倒了一杯白水。不过长离公子显然并不喜欢喝白水,喝了一口便皱起了眉头。楚凌仔细看了看他道:"你这几天很忙?"

君无欢有些意外:"笙笙怎么这么说?"

楚凌指了指自己的眼睛道:"没休息好。"

君无欢笑道:"确实有点忙,你知道的,最近事儿比较多。"

楚凌道:"拓跋胤刚刚离开京城了。"

"哦?"君无欢挑眉,脸上却没有什么意外的神色。楚凌蹙眉道:"明王要动手了?他竟然能收买四皇子妃为他做事?"

君无欢轻叹了口气道:"我原本替拓跋梁谋划了一个稳妥一些的法子,只是时间要长一些,可惜他等不及了。"

"他想要立刻就动手?"楚凌皱眉道。

君无欢点头,"原本我希望你跟我一起走,不过我知道你不会不管不顾地抛下一切走了之的。笙笙,这次的事情你就不要管了。从我这里回去之后立刻就去大将军府闭门谢客,无论什么人来了都不要见。"

楚凌摇头道:"没用,我自己心里有数你不用管我。"

君无欢蹙眉道:"笙笙,这两天会很乱。比起我,拓跋梁还是更相信南宫御月一些,所以最后事情会怎么样我也没有绝对的把握。"楚凌挑眉道:"明王最后会赢吗?"

君无欢思索了片刻,道:"只怕是两败俱伤,他太着急了。他若是肯再等等,三个月内我有万全的把握扶他登基。"

楚凌道:"你也说了,他不信任你。他只会将你当成可以利用的对象,而不会当你是可以出谋划策的谋士的。"君无欢笑道:"他当我是钱袋子,这段时间从我手里拿走了三百万两和大批的货物。这么多银子也换不来半点信任,还真让我有些沮丧。"

楚凌暗道：你原本就不怀好意，还怪人家不信任你？"你真的就这么大方将这么多财物送给他？"

君无欢笑道："只要最后达到目的了，钱财只是身外物而已。一旦我离开上京，这些钱也是保不住的。对了，笙笙看看我这里有什么你喜欢的，一会儿尽管拿走，反正过几天这些也不是我的了。"

"真打算抛弃一切？"楚凌看着他，君无欢淡然道："我又不是只有凌霄商行，凌霄商行也不是只做北晋人的生意。"

楚凌点点头道："好吧，长离公子都舍得我还有什么好说的。不过东西就不必了，我大概也没法子保全你那些宝贝。"

君无欢也不在意，"无妨，拿着玩玩罢了。反正真正的好东西我都已经送走了。这边事情过后我立刻就会离开京城，到时候未必有机会跟你道别。笙笙，我留下十个高手给你用，你有什么事情也可以传消息给我。传信的法子，你知道的。"

楚凌皱眉道："这么急？"

君无欢无奈地苦笑道："下手太重了，反噬必然也会重。若是能将北晋皇室一网打尽自然是没什么麻烦，可惜眼下我没那个能力。"

楚凌一时不知道说什么好，很少有男人愿意在人前承认自己无能为力。君无欢自然不是一个无能的人，但越是这样的人越是骄傲，特别是在自己心仪的女子面前。君无欢能够这样从容自若地说出自己还没有那个能力，楚凌不会因此而低看他。有时候，承认自己无能为力本身就需要莫大的勇气。

"我相信，终有一天你会有的。"楚凌道。

君无欢莞尔一笑，略显苍白清瘦的面容上也多了几分光彩："我自然不会让阿凌失望的。"

看着他的笑容，楚凌心中不由跳了一下，她垂眸道："我也想趁着这几天城里乱办点事。到时候可能也顾不上别的……"

君无欢道："那正好，我说过这些事阿凌最好不要卷入其中，对拓跋将军不好。"君无欢自然不在意拓跋兴业怎么样，他虽然敬佩拓跋兴业的实力和品行，但是说到底他们是敌人。君无欢知道，如果拓跋兴业因为楚凌而出了什么事的话，阿凌是会内疚的。

"一切小心。"

"放心。"

离开君府，楚凌又去了云翼三人居住的小院。一进门就看到三人正一脸严肃地准备着什么。看到楚凌来了狄钧立刻一把抓住楚凌道："小五，你快收拾一下，我们要离开上京了。"

楚凌问道："二姐，怎么了？"

叶二娘道："长离公子派人来通知我们，尽快离开上京，小五，你跟我们一起走吧。"

楚凌摇摇头道："二姐，你们先走。我还要晚几天，还有一些事情要办。"

云翼道："你还有什么事情？需要我们帮忙吗？"

楚凌摇头，笑道："君无欢借了几个人给我，等办完事情我就会脱身，到时候再找机会跟你们会合。"

云翼皱眉道："不会有什么危险吧？"

楚凌笑看着他："不会比你们留在上京危险，放心吧。"

叶二娘果断地道："小五，我们在城外等你五天，如果五天之后你还不能脱身我们便进城来找你。"楚凌盘算了一下时间，觉得差不多了就点了点头道："好，五天后我去跟你们会合。"

狄钧和叶二娘各自回房继续收拾东西，云翼没什么要收拾的，坐在花厅里打量着楚凌。

楚凌不解地道："你看什么？"

"你还有什么事情要办？"云翼问道，"是为了拓跋兴业？你担心他？"

楚凌摇头道："跟师父关系不大……我要找一个人。"

"你还叫他师父！"云翼道。

楚凌叹了口气，"云翼，传道授业解惑，无论从哪方面来说，他都是我师父。"

云翼道："他还是你的仇人。"

楚凌笑道："是敌人，对手。"

"有什么差别？"云翼道。

楚凌道："他是将军，是剑，不是挥剑的人。没有拓跋兴业也会有别的人，哪怕没有貊族人。云翼，历朝历代有几个皇朝是灭于外族的？他是貊族人，我是天启人，所以有一天他可能会成为我的敌人和对手，但是我不恨他，他不是我的仇人。现在貊族人对中原人很不好，但你也必须承认确实还有一些貊族人，他们没有入侵中原，他们也没有虐待过中原人。但是如果有一天貊族到了绝境，他们依然会拿起武器上战场。如果遇到了，我跟他们没有仇，但是我依然会杀了他们。"

云翼沉默，楚凌悠悠道："云翼，一场战争必然会创造出数不清的血海深仇。战争的最初，其实本来就是无冤无仇的双方为了利益而厮杀。如果有一天你上了战场，我希望你记得，你杀敌不是为了报仇，而是为了保护你身后的人。"

云翼沉默了良久，方才道："我不知道你说的对不对，不过既然你自己想明白了，那就这样吧。自己小心，万一死在了上京只怕没人给你收尸。"

楚凌看着他严肃的脸，不由轻笑出声。

"你笑什么？！"

"没什么，自己小心。"

"嗯。"

楚凌回到家中的时候已经是傍晚了，还没来得及进门就看到明王府的管事正站在门口等着。一看到她立刻就殷勤地迎了上来，看他在冷风里嘴唇都有些发干的模样，也不知道等了多久了。

"见过郡主。"管事恭敬地道。

楚凌笑道："不知是明王府的哪位？"

那管事笑道："小的是王妃跟前的管事，今晚是小公子寿辰，县主特意摆了酒席，王妃命小的来请郡主过去喝一杯水酒。"

楚凌微微挑眉，"小公子寿辰？怎么没听说过，是哪位小公子？"

管事道："是咱们县主和县马的大公子，王妃说年纪还小因此就没有大办，只是请了一些亲近的人。"

楚凌微微思索了片刻，笑道："小公子的寿辰，当然是要去的。不过总不好空手去，我先进去挑一个礼物再去明王府。"

管事自然不能反对，连声谢过了楚凌。

楚凌进了郡主府不一会儿便换了一身衣衫走了出来，明王府准备好了马车来接人倒是省了楚凌的事儿，干脆就坐上了明王府的马车去了。

明王府今晚并不算热闹，前院依然是一片肃穆宁静。楚凌跟着管事一路走进去，却也隐隐感觉到几分压迫之意。进了后院，立刻就感觉到了热闹的气氛，后院的一处小楼里正张灯结彩一片热闹欢腾。两人刚到小楼前，拓跋明珠和百里轻鸿就迎了上来。

"郡主大驾光临，有失远迎还望恕罪。"拓跋明珠笑道，显然心情十分不错。

楚凌笑道："县主言重了，贵公子生辰之喜，自当上门道贺。"说话间也递上了自己的礼物。

"这三位便是两位小公子和小姐吗？"拓跋明珠和百里轻鸿身边跟着三个孩子，年长一些的孩子看起来十岁出头的模样，另外两个孩子也有八九岁，是一对相貌有些相似的龙凤胎。

拓跋明珠笑道："正是，这是大儿百里渊，这两个是小儿拓跋承，小女拓跋若雅。"又对三个孩子道："这是武安郡主。"

"见过武安郡主。"三个孩子倒是颇有礼貌地齐声向楚凌见礼。百里渊规规矩矩地垂眸肃立，拓跋承却好奇地盯着楚凌眼珠打转，显然是性格较为活泼。小姑娘眉宇间一派天真，应当也是颇为受宠爱的。

楚凌点头笑道："三位公子小姐不必多礼，县主和县马好福气，小公子和小小姐都生得聪明伶俐。"

没有母亲不喜欢别人夸奖自己的孩子，即便是拓跋明珠也一样。当下脸上的笑意越发明显了，对楚凌道："略备薄宴，还望郡主不要觉得怠慢。"

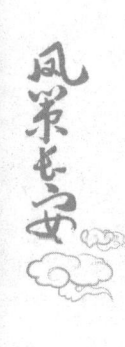

"岂敢。"

一行人已经进了小楼，小楼中大都是女眷和孩童，楚凌一眼扫过去倒是有些明了。都是明王府一系的人，不过人家也说了只请了亲近的人倒也没什么问题。

看到楚凌进来，不少人都好奇地看了过来。拓跋明珠引着楚凌去见明王妃，楚凌的目光却扫到了不远处依靠在窗边的一个人影。

她穿着一身桃红色衣衫，身姿修长窈窕。即便只是随意地靠着，一个背影也让人不由自主地想要多看两眼。只是她旁边却没有什么人，人们似乎都有意识地离她远了一些。"郡主在看什么？"拓跋明珠问道。

楚凌道："那位看着有些眼生。"

拓跋明珠望过去，脸色顿时沉了一些："不过是个上不得台面的天启女人，因为我父王宠爱有几分颜面罢了。郡主不必在意，我带郡主去见我阿娘吧。"

楚凌点了点头，既然拓跋明珠都这样说了她自然不好多问。

似乎察觉到了她们的目光，那人突然转过身来看向了他们。是个二十多岁的年轻女子，眉目妩媚含笑，并不十分精致却带着几分惑人的野性和风情。秀眉微挑，对着楚凌嫣然一笑。

楚凌不动声色地对她挑了下眉。

不是祝摇红是谁？

两人目光对视只是一瞬间的事情，下一刻祝摇红便转回了头继续欣赏天边的弯月。楚凌跟着拓跋明珠进了内堂。

明王妃今年已经四十多岁了，无论是在貊族还是在中原这个女人年纪已经不算小了。许是年轻时候过得并不算好，如今的明王妃虽然养尊处优，看上去却比明王还要苍老许多。权力会让男人变得年轻，有了权力的男人自然会拥有更加年轻美丽的女子，而女子却只能独自老去。

这世上，无论天启还是貊族对女子来说其实一样苛刻。

不过明王妃的命依然比大多数的女人好了，因为她不仅是明王妃还是兵强马壮的漠北勒叶部的公主，右皇后的亲姐姐。明王府的世子和最受宠爱的陵川县主都是她所出。因此即便是拓跋梁这样野心勃勃的男人，拥有再多的侍妾美人她明王妃的地位也依然稳如磐石。

"见过王妃。"楚凌上前见礼。

明王妃看了看楚凌，眼神淡淡的并没有多少欢喜。只是轻轻点头道："郡主免礼，有劳郡主亲自走一趟，请坐下用茶吧。"

跟明王妃打过招呼之后楚凌便跟拓跋明珠一起出去找了个安静些的地方坐下了。拓跋明珠身为主人自然是忙碌的，陪着楚凌说了一会儿话便告罪起身去忙别的了。

"武安郡主？"

楚凌微微挑眉，回身看过去脸上毫无意外之色："瑶光夫人。"

祝摇红掩唇笑道："妾不过明王府一个侍妾而已，何敢劳郡主称一声夫人？"

楚凌笑道："瑶光夫人虽然不常出门，曲笙却也是如雷贯耳。"

祝摇红轻哼一声，在楚凌对面坐下，"我看郡主一个人，就自作主张过来陪郡主说说话，郡主不嫌弃吧？"

"怎么会？"楚凌道，"我正好有些无聊，瑶光夫人能陪我自然是最好。"

祝摇红轻叹了口气道："这倒是明王府的不是了，明明请了郡主过来却将郡主搁在一边，着实不是什么待客之道。"楚凌看了看四周："似乎没有看到明王殿下？"

祝摇红笑道："不过是个小孩子的生辰，明王怎么会来？"

明王自己都不出席，倒是好意思邀请她这个郡主来？

不远处几个孩子朝着这边过来，祝摇红站起身来靠近楚凌身边轻轻拍了拍她的肩膀低声笑道："郡主若是觉得无聊，可以出去走走。不过，可千万别去东苑那边。"说罢，便站起身来转身离去了。

"郡主……"

楚凌看着围着自己的几个孩子，浅笑道："是今晚的小寿星啊，小公子，有什么事吗？"

百里渊似乎有些腼腆，他身边的拓跋承却没有什么顾忌，好奇地道："郡主，拓跋大将军真的是你师父吗？"

楚凌笑道："是呀。"

几个孩子立刻激动起来，七嘴八舌地道："郡主，大将军是不是很厉害？"

"郡主，你跟大将军上过战场吗？"

"郡主，大将军厉害还是我爹厉害？"

楚凌被一群孩子围在中间问东问西，却也没有半点不耐烦的模样，耐心地回答每个人的问题。几个孩子都觉得这位郡主既长得好看又和蔼可亲，越发地喜欢围着她玩耍了。楚凌一边陪着一群小孩子玩耍，一边从窗口往外望去。整个明王府大多数地方已经隐入了黑暗中，但是楚凌却能感觉到四周有无数道目光正在盯着这个地方。

渐渐地楚凌发现小楼里的人少了一些，原本在待客的拓跋明珠和百里轻鸿更是不知什么时候已经不见了，祝摇红也不知道去了哪里。楚凌站起身来想要往外面走去，却被一个小孩子拉住了："郡主，你要出去吗？"

楚凌捏捏拉着自己衣角的小姑娘的脸蛋笑道："我要出去透口气，你们先在这里玩一会儿好不好？"

小姑娘乖巧地点了点头："好啊，我们等郡主回来继续讲故事。"

楚凌笑道："好，都要乖乖的。"

"嗯嗯。"楚凌含笑走下了小楼，门口立刻有管事迎了上来："郡主，可是有什

么事？"

楚凌垂眸，轻声道："我要去更衣。"

虽然楚凌说得委婉，但这管事虽然是貊族人但毕竟是明王府的管事，见多识广，府中更有不少天启女眷，依然领会到了楚凌的意思。连忙道："小的这便让人陪郡主去。"

说罢便招来两个貊族侍女吩咐了两句，两个侍女恭敬地上前给楚凌引路。

楚凌悠然地跟着两个侍女往小楼的另一边而去，幽暗的夜色下只有头顶走廊上的灯笼里绽放出淡淡的光芒。两个侍女推开一扇门引着楚凌进去："郡主请。"

"多谢。"楚凌对两人嫣然一笑，突然抬头看向她们身后，面上露出惊诧之色，"你是谁？"

两个侍女吓了一跳，连忙回头看去。只是还没有来得及看到什么，眼前就是一黑双双倒了下去。楚凌一手一个将两人捞起来扶到房间的一角藏了起来，顺便换了一身明王府的婢女衣衫才小心从另一处侧门走了出去。

东苑？

楚凌一边走在明王府的院落里，一边思索着祝摇红的话。千万不能去东苑？为什么？明王府的小公子生辰，按理说祝摇红这样的侍妾是不会出席的。祝摇红倒是更像专门在那里等她的。就是为了提醒她一句不要去东苑？

正在楚凌思索的时候，身后突然传来喧闹声。

回头望去正是小楼的方向，楚凌跃上一处房檐才看到不知何时一群人已经出现在了小楼的外围，跟原本守在小楼外面的人打了起来。双方短兵相接，自然是厮杀声兵器撞击声不断，中间还伴随着楼中女眷的尖叫声和孩童的哭泣声。楚凌眼眸微沉，这个时候怎么会有人冲进明王府来杀人？明王府的守卫都是吃干饭的吗？

脑海里灵光一闪，楚凌眼底更多了几分漠然。

拓跋梁是故意的！

想到此处，楚凌转了个方向飞快地朝着东苑掠去。一路过去楚凌才发现整个明王府里人竟然少得可怜，除了普通的仆役一路行来她竟然没有遇到几个守卫。

一路畅通无阻地到了东苑外面，楚凌就听到里面同样传来了厮杀声。

越过墙头便看到院子里两群人正在厮杀，双方都穿着黑衣，后来的楚凌都要分不清楚到底谁是谁的人了。楚凌没有惊动这些人，而是小心翼翼地避开这些厮杀的黑衣人进了东苑。外面打得激烈，内院里却依然一片宁静，拓跋明珠和百里轻鸿并肩而立站在屋檐下不知在看着什么。

过了一会儿，有人从他们身后的屋子里走了出来，正是明王拓跋梁和明王世子拓跋衍。跟在拓跋梁身边的人却不是别人，正是已经好些日子没有见的南宫御月。

拓跋明珠转身看向拓跋梁三人，皱眉道："父王，母妃和渊儿他们……"作为一个女儿和母亲，她还是担心自己的母妃和儿女的安全的。

拓跋梁没有说话，却听南宫御月道："县主不必担心，小楼那边王爷安排了重兵保护各位女眷，绝对不会有任何意外的。"

拓跋明珠依然有些不满，冷冷道："恕我直言，国师这样的安排实在是让人难解。还将武安郡主扯进来，有什么意义？"南宫御月道："篡位夺权，终究是令人不齿的。若是有一个好理由让王爷名正言顺地上位，何乐而不为？"

拓跋明珠轻哼一声道："这就是国师的好理由？我们原本可以出其不意，如今打草惊蛇让陛下有了准备……"

"那又如何？"南宫御月淡淡道："整个上京已经在王爷的控制之中，拓跋兴业眼下也回不来，拓跋胤被调出了京城……皇帝陛下听信谣言无端对明王府下毒手，王爷此时揭竿而起不是正好吗？"

拓跋明珠还想要说什么，却被明王打断了，"好了，明珠。你母妃和渊儿他们都不会有事的。"

拓跋明珠看了南宫御月一眼道："父王，女儿只是觉得此事有些多此一举。"拓跋梁道："本王心里有数，按照本王之前的吩咐行事便是。"

拓跋明珠终究还是不能说什么，只得叹了口气道："是，父王。"拓跋明珠和百里轻鸿很快便一起离开了，片刻后明王世子也领命离开。

院子里只剩下了拓跋梁和南宫御月。

拓跋梁道："武安郡主已经在府中了，本王希望国师不要节外生枝。"

南宫御月淡淡道："王爷尽管放心，只要你今晚替本座将笙笙留住，一切都好说。"拓跋梁微微皱眉，他并不太相信南宫御月做这些只是为了一个女人。要知道，南宫御月虽然之前找人向武安郡主提过亲，但事实上两人根本没见过几次面。

南宫御月似乎明白了他的不解，淡然道："武安郡主对君无欢的影响力超乎寻常，只要有她在，就不怕君无欢临阵反水。"

拓跋梁凝眉道："本王说过，有把握君无欢不会反水的。就算这般牵制住了君无欢，回头却要得罪拓跋兴业。"

南宫御月不以为意："你只是请武安郡主过来做客而已，刺客是皇帝陛下派来的，就算出了什么事情，跟你有什么关系？"

拓跋梁沉默不语。

"以拓跋兴业对皇帝陛下的忠心，你想要夺位就已经得罪他了。"南宫御月道，"难不成，你以为你上位之后，拓跋兴业还会继续给你当兵马大元帅？就算是他愿意，王爷你愿意吗？"

拓跋梁不答，南宫御月说得不错，就算拓跋兴业真的不在意谁当皇帝一心效忠北晋，他就真的放心让这样一个人继续做北晋的兵马大元帅吗？

楚凌趴在树丛里，目送拓跋梁离去。心中不由苦笑一声，摆了这么大的阵仗，

原来还是因为她？真是让人有些受宠若惊啊。不过，南宫御月到底是哪儿来的自信认为抓到她就能够牵制君无欢的？

君无欢这种人，看似温和实则为了自己的目标不择手段。连他自己的身体和生命都可以不顾，更何况是为了别人？

这世上，有些人有些事原本就是在所谓的情爱之上的。

楚凌想要离开，不过南宫御月站在那里不走，她也不敢动。甚至连呼吸都要放到最微弱的状态，不然只怕一个不小心就要暴露了。不知过了多久，南宫御月终于走了，外院的厮杀声似乎也渐渐地消失了。

楚凌靠着树干方才松了口气，飞身从树上落下，出了明王府后直接向着四皇子府去了。她对拓跋梁想要干什么没有兴趣，现在她还有更重要的事情要办。

四皇子府距离皇宫并不远，此时整个上京的街道上已经灯火通明。不知道从哪儿冒出来的数不清的士兵正排着队从街头飞快地冲过，所有的人都是向着皇宫的方向而去的。楚凌此时已经站在了四皇子府后院那个偏僻的小院里。

小院外的人已经被她带来的人解决了，此时空荡荡的院子里只有她一个人。楚凌照着记忆中的路径快步走进了房间，飞快地将每一个房间和角落都搜索了一遍。整个小院，依然保持着当初楚拂衣还在的时候的模样，甚至就连当年楚卿衣的房间都还保持着原样。

楚凌依然没有找到楚拂衣的遗体，整个小院里就连像遗体的东西都没有找到。

楚凌再次查探了小院各处，依然没有任何发现，不由得皱起了眉头。

楚凌靠着房间里的书桌皱眉，一段段记忆在脑海中越发清晰起来。曾经，就在这张桌子上，灵犀公主抱着瘦瘦小小的妹妹亲笔教她写字，教她念书。也是在这个房间里，楚拂衣被四皇子妃羞辱，拓跋胤却冷眼相看。

等到所有人都走了，只留下姐妹俩依偎着蹲在桌子下面哭泣……

啪！楚凌一掌重重地拍在了桌子上，一声轻响的同时楚凌觉得手下的桌子似乎动了动。

楚凌慢慢收回了手微微蹙眉，低头打量着这张桌子。确实是跟当年那一张一样，楚凌纤细的手指飞快地沿着书桌边沿划过，片刻后停了下来，她在桌子底下的隐蔽处摸到了一个机关。

轰的一声轻响，桌子动了一下然后慢慢沉了下去。

楚凌低头看着地上的一个大洞，取过了不远处的烛台轻轻跃了下去。

里面并不是什么复杂的密道地宫，只有一扇石门。

楚凌推开石门眼前一亮，石门后面是一个不大的密室。大约也只有书房那么大小，还没有进去，一股寒气就已经扑面而来。

这是一个冰窖。

上京很多权贵府邸都有冰窖，冬天储存大量的冰块供夏天使用。现在已经入冬了，这密室里依然整整齐齐地堆放着许多冰块。甚至地面和墙壁都完全是用冰堆砌而成的。冰面上放置着许多夜明珠，让这个寒冷的密室依然亮如白昼。

密室最深处放着一个巨大的冰棺，透过半透明的冰棺楚凌已经隐约看到了里面躺着一个人。

手中的烛台已经熄灭了，楚凌随手放到一边快步朝着冰棺走了过去。

冰棺里躺着一个白衣女子，二十多岁的模样，双眸微闭，眉目如画。她穿着一身白色的天启女子衣衫，一头青丝柔顺地披散在身侧没有任何的装饰，微卷的睫毛上已经结了白色的霜花。本该失色的唇却依然嫣红，显然是被人仔细地装扮过，整个人仿佛只是睡着了一般的栩栩如生。

楚凌心中不自觉地抽了两下，伸出手想要轻触女子美丽的容颜，却在触碰到冰棺的瞬间又收了回来。

"原来你在这里……"

"拿着……若是有一天，你能够回到天启。替我告诉父皇，灵犀……想回家……"

楚凌靠着冰棺看着眼前的女子，轻声道："姐姐，你放心，总有一天，我会带你回家的。"

当楚凌从密室中出来的时候已经染上了满身的寒气，她也并不在意。

小院外面几个黑衣人沉默地等在那里，看到楚凌出来才立刻上前："曲姑娘。"

楚凌微微点头，"没什么动静吧？"

黑衣人摇头："大皇子府派人将四皇子府的得用的守卫都带走了。"

楚凌微微挑眉，"看来情况不妙啊。"

黑衣人点头道："明王突然带兵袭击皇宫，宫门已经打开了。现在外面已经是一片混乱。"

楚凌笑道："明王的动作倒是真快，你们公子现在在哪儿？"

黑衣人摇头，"公子命属下等人保护曲姑娘，别的事情无须过问。因此，属下也不知公子眼下在何处。"

楚凌思索了好一会儿方才道："留下两个人守在这里，在四皇子回来之前不许任何人踏入院子里一步。如果拓跋胤回来了，你们就立刻撤退不要让他发现了。"其实这个时候应该没有人会跑到这种地方来，但楚凌还是有些不放心。

"是，曲姑娘。"

楚凌点点头："有劳了，剩下的人去盯着明王府世子，必要的情况下我需要你们能一举拿下明世子。这可能有些危险，你们……"黑衣人拱手道："属下遵命，必不辜负姑娘信任。不过我们都走了，曲姑娘你……"

楚凌摇头道："我这边无须担心，我心里有数。只要你们帮我办好这件事，就足够了。"

"属下等领命！"

"去吧。"

这原本只是一个再寻常不过的夜晚，大多数人这个时候早已经就寝了。但是谁也没有想到刚进入梦乡骤变陡生，就连宫门都被人给攻破了。

拓跋赞沉着脸挥舞着手中的刀向着北晋皇帝寝宫的方向杀去，越靠近北晋皇帝寝宫的地方敌人就越多，而高手也越多。

一路杀过来的拓跋赞很快就被几个黑衣人包围了。

"这是十七皇子?!"其中一个黑衣人道。

另一个黑衣人道："确实是，拓跋兴业的徒弟竟然如此脓包。抓活的，说不定王爷还有用！"

拓跋赞怒骂了一声："藏头露尾的走狗！"挥刀砍了过去。他年纪还小，武功平平，如何能是四个人的对手，不过一会儿工夫就只能艰难地支撑了。那几个人却并不立刻抓住他或者杀了他，仿佛是逗弄老鼠的猫一般，时不时在他身上留下一道伤痕。伤不重也不影响行动，却实实在在是痛得很。

"原来拓跋兴业的徒弟就只剩下一张嘴厉害了吗？不知道那位被捧得高高的武安郡主又是个什么德行？"

"只怕是皇帝想要拉拢拓跋兴业才故意捧起来的吧？一个丫头能有多大的本事？"有人笑道："总不能让世人知道，拓跋兴业不会教徒弟啊。更何况，谁知道真是徒弟还是什么……"

"闭嘴！"拓跋赞已经杀红了眼睛，怒吼道。但是他的愤怒却只能引来对方更加放肆的笑声和嘲弄，拓跋赞脑海里仿佛火山爆发一般的愤怒和混乱，恨不得将眼前的这些人都杀光。他知道，自己根本不是这些人的对手，平生第一次，拓跋赞开始后悔起了自己的怠惰。

一道雪亮的刀光突然在他眼前闪过，方才还在放肆大笑的声音突然都消失了。

一道轻缓的力道将他推到了宫墙下，拓跋赞睁开眼睛只看到一个纤细的身影突然出现在了跟前，刀气纵横，寒光飞舞，每一刀下去都有血光乍现。不过片刻间，几个人就倒在了地上。楚凌穿着一身黑衣，手握着流月刀静静地站在月色中，眼眸平静如水："现在，你们知道拓跋兴业会不会教徒弟了吗？"

"笙笙?!"拓跋赞惊喜地叫道。

楚凌回头淡淡地看了他一眼道："你怎么在宫里？"

拓跋赞道："不是你让我回宫的吗？"

我后面让你去大将军府的话，被你给吃了吗？现在也不是说这些的时候，楚凌抬脚踢开了地上挡着自己路的一个人，走到拓跋赞身边问道："怎么回事？"

拓跋赞道："我也不知道，那些人突然就冲进来了，等我发现的时候宫门都已经破了。我有些担心父皇，所以就……"楚凌点点头，道："走吧。"

"去哪儿?"

楚凌回头看着他，皱眉道："你不是担心陛下吗？去看看啊。"

"哦哦，我知道一条小路跟我走。"拓跋赞连忙道。

虽然是隐秘的小路，但两人还是一路杀过去的，只不过相对于几个正门人少一些罢了。楚凌手中流月刀不知道饮了多少血，一路杀向北晋皇帝寝宫的方向竟然有几分所向披靡的意思。

跟在他身后的拓跋赞只能偶尔捡个漏，看着出手凌厉的楚凌，眼底不由闪过几分迷茫和惊叹。

拓跋赞带着楚凌从宫墙一个角落的洞口钻了进去，他在皇宫里住了十几年熟门熟路，两人拐了不知道多少个弯儿翻了多少次墙之后，竟然真的出现在了寝宫的后殿。

北晋皇帝此时正坐在大殿中，殿里殿外都挤满了宫中的侍卫。两位皇后和几位妃子也都在殿中，只是右皇后勒叶氏已经被孤立起来了，她身边还围着几个侍卫，一旦她有什么动作立刻就会被人拿下。

看到拓跋赞和楚凌，北晋皇帝有些意外。

"阿赞和武安郡主怎么来了？"

拓跋赞道："儿子想过来看看父皇，可惜武功不济，幸好路上遇到了笙笙。"

楚凌拱手道："我见宫里出了事，就自作主张潜入了宫中，还请陛下恕罪。"

北晋皇帝摇摇头道："武安郡主救了阿赞，朕应该多谢你才是。"虽然楚凌穿着一身黑衣，却依然能让人感觉到她身上浓烈的杀气和血腥。不愧是让大将军称赞有加的得意弟子。

"父皇，这到底是怎么回事？真的是明王想要谋反吗？大哥他们现在怎么样了？"拓跋赞有些焦急地问道。北晋皇帝眼底闪过一丝厉色道："朕也没有想到，他竟然有如此大的魄力，竟敢明目张胆地起兵造反。"

楚凌垂眸道："陛下，只怕他们的借口都找好了。"

"什么借口？"北晋皇帝道。

楚凌道："我今晚原本在明王府参加陵川县主大公子的生辰，但是半途上有刺客闯入。明王府的意思，这些人是陛下派去的。"

"荒唐！"北晋皇帝重重地一拍御案怒极道："朕就算真的想要做什么，也不会在现在这个时候……"

楚凌沉默，她倒是相信北晋皇帝的。毕竟如今北晋皇帝最大也最强的地盘根本不在京城，北晋皇帝若是想要做什么的话，选择有师父在京城坐镇的时候要比现在稳妥千万倍。何况，楚凌始终觉得这种时候派人行刺偷袭明王府太儿戏了。北晋皇帝再怎么变也还是一代雄主，这么做也太小家子气了。

看来是明王府和南宫御月想要栽赃北晋皇帝了。明王连个像样的借口都懒得找，弄了一个如此敷衍无聊漏洞百出的刺杀，显然是对自己的计划很有信心。

"陛下，能守得住吗？"楚凌问道。

外面的厮杀声依然不断，宫门被攻破得太快，北晋皇帝根本就是被打了个措手不及。北晋皇帝沉声道："守不住，但是要撑到援兵进来应该……"

"父皇！"拓跋赞道，"四哥昨天下午就出城去了滕州，别的人根本不是明王的对手！"

"什么？"北晋皇帝一愣，"混账！谁让他到处乱跑的！"原来北晋皇帝并不知道拓跋胤离开了京城。拓跋胤是自己去了滕州又没有调动大批兵马，北晋皇帝自然就不会管了。

这放在平时只是一个寻常事情而已，到了现在却是个要命的事情了。

拓跋兴业不在京城，拓跋胤也走了，京城里还有谁是拓跋梁的对手？

大殿里顿时一片寂静。

"陛下不用担心，必然还有许多愿为陛下效死的忠臣会前来救驾的。"坐在一边的左皇后焉陀氏突然开口道，"还有诸位皇子也必定是念着陛下，臣妾料想他们定是被逆贼挡在外面了。"

楚凌看了一眼焉陀氏，心中暗叹了口气。南宫御月可真是害人不浅，看焉陀氏这模样，只怕是根本不知道南宫御月站在了明王那一边。就不知道焉陀家知不知道，这一次楚凌没有开口，北晋皇帝也没有再跟她说什么，转身召集身边的心腹商讨事情去了。

毕竟楚凌武功虽然不错却也不是绝顶，更何况眼下的逆贼是千军万马，也不是几个高手就能够解决的。

拓跋赞将楚凌拉到了大殿的一角，小声道："笙笙，你现在还能出得去吗？"

楚凌摇摇头道："不知道，我们刚才进来也惊动了不少人，进来的路只怕已经被堵上了。"

拓跋赞叹了口气，道："你要是能出去，就赶快走吧。"

楚凌有些诧异地看着他，拓跋赞有些恼怒地道："看什么！你在这里又有什么用处？万一真的出了什么事，你逃出去还能找师父给我们报个仇什么的。"

楚凌含笑拍了拍他的肩膀道："别怕。"

拓跋赞抬手拍开了她的手，小声道："谁怕了，我是说你！"

楚凌叹息道："既然都进来了，就先看看情况吧。如果真的撑不住了，你放心我自己会走的。"

这还有没有一点师姐弟的情谊了？

外面的厮杀声越来越响，隐隐还有靠近的趋势。虽然宫中守卫在拼死抵抗，叛军却依然还是在以极其缓慢的速度向前推进。谁也不知道到底什么时候外面的大门就会被人攻破。

大殿里，几个胆小一些的妃子和小公主已经开始忍不住嘤嘤哭泣起来。

突然大殿的门被人从外面猛地撞开，一个黑影如箭一般地射向了坐在主位上的北晋皇帝。北晋皇帝毕竟是从小征战马背上的皇帝，即便是遭遇如此巨变也并不惊慌失措，毫不犹豫地拔出刀朝着对方挥了过去。

他自然不是对方的对手，但是这一刀阻挡了对方的进攻。就是这片刻的停顿，左右两边已经闪出了两个人影同时一掌拍向了那黑衣人。黑衣人闪避不及，整个人直接被打得跌出了殿外，落在了大理石地面上。

楚凌看向站在北晋皇帝身边的两个男子，难怪到了这个地步北晋皇帝依然能安稳坐着。这两个人显然都是一流高手，即便不如拓跋兴业，也不会比拓跋胤、百里轻鸿差多少。北晋皇帝身边竟然有如此高手，而且看北晋皇帝的模样只怕还不只是这两个。

那被打出了殿外的黑衣人吐出了一口血，半晌没有爬起来。

"保护陛下！"站在北晋皇帝身边的一个男子沉声道。

殿中的侍卫立刻上前，将北晋皇帝团团围住。同时大殿四周也出现了几个跟他们穿着同样衣衫的男子，牢牢地守住了大殿各处角落和门口。

门外传来一阵轻微的响动，那是衣服在寒风中拂动的声音和轻盈的脚步声。厮杀声依然还隔得很远，但是却有不少人已经进入到了寝宫中来了。普通的侍卫能拦住大批的叛军，却未必能拦住一流的高手。

楚凌和拓跋赞悄悄靠近了殿门，透过窗棂便看到了外面大殿前宽阔的广场上稀稀落落地站了不少人。这些人都穿着黑衣，而上戴着黑巾只露出了双眼睛。手中的兵器也是五花八门各有不同，显然不是正规的兵马。

"是冥狱的人。"楚凌低声道。

拓跋赞眼神凝重地看着另一个方向，宫门入口处的房顶上站着一个人，银灰色锦衣，长发，面沉如水。那是百里轻鸿。

在百里轻鸿不远处的下方石座边上站着一个黑衣人，身形修长挺拔，他没有带兵器，脸上却覆着一张面具，虽然看不见脸却无端给人一种张狂的感觉。

拓跋赞的目光最后被站在屋檐下的一抹蓝色吸引，淡淡的火光下，淡蓝色的衣衫在寒风中翻飞。他脸上有些苍白，却带着淡淡的笑意。正在抬头仰望着上方的宫灯，一只手轻抚着腰间的玉带。拓跋赞却知道，那里面是一把软剑。

"君无欢？！"

楚凌看到这样的阵容也有些惊叹，明王这是真打算强行武力夺位啊。

"父皇！"拓跋赞忍不住有些失措地叫道，他毕竟也只是一个没经过什么事情的少年。面对这样的形势，他很难不感到惊慌失措。

北晋皇帝身边的两个高手神色也变得凝重起来，他们自然能够感觉到外面多出来的那些人的实力。对着殿中守卫的几个人做了个手势，那几个灰衣人立刻推开门闪了出去。楚凌趁着殿门还没有关的机会，对拓跋赞抛下了一句"好好待着，别乱跑"，也跟了出去。

那几个灰衣人一出去立刻就被大批的黑衣人围了上来，楚凌却直接在门口一掠上了大殿屋檐下的横梁。她穿着黑衣身形娇小，动作也快，大多数人根本没有注意到她的存在，但是却逃不过君无欢三人的眼睛。

南宫御月当下就沉下了眼眸，冷声道："成事不足败事有余！"也不知道是在骂谁。

君无欢站在屋檐下，倒是一派平淡的模样。似乎半点也不奇怪楚凌会突然出现在这里，南宫御月低头盯着君无欢苍白的面容道："君无欢，你真的不担心吗？"

君无欢淡淡道："担心什么？"

"笙笙啊。"南宫御月眼神挑剔地看着君无欢，"本座还以为你多情深义重，看来也不过如此。笙笙现在出现在这里，只怕是要和你我为敌了，君无欢，到时候你要怎么选？"

君无欢道："我答应明王的事情都已经做到了，为什么要与笙笙为敌？"

南宫御月笑道："今晚的事情过后，你以为笙笙还会承认与你的婚约吗？"

君无欢温声道："南宫，我和笙笙的事情我们自会处理，你管好你自己就可以了。"阿凌何时真的承认过他们有婚约？在她眼中，婚约不过是权宜之计。

南宫御月轻哼了一声还想说些什么，站在房顶上的百里轻鸿已经一跃而下落到了地上。回头看了两人一眼虽然没有说话，眼神里却分明写着：你们两位废话完了吗？

不远处拓跋梁在一群黑衣人的簇拥下从另一侧的偏门走了进来，看到站在殿门口袖手旁观的三人，拓跋梁有些不悦地道："你们这是在干什么？正事要紧。"

拓跋梁显然是个深知反派死于话多的人，对于这三人的消极怠工十分不满。

"先拿下殿里的人再说别的！"拓跋梁沉声道。

君无欢淡淡一笑道："王爷身边高手如云，便是没有在下想来也是无妨的。"寝宫外面早就被守卫和叛军里三层外三层围得水泄不通，拓跋梁还能进得来又有什么地方还能真的拦住他？

南宫御月嗤笑一声，眼神不屑地扫了一眼拓跋梁身边的高手，"就凭他们？守卫里面有明王府的人吧？"

明王沉声道："君公子，国师，别忘了我们的交易！"

南宫御月喷了一声，袖底一道寒光闪过人已经离开了方才站立的石座，犹如一抹黑云飘向了前方的大殿。

君无欢抽出腰间的软剑加入了广场上的厮杀。百里轻鸿却没有动，他只是提着剑站在明王身边。

明王满意地看着因为君无欢的加入，原本一大群黑衣人都奈何不了的那几个灰衣人开始呈现出败势："都说长离公子身体不好，本王看着似乎也不见得啊。"

百里轻鸿淡淡道:"据说君无欢生来就带着病,或许正是因此,他的性格比寻常人更加坚韧百倍,才有了如今的成就修为。"

明王微微点头:"这样的人,也更加可怕。"

百里轻鸿垂眸不语,他分明从明王的眼底看到了一缕杀气。越是厉害的人,越是不受控制。对于上位者来说,这样的人越厉害越该死。

楚凌坐在殿下的横梁上,看着南宫御月扑向殿门也没有动弹一下。下一刻,就看到殿中一个人影掠了出来,稳稳地拦住了南宫御月的身影。两人当即交起手来,很快便从大门口打到了下面正在厮杀中的广场上。

远处的明王脸色顿时有些难看起来了,他虽然不是高手却也看得出来跟南宫御月交手之人的实力并不比南宫御月弱。北晋皇帝身边竟然还隐藏着这样的高手。

明王冷笑一声,再厉害的高手也抵不过千军万马。只要拓跋兴业和拓跋胤赶不回来,北晋皇帝就奈何不了自己。

"谨之,你去帮帮国师。"拓跋梁沉声道。

百里轻鸿点了下头,飞身掠向了南宫御月的方向。有他的加入,情势立刻生变。

楚凌托着下巴打量着眼前一团乱的局面,拓跋梁想要尽快掌握住局势最快的方法是挟持住北晋皇帝,擒贼先擒王。不过北晋皇帝身边显然也是卧虎藏龙,难怪北晋皇帝敢用拓跋兴业这样的绝顶高手。

很快殿中又一个人跃了出来加入了战团,北晋皇帝也带着人跟了出来。北晋皇帝身边依然守着几个灰衣侍卫,周围被大内侍卫围得严严实实,即便是有黑衣人想要冲上去也根本没有下手的余地。

北晋皇帝和明王隔着混战中的宽敞广场对望,明王脸上露出了一丝阴冷的笑意。北晋皇帝沉声道:"明王,你想要做什么?"明王笑道:"陛下,都到了这个时候了,你还问本王要做什么?"

北晋皇帝厉声道:"朕自问没有对不住你的地方!"

明王眯眼看着眼前有些苍老的北晋皇帝放声大笑起来,"你确实没有对不起我的地方,但是你也没有什么对得住本王的地方。本王如今拥有的一切,都是本王自己挣来的。而你拥有的一切却是从我父王那里得来的!"

北晋皇帝沉默,明王这样的指控本身就很荒谬。当初北晋皇帝能够成为貊族的王者,自然是因为他的实力和功劳都足够胜任,更何况那时候明王尚且年轻根本无法服众。北晋皇帝当时继位是名正言顺的,他唯一的私心也就是他想要将皇位传给自己的儿子罢了。

北晋皇帝也并不认为自己有什么错,他继承貊族王位的时候貊族也只是塞外一个刚刚统一的强大部落而已。是他联合各方势力,带领貊族入关成就了如今北晋的半壁天下。他想要将自己的一切传给自己的血脉有什么错处?

明王冷声道："陛下，形势比人强。事已至此，你自行退位本王还能给你留几分颜面。否则就不要怪本王不念旧情了。"

北晋皇帝轻哼一声，道："往昔朕时常嘲笑天启历代为了皇位争夺不休，倒是想不到，貂族刚刚入关不过十来年，就要重演天启之祸。"

明王冷眼看着北晋皇帝，对他的感叹毫无动容。人不为己天诛地灭，若是北晋皇帝站在他现在的位置，难道他就能忍得住么？

"君公子，本王是请你来看戏的吗？"明王提起声音，高声对君无欢道。

君无欢挥剑扫开了一个灰衣人，笑道："王爷，你也没说要我为你卖命啊。"

"君公子武功绝顶，谁敢要你的命？"明王道。

君无欢笑道："君某虽然孤陋寡闻，却也隐约听说过大内统领的武功修为不逊于拓跋大将军。你让我就这么冲上去，不是卖命是什么？"

明王冷笑道："你以为你现在不去，咱们的皇帝陛下就会放过你，放过凌霄商行吗？"

君无欢叹气，"我就知道，明王殿下的生意不好做。"

明王沉声道："抓住北晋皇帝，我把东西给你。"

君无欢道："实力微薄，君某只怕是办不到。"

明王忍下了一口气，从袖底抽出一个东西道："东西给你，抓住北晋皇帝！君公子，你既然是生意人，就该知道做生意的规矩！"说罢当真将手中的东西朝着君无欢抛了过去。君无欢飞身接在了手中，单手打开就着火光看了一眼便收了起来。远远地看了一眼北晋皇帝的方向道："尽力而为。"

见过君无欢出手的人很多，但是长离公子却从来都不是以武功名闻天下。无论是他所拥有的财富，他的容貌甚至他的病似乎都比他的武功要出名一些。

楚凌听拓跋兴业品评天下高手的时候，最受拓跋兴业称赞的却是君无欢。

用拓跋兴业的话来说，君无欢从少年时起就杂务缠身又受身体之累，却依然能位列当世一流高手前列，可见其资质、悟性、性情都堪称绝世。若非拥有超越世人的毅力和决心，这样一个常年沉溺于杂务的人，就算资质再逆天也早就泯然众人了。

就是拓跋兴业自己，能成为名副其实的天下第一高手，他年轻时候也曾经独自深入深山闭关苦练十载才有今日的成就。

楚凌一直觉得他对君无欢的实力已经有了了解，毕竟他们当初也算是共患难过，这两年多更是没少动手。直到此处君无欢出手，楚凌才发现她只怕依然有些低估了君无欢。也明白了为什么师父曾经说君无欢可能是这世上最有可能问鼎武道巅峰的人之一。

拓跋兴业的后半句话是：可惜他志不在此。

君无欢手中的软剑在一瞬间变得硬挺笔直。他看似轻描淡写地一剑挥出，一道清寒的剑气朝北晋皇帝身后的大殿冲了过去。北晋皇帝身边的人立刻挡了上去，一个高手在发现自己根本无力阻挡这一剑的时候干脆放弃了抵抗直接用自己的肉身迎了上去。然而这一剑却轻飘飘地从他的身边掠过，直接冲着大殿里而去了。

只听一声轰然巨响，坚固的宫殿大门连墙体直接被破开了。一个人影从大殿中掠了出来，毫不犹豫地扑向了君无欢。君无欢轻笑一声："大内侍卫统领，貊族第二高手坚昆。幸会。"

第二不是什么好听的排名，所以来人并没有感觉到他的恭维。

来人身形高大魁梧，四十出头的模样神色冷厉。他的容貌带着几分明显的外族血统，身形比一般的貊族人还要高大几分却半点也不显得累赘。一出现就快如闪电地攻向君无欢，出手的速度半点也不比君无欢慢。

他正是大内侍卫统领，坚昆。

君无欢用软剑，坚昆用的却是一双肉掌，似乎丝毫也不觉得自己没有武器吃亏了，一言不发地攻向君无欢。

楚凌轻叹了口气，她现在算是知道她师父为什么不怕她去刺杀北晋皇帝了。她如果真是个天启细作，想要刺杀北晋皇帝的话，遇上这样的高手这会儿只怕骨头都要碎成渣了。

"笙笙。"底下，拓跋赞小声叫道。

楚凌看了他一眼，从上面跃了下来。

拓跋赞道："笙笙，你说咱们能不能赢？"

楚凌道："少年，这些人能不能赢不重要，重要的是有没有人来支援。如果没有人来支援的话，就算杀了明王，也没有多大的用处。"

拓跋赞顿时垮下了脸，"那怎么办？还不知道大哥怎么样了。"

楚凌暗道："你就别指望你大哥了，他能保全自己就不错了。"

"你去问问陛下，如果真的不行了有没有后路。大不了先撤走，保全了性命。等我师父和四皇子回来说不定还有转机。"拓跋赞看了看楚凌，又看了看不远处的北晋皇帝，还是钻进了人群中在北晋皇帝身边低声问了几句。北晋皇帝有些诧异地看了楚凌一眼，楚凌淡淡一笑也没有凑上去。这个时候北晋皇帝身边的人绝对是高度戒备的，她就算过去也未必到得了北晋皇帝跟前。

过了一会儿，拓跋赞钻了回来，小声道："整个皇宫都被叛军围住了，咱们没有退路了。"

楚凌心道未必，不过既然北晋皇帝不说她也就不多想了，道："那你自己小心一点，万一一会儿乱起来了找个地方躲起来。"

楚凌和拓跋赞说话的间歇，南宫御月和百里轻鸿终于联手重伤了那两个灰衣男子，再一次齐齐扑向了北晋皇帝的方向。已经腾出了手来的冥狱众人也纷纷扑了过去，北晋皇帝跟前的侍卫立刻迎了上去。但是他们挡得住那些黑衣人，却挡不住南宫御月和百里轻鸿。北晋皇帝身边的灰衣侍卫也连忙迎了上去。大殿前顿时乱成了一片。

南宫御月撇开了自己跟前的人飞身抓向北晋皇帝。

"父皇！"拓跋赞大叫一声，抓起手中的刀就要冲过去。却被身后的楚凌一把拎住甩向了后面："闪开，躲好！"

楚凌沉声道，手中流月刀脱手射向了南宫御月。就拓跋赞的功夫，还不够让南宫御月一刀切的。

流月刀撞上了南宫御月的刀，溅起了几点火星。南宫御月的刀锋一顿，放弃了近在咫尺的北晋皇帝挑开了流月刀。楚凌飞身将流月刀接在了手中同时人也落在了南宫御月的前面。

"笙笙，让开。"南宫御月温声道。

楚凌笑眯眯地看着他："不让。"

南宫御月眼眸微沉，轻叹了口气道："笙笙，你为何不肯乖乖在明王府待着，偏要来这里搅局呢？还是你觉得以你的武功，能够拦得住我？"

楚凌道："拦不拦得住，总要试试才知道吧？"

南宫御月轻笑一声："是吗？那就试试看吧。我也想看看你到底跟拓跋兴业学了多少本事！"话音未落南宫御月身形一闪已经到了楚凌面前，楚凌毫不犹豫地一刀劈出，毫不意外地劈了个空。楚凌没有多想，顺势横刀再一次挥出，双刀相撞楚凌只觉得虎口一阵微麻。

"咦？"南宫御月有些诧异地道，"上次本座就发现了，你这近身功夫不像是拓跋兴业教的，倒是厉害。"

楚凌轻哼一声并不答话，若不论功力的话，近身相搏楚凌自认为不输给任何人。可惜这就是一个高手仗着内力欺负人的世界，她能有什么办法？

楚凌虽然还不足以跟南宫御月抗衡，但是拖住南宫御月一会儿还是做得到的。有了她帮忙，北晋皇帝跟前的侍卫压力顿时大减。但是冥狱高手众多，还有一个百里轻鸿，依然还是节节败退，最后北晋皇帝也拿起了刀来御敌。

南宫御月看在眼里，对着楚凌笑道："笙笙，你救不了他的。"

楚凌一言不发继续挥刀，南宫御月却已经飞身闪开转身朝着北晋皇帝而去了。

"南宫御月？！"北晋皇帝厉声叫道。

南宫御月冷笑一声，"正是本座。"手中短刀朝着北晋皇帝的脖子划了过去。

明王想要活的北晋皇帝，但是南宫御月显然是想要死的。旁边的侍卫飞身撞开了北晋皇帝奋力迎上了南宫御月："郡主，快带陛下走！"

楚凌伸手接住了朝着自己飞来的北晋皇帝，忍不住暗中抽了抽嘴角。现在要是伸手捏死北晋皇帝，简直是轻而易举的事情啊。虽然如此想着，楚凌还是抓着北晋皇帝的肩膀一跃而起借力向着房顶跃去。

下一刻，楚凌就开始后悔自己的这个举动了。因为房顶上不远处影影绰绰站了不少黑衣人，不用细看楚凌都能猜出来那是明王的人。楚凌将北晋皇帝挡在了身后，低声道："陛下，还有办法的话就劳驾你尽快，不然真的要没命了。"

北晋皇帝叹了口气道："武安郡主，你不用管朕了。事已至此若真是命该如此，朕也认了。"

楚凌对英雄末路毫不动容，提起手中流月刀就迎上了朝自己扑来的黑衣人。

寝宫外面的打斗声渐渐低落了下去，有大批的人马开始涌入了宫中。

楚凌拉着拓跋赞有些狼狈地避开围攻他们的黑衣人，北晋皇帝身边的守卫越来越少，所有人的脸色似乎都变得惨淡了起来。而援兵却始终都没有到来。君无欢和那位大内侍卫统领依然还没有分出胜负，百里轻鸿已经加入了其中。南宫御月继续围攻北晋皇帝，招招狠辣几乎要让人觉得下一刻北晋皇帝就会死在他的手中。

拓跋赞小脸上已经染上了血迹，他叫道："笙笙，你快走吧！不要管我了。"

"你跟我一起走。"楚凌道。

"不行，我不能丢下父皇！"拓跋赞道。

楚凌道："那就别废话。"一刀杀死了一个黑衣人，楚凌道："还有一个办法可以试试。"

"什么？"

楚凌道："杀了拓跋梁。"

拓跋赞只觉得眼前一黑，拓跋梁身边围着的高手兵马不知道有多少。就算是坚昆冲过去只怕也未必能杀得了他。拓跋赞有些绝望地道："要是我好好练功就好了，要是四哥在就好了。"

眼前刀光一闪，楚凌原本拉着拓跋赞的手与他分开，拓跋赞被人一刀扫出了几丈远。在染血的大理石地面上翻滚了好几圈，只觉得胸口疼得喘不过气来。楚凌袖中一枚暗器激射而出，将想要挥刀去砍拓跋赞的黑衣人放倒。下一刻她自己也被围了起来无暇再顾及拓跋赞了。

拓跋赞眼睁睁地看着两把刀向着自己砍了过来，一瞬间只觉得脑海中一片空白。

铛的一声轻响，砍向拓跋赞的刀在半空中停了下来。一把长剑挡住了落下的刀锋，长剑顺势一抹，跟前的两个人脖子上多了一道血痕。

拓跋赞睁开眼睛看到站在自己跟前的人，顿时狂喜："四哥？！"

"拓跋胤？！"

旁观的明王自然也看到了这一幕，顿时勃然大怒："拓跋胤怎么会在这里？！"

拓跋胤长剑一横，一只手抓着拓跋赞飞身落到了战团之中。一剑逼开跟前的南宫御月，随手将拓跋赞扔给了身后的侍卫，拓跋胤提剑挡在了北晋皇帝跟前。

"老四?!"

"拓跋胤!"

拓跋胤冷声道:"明王,你好大的胆子!"

明王或许有些畏惧拓跋兴业,但却不怕拓跋胤。冷笑一声道:"本王倒是没想到,你竟然还能这么快回来。"

拓跋胤冷声道:"援兵已经在宫门外了。"

明王一愣,侧耳仔细听去,果然听到远远的有狼啸和马蹄声从宫门外传来。

明王厉声道:"便是如此,本王也能先拿下你们!全部一起上,杀了拓跋胤本王重重有赏!"

南宫御月退开了几步,盯着拓跋胤问道:"四皇子怎么会在这里?"

拓跋胤不答,却扭头看向正在与坚昆混战的君无欢和百里轻鸿,淡淡道:"还要多谢长离公子提点。"

拓跋胤刚开口,原本正在围攻坚昆的君无欢却已经反手一剑刺向了旁边的百里轻鸿,百里轻鸿虽然躲避及时却也受了轻伤。君无欢却已经远远地退开了,落在房顶上对着下方的拓跋胤笑道:"四皇子,我替你通风报信,你就是这般报答我的?"

拓跋胤道:"长离公子若是真心想要通风报信,我就不会离开上京了。"

他走到半路上了君无欢才派人报信,若说这些人中谁的心思最恶毒,只怕就要数这位君无欢了。

"君无欢?!"明王气急败坏地叫道。

君无欢道:"王爷,你拿我那么多钱买这个东西已经很划算了。"扬了扬手中的东西,正是之前明王抛给君无欢的东西,"还想要更多,未免有些太过贪心了。"

明王冷声道:"本王不会放过你的。"

君无欢道:"王爷原本就没有打算放过我。鸟尽弓藏的事情,君某见得多也怕得很,怎么敢毫无防备?"明王冷声道:"你就不怕本王将你的秘密公告天下?"

君无欢朗声笑道:"王爷,我什么时候告诉过你我怕你将我的秘密公告天下的?你刚想要利用我,立刻就有我的秘密送到你手上?你还真以为自己是受命于天吗?"

明王的脸色一阵青一阵紫。即便是今天他顺利地夺得了皇位,被君无欢耍了这件事也依然会在他的胜利中蒙上一层耻辱的阴影。

"君、无、欢!"

君无欢笑道:"既然四皇子到了,这里想来也用不着君某了。君某这便先行告辞。"说罢君无欢含笑看了一眼下面的楚凌,楚凌对他微微点了下头。君无欢便不再停留,飞身消失在了屋脊后面。

"王爷,要不要追?!"明王身边的人小声问道。

明王怒道："追什么追？！先解决这里！"

清晨，淡淡的阳光已经洒在了天地间。

楚凌和拓跋赞快马飞奔在官道上。

虽然拓跋胤及时带着援兵回来了，但结果也并没有因此而扭转。天亮之后，各家权贵也纷纷加入了这场夺位之争，拓跋胤和坚昆虽然护着北晋皇帝暂时打退了明王府的兵马，却并没有让明王府兵马彻底退出皇宫，双方各自占据着皇宫的一方相抗衡。至于整个上京皇城，更是彻底沦为了双方兵马厮杀的战场。

楚凌带着拓跋赞逃出了上京，自然遭到了冥狱的追杀。

他们必须尽快将上京的变故告诉拓跋兴业，让他带兵回京平乱。

拓跋赞脸上的血迹还没来得及抹去，身上的锦衣也早已经变得污浊不堪。他矮身伏在马背上，不停地用马鞭催促着马儿向前狂奔。

"换道！前面有人拦路！"楚凌沉声道。

拓跋赞一咬牙，跟着她拉住了缰绳朝着一条小道而去。小道并不利于马匹行走，拓跋赞不由得更加焦急起来。楚凌看了他一眼，沉声道："阿赞，沉住气！"

拓跋赞抬起头来看她，眼睛早就已经红了："笙笙，你说父皇和大哥、四哥他们怎么样了？"

楚凌道："四皇子和坚昆统领都很厉害，不会有事的。"

拓跋赞咬牙道："万——……"

"没有万一！我们就算留在那里也帮不上忙。如果能让师父尽早回来，陛下和四皇子他们才会真正地安全！"

拓跋赞伸手摸了一把脸，吸了吸鼻子道："我知道你说得对，我们快去找师父。"

两人一口气走了几个时辰，楚凌看拓跋赞实在有些受不住了才停下来休息。

貊族虽然善于骑射，但是拓跋赞年纪还小又是个皇子，平时不过是习武打猎，哪里受过这样的苦？从马背上下来，他双腿都在打颤了。他一边发狠地咬着楚凌递给他的干粮，一边道："我以后一定要好好跟着师父练功！"

楚凌笑了笑道："吃了东西我们就继续赶路，虽然要走得偏一些但是最晚明天上午一定能赶到。"拓跋赞重重地点头："我们今晚不睡了，说不定今晚就能到。"

楚凌笑了笑，正要劝他几句突然眼神一沉，道："阿赞，你先走！"

拓跋赞警惕地从地上一跃而起："有追兵？"

"是杀手，冥狱的人。"楚凌道。

拓跋赞看着楚凌，咬着唇角不肯动。楚凌推了他一把，道："走，你帮不上忙。还要不要救你父皇和四哥了？"掏出一张地图拍到拓跋赞怀中，楚凌道："去滕州的路线我已经标在上面了，还有师父可能在的地方。那边都是师父的人，就算一时找不到人，只要进了滕州地界你就安全了。明白吗？"

"笙笙?!"拓跋赞望着楚凌，终于忍不住流出了眼泪。

楚凌叹了口气，道："师弟，你已经长大了，以后长点心吧。快走！"看着拓跋赞爬上了马背，楚凌用力甩了一鞭子，马儿嘶鸣一声带着拓跋赞就朝着树林深处狂奔而去。

"笙笙！"

楚凌对他挥了挥手，目送马儿带着拓跋赞的身影消失在山林中。

一群黑衣人悄无声息地围了上来，看到孤身一人的楚凌时领头的人立刻打了个手势："武安郡主，我等也是奉命行事，不想伤你，请跟我们回去吧。"

黑衣人分成两路，一路依然站在原地，另一路却朝着拓跋赞离开的方向而去。

楚凌手中的长鞭一展，拦住了那些人的去路："说来就来，说走就走，是不是太不将我放在眼里了？"

黑衣人冷笑一声道："既然如此，那就先拿下了郡主再去抓十七皇子！"

黑衣人纷纷拔出兵器朝着楚凌围了过来，楚凌手中的长鞭瞬间化成了狂舞的毒蛇，仿佛想要吞噬每一个被它触碰到的人。楚凌一边笑道："正好，我都有三年没有痛痛快快地杀过人了，用你们练手也好。"

"狂妄！"黑衣人怒道。

楚凌手中的鞭子已经缠住了一个人的脖子，用力一拉另一只手将一把匕首送入了他的胸口。下一刻身后风声袭来，楚凌抓着那已经断气的尸体迎了上去，四五把刀全部砍在了尸体上时，一只手从另一侧伸出，银光一闪，四个人的手腕已经被齐刷刷地切掉了。楚凌一脚将尸体踢向了捂着手腕的四个人，飞身朝着树林深处而去，片刻后消失在了密林深处，只留下了一句嘲弄的笑声："什么冥狱，一群见不得人的乌合之众！"

"追！"领头的黑衣人眼底闪动着暴戾的杀气，厉声道。

楚凌飞快地在山林中跃动奔跑着，原本的肌肤染上了红晕，脸颊上有一抹不知从哪儿染上的血污，一双眼眸璀璨如星。

靠在一棵大树后微微喘息着等待呼吸平复，楚凌低头看了一眼自己的肩膀，左肩上的衣服裂开了一条口子，衣服已经被血水浸湿了。微微抽了一口气，楚凌脸上却带着几分愉悦的笑意，好久没有这么痛快过了。

这些冥狱的人，真像是疯狗死死地咬着人不肯放啊。

阿凌姑娘绝不承认，其实是她撩拨疯狗在先的。

"啧，好痛。"背后也有一点伤，是从山坡上滚下来的时候蹭出来的伤，火辣辣地痛。

不远处传来脚步声，还有人气急败坏的声音："那个武安郡主当真是妖孽！等抓到她爷一定要她好看！"

身边的人道："别说了，还是小心一点的好。这丫头可真是邪门，一上午就折损了我们这么多兄弟！"

楚凌从大树后面探出个头来看了一眼无声地笑了笑，从大树后面探出了一只手。手中握着一个通体漆黑却精巧的弩箭，楚凌微微眯眼，扣动扳机。嗖的一声，一支箭矢正好射中了其中一人的喉咙，另一个人立刻就想要扯开腰间的狼烟，却听到前方冷风袭来。蓦地抬头，一把匕首钉上了他的喉咙。

楚凌走过去俯身拔下了钉在黑衣人脖子上的匕首在他胸前擦了擦才重新收回了袖中，转身继续往前面走去。

走了没几步，楚凌蓦地停住了脚步。在她前方不远处站着七八个黑衣男子，似乎是早就在那里等着她了。

楚凌叹了口气，手指点了点对面的黑衣人："七个，一起上还是一个一个来？"

这半天的时间，楚凌显然是耗尽了这些人所有的耐性。完全没有人理会她的问话，所有人一起扑了过来。楚凌咬牙抽出流月刀迎了上去。

流月刀在她手中宛若流光飞舞，楚凌身形如蛟龙游动，每一招都直指敌人的要害。

这一次确实是楚凌这两年多以来打得最痛快的一场了，不过这却不是打架而是搏命。楚凌耗尽全力又杀了四个人之后，终于有些撑不住了。

边打边退，楚凌一路退到了树林边上。剩下的三个黑衣人依然穷追不舍，见楚凌终于撑不住了，有人不由得露出了几分喜色。只要抓住了曲笙，回去之后王爷必定重重有赏。

楚凌靠在一块大石头下面，喘着气看着眼前向自己围过来的人，突然挑眉露出个意外的神色："你怎么来了？"

黑衣人冷笑："这种小把戏还想骗我……"们字还没有出口，下一刻他就倒在了地上。最后映入眼帘的是一个淡蓝色的布衣身影朝着他们漫步走来，只是无论他怎么用力地想要睁开眼睛去看，却始终看不清楚那个人的脸。

楚凌疲惫地靠在石头下，强撑着眼皮看了一眼朝着自己走过来的人，终于放心地闭上了眼睛。

走到她跟前的人低头看了她一眼，轻叹了口气俯身将她从地上抱了起来。

等楚凌醒过来的时候身上的伤都已经被人处理过了，刚坐起身来就看到叶二娘端着一碗药走了进来。

叶二娘欢喜地道："小五，你可算醒了。"

楚凌有些惊讶："二姐，你怎么在这儿？"

叶二娘将药碗塞进她手中道："我和四弟不是跟云公子一起出城了吗，我们暂时住在这里。你不知道长离公子带着你过来的时候可把我们吓了一跳，你现在感觉怎么样？有没有哪儿不舒服？"

"没有啊，打了一架舒服极了。唔，有点痛。"一个不小心扯到了背后的伤口，楚凌立刻痛得眉眼都皱起来了。叶二娘无奈地叹了口气："你还知道痛啊，你知不知道你身上有多少伤？一个姑娘家，这么多伤以后若是落下了疤痕……"

楚凌不以为意："只要脸上没疤不就好了。"叶二娘没好气地瞪了她一眼，从旁边的柜子上拿起一个精巧的小瓶道："这是御生堂的凝香膏，等伤好之后每天早晚涂一次。"

楚凌接过来把玩着小瓶，一边看着有些简陋的房间道："二姐，你对我可真好。"

叶二娘笑看着她道："我可没本事替你买到这价值千金的凝香膏，这是长离公子给的，你要谢还是去谢人家吧。"

楚凌略一恍神，突然想起来，"二姐，我睡了多久了？君无欢呢？"

叶二娘道："君公子前天傍晚带你来的，你都睡了整整两天了。君公子将你送过来之后就走了，说是还有要事。让我们等你醒来之后，若无要事就尽快离开京城。"

楚凌微微蹙眉，心底不由闪过一丝怅然。

"君无欢回皇城里了？他不是在被明王府的人追杀吗？怎么还跑回去？"楚凌皱眉问道，叶二娘叹气道："长离公子要做的事情谁拦得住，更何况我们也不知道他到底在做什么。"

楚凌默然，等明王腾出手来绝对不会放过君无欢的。拓跋梁比北晋皇帝拥有更强的控制欲，君无欢这样能力卓绝却不肯臣服于他的人，只会被他列为需要铲除的目标。

楚凌轻叹了口气，君无欢，你做这些到底是为了什么呢？

他们如今落脚的地方是距离上京百里之外的一处不起眼的农家，如今明王的人正忙着和北晋皇帝争位和拦住拓跋兴业回京的路。明王暂时还没有功夫派兵四处大肆搜捕，他们还可以安稳地住上几日。不过也必须在上京彻底分出胜负之前离开，否则到时候无论是哪一方胜出了，对他们来说都是个麻烦。

虽然身上的伤还有些痛，但是睡了整整两天的楚凌更觉得浑身酸痛，坚持想要起身走走。叶二娘说不过她，只能让她起身出门了。门外被篱笆围成的院子里，云翼和狄钧正蹲着交头接耳地嘀咕着什么。听到脚步声回过头来，云翼还好，狄钧却吓得险些一屁股坐在了湿漉漉的地上。

昨晚刚下了一场雨，地上的泥土还没有干，空气里带着一股淡淡的潮湿的味道。

"小、小五？"

楚凌对他笑了笑，点头道："四哥。"

狄钧凑到楚凌面前，仔仔细细地打量起她来："你……你真是小五啊？"

楚凌道："不像吗？"

狄钧连连摇头，确实是不像啊。他的五弟难道从此就要变成五妹了？狄钧围住楚凌看了好一会儿，才终于忍不住问道："小五，你怎么变成个姑娘了啊。"

楚凌无语："四哥，我本来就是个姑娘。之前骗了你们是我不对，抱歉啊。"

狄钧连忙摆摆手道："我没有怪你的意思，就是、就是有点不习惯。"

楚凌点头笑道："我知道，四哥慢慢就习惯了，四哥你不怪我就好。"

狄钧摸摸脑门，看着楚凌道："你一个小姑娘在外面行走确实是不方便。不过这么算来，当初你到咱们黑龙寨的时候，还是一个才刚刚十一二岁的小姑娘吗？"狄钧忍不住抖了抖，他们黑龙寨那些十一二岁的小姑娘在干吗？

楚凌扶额，现在是纠结这个的时候吗？

"四哥，其实我已经十六了，所以两年多以前我也已经满十三了。"

"十三啊……"十三岁的小姑娘，都还没有及笄。

楚凌觉得，大概不该聊这个话题。

云翼看着楚凌问道："你是故意的？"

楚凌不解地看着他："什么故意的？"

云翼道："你帮拓跋赞引开了冥狱的人，最后被冥狱的人围攻。但是那些追杀你的人又被你和君无欢杀掉了。之后就算北晋人想要追查你的下落，也只会当你被冥狱的人杀了或者出了什么意外。这样就不会连累你师父了吧？"

楚凌忍不住伸手摸了摸他的脑门笑道："你一个小孩子，这么聪明干什么？"

云翼翻了个白眼，倒也不再跟楚凌唠叨她师父的问题了。站起身来道："你身上的伤怎么样了？"楚凌道："轻伤，没事。休息两天就能好了。"云翼点点头道："叶二娘他们要回信州，我要去沧云城，你有什么打算？"

楚凌看着云翼道："你自己一个人去沧云城？"

云翼瞥了她一眼，傲然道："有什么问题？"

楚凌摇摇头："没事，自己小心一点。"

云翼明了，楚凌这是要跟着叶二娘和狄钧走了。他有些失望地看了楚凌一眼道："那再休息两天就启程吧。"

楚凌蹙眉，问道："君无欢做什么去了？"

云翼道："长离公子自然是处理凌霄商行的事情去了，既然要全面撤出上京，凌霄商行的事情还多着呢。不趁着这两天北晋人没空理会办妥，以后可就没有这个机会了。"

楚凌叹了口气道："这也太危险了，别出什么事才好。"

云翼有些不以为然："能出什么事？长离公子那么厉害。"

楚凌有些诧异地打量了云翼一番，记得当初云翼可是对君无欢百般地看不顺眼，现在看来果然是已经长大了吗？

"你可知道君无欢这次干了什么？"云翼双眼闪闪发光，"他竟然把明王世子送给拓跋胤了,现在世子在别人手里,拓跋梁只怕也很头痛。"

楚凌扶额:"那可真是把拓跋梁得罪死了。"那明王世子还是她让人去抓的,明王世子如果有个什么三长两短,这可是杀子之仇啊。

云翼耸耸肩:"长离公子心里有数。"

"你可真有信心。"

楚凌的伤本就不重,两天不到伤口就已经结了痂不再沁血了。君无欢却一直都没有消息,楚凌感到有些担心。叶二娘三人也有些担心起来。毕竟这一趟上京之行,君无欢确实是帮了他们不少忙。狄钧自告奋勇地跟着云翼出去打探消息,楚凌和叶二娘就留在农家里继续养伤。

叶二娘含笑看着坐在屋檐下发呆的楚凌:"小五在想什么?"

楚凌摇了摇头道:"没有,闲着没事儿发发呆。"

叶二娘摸摸她的头顶笑道:"小五这模样可不像是发呆。"

楚凌无奈,只得苦笑道:"好吧,我有点担心。"

"担心长离公子?"叶二娘问道。楚凌点了点头,还有点担心拓跋赞,也不知道他找到师父没有,不过以后是不能再用曲笙的身份出现在他们面前了,对谁都不好。

叶二娘在楚凌身边坐了下来,侧首打量着她半晌方才笑道:"小五可知道,当初我们刚刚认识的时候,我们为何这般相信你?"楚凌挑眉,她确实有些好奇。对于郑洛这些在乱世中混了这么多年的人来说,对她的信任未免来得太容易了一些。

叶二娘道:"老三说,小五虽然来历不明,却是个重情的人。这样的人,总归不会是坏人的。"

楚凌有些意外,她倒是不知道自己竟然算得上是个重情的人。

叶二娘叹息道:"不过,太过重情义有时候也未必有什么好处。以小五如今的能耐,留在黑龙寨一个小小的山寨里实在是有些屈才了。说到底,一直都是小五救我们,帮我们,我们却没有为小五做过什么,平白占着便宜让你叫一声兄姐。"

楚凌睁大了眼睛,作惊恐状:"二姐,你们要赶我走吗?"

叶二娘拍拍她的肩膀笑道:"别闹,二姐是告诉有什么要做的事情或者想要做什么尽管去,不必总念着黑龙寨。不管什么时候只要你还认,我们就依然是你的兄姐,黑龙寨依然是你的家。"

楚凌搂着叶二娘的手臂靠在她身上,笑道:"我知道了,谢谢二姐,二姐当然永远都是我的姐姐。"

"二姐!"

"阿凌!"

两个声音从外面传来,两人刚抬起头就看到两个身影飞快地窜了进来,狄钧和云翼相互搀扶着,看起来都累得不轻。云翼更是满脸通红,一副上气不接下气的模样。

叶二娘连忙站起身来往外面看了一眼,见外面并没有人才松了口气道:"怎么回事?出什么事了?"

狄钧道:"二姐,长离公子,好像出事了!"

"怎么回事?"叶二娘问道。

云翼道:"我们刚到镇上打探消息,听到有人说好多黑衣人都在追杀一个重伤的俊美男子,好像就是长离公子的模样。我去了凌霄商行的一处暗桩,他们说他们也不知道长离公子的消息,长离公子好像失踪了。"

楚凌蹙眉,道:"现在拓跋梁和北晋皇帝正忙着争斗,哪里还有那么多人追杀君无欢?"

云翼摇头道:"不只是冥狱的人,还有一群穿着白衣服的人。个个都很厉害,长离公子昨晚跟南宫御月打了一架受了重伤……"

白衣人?白塔的人?

楚凌站起身来,问道:"君无欢往哪个方向去了?"

云翼皱眉道:"往北边去了。"

叶二娘不解,"咱们在这边,长离公子怎么往北走了?难道凌霄商行在北边有什么隐藏的高手?"

云翼垂眸不语,半晌方才道:"三天前,长离公子就让凌霄商行的人全部撤退了。留下的只有一些隐蔽的暗哨,专门收集消息的人。那些人……"那些人自然不会是什么高手,收集消息的人是越普通越好。不仅是样貌普通能力也不会太高,太过出类拔萃的人物太惹眼了根本难以生存。

叶二娘心中微闪,忍不住看了楚凌一眼。

楚凌叹了口气,道:"二姐,你和四哥先回黑龙寨吧。"

"胡说什么。"叶二娘没好气地道,"长离公子于我们有恩,如今他有事我们又怎么能袖手旁观?"

楚凌摇摇头道:"不是的,二姐。我估计以君无欢的本事也不至于陷入重围之中,若真是如此,就算我们四个一起去也没什么用。既然下落不明,大约是躲在什么地方养伤,我一个人去找他方便些。就算真的遇到什么麻烦,脱身总是不难的。"

叶二娘不语,狄钧正要说话外面传来了一个有些熟悉的男声:"凌姑娘在吗?"

楚凌回头看过去,却看到文虎站在小院外面。

"你怎么在这里?长离公子呢?"云翼已经蹿了出去,拉着文虎焦急地问道。

文虎摇了摇头,看向楚凌道:"凌姑娘,公子有话要属下带给你。"

楚凌点点头:"请说。"

文虎道:"公子说,请凌姑娘和三位立刻离开上京,上京皇城里已经没有什么事情需要办了。另外关于祝姑娘的事情,也请几位不用担心,她不会有事的。"

楚凌皱眉道："你跟君无欢什么时候分开的？"

文虎沉声道："昨天半夜，昨天傍晚的时候公子被南宫御月和百里轻鸿拦了下来，公子受了些伤。公子得到消息说吴管事他们撤退的时候出了意外，公子就赶过去了。"

云翼道："文虎大哥，你怎么没有跟着长离公子？"

文虎摇头道："明王、北晋皇帝还有白塔都已经对公子下了追杀令，公子说让我自己离开，他一个人走还要安全一些。"虽然这么说着，文虎脸上却有几分担忧和愧疚，他心里清楚公子哪里是觉得他跟着累赘，分明是跟在公子身边太危险了。

楚凌皱着眉思索着什么，叶二娘见她久久不语才轻轻碰了一下她的手背道："小五，怎么了？"

楚凌摇摇头，总觉得还有什么地方不对："君无欢可有吩咐你做什么？"文虎点点头道："公子吩咐属下离开上京之后立刻去天启寻桓毓公子，将一封密信亲自送到他手里。属下跟姑娘传完了话，立刻就要启程了。"

楚凌点头："君无欢可还有带什么话给我？"

文虎犹豫了一下，道："属下也不知道这话是不是要带给姑娘的。公子说让我跟姑娘说，之前的事情他只是开个玩笑，请姑娘不要放在心上。"

楚凌挑眉："那怎么又不知道是不是带给我的了？"

文虎道："过了一会儿，公子又说算了，顺其自然啊什么的。"文虎是个老实人，所以很多时候公子说的事情他其实不懂。但是公子对他有大恩，所以公子吩咐的事情他总是会不遗余力地去完成。

"凌姑娘，若是没事，属下就先告辞了。公子说，这封信很急，耽误不得。"

楚凌点头道："有劳你了，一路小心。"

目送文虎远去，楚凌的眉头却是越皱越紧了。

叶二娘有些担心地看着她道："小五，没事吧？"

楚凌摇了摇头道："没事，只是有些担心罢了。"

云翼挑眉问道："文虎大哥说什么开玩笑的，长离公子跟你开了什么玩笑？"

听到云翼的话，楚凌转身想要回房间的脚步突然顿了一下，回头怔怔地看着云翼。云翼被她吓了一跳，"怎么了？"楚凌偏着头，凝神思索着，开玩笑的……君无欢是想说之前想要跟她表白的事情是开玩笑的吗？君无欢突然将文虎支走，他身体本就不好，如今孤身一人难道是不想活了？

身体不好、昨天跟南宫御月和百里轻鸿打了一架、还有开玩笑……

君无欢，你是真的不想活了吧？！

看着楚凌的脸色越来越难看，其他三人也有些不安起来。

叶二娘问道："小五，怎么了？是不是长离公子那边……"

楚凌定了定神，道："二姐，你带着四哥和云翼先离开这里回信州去，我暂时不回去了。"

叶二娘道:"你要去找长离公子,我们陪你一起找便是。"

楚凌笑了笑道:"我一个人行动方便些,让云翼跟着还得专门分出一个人保护他呢。二姐和四哥离开也有不少日子了,总该回去给大哥和三哥报个平安。"

叶二娘还想说什么,楚凌道:"二姐,我已经知道我眼下想要做什么了,我会注意安全不会让自己随便死掉的。"

"你想做什么?"狄钧问道。

楚凌微微眯眼,"去欣赏一下找死的人是个什么状态。"

虽然很是担心,但最后楚凌还是说服了叶二娘三人先离开上京。云翼自知是个累赘,自然也爽快地跟着走了。三人心知肚明,楚凌虽然年纪最小,但是这三年她经历的事情是他们这些人半辈子都不一定会经历的。她都能平平安安地走过来,能力自然是不容小觑的。

用云翼的话来说,楚凌这种人,无论在什么地方都能让自己活得好好的。

更何况楚凌还托付了三人去帮她照看雅朵,给雅朵传个信,最好是能够将她带到一个安全的地方去。三人也不再啰嗦,当下便收拾了东西跟楚凌告别离开了。

傍晚时分,一个穿着灰蓝色布衣的翩翩少年披着一身霞光漫步踏入了一间有些陈旧寂寥的杂货店。正坐在柜台后面打瞌睡的掌柜被吓了一跳,睁开眼睛看到来人连忙殷勤地笑道:"见过贵客,不知这位贵客想要些什么?"

少年微微挑眉,走到柜台边上伸手在上面不紧不慢地敲了几下。

敲击声似乎有某种奇异的规律,掌柜微微变了脸色,看着少年的目光多了几分审视的味道。

少年将一张银票放到了柜台上。掌柜看着银票立刻眯起了眼睛,笑吟吟地想要伸手去拿银票。少年抬手,手中的一根竹笛在他手背上敲了一下,掌柜立刻收回了手,搓着手笑道:"不知小公子想要知道些什么?"

少年道:"今天这附近有没有什么特别的人来过?"

"特别的人?"掌柜眨了眨眼睛茫然道,"没有啊。"

少年微微眯眼,挑了挑秀眉伸手取过柜台上的银票转身要走。

"唉?!公子……小公子留步啊。"掌柜有些急了,连忙道。二百两白银啊,都能顶他这小店几个月的营生了。少年回头看着他道:"你们黄老大,可没有你这么啰嗦。"

掌柜赔着笑道:"这不是世道不好吗?小公子想要问什么尽管问,小的知无不言言无不尽。"

少年将银票丢回了柜台上道:"今天这附近有没有什么特别的事情发生过?"

掌柜小声道:"小公子想问的是一个被人追杀的年轻男子吧?是公子的兄长?"

少年警告地瞥了他一眼,掌柜连忙道:"回小公子的话,下午的时候确实有人

在城里狠狠地打了一架，死了不少人呢。您没看见，今天这街上巡逻的守卫都多了不少。"

"是什么人？"少年问道，一双清亮的眼眸似笑非笑地看着掌柜道："你可别跟我说你不知道，回头我若是再回京城，一定去找黄老大砸了他的招牌。"

掌柜干笑了两声，道："小公子既然是我们老板的贵客，小的怎敢隐瞒。据小的所知，那被追杀的年轻男子仿佛像是凌霄商行的长离公子，至于追杀他的人嘛，不好说，似乎是好几方的人马。长离公子是一等一的高手，那些人哪儿行啊，死了不少人。最后有人追着出了西门，以小老儿揣测，应该是进了城郊的西山。"

少年微微蹙眉："西山？"

掌柜道："小公子听小的一句劝，若不是十分要紧的人那地方还是不去的好。西山里连绵百里，地势凶险不说，如今可是已经入冬了，山里的野兽啊正饿得嗷嗷叫呢。"

少年微微点头道："多谢。"便转身出门去了。身后的掌柜连忙收起了银子，看着少年离去的背影摇了摇头又低头打瞌睡去了。

得到了想要的消息，楚凌便一路出了西城门朝着城郊的西山而去了。越往里走，果然看到的人越多。似乎是在寻找什么人，楚凌挑眉一笑，看来那老头儿没有骗她。

避开了搜索的人，楚凌一路径自往山里去了。君无欢能躲进山里，可见不是受伤了就是发病了，总之情况不会太好。一路往山里走去，偶尔还能看到一两具倒在地上的尸体。

一直到天色已经渐渐暗了下来，楚凌方才听到前方传来了打斗声。抽出了从地上捡来的刀，楚凌悄无声息地靠近声音的来源处。就看到密林外面的山崖边，君无欢正在被一群黑衣人和白衣人围攻。

君无欢手中的软剑已经不知道染过了多少血了，就连握着剑的手上都染上了血迹，再也无法维持往日里一尘不染的俊雅公子形象。此时的君无欢眼神冷厉，出手快若闪电。即便是被一大群人围攻，依然没有半分退却的意思。

然而人力终究有限，站在君无欢对面的敌人还有很多。

君无欢轻咳了一声，抬手抹掉了唇边的血迹。只是瞬间的停顿，手臂上就被人一剑划过，若不是君无欢躲得快，只怕一条胳膊都要被人砍了下来。楚凌抬起手中的弩弓正要射出，不远处一道白影翩然而至落在了人群后面。

晦暗幽冷的夜色下，来人一身白衣若雪神色冰冷。山风轻轻拂起他的衣摆在风中翻飞，宛如突然降落在世间的神明。与一身狼狈伤痕累累的君无欢形成了鲜明的对比。

"君无欢，这一次你把自己折腾得可够惨的。"南宫御月微微眯眼，声音冰冷却能让人听出几分幸灾乐祸之意。他一开口，围攻君无欢的白衣人立刻就都停了手。他们既然停了剩下的黑衣人自然也就跟着停了。

君无欢闷咳了两声，微微蹙眉。俊美的容颜已经沾染了血迹，在夜色下更多了几分肃杀之意。

他淡淡道："这么晚才出来，我要是撑不住提前被人杀了，你还不气死？"

南宫御月冷哼一声，道："少说废话，君无欢，把东西交出来，看在老头子的分上我饶你一命。"

"没有。"君无欢淡淡道。

南宫御月道："本座看，你是不想活了。"

君无欢淡笑道："你昨晚跟百里轻鸿一起围攻我，不就知道我活不久了吗？既然我活不久了，为什么还要把东西给你，让你高兴对我有什么好处？"

"本座若是高兴了，说不定还能让你多活两天。"南宫御月道。

君无欢道："早死晚死都是死，你知道我一向是不太在意这个的。"

"不在意，那你也不在意笙笙了吗？"南宫御月道，"拓跋梁派去的人都死了，笙笙倒是好本事。不对，应该不只是笙笙吧？到现在都找不到她的人，你把她藏到哪儿去了？"

君无欢不答，南宫御月道："你以为你不说，本座就找不到人吗？只要她还在北晋，就算钻到地底下本座也能将她找出来。"君无欢看着南宫御月，眼底带着几分淡淡的不以为然。"南宫。"君无欢叹了口气，微微皱眉强忍下了又要涌上来的腥甜，"他只是跟你开个玩笑而已，你要的东西我没有。"

"本座不信。"南宫御月冷声道。

君无欢点点头，无所谓地道："我也知道你不信，所以也懒得跟你说。不如趁着我还有点时间，你跟我说说，如果真有那个东西，你想要干什么？"

南宫御月冷眼看着君无欢："君无欢，你以为本座跟拓跋梁一样傻，让你耍着玩儿吗？"

君无欢叹息："师兄都要死了，让我玩一下又能怎么样？我被你追着喊打喊杀这几年，也着实是觉得自己冤枉得很。"

嗖！

南宫御月终于再也忍不住了，一挥袖一道冷风夹着暗器射向了君无欢。

"君无欢，就算你想死也要把东西给我吐出来！不然本座有的是法子料理你！"话音未落，南宫御月人已经到了君无欢跟前。伸出右手五指作爪抓向了君无欢的肩膀。君无欢抬手一格，另一只手反手从袖底取出了一件东西往身侧的黑暗中一丢道："给你。"

南宫御月一怔，却并没有真的去抢那个东西。不管是不是真的，君无欢既然丢出去了他有的是时间找回来。被君无欢挡住的手毫不犹豫地转变为掌，毫不留情地一掌拍向了君无欢的心口。君无欢提剑封住了他这一掌，脸色却更加灰暗起来，冷笑一声道："南宫，我扔的东西是让你想什么时候捡就什么时候捡的吗？"

他话音刚落，就见不远处的黑暗中突然蹿起了一朵火苗，似乎有什么东西突然燃烧了起来。

南宫御月脸色微变，到底还是觉得东西比君无欢的命更重要一些。飞身扑向了那火苗燃起的地方，不过临走时还是用力一掌拍了过去。

君无欢心中暗叹了口气，身体实在提不起劲来也懒得躲闪，任由这一掌落在了自己身上。君无欢吐了一口血，身体立刻被一股劲力推了出去落向了另一边的山崖。

在众人都没有发现的黑暗中，一个黑色的身影也跟着从山崖边上滑了下去。

"君无欢！"夜色里，响起了南宫御月冰冷含怒的声音，南宫御月手里捏着一个已经烧了一小半的荷包。里面除了一些香料和药丸，什么都没有！

"给我找！活要见人，死要见尸！"南宫御月厉声道。

"是，国师！"

被拍落下山崖的瞬间，君无欢并没有露出惊慌的神色。染着血的唇边甚至还勾起了一抹淡淡的笑意。突然身侧一个人影闪了过来，一把将他搂住了。

君无欢一怔，熟悉的触感立刻让他反应过来。

阿凌？！

急速下落和隐隐作痛的心口都让他无力开口，轻叹了口气伸手将那娇小的人搂入了怀中。两个人的重量让下坠的速度更快了几分，楚凌咬牙，单手将一条绳索抛了出去。夜色中，绳索准确地缠住了山崖上的一棵树，绳索很快绷得笔直，楚凌一手搂着君无欢一手抓着绳索终于让两人险险地在山崖上借力停止了下坠。

"阿凌，你怎么……"

"闭嘴。"楚凌沉声道，她一个人还要带着君无欢的重量，拉着绳子的手早就已经火辣辣地疼了起来。君无欢紧紧地搂着楚凌，在她颈边轻叹了一声："阿凌，你怕不怕？"

楚凌蹙眉道："生死由命。"

君无欢轻笑了一声，楚凌感到君无欢搂着她腰的手又紧了一些。下一刻，一声轻响传来，已经被拉到了极限的绳索断裂，两人再一次飞快地向着黑暗中坠落了下去。

楚凌是被阳光晒醒的，浑身上下像是被车碾过一般。正想要坐起身来，却发现自己被人搂在怀中有些动弹不得。抬头望过去君无欢苍白的容颜映入眼中，往日看上去赏心悦目的面容此时却让楚凌觉得触目惊心。

"君无欢！"楚凌推了推他，君无欢却依然闭着眼睛一动不动。楚凌叹了口气，使了点巧劲儿从君无欢怀中挣脱了出来，再低头去看君无欢的时候却忍不住吸了口凉气。

两人身上的衣服都还有些湿润。侧躺在地上的君无欢后背上的衣服多处被蹭破了，衣服上血迹斑斑，还能看到衣服下面的背脊上满是伤痕。

楚凌记得绳索断了之后君无欢直接将她揽入了怀中，楚凌在坠落中昏过去了最后只感觉到了落入水中的冰凉。她身上没有增加半点伤痕，那就是所有的伤都让君无欢承受了。

再看了一眼他们眼下所在的地方，是一条河的河滩上，距离河边已经有好几步远。这种地方自然不可能是被水冲上来的，也就是说君无欢搂着她掉进水里之后还不知道被冲出去了多远，又抱着她从河里爬了上来。

楚凌扶额，如果她没有跟下来，君无欢一个人是不是还要轻松一些？

伸手探了探君无欢的额头，入手冰凉，连气息都有些微弱了。整个人都是冰凉的，如果不是还能探到脉搏和呼吸，楚凌都要怀疑他是不是已经死了。

楚凌叹了口气，站起身来看了看四周才俯身扶起君无欢朝着前方走去。

"国师。"

山崖边，南宫御月神色冷漠地临风而立。听到声音，回头淡淡地看了身后的白衣男子一眼。白衣男子只觉得背脊一凉，丝毫不敢耽搁连忙道："这面山崖高百尺，山崖下便是穆兰河上游的分支，水流湍急。这个季节，那人身受重伤，若是落入水中只怕是有死无生。"

南宫御月轻哼一声，冷笑道："有死无生？君无欢若是那么容易死就好了。"

白衣人不敢反驳，心中却有些不以为然。以昨晚那位长离公子的伤势，再加上久病之身。这个季节虽然还没有结冰河水却也是冰寒刺骨，这么高的地方只怕掉下去就直接会被水拍晕从此陈尸水底了。

南宫御月道："只要一天见不到君无欢的尸体，就给本座继续找！"

"是，国师。"

"国师。"不远处，一个白衣人匆匆而来。

"何事？"

白衣人道："上京传来消息，拓跋兴业已经在赶回途中，明王请国师尽快回京商议。"

南宫御月脸色微沉，冷声道："拓跋梁还没有拿下拓跋胤？当真是废物！"

身边的人心中暗道："明王虽然厉害，但是四皇子也同样不是废物啊。"口中却道："拓跋胤拿了明王世子威胁明王退出了寝宫。有四皇子和坚昆联手，百里公子又受了些伤，明王那边只怕也无可奈何。"

南宫御月道："本座怎么不知道拓跋衍有那么重要。"

白衣人道："四皇子说如果明王不肯后退，就当着所有将士的面，一刀一刀地剐了明王世子。"如果四皇子真的一剑杀了明王世子，或许明王能忍住。但若是真的眼睁睁看着儿子在人前被一刀一刀地剐了，那明王的威信只怕就要荡然无存了。更会给人留下一个明王利欲熏心，连亲生儿子都不管不顾的印象。"君、无、欢！"

听着南宫御月咬牙切齿的声音，跟前的白衣人都低下了头不敢说话。谁不知道，那明王世子可是君无欢送给拓跋胤的。

"回京！"南宫御月道。

"国师，这里……"

"继续找！本座给你们三天时间，找不到君无欢的尸体你们提头来见！"说罢，南宫御月神色阴沉地拂袖而去。

"是，国师！"

君无欢醒过来的时候，发现自己躺在山脚下的一块平地上。前方不远处是河流，身边两步远还燃烧着一小堆篝火。温暖的火光驱散了初冬的寒意，君无欢抬起手想要摸一摸自己被火烤得有些热的手臂，却发现自己连抬起手的力气都没有了。他无奈地叹了口气，扭过头去看向河边，一个熟悉的身影正蹲在河边洗着什么。

不一会儿，楚凌拎着一堆东西回来。看到君无欢睁着眼睛看着她，唇边不由露出了一丝笑意："你醒了？"

君无欢动了动嘴唇，声音干哑无力："阿凌……"

楚凌将东西放下，取过身边挂着的一截竹筒送到他唇边道："你现在不能喝太多水，润润喉咙就好。"

君无欢喝了一口水，感觉嗓子舒服了许多，才对她笑了笑点了下头。楚凌将装水的竹筒放到一边，扶着君无欢躺下叹气道："你最好祈祷这两天不会下雨，南宫御月和冥狱的人也不会这么快追过来。不然咱俩都要死了。"逃命的时候在野外生火是件很危险的事情，但是不生火君无欢要被冻死。这山谷也不知道是什么地方，面积相当大不说，四面都是陡峭的山峰，楚凌走了半天也没有找到出口。

一边说着，楚凌一边开始在洗干净的石板上捣药。

君无欢动了动，为自己的无力皱了皱眉，低声道："阿凌不用担心，这地方出入口在水底，距离我们落崖的地方已经很远了，就算南宫御月的人找过来，也需要几天的时间。"

楚凌有些意外："你来过这里？"

君无欢笑了笑道："这里是上京附近。"楚凌怔了一下，反应过来："上京附近你都很熟悉？"

君无欢点了点头。

楚凌有些奇怪地看了他一眼，这可不像是一个商人的习惯，倒是更像一个将领的习惯。绝大多数的将领，只怕也不会费心去搞清楚一个自己根本用不着的地方的地形，这里可不是什么战略要地。

"这样最好。"楚凌有些担心地问道，"除了外伤，你的身体没事吧？"君无欢笑道："阿凌不用担心，我没事。"

楚凌点了点头，也不知道信了没有。只是伸手去解君无欢的衣襟，见君无欢神色有些古怪地看着自己，方才反应过来抽了抽嘴角道："上药。"

君无欢莞尔一笑："有劳阿凌了。"

楚凌拉开他的衣襟，虽然已经看过一次了，还是忍不住抽了口气。不说惨不忍睹的后背，就是君无欢的胸前的伤也是横七竖八的新伤和旧伤，楚凌道："我觉得需要凝香膏的人不是我，而是长离公子。"

草药冰凉的触感让君无欢的身体有些僵硬，口中却笑道："那怎么一样？我一个男人多几道伤痕也没什么。"楚凌挑眉道："你这可不是多几道伤痕而已。"君无欢身上各种新旧伤痕遍布，只是胸前严重的伤痕就有七八处，刀伤，剑伤，还有别的兵器伤，其中至少有四五处放在别人身上都足以致命。用普通人的眼光来看的话，长离公子的身体毫无可欣赏之处。虽然身材不错但是略显消瘦，数不清的伤痕让楚凌想到了拼拼凑凑的破布娃娃。

"外伤好说，但是内伤我就没有办法了。你是没带药还是掉进水里了？"楚凌一边上药，一边问道。

君无欢蹙眉道："大约是掉了，没关系，不是什么要紧的事儿。"

楚凌上药的手顿了一下，道："在长离公子眼中，什么才算是重要的事儿？"

长离公子敏锐地感觉到阿凌姑娘的气儿好像不太顺，很是识趣地闭嘴不再招惹她。楚凌轻哼了一声，但是很快又叹了口气道："你既然对这里这么熟悉，落下来的时候想必是心中有数。倒是我多事了才加重了你的伤吧？"君无欢若是不带着她，说不定不会伤得这么重。

君无欢摇头："阿凌怎么会这么想？若不是阿凌在半山腰拦了一下，说不定我掉进水里直接起不来了。就算是从水里爬出来了，这会儿也……"

楚凌摇了摇头不再说话，手下小心翼翼地处理着那鲜血淋淋的伤口。等到终于上完了药，楚凌方才暗暗松了口气，再低头看君无欢已经再一次睡过去了。

确定君无欢只是睡过去了，楚凌才重新开始忙碌起来。自从醒过来之后，她就一直在忙碌，忙着生火，寻找草药，寻找猎物，除了啃了两个有些干瘪的果子几乎什么都没有吃。这会儿才有空坐下来将自己刚刚打来的猎物处理了填饱肚子。

没过多久她就发现不对了，君无欢开始发起了高烧。无论是楚凌还是君无欢身上都没有带任何的药，为了预防伤口感染楚凌也在附近找了一些药材，但不方便煎药不说见效也慢。楚凌只得一遍又一遍地用水替他降温。

"君无欢？你怎么样？！"看着君无欢被烧得通红的脸，楚凌有些焦急地道。

君无欢眼皮动了动，靠在楚凌怀中声音低哑中透着虚弱："阿凌，阿凌……"

"怎么样了？是不是很难受？"

楚凌听到他低声道："好痛啊。"

楚凌迟疑了一下，伸手轻轻拍了拍他的肩膀，这是一个安抚和安慰的动作。君无欢靠着楚凌双目紧闭，楚凌手掌下清楚地感觉到君无欢竟然在发抖。普通的外伤自然不足以让君无欢这样，楚凌想起那瓶君无欢一直在吃的镇痛药。

"君无欢?!"伸手握住君无欢的手腕一探，内息混乱，强劲的内力在君无欢的经脉中横冲直撞。君无欢额头上已经冒出了冷汗，他咬牙道："没事……"

楚凌叹了口气，一股淡淡的无力油然而生。这种情况下她除了看着君无欢痛苦，没有任何办法，她不知道该如何帮助君无欢，只能小心地避开他身上的伤口将他搂得更紧一些。

一直折腾到快要天亮的时候，君无欢才渐渐平静了下来。等到君无欢的体温终于恢复正常沉沉睡去，楚凌也忍不住靠在一边睡了过去。

君无欢的突然发病将楚凌吓得不轻，第二天等两人稍微恢复了一些精力之后便开始往外面走。就算一时半刻走不出去，也要找个能遮风避雨的地方。君无欢如今的情形，露宿野外本就不妥，如果再遇上下雨就麻烦了。

总算是功夫不负有心人，第三天中午楚凌便找到了一处林间小屋。那是一处猎人休息用的小屋，如今早已经入冬，这种深山中少有猎人回来，倒是可以让他们暂时落脚。以君无欢如今的身体状况，想要靠双腿走出山里也不太可能了。还不如先暂时在这里休养生息，也免得出去还要面对各方追杀。

这是一个建在山坳处的木屋，屋子里还很干净，秋天的时候猎人们都忙着储存过冬的口粮，进山很勤，屋子的外面甚至还堆着一些没有用完的柴火。楚凌架起柴火，用打来的猎物煮了一锅汤和君无欢一起喝了，两人才都有些撑不住再一次沉沉地睡了过去。

君无欢在睡梦中醒来，就看到楚凌趴在不远处的木桌上睡着了。他怔怔地望着伏案沉睡的娇小背影。过了好一会儿，君无欢方才慢慢坐起身来。

不知道是楚凌对他足够信任还是这两天实在是太累了，这一次他并没有将人惊醒。君无欢无声地下了床走到楚凌身边，俯身将她抱起来放到了床上。

楚凌几乎在刚被他抱起来的瞬间就醒了，大约是有些熟悉了这个怀抱，倒是并没有挣扎。楚凌睁开了眼睛道："你又在做什么？还想再多躺几天？"她要是有应激反应，能一巴掌把他拍个半死。

君无欢淡淡一笑道："外伤不重，没有裂开。不用担心。"

楚凌坐在床上看着他，君无欢道："这里太简陋了，不过床上总比桌子边上舒服一些。"

楚凌叹了口气，往床里面缩了缩空出了一大半的位置，便直接倒头继续睡了过去。君无欢愣了愣，好一会儿才回过神来不由无声地笑了起来，片刻后，他重新躺回了床上。两人并肩而卧，床下不远处的地上，一堆柴火正在静静地燃烧着，为这简陋而冰冷的小屋带来了几分温暖。

君无欢躺在床上却久久没有入睡，不仅是疼痛让他难以入眠，身边的少女轻缓的呼吸也让他不由得生出一种难以言说的感觉。他这一生，除了童年称得上快乐无忧以外就再也没有享受过片刻的轻松愉悦。

十多年前，一道圣旨让偌大的将门世家一夜之间土崩瓦解。那时候还不满十岁的他甚至不明白到底发生了什么，就被家中的忠仆带着逃离了君家。他亲眼看到君家人的血染满了刑场，看着那被他认为是顶天立地的英雄的父亲带着耻辱的罪名被腰斩，之后忠仆带着他逃离了上京去了西秦。

君无欢知道父亲的死并非是永嘉帝的手笔，他必然也是百般不愿意让父亲和君家人死的。君无欢却无法不怨恨，如果不是皇帝昏聩无能，又怎么会被摄政王掌握权柄，堂堂帝王仿如摄政王手中的傀儡他还当什么皇帝！

在君无欢最年少桀骜又被病痛折磨得死去活来的时候，他甚至恨过自己的父亲。如果不是他坚持要辅佐一个懦弱无能的皇帝，君家又怎么会有此横祸？

当貊族叩关的时候，君无欢甚至是带着几分恶意和幸灾乐祸的。你们当初诬陷我父亲和君家，现在活该被貊族人追着跑。当君无欢携凌霄商行重新踏入这片曾经属于天启的土地的时候，放眼望去血流成河。从西秦到上京，一路上君无欢看到了无数的杀戮，寻常百姓毫无缘由地被人杀戮，奴役，掠夺。

任何人之间的高低尊卑，不因成就、能力、品行学识。仅仅只是因为你是天启人而我是貊族人，即便是一个最粗鄙的貊族武夫，也能肆意欺辱奴役一个德高望重的当世大儒。

君无欢在上京待了半个月就悄然离去。因此这世上也就没有人知道，在长离公子和凌霄商行入驻上京的半年前，曾经有一个苍白消瘦的少年孤身一人到过上京，悄然而来又悄然而去。

这十多年来他一直都是一个人。身边来来去去无数的人，有朋友，有下属，但是君无欢很多时候依然会觉得很冷。每个人都有自己想要保护关心的人，而他却再也没有了那个人。他没有想要誓死保护的人，也没有人想要保护他。

君无欢富甲天下，他需要人保护吗？

长离公子武功绝顶，他需要人保护吗？

所有人都是这么想的。

侧首垂眸看着静静地躺在自己身边的少女，少女白皙精致的容颜带着淡淡的红晕，眼底下却有淡淡的暗影，显然是这两天都没有休息好。她呼吸轻缓平稳，幽暗的木屋里仿佛只能听到火堆偶尔噼啪的声音。君无欢觉得，自己的心跳似乎也渐渐地随着她的呼吸平稳了下来。

忍不住伸出手，轻轻顺了顺她耳边的发丝。

还记得，三年前在信州那个小县城里看到她时，她穿着一身几乎看不出原样的破旧衣衫，就连小脸也是脏兮兮的，全然看不出现在精致美丽的模样。但是那双眼睛却清澈璀璨得让他几乎忍不住要侧首避过。那样璀璨的眼眸却并不是那种不知世事的天真，也不是那种少年热血的浓烈。而是带着几分不属于她那个年纪的锐利清明和通达，还有淡淡的戏谑和尽在掌握的自信从容。

一个很有趣的小姑娘，也不知道是从哪儿来的，当时君无欢这么想。却没有想到不久之后他就和这个小姑娘有了那样深厚的交情和牵扯。更没有想到，如今的君无欢竟然会……

指尖不小心碰上了她耳边的肌肤，仿佛有火炙烧了他的指尖一般连忙收回了手。

过了好一会儿，不知想到了什么忍不住低声轻笑起来。

阿凌啊！

这世上，除了她大约没有任何一个女子会如此自然地同意让一个男子与她同榻而眠了，并且不带半点风月旖旎。但是，阿凌，你这样，让我怎么办呢？

若是让我看到你和别的男子这般，我定会要了他的命的！我便是明知道自己久病之身难以与你匹配，还是忍不住想要拉你一起沉沦啊。

楚凌在睡梦中仿佛听到一声低沉的笑声，却并没有睁开眼睛去看。她太困也太累了，她恍惚中分辨出这是君无欢的声音，便又沉沉地睡去了。

冬夜的山林中寒冷彻骨，即便是燃着火堆却依然无法完全驱赶走木屋里的寒意。更不用说床上本就只有一张陈旧且毛色杂乱的兽皮。楚凌感觉到旁边有淡淡的暖意，不由得往旁边靠了靠，片刻后她被人轻轻拢入了怀中。

◆第十二章◆

信州起兵

楚凌再次醒来的时候屋外已经被一地白雪覆盖，君无欢正坐在门口望着外面不知在想什么。

"阿凌醒了？"君无欢回身看着她笑道。

楚凌点点头，看着他问道："你觉得怎么样了？"君无欢道："外伤过两天就能好，内伤过几天也能恢复了。"

楚凌点点头："那就好。"

屋外的世界一片雪白，原来昨晚竟然下了一场大雪，她睡了一夜竟丝毫没有觉得寒冷。远处的树枝更是被白雪盖得严严实实，时不时有雪从树枝上掉落到地上。

楚凌深吸了一口气，带着凉意的空气让她整个人都清醒了。

"下雪了啊。"楚凌轻声道。

山林中本就空寂，如今天地间都被盖上了一层白雪，就更显得空山幽寂，尘世静好了。楚凌望着天空依然还在轻轻飘扬的雪沫，轻声道："若是一直这么安静其实也不错。"

"阿凌好像很高兴？"

楚凌笑道："下雪了。"

君无欢道："不错，下雪了再想要进山来找我们就更难了。"

楚凌心情显然是真的不错，拿过了旁边的铁锅出门，装满了一锅树梢最顶上的干净的积雪，放到火堆上烧着。不一会儿，积雪渐渐化成了雪水，雪水渐渐地沸腾起来，楚凌拿出了昨天收获的野味和野菜，熟练地煮出了一锅看上去色香俱全的鲜肉野菜汤。君无欢靠着门口，安静地看着她忙碌的身影，眼底满是暖暖的笑意。

原来静谧而安宁的幸福是这样的感觉。在这样的寒天，能有一个人在为你忙碌着的感觉。

这便是父亲说的，宁愿付出一切也想要守护的幸福吗？

雪一连下了两天，整个山林都全部被白雪覆盖上了。

君无欢的外伤好得很快，背上和身上的伤都很快结了痂。但是内伤或者说他的病却没什么起色，几乎每天三更时分都会疼痛难忍。

"雪终于停了。"楚凌推开门，外面依然寒气袭人，不过雪倒是真的停了。即便是有茂密的树林遮挡，小屋外面的雪也已经快要堵住大门了，一脚踩下去更是直接陷到了小腿处。

楚凌屋子里闷了整整一天两夜，早就有些不耐烦了。

君无欢坐在门口含笑看着她在雪地里舞刀，刀风卷起地上的落雪又纷纷扬扬地落下，将穿着寻常布衣的少女也衬得宛若仙人。

"阿凌的轻功当真算得上精妙了。"

楚凌不以为然，道："哪里能跟长离公子比？"

君无欢摇头道："我不过是内力比你深厚罢了，真要说精妙未必比得上你。"

楚凌收起了流月刀，笑道："长离公子真会说话。"

君无欢微笑，"既然凌姑娘高兴了，君某可否要一个奖励？"

楚凌诧异地看着眼前的男子："君无欢，你是小孩子吗？"君无欢却只是笑吟吟地看着她，楚凌无奈地叹了口气，道："你说。"

君无欢道："阿凌陪我堆雪人可好？"

你可真有童趣。

所谓的陪我堆雪人，就是长离公子指挥，阿凌姑娘动手。当然并不是长离公子自己不愿意动手，而是楚凌坚决不许他出来。阿凌姑娘表示，他都已经是个病秧子了还不好好爱惜自己，要是再倒了还不得她照顾？

于是长离公子便心安理得地看着楚凌在屋外的空地上，堆出了两个跟她一般高大的雪人。

"满意了吧？"

君无欢含笑点头，很满意。

"阿凌陪我堆雪人，我也该送给阿凌一个礼物才是。"君无欢道。

楚凌摆摆手："不用这么客套。"长离公子送的礼物，一般人都不太好消受。

却见君无欢对她笑了笑，抬手朝着地面上一抓。一大团积雪便从地上腾起落入了他的手中。楚凌惊讶地看着那团硕大的积雪在他的掌中飞快地旋转着，渐渐变得越来越小，颜色也开始变得透明。

不多时，君无欢掌中便多了一朵巴掌大的冰花。

楚凌看着递过来的冰花，通体晶莹透明，是一朵精致的冰莲花。楚凌接过冰莲好奇地捧在手中仔细观察，除了颜色不同，当真是宛若名匠雕琢的一般。

"好漂亮。"

君无欢笑道："阿凌喜欢就好。"

楚凌捧着花儿，好奇地道："不过，你为什么会送我莲花？难道你觉得我像莲花？"

君无欢道："只是觉得这种花做出来最漂亮，阿凌若是不喜欢，下次我送你别的。"

楚凌挑眉："你觉得我适合什么？"

"凤凰花，不过这雪色却是配不上凤凰花的明艳。"君无欢道。

楚凌诧异地走回屋檐下，她还以为他会说牡丹、海棠、梅花什么的呢。

君无欢笑道："我曾去过南诏，那边长着一种凤凰树，花开时明艳如火，花若凤冠叶如凤翼，在阳光下说不出的明艳动人。我觉得很像阿凌。"

楚凌笑道："长离公子说好看，那一定很好看，有机会我也想看一看呢。"

君无欢笑道："会有机会的。"

楚凌对君无欢送的冰莲很有兴趣，回到屋里坐在火堆边上还拿在手里仔细看。君无欢单手凭借内力就能将一团雪雕琢成巴掌大小的冰莲，可见其内力不仅深厚而且运用还十分巧妙。可惜楚凌效仿了几次，除了搓出来几个雪球，并没有多大的收获。

楚凌扭头叹气道："也不知道什么时候才能赶得上长离公子啊。"

君无欢道："阿凌若是到了我这个年纪，自然也能做到了。"

楚凌撑着下巴看着他道："我不信，你在我这个年纪的时候肯定比我厉害。"

君无欢叹气道："我十五六岁的时候正是身体最差的时候，平时还好，冬天连门都不能出。"楚凌没想到长离公子竟然还有如此的时候，却也从这话中听到了几分落寞。君无欢十五六岁的时候，已经是凌霄商行的主人了，却依然还是孤孤单单的。

楚凌伸手拍拍他的肩膀，道："真是个小可怜，没事，现在不是有我陪你吗？"

君无欢淡淡一笑，火光映入他眼底仿佛眼底也燃起了明亮的光芒："嗯，我要多谢阿凌，这两天确实是难得的悠闲自在。"

楚凌眨了眨眼睛，直觉告诉她她跟君无欢的关系好像在往某个不可控的方向而去了。因为太自然了，反倒是让她无处质疑也不知道该要说什么。

楚凌微微扬了扬眉，不就是谈一场风花雪月的恋爱吗？若真的心动了就顺其自然嘛，本姑娘又不是谈不起！

看着对面的少女脸上明朗的笑容，君无欢虽然不知道她在笑什么却也明白她心情不错，眼底的笑容也更深了几分。

"闲着也无事，阿凌可愿听听我的事？"君无欢往火堆里添了一根柴火问道。

楚凌托着下巴看他："你不要我跟你交换了吗？"

君无欢笑道："就算我现在不告诉你，等阿凌出去以后说不定还是能听到。若是用这个秘密跟阿凌交换，回头阿凌岂不是觉得我占你便宜？正好现在无事，阿凌便当故事听听吧。"楚凌心中暗道，你倒是没占我便宜，因为你早就知道我的秘密了，只是没有证据无法证实而已。

君无欢道："阿凌可知道，这天下姓君的人中，最出名的人是谁？"

楚凌眨了眨眼睛，笑道："长离公了，你该不会是想要我夸你吧？这天下还有比君无欢更出名的君姓人么？"

君无欢看着她但笑不语，楚凌叹了口气道："好吧，我知道现在是君无欢，但是十多年前应该是君傲。"

君无欢点了点头，楚凌道："所以，你跟君傲将军是什么关系？"

"君傲，是我父亲，我不是西秦人。"

明明是个惊天动地的大秘密，说的人却轻描淡写，听的人也毫不震惊。君无欢对着火光，轻声道："当年，君家被满门抄斩的时候我还不满十岁……"

楚凌将下巴枕在膝盖上，安安静静地听着他说这些年的过往。

虽然君无欢说得平淡，但这却绝不是一个平淡的故事。

楚凌几乎都可以看到一个还不满十岁的孩子是怎么被人追杀，一路跟着忠仆逃到了西秦的，再往后，忠仆横死，自己身受重伤几乎去掉了半条命。运气好被人所救，拜得名师，偏偏体质与师门内功不合又伤了身体。再然后，强练内功近乎走火入魔，最终让他闯出了一条路来却也留下了一身抹不去的病痛。做完这些事情的时候，君无欢还未满十三岁。

他用三年时间就经历了寻常人几辈子都不会遇到的苦难。不得不说，命运对君无欢确实没有半点偏爱，直到现在也没有。

也正是因此，君无欢如今的成就才越发地让人惊叹。楚凌突然有些惋惜，她没有看到十几年前尚且年少的君无欢。

转眼间，两人已经在山中停留了四五天了。因为这场几乎让寻常人寸步难行的大雪，就连山中的野兽都没有来他们这里。不过偶尔听到山里的狼啸，还是相当刺激的。

清晨两个身影在山林中穿梭着。

两人走了半天工夫，也没有遇到一只猎物。楚凌正想说，让君无欢先回去自己去找找看的时候，君无欢身形一闪已经到了她跟前，楚凌神色也是一凛，低声道："有人过来了。"

君无欢微微点头，侧耳倾听。片刻后轻声道："人不多，大约十来个。"

楚凌道："我去料理他们。"

君无欢不由低咳了一声，叹息道："阿凌，偶尔你还是要给我一个表现的机会啊。"楚凌斜了他一眼，君无欢道："虽然阿凌很厉害，但是让我这样一直吃软饭我也是有些不好意思的。若是吃得多了，说不定我只好以身相许了。"

楚凌还没想到是该说我消受不起啊，还是应该说长离公子秀色可餐那我就却之不恭了调侃回去，君无欢已经飞身扑向了前方声音的来处。他穿着素色的布衣，在雪地里犹如一只白隼在雪地上掠过，片刻间已经不见了踪影。

楚凌叹了口气，好气又好笑，也顾不得许多飞身跟了上去。

当楚凌赶到的时候，君无欢已经将所有人都解决了。十多个黑衣人，横七竖八地躺在地上。原本雪白的地面已经满是血腥和污泥。君无欢束手站在雪地上，却让楚凌无端生出几分高洁之感，就像是之前君无欢送给她的冰莲。

看到楚凌过来，君无欢姿态优雅地丢开随手捡来的剑，道："阿凌，冥狱的人。拓跋梁这次倒是比南宫御月快了一步。"

楚凌皱眉道："看来身手一般。"

君无欢笑道："若是真正的高手，怎么会在这大冷天被派出来搜山？不过，这地方也不能待了，咱们一会儿就走吧。"

楚凌点了点头，也只好如此了。

两人略微收拾了一下就离开了这住了几天的木屋，这地方条件简陋单调无聊，但是真要走倒是有几分淡淡的不舍了。楚凌回头看了一眼雪地中伫立的木屋，不由莞尔一笑摇了摇头往前走去。

君无欢跟在她身边，两人并肩而行飞快地消失在了山林之中。

数日后，楚凌和君无欢坐在一个不起眼的小镇上的一家客栈里喝茶。两人都裹上了厚厚的棉衣，装扮成寻常旅人的模样。

楚凌捧着一碗浓浓的姜茶喝了一口，再感受一下茶楼里炭火燃烧的暖意，忍不住舒服地轻叹了一声。君无欢看着她，轻声笑道："这几天阿凌辛苦了，都瘦了,一会儿多吃一些。"

楚凌看了一眼四周,压低了声音问道:"接下来你有什么打算?"

君无欢道:"阿凌可有什么打算?你若是回信州的话,我先送你回去。"

楚凌摆手道:"你知道我是个闲人,你自己事情想必不少,用不着迁就我。"

君无欢沉吟了片刻道:"我要去沧云城,正好可以与阿凌同路一段时间,怎么算是迁就。"

楚凌倒是不意外,只是道:"下了这一场雪,还有之前的宫变,北晋就算要出兵也该等到开春去了吧?"

君无欢点头:"拓跋兴业三日前已经回到上京,上京的局势应该差不多定下来了。"

"不知道最后谁胜谁负。"楚凌有些好奇,不过现在冥狱的人还在追杀君无欢,想必明王还没死。但是好像也没有听说北晋皇帝驾崩的消息啊?

"阿凌想知道么?"

楚凌挑眉道:"你难道不好奇?"

君无欢道:"无外乎就是那几种可能,北晋皇帝赢,明王赢,两败俱伤各自妥协或者被人螳螂捕蝉黄雀在后。最后一种可能性不大,既然现在明王没死,北晋皇帝也没驾崩,只怕就是第三种了。"

楚凌挑眉,"那不就是维持原状了?"

君无欢摇头道:"怎么会维持原状?发生过的事情谁也不能当成没有发生,已经造成的损失也不可能弥补回来。拓跋梁对皇位志在必得,能让他妥协想必也是不得不为之。同样的,北晋皇帝若有机会也绝不会放过明王的,既然按兵不动,那就代表他奈何不了拓跋梁。所以只能各退一步,我只怕北晋皇帝要让步得多一些。"

楚凌撑着额头思索了片刻,点头道:"北晋皇帝想要立自己的儿子为太子,只要北晋皇帝放弃立储的打算,这一场宫变拓跋梁纵然没有达到目的也算是小赢了一场。不过朝中的局势和权力变动,还要具体的消息才能分析。"

君无欢点点头:"阿凌说得不错,如果北晋皇帝放弃立储,一旦北晋皇帝出了什么事,无论是拓跋罗还是别的皇子能争得过拓跋梁的机会都不大。除非是有大将军全力支持。阿凌,往后围绕着拓跋大将军的钩心斗角会越来越多。你选在这个时候离开是对的,若是再留下去拓跋将军只怕是会有麻烦。"

楚凌当然明白他的意思,君无欢一直没有再追问楚凌的身份,楚凌也没有回答过这个问题。两人之间似乎有了一种难以言说的默契,心照不宣。

砰砰。

房门被人从外面轻轻地敲了两下,君无欢侧首淡淡道:"进来。"

片刻后,门被推开了,年过五旬的掌柜走了进来,恭敬地道:"见过公子。"

对于君无欢手下的情报和生意遍布天下的事情,楚凌已经见怪不怪了。君无

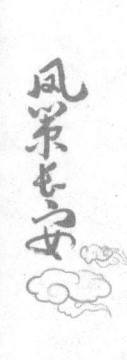

欢微微点头道:"免了,这几日上京的情况如何?"

"回公子,自那日宫变之后四皇子和明王就各自领兵在上京皇城对峙了起来,其间双方打了几场折损了不少人马。各家权贵最后都忍不住纷纷下场站了队,焉陀家旗帜鲜明地支持明王,北晋皇帝一怒之下将焉陀皇后贬入了冷宫,连她生的两位皇子一位公主也跟着倒了霉。勒叶皇后却表示勒叶部永远只会支持陛下,将明王妃撇在了一边。原本明王府略占了上风,三日前拓跋大将军带着十七皇子回京之后,局势立刻被扭转。听闻北晋皇帝和明王还有拓跋大将军三人密谈了一整夜,第二天双方就各自退步了。"

君无欢神色淡然:"具体呢?"

掌柜道:"陛下放弃立太子,承认貊族的传统王位能者居之。加封明王为亲王,与三皇子四皇子六皇子同为议政亲王。不过,明王麾下的南军,需要并入兵部。另外,听说北晋皇帝病得不轻。"

君无欢挑眉:"明王同意了?"

掌柜点头道:"是。"

君无欢道:"拓跋梁这次倒是爽快。"

楚凌笑道:"这有什么好不同意的,谁知道明王麾下到底养了多少南军私兵?还不是他说是多少就是多少。就算归了兵部,只要将领还是明王的人,这些兵马也依然听他指挥,甚至还可以让朝廷替他养着。哪怕北晋皇帝真的拆散了这些兵马各自整编,大不了拓跋梁再养一批就是了。南军在貊族人眼中素来都是炮灰,精锐的兵马不好养,炮灰却好养。只要拓跋梁手里真正的精锐没有交出去,他也吃不了多少亏。"

君无欢莞尔一笑:"这话倒也不错。"

楚凌饶有兴致地道:"我倒是有些好奇,北晋皇帝为何会将拓跋罗排除在外?"

掌柜抬头看了楚凌一眼,恭敬地道:"回凌公子,北晋大皇子废了,在乱军中被人砍断了一条腿。"

楚凌默然。

拓跋罗的一条腿废了?!楚凌和君无欢忍不住有些意外。老掌柜点头确认,"京里传来的消息已经确认过了,大皇子右腿被砍了好几刀,经脉无法愈合,大约会留下一些残疾。"

如果说只是一刀的话,还可能是打斗中发生的意外,但是好几刀都砍在了同一条腿上,就绝对是故意的了。有这个功夫随便砍两刀也能砍死拓跋罗了,这么看来倒是更像拓跋梁对北晋皇帝的挑衅和嘲讽。

君无欢挑了挑眉,道:"这主意不错,看起来是南宫御月出的。"楚凌好奇地看着他:"怎么说?"

君无欢道:"拓跋梁的性格只怕更倾向于直接弄死拓跋罗永绝后患,也只有南宫御月喜欢弄这些没用又折磨人的东西。"

楚凌道:"焉陀家转向了明王府,你说焉陀邑是自愿的还是被南宫御月胁迫的?"

君无欢淡然道:"半推半就吧,开始焉陀邑怕是想要看看情况再定,不过被南宫御月绑上了明王的车,再想要下来就没有那么容易了。"楚凌叹了口气,道:"他们最没想到的只怕是你突然反水。"

这么多天过去明王府和南宫御月还在锲而不舍地追杀君无欢,就可以看出他们对君无欢临阵倒戈的恼怒。当然从北晋皇帝也加入了这场追杀也能看得出来,北晋皇帝对君无欢的倒戈并不怎么领情。

君无欢淡然一笑道:"我也付出了很多。"

楚凌表示同意,虽然君无欢事先有准备,人员方面损失不大。上京附近凌霄商行明面上的产业还是损失了不少的。更不用说之前为了钓明王,君无欢还送出去不少白花花的现银。换了一个人,只怕就要心疼得痛哭流涕了,君公子倒只是十分大气地感叹了一句:我也付出了很多。

因为付出了很多,所以你就可以坑别人坑得理直气壮了吗?君无欢含笑看了楚凌一眼,问道:"可有拓跋将军的什么消息?"

掌柜道:"拓跋大将军的弟子武安郡主下落不明,眼下大将军府还有朝廷都在派人四处找着呢。十七皇子说武安郡主是为了替他挡下明王府的追兵才失踪的,若不是为了朝廷的平衡,拓跋大将军只怕不会那么轻易放过明土。"

楚凌并不觉得意外,就算是她自己站在师父的位置上,选择也不会有任何区别。很多时候在家国面前,私人感情真的没有那么重要。

君无欢点了点头示意掌柜退下,掌柜也不多言恭敬地朝君无欢行了礼便告退了。

房间里只剩下两人了,君无欢方才对楚凌笑道:"阿凌不用担心,你处理得很干净,拓跋大将军不会受你牵连的。说不定这段时间还会被北晋皇帝加倍信重,毕竟他不仅解了北晋皇帝的困境,唯一的衣钵传人还为了给十七皇子断后而下落不明了。"

楚凌好奇地看着君无欢道:"你既然与北晋为敌,能打击到北晋兵马大元帅应该是个难得一见的机会才是。我这样做,你就一点都不觉得失望吗?"

君无欢摇头道:"君子有所为有所不为,对付君子有君子的法子,对付小人才会用小人的法子。我父亲当年遭受了那样的事情,我也不愿轻易将这种事情栽到一代名将的身上。更何况……"

君无欢叹了口气道:"有拓跋兴业的约束,北晋的将士都会收敛许多。若是换了一个大将军上来……如今北方是个什么样子阿凌你能够想象吗?貊族入关这么多年,若说麾下兵马没有沾染过天启无辜百姓的血,大约也就只有拓跋兴业麾下了。貂族刚入关那几年烧杀抢掠成性，还是拓跋兴业亲自砍了一个屠城的二品将军，才刹住了这股风气。如今北方的百姓日子虽然过得艰难，但是那种明目张胆的屠城确实几乎没有了。"

楚凌点了点头，轻声道："君无欢，你是个好人。"

君无欢沉默了良久，方才道："阿凌是第一个说我是好人的人。"

"我是认真的。"

"我知道，既然阿凌心无牵挂，我们明日就启程南下吧？"君无欢笑道。

楚凌思索了片刻，觉得自己确实没什么可担心的了，当下点头道："也好。"

上京皇城，白塔之中一如往常的冰冷寂静。自从前些天南宫御月从城外回来之后，长时间的低气压就一直持续到了现在。别说是白塔里侍候的侍女、侍从大气都不敢喘一声，就算是朝中的许多官员都对他避之唯恐不及。

虽然没有找到君无欢，但南宫御月坚定地认为君无欢绝对还活着，不仅活着而且已经逃出了上京。上京附近与凌霄商行有关的产业一夜之间全部关闭，重要的人员更是全部撤离，被留下的只是一些什么都不知道的普通人。等到明王派兵将这些商铺一一查封清点才发现，这些产业中的用于周转的现银、值钱的货物全部都不翼而飞。

很明显凌霄商行退出上京并不是临时决定，而是早有预谋的。听到这个消息明王直接就掀了桌子，因为凌霄商行的突然关闭，上京多种重要物资突然断流，更导致上京一带物价飞涨，貂族人也开始叫苦不迭。明王气个半死，也只能捏着鼻子处理这些事情。毕竟他只是想要北晋的皇位，而不是想要毁了北晋的天下。

南宫御月虽然没有明王和北晋皇帝那般气急败坏，但君无欢从他手里从容逃脱的事情依然让他的心情极度不好。即便他变成了北晋的实权人物之一，依然不能安抚因为再一次败给了君无欢而暴躁无比的心。

"国师。"一个白衣男子悄然走进大殿，看了一眼坐在主位上出神的南宫御月，小心翼翼地道。南宫御月抬起眼皮淡淡地扫了那人一眼，那人只觉得头皮一紧，连忙低声道："国师，刚刚传来消息，君无欢的行踪……"

南宫御月猛地从主位上起身，冷声道："君无欢在哪儿？"男子吓了一跳，连忙道："刚刚收到下面传来的消息，君无欢出现在了润州。"

南宫御月微微眯眼："他一个人？"

男子摇头道："他身边还跟着一个陌生的少年，没有人知道他的身份。"南宫御月皱着眉头思索了片刻，一挥手道："不重要的人不必理会，传令下去，谁杀了君无欢本座再加五万两白银。若是能活捉君无欢，不仅能得到承诺的钱，本座请陛下和明王封他一个爵位。"扫了白衣男子一眼，南宫御月缓缓补上了一句，"本座麾下的人也一样。"白衣男子忍不住变了神色，险些忘了眼前这位的脾气是如何的诡异莫测。白衣男子恭敬地道："是，国师。属下这就传令下去，重赏之下必有勇夫，想必过不了多久就能传来好消息了。"

南宫御月轻哼一声，沉吟了片刻沉声道："等等，还是本座亲自走一趟！"君无欢诡计多端，南宫御月还真不太相信那些乌合之众真的就能拿下他。白衣男子自然也不敢劝说，只是恭敬地点头应是。

"启禀国师，明王殿下有请。"门外，一个白衣侍女脚步轻盈地走进来垂首低声道。南宫御月皱眉，眉宇间露出了几分不耐烦之色，冷声道："什么事？"侍女轻声道："回国师，明王府来的人说，明王准备了宴会，想请国师过去喝一杯。"

南宫御月冷笑了一声，道："让他滚！"

侍女吓了一跳，畏惧地看了南宫御月一眼不敢搭话。南宫御月冷笑道："他还真以为自己万事无忧了？北晋皇帝还在宫里坐着呢，君无欢还不知道在外面如何兴风作浪，他倒是有心情庆功。什么一代枭雄，也不过是个……"

"弥月！"焉陀邑的声音蓦地在门口响起，南宫御月冷着脸抬头看向脸色有些冷肃的兄长："你怎么来了？"

焉陀邑有些无奈地叹了口气，皱眉道："我这几天都在处理你给我找的麻烦，方才刚从宫里出来。"南宫御月面带嘲弄地道："看来她已经没事了。"焉陀邑无奈，"陛下将小妹放出来了，皇后之位也没有变。但是以后只怕是不会再有半点宠爱了。"毕竟这次的事情算是焉陀家背叛了陛下，虽然焉陀邑自己也觉得很冤枉，他完全是被迫的啊。但背叛就是背叛，陛下以后是绝不会再相信焉陀氏了。能够保得住皇后之位，已经是陛下念着焉陀家的影响力以及如今和明王势力的平衡了。

"弥月，你跟大哥说说，你到底要做什么？"焉陀邑看着南宫御月皱眉道："小妹毕竟是皇后，还有两个皇子。咱们家改投明王府到底有什么好处？明王给了你什么东西值得你这么做？"南宫御月轻哼了一声，神态轻慢地道："明王？谁说我要投靠他了？"

焉陀邑倒是对南宫御月这个态度见怪不怪了，他这个弟弟若是哪天对谁恭谨尊敬了他才觉得奇怪呢。

南宫御月淡然道："大哥，拓跋充资质平平还自以为聪明，背后还有焉陀家这样的母族，就算朝野上下的人都瞎了，他也没有什么机会登上皇位。既然如此，你在她身上花费那么多心思做什么？她进宫这么多年了，什么时候给焉陀家带来好处了？她生的孩子越多，北晋皇帝就越防备焉陀家。"

焉陀邑沉默了良久："但是，他们毕竟是……"

南宫御月冷声道："谁登上皇位都不重要，只要大哥愿意，焉陀家随时可以出第二个、第三个皇后。你用得着这么委屈自己去迎合她吗？"

"弥月，她是你的亲姐姐。"焉陀邑沉声道。南宫御月微微扬眉："所以呢？我就应该忍受一个不知所谓的蠢货和她那两个更蠢的儿子？"焉陀邑抚额，抬手阻止了他继续口出恶言，焉陀邑道："先不说这些，这跟你强要把焉陀家绑在明王府的战车上有什么关系？"

南宫御月微微眯眼，"谁告诉你我要将焉陀家绑在明王府的战车上了？"

焉陀邑心中一惊，不由惊愕地看向南宫御月："你想自己……"他从来都知道这个弟弟不是省油的灯，但是却从来不知道他竟然会有这么大的野心。

看着南宫御月冷漠的眼神，焉陀邑又在心中轻叹了口气。有道是骑虎难下，如今即便是他不愿意，也没有别的选择了。就算他现在反了明王，迎接焉陀家的也绝不是陛下的接受，而是来自双方人马的攻击。

"这些日子，大哥你随便应付一下拓跋梁就行了，我要离京一趟。"南宫御月沉声道。

焉陀邑凝眉："这个时候你离开京城做什么？"

"我有事要办，你不用担心，这个时候京城才是最稳定的，短时间内不会有什么问题。"南宫御月轻描淡写地道，目光悠远而杀气森然。

君无欢，本座倒要看看你有多大的本事，到底有多长的命！

很快，明王府里就收到了白塔回报的消息。等到管事退了出去，原本一片宁静的书房顿时炸开了锅。一个将领忍不住站起身来厉声道："王爷，这南宫御月也太过分了。咱们客客气气地请他，他竟然敢如此无礼！当真是一点也不将王爷放在眼里！"

拓跋梁眼神深沉，淡淡道："罢了，或许是国师真的有要事在身也说不定。既然国师不来，今晚大家就好好放松一番，也算是对得起这些日子的辛苦了。"

听了拓跋梁的话，众人也纷纷点头将南宫御月抛到了脑后。只是有不少人暗地里在心中对南宫御月的目中无人恨得咬牙，盘算着一定要找机会给他一个教训。拓跋明珠坐在旁边，含笑道："这次咱们的收获也不算小。女儿恭喜父王了。"

拓跋梁满意地看了看拓跋明珠和百里轻鸿，道："这次你们俩也立了大功。"

"为父王做事是女儿分内之事，父王这么说女儿可要不好意思了。"拓跋明珠笑道："倒是谨之，幸好谨之反应快，当机立断毁了拓跋罗。没了拓跋罗，拓跋胤纵然勇猛善战，却也只是有勇无谋不足为惧。"

百里轻鸿沉默不语，拓跋胤有勇无谋不足为惧？

拓跋梁点头道："谨之这次做得很好，本王很满意。"

百里轻鸿微微点头，并没有说话。拓跋梁也习惯了他这样的脾气，只是道："明天开始，谨之便去军中吧。征讨沧云城是早晚的事情，早些熟悉一下。"

"是，王爷。"百里轻鸿宠辱不惊地道。

"女儿多谢父王！"拓跋明珠欢喜地道。

看着众人退出了书房，拓跋梁的脸色方才渐渐沉了下来。一双眼眸阴郁地盯着眼前桌上的册子，良久才听到拓跋梁咬牙道："焉陀家！"

"来人！"

一个黑衣男子悄无声息地出现在房间里，恭敬地垂眸道："见过王爷。"

拓跋梁沉声道："给我盯紧了南宫御月，一有动静立刻前来禀告本王！"

"是，王爷。"

拓跋赞走进大将军府后院就看到拓跋兴业正负手站在演武场边上一动不动不知道在想些什么。拓跋赞忍不住头皮一紧缩了缩脖子。因为曲笙的失踪，从回到京城拓跋兴业的心情就一直不太好。虽然拓跋兴业并不是一个会随便迁怒别人的人，但是徒弟显然并不是别人。

若是平时，拓跋赞必定要想方设法地偷奸耍滑避开拓跋兴业，但是如今他却半点也没有这方面的兴致。想起不知所终的笙笙，拓跋赞鼻子就忍不住有些发酸。若不是为了帮他阻拦明王府的人，笙笙怎么会失踪呢？说到底还是他太弱了，若是他再厉害一些，笙笙又怎么会遇到这样的事情？

"站在那里做什么？"拓跋兴业回头淡淡地看了他一眼冷声道。拓跋赞吸了吸鼻子，小声道："师父，您别难过，笙笙肯定不会有事的。说不定是她一时贪玩儿跑出去玩儿去了，我们肯定能找到她的。"

拓跋兴业看着眼前红着眼眶的少年，终究只是叹了口气摇了摇头，不忍再苛责他什么。只是难得有些语重心长地道："十七皇子也该长大了，没有人能护着你一辈子，往后好好练功吧，别再胡闹了。"拓跋赞望着拓跋兴业有些苍老的容颜，一时间有些怔忡。好一会儿他才道："师父，我知道了。笙笙之前也这么说的，我以后一定会努力的。"

拓跋兴业伸手拍了拍他的肩膀，点了点头。

"启禀将军，大皇子府长史求见。"门外，管事恭敬地禀告道。拓跋兴业微微蹙眉，拓跋兴业沉默了良久，方才叹了口气道："让他进来吧。"

"是，将军。"管事恭敬地退下，拓跋赞有些惊讶地看了一眼拓跋兴业，拓跋兴业淡淡地扫了他一眼却没有打算给他任何解释，只是扔下了一句："将昨天教你的招式练三十次。"

拓跋赞默然，师父果然还是没变。

楚凌一行人离开上京之后一路南下，刚到了润州和信州交界处，就被一大群人围住了。

"公子，前面有人。"走在前面的青年男子掉转马头走到君无欢跟前沉声道。周围其他人也纷纷握紧了兵器，气氛顿时添了几分凝重和肃杀。

君无欢勒住了缰绳，抬头看向前方，果然在前方的路口上早就有一大群人等着了。这些人都带着武器，看向他们的目光就像是饿狗看到了肉骨头。楚凌挑眉道："这看起来不像是愿意交涉的啊。"

君无欢也不意外，笑道："毕竟十几万两银子也是个足够大多数江湖组织不要命的数字。说不定南宫御月又加了什么筹码呢。"楚凌道："这天下谁敢跟长离公子比有钱？说不定你可以试试跟南宫御月比谁砸的钱多。"

君无欢摇头道："阿凌，虽然我不穷，但是也不能这样浪费。十万两银子，已经可以养活很多人了。给这些人太浪费了，我会寝食难安的。"

两人在这边悠然地聊着天，对面的人却有些不耐烦了。一个高大威武、满脸络腮胡看起来颇有威势的中年男子高声道："来者可是长离公子！"

君无欢坐在马背上淡淡地看着他并不答话，这样高傲的态度显然是激怒了对方。那中年男子呸了一声，还没说话身边的人就忍不住骂道："咱们给你面子才叫你一声长离公子，别给脸不要脸！"

君无欢微微扬眉俯身向前微倾，居高临下地俯视着这些人，口中冷冷地吐出了一个字："滚。"

对面一大群人都是一愣，显然是没有想到这世上竟然有如此嚣张的人。若是寻常人遇到这样的场面，大都想要客套几句看看能不能化干戈为玉帛，像君无欢这样一开口就找抽的实属罕见。

人群中立刻有人叫骂起来，不少人叫嚣着要给君无欢一点厉害瞧瞧。不过虽然嘴里叫得厉害，但真正动手的人却并不多。毕竟江湖传闻长离公子是个难得一见的高手，他们这些人来是想要占便宜的。

君无欢直接抽出腰间的软剑就一剑劈了过去。楚凌微微挑眉，也跟着从马背上一跃而起冲入了人群中。两位公子都率先动手了，身边的人自然也不怠慢，纷纷拔出兵器迎了上去。

被君无欢一人压着打的领头的中年男子心中暗暗叫苦。这姓君的是吃错了什么药了吧？他带着这么多人来这里，原意不过是想要趁机占点便宜讹点银子而已。如果君无欢好好说话，给点银子破财消灾，他立刻就带着人走了。谁知道姓君的竟然一点儿也不担心自己被全天下人围攻一般，一言不合就动手。

这一架打得颇为费时，足足花了一刻钟才解决掉这一群拦路的病虎。君无欢和楚凌并肩站在躺了一地的人群中间，楚凌皱眉道："怎么都是一些三脚猫的功夫？"君无欢不以为意，淡然道："真正的高手不会这么快动手。"

楚凌挑眉："他们就不怕你被人捷足先登了？"君无欢现在可是很值钱的。

君无欢笑道："钱再多，有命拿也得有命花啊。"

君无欢拉着楚凌走到了远离战场血腥的树林边，低声道："阿凌，前面就是信州了。你……"楚凌微微扬眉道："我怎么了？"君无欢叹了口气，轻声道："你该回去了，不是说要回黑龙寨吗？雅朵姑娘已经被叶寨主接到了黑龙寨，你不回去看看她吗？"

楚凌微微挑眉，有些明白了："你在赶我走吗？"

君无欢叹了口气道："我自然希望阿凌能一日不离地跟在我身边的。阿凌早晚要走的不是吗？"楚凌沉默，她确实没有打算一直跟着君无欢。这些日子两人一路结伴而行，楚凌心中明白君无欢必然是有着自己的志向和目标的。甚至她也隐隐知道君无欢想要做什么，但是她却没有做好跟他一起去实现这个目标的准备。

别说他们现在还只是这样恋人未满的关系，就算真的成了情侣楚凌也没有打算将自己绑在对方的人生目标上。除非两人确实志同道合，但是现在还没有。君无欢显然也明白这个道理，所以到了信州附近他便主动提起了这件事。

楚凌道："你要去沧云城？"

君无欢点了点头道："往后一段时间，我都会在沧云城。"楚凌点头道："我要回去见一见大哥他们，然后可能会去沧云城。"君无欢温润的眼眸微亮："阿凌是去看我么？"

楚凌笑道："我想去拜访一下晏城主，如果你在的话当然也可以算是去看你的。"

君无欢有些不悦，道："晏翎有什么好的？"

楚凌笑道："晏翎可是名满天下的英雄，怎么在你口中就没什么好了？"君无欢淡淡道："我确实没觉得他有哪儿好。"楚凌耸耸肩道："好吧，你觉得不好就不好吧。"君无欢这才满意地点了点头道："那就一言为定，阿凌到时候要来沧云城探望我。"

楚凌半晌无语，她现在才知道原来长离公子的脸皮也是挺厚的。

君无欢侧身垂首看着眼前的人，眼神温柔。轻声道："阿凌，保重。"

楚凌叹了口气，深吸了一口气点了点头道："此去沧云城只怕不会太平，自己小心。"君无欢脸上的笑容不由更盛了几分，点头笑道："阿凌放心，我还等着你来看我呢。"

楚凌没好气地瞪了他一眼，看着那苍白清瘦的俊美容颜又忍不住笑了起来，"保重。"

"阿凌保重。"

君无欢站在路口目送楚凌快马离去，望着一人一马消失在天涯尽头良久不语。

身边的护卫看看时间，觉得天色已经不早了。这才上前，低声道："公子，咱们是不是该出发了？"

君无欢仿佛这才回过神来，淡然道："走吧。"

楚凌与君无欢告别之后便一路往信州的方向而去，转眼间离开信州也有两年了。虽然跟黑龙寨众人相处的时间并不多，楚凌却隐隐生出了几分近乡情怯之意。

原本两天的路，楚凌只花了一天半的时间，第二天早上就已经到了信州。信州并没有什么变化，依然是天启人小心翼翼地过日子，貊族人肆意狂妄地耀武扬威。楚凌忍不住皱眉，不知道是不是错觉，信州似乎比两年前更萧条了两分。

按理说这两年多北晋对天启人的态度还是有了些微的改变，不说日子过得更好但是也不该更糟糕才对。

楚凌走进一家天启人开的客栈，还没进门就险些跟里面走出来的人撞了个正着。楚凌脚下飞转，灵巧地避开了来人。却见是两个貂族男子，一脸的骄横。身后的店铺里还隐约传来男子低低的哭泣声，楚凌微微蹙眉站在了门口。其中一个貂族男子瞪了楚凌一眼，道："小白脸，看什么看？滚开！"

楚凌微微挑眉，很快又慢慢地垂下了眼眸。

两个男子高傲地斜了她一眼，似乎对她如此懦弱的表现十分不屑，大摇大摆地走了出去。

楚凌目光淡漠地扫了他们的背影一眼才转身踏入了客栈，客栈里，掌柜正坐在大堂里抹着眼泪哭泣，旁边的两个伙计也是一副手足无措的模样。楚凌走进去，淡淡地道："掌柜，开店吗？"

听到客人到来，掌柜连忙站起身来挤出了一个比哭还难看的笑容，道："客官快请坐，伙计，给这位小公子上茶。"

楚凌走到大堂一角坐下，打量了一眼整个大堂除了掌柜和伙计一个客人都没有。此时更是静悄悄得只能听到伙计和掌柜的脚步声。掌柜亲自端了茶送到楚凌跟前，强笑道："不知公子想要来些什么？是住店还是只用膳？"

楚凌道："先吃饭，挑几个你们拿手的菜上来就行了。"掌柜连忙回头对伙计吩咐了一声，又忙碌着开始擦拭楚凌跟前的桌子，仿佛他若是不做点什么转移注意力，下一刻又要哭出来了一般。

楚凌喝着茶，有些好奇地问道："掌柜，方才那两个人是怎么回事？"

掌柜擦桌子的手顿了一下，好一会儿方才长叹了口气低声道："不瞒小公子，我这小店只怕也开不了两天了。说不定小公子就是我这儿最后一位客人，小公子能进来说明也是缘分，小公子想要什么尽管点，我给你打个八折。"

楚凌对八折兴趣不大，倒是对那两个人兴趣很大："是因为那两个人？"

掌柜摇了摇头，叹气道："公子只怕不是咱们信州人吧？"楚凌点头道："之前在信州住过一段时间，不过有两年多没有来过了。"

掌柜叹气道："难怪公子不知，这两年信州的天气不好粮食歉收。朝廷征的税却一年比一年重，咱们这些做生意的不好过，普通百姓卖儿卖女的更是不在少数。如此也就罢了，那些貂族人也不是东西，三天两头就到处占便宜。今天那两位一开口，就借走了我整整二百两。二百两啊！我这小客栈，半年也赚不下来……"掌柜说到此处，颇有些咬牙切齿的味道，"这些不干人事的东西！"

楚凌蹙眉道："赋税一年比一年重？我听说去年北晋皇帝下令减轻了一部分百姓的赋税啊。"

掌柜冷笑一声道："公子只怕是不明白，自从貂族人入关以后这北方大部分的地都被貊族人圈占了。那些地一部分是貊族人自己抓的奴隶来种植，还有一部分租佃给普通老百姓。这佃钱却是他们自己定的啊。往昔天启朝的时候，最厉害也就是五五了，如今这些人可是要收七八成。百姓留下来的那点粮食连养活一家老小都不够。就算是这样，这些人还要抢！北晋皇帝让减轻赋税，又哪里真的有寻常百姓什么实惠了？"

楚凌点了点头："原来是这样，别的地方也是如此吗？"

掌柜道："时不时听过往的客人说，都差不多吧。只是别的地方若是风调雨顺，百姓的日子自然也好过一些。"楚凌问道："官府也不管吗？"

掌柜冷笑了一声道："谁管？怎么管？那些当官的虽然是中原人，但是欺压起人来倒是比那些貊族人还要花样百出。在貊族人面前一个个如同孙子一般，在自己人面前倒是……"

掌柜看了楚凌一眼，有些忿忿地闭了嘴。显然是二百两银子的惨重损失让掌柜大受打击，连谨言慎行四个字都忘记了，这会儿回过神来心里有些发虚。楚凌对他笑了笑，小声道："别怕，我不会告诉别人的。"

掌柜愣了愣，露出有些尴尬的笑容，弯着腰退回了柜台后面。

饭菜很快就送了上来，楚凌正要举起筷子吃饭突然听到外面传来一阵喧闹声。楚凌一怔侧耳去仔细倾听，不远处的街道上嘈杂声越来越响，仿佛有很多人在打架一般，隐隐还能听见兵器撞击的声音。

掌柜自然也听到了，连忙跑到门口去看了一眼就将头缩了回来，飞快地搬过旁边立着的门板开始关门。动作之娴熟，显然不是第一次做这种事情了。

楚凌有些诧异地道："掌柜，这是做什么呢？"掌柜看了她一眼焦急地道："公子，外面乱起来了，咱们还是先关门吧。"

楚凌皱眉道："最近信州很乱？"

掌柜思索了片刻道："一个月总有那么一两次，不过这次闹得好像有点大。"

楚凌思索了片刻，站起身来随手将一块银子放在桌上道："我出去看看。"掌柜吓了一跳，连忙想要拉住楚凌，奈何她走得太快，掌柜只能徒劳地在身后叫着，"唉？公子……公子？！"

见楚凌的身影很快消失在了街头，掌柜只得无奈地叹了口气，飞快地合上了门板将门紧紧地扣住了。

楚凌循着声音走去，转过了一个街头才看到前方的街上有几个人被一群南军士兵围着。这些南军领头的却是个貊族人，而被围困在中间的几个人中却有两个熟悉的身影。

楚凌蹙眉看着被围在人群中的雅朵和段云。这两个人是怎么跑到一块儿去的？

段云和雅朵被几个拿着兵器的年轻人围在中间，双方的脸色都不太好，显然是一言不合就要动手的。雅朵面上带着几分惊恐和愤怒之色，段云虽然面色平静，但是那双温和沉静的眼眸此时却也燃起了熊熊怒火。

为首的貊族男子高声道:"我看你们就是反贼,识相就乖乖跟我们走,否则要你们好看!"

雅朵忍不住怒道:"你胡说!我们安安分分进城买东西,怎么就是反贼了?分明就是你记恨云大哥方才在城门口不肯给你东西才挟私报复!"

貊族男子危险地看了雅朵一眼道:"你这小丫头倒是伶牙俐齿。哼,就算我挟私报复你又能如何?你们这种卑贱的南蛮子就只能乖乖地受着。爷看上你们这破东西是给你们面子,竟然还敢如此不识相!"

"你!"

段云一把拉住了想要上前理论的雅朵,淡淡道:"不用跟他们多说,他就是想要找事而已。"

貊族男子哈哈一笑道:"还是你这小子明白事理,我看这丫头长得还有几分姿色,不如你将她送给我,我便放你们一条生路如何?"段云蓦地扫了那人一眼,拉着雅朵转身就要走。那貊族男子勃然大怒,一挥手南军士兵立刻上前挡住了他们去路。"哈哈,跑啊,怎么不跑了?"貊族男子得意地笑道,"臭小子,爷今天一定要将你那张小白脸打成柿饼!"段云看着他,突然露出了一丝冷笑,看着那貊族男子轻声道:"恭候指教。"

貊族男子并没有听清楚他说什么,但是却从他的表情看懂了他话中的含义。怒吼一声,举刀就朝着段云劈了过去。

楚凌正准备出手,却突然重新放松了下来,好整以暇地看着前方的人群。

"嗖!"一支利箭破空而至。

那貊族男子举起的刀还在半空中,一双眼睛却已经睁得老大。他低下头直愣愣地望着自己跟前突然多出来的羽箭,过了片刻才发现那支箭竟然是插在自己的脖子上的。他连忙抬手想要捂住自己的脖子,却只能无助地看着鲜血从他喉咙和嘴里狂涌而出。

他脸上不由露出惊恐之色,喉咙动了动无力地倒在了地上。周围的人都是一愣,等到反应过来不知道是谁忍不住尖叫了一声,围观的人中立刻传来此起彼伏的尖叫声,人群顿时四散而去。

"怎么回事?!"原本围着雅朵和段云等人的南军顿时乱成了一团,连第一时间做出反应的能力都没有。楚凌在暗处看着也不由暗暗摇头,难怪黑龙寨能在信州盘踞那么多年还安然无事,这些南军说一声乌合之众都是抬举他们了。

不过认真想一想,楚凌倒也不是不能理解北晋人的想法。毕竟天启人至少是貊族人的十数倍有余。想要以少数人统治多数人的民族从来都不是一件容易的事情。如果将这些南军士兵训练成精锐战力,一旦这些人中有人生出了什么异心,对貊族来说那就是滔天大祸。

只是这样的策略最开始或许有助于北晋的统治,但是时间长了却到底还是会成为一个甩不掉的负累。就算这些人再怎么废柴被当成是炮灰,但是只要他们还存在着就需要朝廷发粮饷去养活他们。

朝廷不敢让这些人随便解甲归田,数十万甚至上百万的精壮男子一旦脱离了朝廷的束缚又没有生存的资本,北晋只会比现在更乱。现在不管他们是为朝廷效力,还是为了讨好北晋人去欺压天启人,最后还是要由朝廷去承担后果的。貊族人和天启人的矛盾也就永远都无法得到缓解,甚至会越演越烈。

不过楚凌此时好奇的是段云和雅朵在做什么。

在黑龙寨待了几个月,楚凌对段云这个人还是有些了解的。楚凌虽然觉得这人身份来历只怕不简单,但是这人一向是以黑龙寨的账房先生自居,从不多管闲事。今天却带着这么多人出现在这个地方,就让人觉得有些奇怪了。

很快城里就乱了起来,不知从哪里出现的穿着各种服饰、年龄大小也各不相同的人从各处涌了出来。他们手里都握着各种粗糙的武器,脸上带着仇恨的怒火攻击着街上的南军。楚凌微微蹙眉,这才明白过来发生了什么事情。这些人竟然想要攻击信州的驻军占领信州!

楚凌站在一座小楼的二楼角落里,看着楼下街道上的混战。这些人很大一部分都是寻常的百姓,他们手里握着的不是刀枪剑戟而是锄头斧头甚至是不知从哪儿捡来的棍棒。形容都十分消瘦,显然是常年填不饱肚子造成的营养不良。

无论这次的事情是谁发起的,楚都不得不说对方太欠考虑了。就凭这些人,攻击寻常的小县城或许可以,但是攻击信州这样的大城,即便是侥幸成功了,随之而来的也必然是各路北晋兵马和北晋朝廷的围剿。到时候,这些普通的百姓可没有地方撤退的,信州的山区纵然再多,也藏不下这么多的人,更养不活这么多人。等到北晋大军到来,只怕又是一场血流成河的屠城。

不远处一群带着兵器的南军在几个貊族人的率领下冲了过来,城里发生了这样的大事,貊族人显然很快就反应过来开始派兵镇压了。貊族人的反应速度甚至比楚凌预想的还要快,一群什么都不会单凭一腔勇气的普通人,遇上一群握着武器的士兵,哪怕这些士兵只是一群乌合之众结局也是可以预料的惨烈。

果然,只是刚刚交锋那些衣衫褴褛的人就开始有些手足无措起来。一照面就倒下了好几个。鲜血能激起人的杀心和兽性,但是更多的寻常人见到鲜血的第一个反应却是恐惧和慌乱。

人群顿时变得更加混乱无章,胆子小一些的甚至直接扔掉了手中的棍棒就想要逃走。但是他们的敌人却不会给他们这个机会,一群士兵一拥而上,手中的兵器毫不留情地砍向了那些手无寸铁的人。

楚凌叹了口气,抽出腰间的软鞭足下一点掠向了楼下的街道。人还在半空中,她手中的鞭子已经扫向了那一群南军士兵。长鞭夹着劲风袭来,所到之处哀嚎声一片。

楚凌落在人群中央，回头看了一眼身后明显有些吓住了的人，冷声道："还不快走！出城去！"然后便转头迎上了朝着自己扑来的士兵。

几个被她所救的人依然有些惊魂未定，等看到那突然出现的少年凌厉矫捷地穿梭在那一大群士兵中间，突然生出一股羞愧的感觉。两个年轻一些的握紧了自己手中的武器，道："我们去帮忙！"

实际上他们并不能帮上什么忙，楚凌在忙碌的间歇用鞭子将两个年轻人卷起扔到了街边上远离战场的地方。不过片刻工夫，二十多个士兵除了地上躺着动不了的，剩下的都逃走了。楚凌松了口气，回过头来却看到那两个年轻人竟然还站在街边上不由皱眉道："你们怎么还没走？"

年轻人不过二十出头的模样，身形消瘦脸色蜡黄，长期的饥饿让二十岁的人只有十来岁的身高和体格。年轻人吸了口气高声道："我们要加入义军，赶走那些貂族人！"

楚凌皱眉道："你们刚才差点就死了。"

两人忍不住打了个寒颤，其中一个道："我们，就算不被打死，也会饿死的。我还是宁愿被打死，至少能快一些。"

楚凌默然，这世上比强大的镇压更可怕的是饥饿。人一旦饿疯了，真的是什么事情都能够做得出来的。当年貂族人的血腥镇压没有激起这些人的反抗之心，但是一场饥荒却可以，这也是为什么历朝历代灾年往往多起义叛乱。

"公子，你带着我们一起吧。我们能帮忙！"年轻人有些兴奋地道，似乎真的不怕了。

楚凌摇了摇头，问道："是谁让你们来的，可知道他现在在哪里？"

两个年轻人面面相觑，看了对方一眼都从对方眼中看到了茫然。显然他们并不知道这些事情，大约也是被身边的人鼓动或者因为各种原因就被裹挟进来了。楚凌也不觉得意外，只是对两人道："你们若是不肯走，就找个安全的地方待着。记得，战场上心要狠，手要稳！"

话音未落，楚凌抬脚踢起地上的一把刀，随手一挥长刀就朝着后方的街角处射了过去。一个穿着南军士兵衣服的男人睁大眼睛望着自己胸口明晃晃的刀慢慢倒了下去。

告别了两个年轻人，楚凌循着之前段云和雅朵逃离的方向而去。终于在一处不起眼的破旧院子里找到了他们，不仅是他们，狄钧也在。只是此时众人地脸色都有些不太好看，狄钧脸红耳赤地对着一个中年男人跳脚，显然是被气得不轻。段云拉着雅朵站在一边，脸色也有些阴沉。

只听狄钧怒吼道："你算什么东西？凭什么事事都要听你的？大不了爷自己干！"那中年男子脸色一变，阴恻恻地道："你这是什么意思？想造反吗？"

狄钧嗤笑一声，仗着身高居高临下地瞥了那人一眼，懒洋洋地道："造反？还真以为自己是皇帝吗？真是吓死你爷爷我了。"

中年男子大怒，咬牙道："我一定会将此事禀告给城主的！若是这次出了什么事情，你要负全责！"狄钧翻着白眼道："吓谁呢？我负全责？我做什么了？小爷看着像是天生背黑锅的？"

"狂妄自大，目无法纪！"中年男子道："真不知道城主为什么要收下你们这些乌合之众！"

狄钧咬牙道："滚你娘的！爷早就受够了你这狗眼看人低的东西，沧云城有什么了不起？爷不干了行不行？！"

"四哥，大老远就听到声音了，谁要造反啊。"一个笑吟吟的声音突然传来，众人不由得吓了一跳。这小院虽然看着不起眼，但是周围都是他们自己的人。这声音突然出现，怎么能不让人惊讶？

狄钧很快就反应过来了，顿时大喜："小五?!"回头往声音的来处看去，果然看到了楚凌正站在围墙上含笑看着他。

"笙……阿凌！"雅朵惊讶地睁大了眼睛，忍不住欢喜地叫道，却又很快地改了口，眼中却满是璀璨的笑意。楚凌心中一暖，她一直瞒着雅朵，但是雅朵却完全没有生气，她心中还是忍不住高兴的。

"小寨主？"段云微微蹙眉，看着楚凌道。楚凌笑眯眯地对他挥了挥手道："哟，小段好久不见你还是这么风度翩翩。"段云抽了抽嘴角，拱手道："多谢小寨主夸奖。许久不见，你……长高了。"

楚凌从墙头落到院中，雅朵立刻走过去拉着她的手臂不肯再松开。楚凌安抚地拍了拍她的手臂问道："阿朵，你怎么会在这里？"

雅朵咬着唇角看了一眼那中年男子皱眉道："我本来是跟人进城来买点东西，遇到了一点麻烦。正好段公子路过帮了我，然后我就跟着他们来这里了。"楚凌轻叹了口气，道："有没有吓到？"雅朵摇头道："没有，我没事。"

"没事就好。"楚凌笑道。

"这位就是黑龙寨的五当家？"被晾在一边的中年男子终于忍不住开口道，只是声音有些阴阳怪气让人听着十分不舒服。

楚凌微微挑眉，侧首看向他道："我是凌楚，不知这位先生是？"那人昂起下巴，有些高傲地扫了楚凌一眼道："鄙人沧云城晏城主麾下玄武营主簿林显宗。"

沧云城派一个主簿来信州搅风搅雨的，到底是什么意思？微微蹙眉，楚凌道："原来是林主簿，幸会。"侧首问狄钧："今天的事情是黑龙寨策划的？谁提议的？"

对于此事，狄钧早就有一肚子的糟要吐。听到楚凌问起，立刻瞪了林显宗一眼道："当然是林主簿了！"

楚凌问道："大哥和三哥，还有你们也同意？"

狄钧道："大哥自然不同意，咱们才多少兵力，找死才跑来信州找事。不过……"狠狠地瞪了林显宗一眼，咬牙道："大哥被软禁了，沧云城来的高手都听他的，我们根本没办法。而且他根本没有知会一声就把人带出来了，三哥怕出事才让我和段云追上来看着的。"

楚凌眼神一冷看向林显宗，林显宗却并不觉得自己做错了什么，理直气壮地道："如今黑龙寨兵强马壮，不过是区区不到两千的貉族士兵和一群乌合之众的败类罢了。有什么好怕的？只要咱们这一仗打响了，城主自然会派兵来支援咱们，到时候大家都有功劳。像你们这样畏畏缩缩，能成什么大事？"

狄钧忍不住想要上前揍他几拳，他虽然一向爱冲锋陷阵，却也还不至于看不清自己。就凭着他们这几千人还有一群什么都不会的普通百姓，就想拿下信州这样的大城简直是痴人说梦。再说了就算拿下了又能怎么样？他们守得住吗？

楚凌一把拉住了狄钧，单手在他肩膀上拍了拍示意他少安毋躁。狄钧这才忍住了怒火，狠狠地瞪了林显宗一眼偏过了头去。楚凌走到林显宗跟前，很是和气地道："林主簿，有件事想要请教。"

虽然楚凌的话很客气，但是林显宗却似乎并不高兴。主簿只是辅佐主管记录事务的书吏而已，即便偶有参与军机要事也几乎没有什么发言权。林显宗来了黑龙寨之后，一向被人尊称一声林先生，如今楚凌一个刚刚冒出来的小子一口一个主簿，他自然高兴不起来。

林显宗沉着脸道："五寨主请问。"

楚凌道："请问，我黑龙寨如今下属沧云城哪一营？主将是谁？直接的长官又是哪一位？"林显宗一愣没来得及回答，旁边段云道："小寨主，黑龙寨如今并未完全隶属于沧云城，算是半合作的关系。"

楚凌对林显宗笑了笑，道："那么，不知林主簿是沧云城哪一营的主簿？林主簿将黑龙寨众人随意调遣可是沧云城哪位将军授权的？可有委任的文书和我大哥的交接信函？"

"你这是什么意思！"林显宗冷声道。

楚凌的笑容也冷了几分，淡淡道："看来是没有了。沧云城的法度在下也了解过一些，以黑龙寨的实力若是真心归附，我大哥至少也是四营之下一支兵马的统领。不知道林主簿之前任何要职，就有信心能统领这么多人进攻信州的？"

"你！"林显宗顿时气红了脸，怒瞪着楚凌冷声道，"你算什么东西？竟敢指责我！"

"姓林的！你说话注意一些，小五是我黑龙寨的五当家，不是什么无名无姓任由你欺负的人！"

林显宗冷笑了一声道："两年多行踪不明的五当家？谁知道他是不是貉族的奸细！"狄钧终于忍不住了，上前两步一把抓住林显宗的衣领就想要揍人。旁边的几个带着兵器，身形精悍的人见状立刻就警惕起来。楚凌一把将狄钧拉了回来，目光冷冷地扫了那些人一眼，沉声道："四哥，现在不是吵架的时候。让人立刻撤退，那些百姓是你们从哪儿弄来的？立刻让他们疏散出城！"

"不行！"林显宗断然道。

楚凌冷冷地扫了他一眼道："我没征求你的意见，林主簿若是这么有信心，自己带着人留下便是。"

林显宗顿时语塞，只是恶狠狠地瞪着楚凌冷笑道："你以为现在停手，那些貊族人就会放过他们吗？还不是一样要死。"

"你是故意的。"段云突然道，双眼盯着林显宗眼中写满了冷漠和怒意。狄钧一愣："什么故意的？"

楚凌也明白过来，目光平淡地看了林显宗。林显宗脸上闪过一丝懊恼，飞快地将那一丝得意收了起来："什么故意的？我不知道你在说什么。"

段云扭头去看楚凌，楚凌平静地看着林显宗笑道："既然林主簿如此热血，你放心……那些百姓若是死在了北晋人的屠刀之下，我保证把你烧了给他们做陪葬。"

"你……"林显宗忍不住往身后退了两步避开了楚凌的眼眸，只觉得心中一阵发凉。不知怎么的，眼前这看起来才十来岁的少年，竟然给他一种看到了城主的感觉。楚凌没有理会林显宗在想什么，已经侧首对狄钧道："四哥，你现在还能不能控制黑龙寨的人？"

狄钧点了点头："咱们自己的兄弟，还是会听我的话的。"

楚凌点头道："很好，你立刻带上一半的人马，带着那些一起来的百姓拿下城南的粮仓，然后带人将粮食全部运走。拿到粮食之后，愿意走的人分一些粮食给他们让他们各自逃命，最好是离开信州或分散去偏僻的地方暂时不要回家。若是愿意跟你走，你就带着人往南，去蔚县。明白了吗？"

狄钧听得有些晕，问道："去蔚县？干什么？"

楚凌揉了揉眉心，想要给他仔细解释又觉得要说的实在是太多。一把抓过旁边的段云道："小段，你跟他解释，我还有事情要办，帮我照顾一下阿朵。"

狄钧连忙道："你还要做什么？"

楚凌没好气地道："我带人去帮你们拦下城里的南军，然后去把蔚县抢下来啊。"

抢蔚县？为什么？狄钧一脸茫然地扭头去看段云："老段，你知道小五在说什么吗？"段云叹了口气，伸手拍了拍狄钧的肩膀道："四寨主，既然小寨主这么盼咐了，咱们就先去办事吧。回头我慢慢给你解释。"

狄钧摸了摸下巴，点头道："行吧。"

段云摇摇头，侧首看向雅朵，雅朵对他笑了笑点头道："麻烦段公子了。"

旁边林显宗气得跳脚，可惜谁也没有功夫理会他。

虽然离开了两年多，不过黑龙寨里记得楚凌的人依然还是很多的。毕竟黑龙寨那样的地方，许多年也不见得会出一个像小寨主么有趣的人物。楚凌刚刚离开的那段时间寨子里的许多人都还对她十分挂念，不少小孩子还抱怨小寨主说话不算数，明明答应教他们练武的。如今两年过去，不少人都已经长大了。

"小寨主？！"两个看起来只有十五六岁的少年指着迎面而来的楚凌，惊喜地道。

楚凌微微蹙眉，很快便认出了他们的身份："孙泽，莫晓廷，你们怎么也来了？"这两个少年，正是当初跟着她一起训练的一群少年中年纪最大的两个。听二娘说她走了之后他们一直都跟着狄钧坚持训练，对此楚凌很是欣慰。

莫晓廷理所当然地挥舞着拳头道："小寨主，我们都是大人了啊，当然要跟着四寨主一起出来打貊族人！"楚凌默然，一般人家的孩子十四五岁就已经成婚了，在世人眼中成婚了确实算是成人了。

另一个少年也凑了上来，举着自己手中的刀道："小寨主，这两年你不在咱们可没有偷懒，就连沧云城来的人都说咱们厉害呢。现在你可算回来了，说好的，你要带我们上战场啊。"

楚凌看着两人："你们不怕死吗？打仗是会死人的。"

两个少年的脸上却半点也没有畏惧的神色，反倒是带着几分向往和憧憬，"怕死算什么男人！大不了十八年后又是一条好汉！我们这两年苦练功夫，就是为了有朝一日跟着大寨主和沧云城的将军大杀四方，将貊族人赶出去！"

楚凌心中暗叹：天真。黑龙寨如今眼看要被沧云城来的人给架空了，以后关系如何还不好说。

楚凌相信晏翎是个一心为公的真英雄，但是他手底下到底是些什么样的人却不好说。晏翎再厉害也只是一个人，不可能面面俱到地管束手下的每一个人。今天若不是她凑巧遇到，只怕黑龙寨真要被那姓林的害得以后在信州无法立足了。

段云猜测的没错，林显宗压根不是真的想要为黑龙寨好才来攻打信州的。他只是自己想要功劳，想要名声。有了这些，还管那些普通百姓的死活做什么？

不过现在，既然进来了楚凌也知道他们不可能就这样退出去，看了两人一眼道："既然不怕死，就跟我走吧。"

两人眼睛都是一亮："小寨主，咱们去做什么？"楚凌问道："这边闲着的还能用的人都带上跟我走。"

"是，小寨主！"两个少年立刻去叫人了。很快就涌过来了一大群人，听说小寨主回来了众人更是高兴。

两人的行动却很快就遭到了阻挠。几个一看就不像是黑龙寨出身的男子快步走了过去，很快两个少年就跟他们争吵起来了。楚凌皱了皱眉，漫步走了过去，问道："怎么回事？"

"小寨主!"莫晓廷气红了脸,指着那几个人道,"他们不让我们走!"楚凌目光淡淡地扫了几人一眼,道:"这几位也是沧云城的?"

为首的青年点头,略带着几分克制的傲气道:"不错,林先生还没有下令,不能随意乱走。公子应当知道,行军打仗最忌讳的便是军令混乱无章。公子这样将人带走了,我们如何跟林先生交代?"

"交代?"楚凌笑吟吟地看着几人,面上还带着几分疑惑,"我为什么要跟他交代?"

男子被噎得说不出话来,只能愣愣地看着眼前笑容温雅甚至带着几分天真的少年。却听他继续道:"他区区一个主簿,凭什么要我给他交代?难不成沧云城不是派他来做中转消息而是接掌黑龙寨的?这事儿,晏城主知道吗?"

这话一出,几个人都忍不住变了脸色。他们这些人到了黑龙寨已经有好些日子了,从来都觉得自己高人一等,黑龙寨这样的山贼土匪窝也不知道上面怎么就看得上的,既然黑龙寨要归附沧云城,那这些人自然也就应该听他们的。

他们却忘了,上面派他们来只是为了以后好跟黑龙寨联系,顺便帮着训练黑龙寨的兵马的。算起来他们这些日子也着实是越俎代庖了。或许是因为林显宗的蛊惑太有诱惑力,也或许是他们自己本来就看不起黑龙寨的人,竟然就这么理所当然地认为自己对黑龙寨有指挥权。

楚凌看着几个人有些难堪的脸色,了然地点了点头。到底都还是一些没什么心机的年轻人,她也并不想在这个时候跟他们计较太多:"劳烦几位让开吧。"

有人知道羞愧知道反省,却并不是所有人都是这样的。站在后面的一个青年男子突然上前一步道:"你一个毛头小子,又凭什么调遣这些人?"孙泽忍不住道:"这是我们黑龙寨的小寨主!"

那人不以为意地冷笑了一声道:"那又如何?不过是个……"话还没说完,一把明晃晃的剑就架在了他的脖子上,他脸上不由露出几分惊骇之色。他口中看不起的毛头小子此时正握着那把剑的剑柄,目光冰冷地看着他:"我现在有事,不想跟你废话,让开。"

"不让又如何?"那人忍不住嘴硬了一句,很快他就知道不让会如何了。架在他脖子上的剑力道微沉,尖锐而冰凉的疼痛立刻从他脖子上袭来。青年不由得叫了一声,"你?!"

"让开,我若是一时没忍住杀了一个不知轻重越权之人,想必沧云城主也不会跟我计较的吧?"青年终于变了脸色,他知道眼前这看起来稚嫩的少年并不是在跟他开玩笑。面子毕竟没有命重要,片刻后青年沉着脸让开了。

楚凌看了一眼两个少年,道:"走!"

"是,小寨主!"两个少年带着明朗欢快的笑容应了一声,跟在楚凌身后屁颠屁颠地往未知的战场而去。

信州虽然是个大城，但是貊族毕竟是人口不多，所以即便是信州府城驻扎在这里的貊族士兵也不过两三千人。南军数万人，却是驻扎在信州城外的军营的。只留了少数的驻守在城中协助貊族人巡场，但是人数也不会超过貊族兵马本身。

城中骤然乱起来的时候，信州城中总共也不过才四五千兵马，而光是跟随着黑龙寨众人"起义"的普通百姓，就有上万人。更不用说还有不少前来帮忙或凑热闹的江湖中人以及黑龙寨本身的兵马。如果只是说夺下信州的话，楚凌不得不承认突然发难想要夺下信州并非不可能。但是真正的难处却是夺下来之后，守不住又有什么意义呢？

经过了这两年的发展，黑龙寨已经与两年多以前不可同日而语了。无论是兵器还是寨中众人的实力都有了显著的提升。楚凌带着一队大约一千的人马一路冲到了信州官府的粮仓附近。虽然跟貊族士兵比起来单兵实力还差很多，但是几个人围攻一个还是有胜算的。不至于出现那种跟貊族人刚打了个照面就吓得作鸟兽散的情况了。

如此楚凌也就心满意足了，她对黑龙寨两年前的战斗力还记忆犹新呢。

在靠近粮仓的时候，他们终于遇到了阻碍。貊族人派了重兵驻守此地，而在人数基本持平的情况下黑龙寨几乎是没有胜算的。被堵在街口好一会儿也无法推进还有了不少的伤亡，莫晓廷有些焦急起来。一咬牙，握着手中的刀就往前方貊族人多的地方冲了过去。

"小心！"混战中孙泽的眸光正好看到了一个貊族士兵神色狰狞地举着刀砍向了莫晓廷。但是他想要冲上去已经晚了，因为他自己跟前还挡着两个人。

莫晓廷听到了孙泽的示警有些狼狈地想要避开，他面前的人却不给他这个机会，上前一把抱住了他。莫晓廷被人当面抱住顿时动弹不得，貊族人本就擅长摔跤缠斗，虽然没有兵器却用双手将莫晓廷整个人锁得死死的。

完了！莫晓廷在心中绝望地想着，心里也不由生起一股暴戾的杀气。干脆一不做二不休，狠狠地用自己的头撞向了抱住自己的人的额头。

一道刀风从上而下地当空斩下，莫晓廷被撞得眼冒金星，有些茫然地看着突然出现在自己跟前的人。片刻后才后知后觉地发现那原本应该砍在自己背上的刀并没有出现，"小……"话还没说完，被他突然狠狠撞了一下脑门的貊族士兵晃了晃脑袋放弃了继续锁住他的四肢，而是伸手掐住了他的脖子。莫晓廷挣扎着举起了刀，在自己被对方掐死之前狠狠地一刀捅了下去。

四周还是一片混战，莫晓廷手忙脚乱地推开已经死去的人，方才扑通一屁股坐在了地上脸色苍白地直喘气。

楚凌站在一边看着他，偶尔出手解决掉两个试图靠近他们的人，垂眸问道："战场好玩儿吗？"

莫晓廷连连摇头，望着四周地上躺着的自己人和敌人的尸体神色茫然。楚凌上前一步将他拎了起来道："今天这阵仗还远远称不上战场，你若是真的有一天上了战场就会知道何谓尸横遍野，血流成河了。这不是逞少年意气的地方，战场对每个人来说都是公平的，纵然你是绝世高手、旷世将才，有时候一支箭过来就能让你死得比普通小兵还要憋屈。"

莫晓廷抬起头来望着楚凌，少年的眼眸里带着几分惊恐和委屈。他确实没有想过这些。打仗当然是要死人的，但是却从来没有想过死的那个可能会是自己。或者说不是没有想过，而是在此之前他根本就没有理解过死到底是什么。所以才能喊出："十几年后又是一条好汉。"

无知者，无畏。

看着他魂不守舍的模样，楚凌对他冷然一笑，"战场上还有心情胡思乱想，看来你还不够紧张"。伸手一推直接将人推出了她的保护范围。莫晓廷只得打起精神再一次加入了战斗。他心中还是有些委屈，要不是小寨主跟他说这些，他怎么会胡思乱想？"小寨主，这街口咱们冲不过去怎么办？"孙泽冲到了楚凌跟前焦急地道。

楚凌道："不用担心，四哥他们会从另一边进去。我们在这里帮他们牵制住敌人就行了。你和莫晓廷这里稳住，我上去帮忙。"

"是，小寨主！"

楚凌侧首看了他一眼没有说话，提起刀往前方去了。比起莫晓廷，孙泽倒是让人放心不少。

狄钧带着另一路人从另一个方向进攻粮仓的位置，因为有楚凌等人的牵制，城外的兵马又不能及时赶到，倒是让他们顺利夺下了粮仓。狄钧毫不犹豫地执行楚凌的吩咐，让普通百姓带着粮食立刻出城。有愿意跟他们一起走的，一起帮着运送粮食。

狄钧站在巨大的粮仓里面看着里面堆得几乎要溢出去的粮食忍不住骂道："这些貂族人真不是东西！"

段云负手站在一边，淡淡道："天启在的时候也未必好多少。"

狄钧有些奇怪地看了他一眼，道："你跟天启有仇？"段云摇了摇头，道："并无，我只是实话实说而已。"狄钧摆摆手，道："随便吧，你还没告诉我，小五为什么要去蔚县。"小五一走段云也催着他赶紧走了，从头到尾连半句解释都没有给他。段云叹了口气，看着狄钧道："四寨主，有空你还是多读点书吧。"

这又跟读书有什么关系？看不起他认的字不多啊！

段云蹙眉道："信州我们根本就守不住，不仅守不住一旦北晋的援兵到来，貂族人若是迁怒很有可能整个信州的中原人都要倒霉。还有那些跟着一起来的普通百姓，他们有不少就住在附近根本无处可去。蔚县背靠大山远离官道道路崎岖，最重要的是县城四周有城墙，一旦拿下来短期内是可以守住的，到时候就有时间等待沧云城的援兵。就算守不住了，从那里退入山中也远比我们直接将人带入山中要方便得多。"

狄钧沉默了一会儿，问道："如果沧云城不派人来救援呢？"

段云沉默了良久，方才淡淡开口道："问得好。"他也想知道，沧云城到底会不会来救。

不得不说，这一年多下来黑龙寨从上到下对沧云城的印象都跟从前没有接触的时候有些不太一样了。在狄钧和段云忙碌着的时候，楚凌已经带着人往信州西南方的蔚县而去了。驻守信州南军的大营在信州东北方向，正好与他们要去的地方相反。林显宗信誓旦旦地表示驻守信州的南军四五个时辰内绝对不会动弹的，虽然看不上林显宗这个人，但是他说这话楚凌还是相信的。

林显宗一看就不是什么舍生忘死的人，他敢带着这么多人来攻打信州是为了功劳不是为了让自己送命。想必是沧云城在南军中也有人，只是具体是怎么操作的现在却无暇理会，楚凌打算回头有空了好好问问林显宗。

蔚县距离信州有五十多里，楚凌并没有带着大部队去，而是挑选了两百个实力不弱的人，征用了他们这次带来的所有马匹快马加鞭赶过去。

五十多里路，貂族骑兵用不了一个时辰就能到，黑龙寨众人却整整用了两个时辰。一群人在蔚县附近的一处树林里停了下来，楚凌站在树林边上看着前方的县城思索着什么。孙泽和莫晓廷跟在她身边，莫晓廷问道："小寨主，咱们怎么做？"

楚凌道："蔚县是个小县城，里面并没有貂族兵马驻守，驻守在这里的只有南军三百人以及衙门的一些衙役。在蔚县西北十里处有一个路亭，里面驻守了一百来个貂族人。"

两人眼巴巴地看着楚凌，楚凌无奈地摸了摸额头道："不能硬打，以我们的实力和这些人硬拼多半是两败俱伤，我们损失要重一些。若是提前惊动了那些人，整个驻扎信州的南军都会知道蔚县被人拿下了。到时候只怕四哥他们来不及赶到就要被堵在路上了。"

孙泽道："小寨主的意思是，咱们偷袭？"

楚凌眨了眨眼睛，笑道："最好是，不费一兵一卒拿下蔚县。你们俩，挑几个看起来和气一些的跟我进城。"

"做什么？"

楚凌挑眉一笑道："擒贼先擒王。"

"擒贼先擒王？！"

走在蔚县的街道上，孙泽和莫晓廷都有些忐忑。他们毕竟也只是十五六岁的少年，头一次跟人做这种大事，虽然兴奋不已，但是兴奋之余也难免有些害怕。看到楚凌负手不紧不慢地走向县衙的位置，莫晓廷忍不住满心佩服。

"小、小寨主。"

楚凌回头看了他一眼，微微挑眉，无声地给了他一个疑问的眼神。莫晓廷吞了一口口水道："你不害怕吗？"楚凌不解："怕什么？"莫晓廷指了指前方的县衙，又指了指自己和周围。显然是心中的纠结担忧已经无法用语言来描述了。

楚凌不由笑道："不是告诉你了吗？这蔚县县城里面没有貊族驻军，那几个南军不是什么大事儿。"

莫晓廷深吸了一口气道："毕竟还是三百个人啊。"孙泽拍了拍他的肩膀，小声提醒道："咱们也有两百多人，你怕什么？"虽然他们比不上貊族人，但是对付那些一盘散沙只知道混日子的南军，却并不是什么难事。

莫晓廷点了点头，一脸慎重地看着两人。楚凌对他笑了笑，伸手拍拍他的肩膀道："别紧张，放松点。"

县衙就在县城的正中间，因为蔚县本就是一个小县城，县衙看起来也不怎么大。此时已经是傍晚，县衙门口连个守卫的衙役都没有，大门前静悄悄的。楚凌三人对视一眼，也不走正门直接从县衙的一侧翻墙而入。

此时蔚县的知县正在后院搂着两个美人儿喝酒，虽然天还没黑他却已经喝得醉眼朦胧了。当楚凌出现在他面前的时候他甚至都没有看清楚来人，只是眯着眼睛努力辨认："你……你是谁啊？"

楚凌对他淡淡一笑，轻声道："我是谁不重要，我只是有件事想要请大人帮忙。"知县嘿嘿笑了两声，将自己的身体靠在其中一个女子身上，道："哪来的小子？本官为什么要帮你？"

楚凌身形一闪，原本距离那知县还有两三丈的距离瞬间到了跟前。一把匕首悄无声息地顶上了他的脖子，旁边的两个女子忍不住就想要放声尖叫，却被楚凌的一个眼神吓得噎了回去，下一刻后颈一痛就被人打晕了过去。

楚凌给了悄无声息摸上来的两人一个赞赏的眼神，莫晓廷面无表情地扬起了下巴。那知县似乎终于看清楚了架在自己脖子上的是个什么东西，顿时吓出了一身冷汗，整个人也从醉酒的状态中醒了过来。

"大……大侠，有话好说，有话好说！"知县颤声道。

楚凌挑眉，笑道："看来醉得还不算厉害啊。"知县赔着笑，眼神惊惧地偷瞄自己脖子上那冰凉的匕首。楚凌温声道："大人不用害怕，我们只是想要请大人帮个忙而已。"

"帮……帮什么忙？"知县道。

楚凌的匕首慢慢从他的脖子上移开，还没等他松一口气就已经慢慢划向了他的心口，"大……大侠？！你说，你说！"楚凌轻声道："蔚县的官兵都是归大人调度的吧？劳驾把令牌借我用用。"

知县震惊地看着眼前看起来不过十五六岁的三个少年："你……你们是反贼……"

"啪！"莫晓廷一巴掌拍在他头上，没好气地道："说什么呢？我们是义军！跟你这样的狗腿子是不一样的！"形势比人强，知县敢怒不敢言地望着三人。楚凌瞪了莫晓廷一眼，对知县道："别废话了，有什么问题可以说出来咱们好好商量。"

知县苦着脸道："三位大侠，我只是个跑腿办差的，若是将调兵的令牌给你们了，我这一家老小都活不了啊。"孙泽嗤笑一声道："说得好像你不给就能活一样，你觉得我的刀比貂族人的钝么？"

知县战战兢兢地看着三人，生怕楚凌真的给他一刀。楚凌拍拍他的肩膀道："大人，识时务者为俊杰。当然你要是想要为北晋人鞠躬尽瘁死而后已，我也没什么意见。毕竟，人各有志嘛。"

知县看了她一眼，忍不住在心中骂娘，他有病吗为貂族人鞠躬尽瘁？貂族人又不是他娘。知县苦着脸哀求道："大侠，下官虽然为貂族人做事，也没有做过什么祸害百姓的事情啊。下官一家子老小也不容易，只为在乱世中求一个生存罢了。你这样，让我一家老小怎么办啊？下官死不足惜，但是等你们走了，貂族人也不会放过我的家人的。"

楚凌叹气道："我也不想为难你，但是不为难你，就要为难别人。我相信你没有为了私利做过鱼肉百姓的事情，但是蔚县的税收是你收的吧？所以，我还是只能为难你。"

知县道："税收那是朝廷定下的啊，我也不能做主减轻啊。"

"走狗！"莫晓廷轻哼一声道。楚凌摊手道："所以，你有你的原因要为难别人，我也有我的原因要为难你。我不指责你为难别人，你也别指责我为难你。如何？"

还怎么谈？

楚凌满意地看着他："看来，大人没有意见了，就这么愉快地决定了。"

天色微暗的时候，驻扎在蔚县城西南角上一个大院里的蔚县南军收到了知县的命令。命令他们所有人前往县衙，据说知县大人有重要的事情交给他们去办。

这个命令本身有些奇怪，毕竟就算知县大人有什么事情也可以直接派人来通知他们的统领，然后再一层层吩咐下去。知县派来的人神色凝重还带着几分傲气，颐指气使的模样跟平时并没有什么两样，倒是让南军的小统领没来得及多想只当是知县有什么想要瞒着貂族人的秘密事情要他们去做，这种事以前也不是没有过。

于是他们飞快地整顿人马过去了。

这些人显然不会想到，在如今这个貂族人已经统治了中原超过十年的时候竟然还有人敢出兵袭城。

这些人一进入县衙就被早就埋伏在周围的人来了个关门打狗。如果说信州的南军战力低下的话，这些被长期闲置在小县城的南军就纯粹是一群蛀虫。被偷袭之后见抵挡不住立刻就投降了，连试图挣扎的过程都没有。看到自己手下的人如此无用，知县的脸顿时就变得比苦瓜还苦了。

这些蠢货想不到，他却想得长远。这会儿投降保住了性命有什么用？回头貂族大军前来围剿，他们还不是要跟着陪葬？现在只有两条路可以走，要么就豁出命去想办法通知附近的貂族人来，要么就只能一门心思抱着这些乱军的大腿了。

看了一眼站在旁边不远处的少年，知县果断地将第一个想法吞了回去。他并不想要试一试自己的脖子硬还是对方的刀硬。

孙泽和莫晓廷也没有想到竟然会这么顺利，都有些回不过神来："小寨主，这就成了？"

楚凌扫了两人一眼："别想太多，这才是刚开始呢。按四哥他们的速度，就算是连夜赶路至少也要明天早上才会到。我们要保证在明天他们到来之前，貂族人和南军不会来围城。"

莫晓廷道："南军都是废物，至于那些貂族人，信州境内也没有多少怕什么？"

"蔚县这么容易就拿下来了，你知道为什么这些年一直没有人攻打这些根本不被貂族人重视的小城吗？"楚凌问道。他们拿下蔚县确实是不费吹灰之力，蔚县这点人随便一个有些实力的山寨想要打下来都不是一件难事。

莫晓廷一呆："啊？为什么？"

楚凌道："信州境内至少有八万南军，各地还有将近一万的貂族兵马。平时没事各自分散看着不起眼，一旦某个地方受到了攻击，他们立刻就会集结成军。你觉得，以咱们的实力能抵挡多少貂族兵马的进攻？"

莫晓廷哑然。楚凌继续道："再说了，就算你打遍信州无敌手，那还有貂族的几十万大军呢？"

莫晓廷缩了缩脖子："没……没这么严重吧？"

楚凌似笑非笑地看着他道："严不严重，就看你能搞多大的事儿。"

"……所以，小寨主你这是在告诫我要谨慎，还是在鼓动我搞大事呢？"

谨慎地搞大事！孙泽有些担心地道："小寨主，四寨主那边那么多人和粮食，太惹人注目了只怕是有些危险。"楚凌点了点头道："你想得周到，这很好。放心吧，我已经派人回去请大哥二姐他们带人去接应四哥了。"孙泽松了口气，"小寨主英明，是我多虑了。"

"多想想是好事。"楚凌笑道，"在四哥他们到来之前，我们只要暗中控制住整个蔚县就可以了。不过准备还是要做一些的，一旦四哥他们带兵入城，我们就要做好被貂族人发现的准备，蔚县至少有几千户人家，我们无法保证这其中有没有貂族人的探子，到时候会不会给貂族人传信。"

两人点头，莫晓廷皱眉道："若是这样的话，我们岂不是很快就会被围困在蔚县里？"貂族大军围城，光是想想就忍不住有些头皮发麻。

楚凌点头："确实要困守孤城一段时间。"

"若是守不住……"莫晓廷微微变色，虽然他们年纪还小但貊族刚入中原屠城的事情他们也是听父辈说起过的。楚凌轻叹了口气，道："那就要看沧云城的人到底靠不靠得住了。现在这个季节，带着这么多人入山只有死路一条。挣扎一下说不定还能有一线生机。"

"若是靠不住……"孙泽脸色微变。

楚凌道："至少也要守到开春，然后再想办法突围了。所幸蔚县城池坚固，城中一应生活所需都不缺，或许可以试试。"莫晓廷咬牙道："都怪那姓林的。"

孙泽苦笑："咱们当时也没有反对啊。"虽然他们说不上话，但是他们当时的确被林显宗给鼓动了。他们这两年苦练武艺，自觉本事不弱了。一直困在山中轻易不能出动的年轻人难免觉得憋屈，如今却……莫晓廷鼓着腮帮子偏过了头去不再说话。

此时数百里之外的一处宅邸中，君无欢脸色苍白地靠在铺着厚厚的狐裘的椅子里，漫不经心地听着眼前的男人指着他的鼻子怒骂不休。不知道是骂累了还是觉得自己骂得如此投入对方却连半点回应都没有太吃亏了，男子终于恨恨地住了口，只是道："姓君的，下一次你若是想死就死远一点！不要总是给我找麻烦。"

君无欢见他总算肯正常沟通了，这才好脾气地道："云公子说笑了，我自然是想要活的，死了可就什么都没有了。"

"可不是吗。"男子挑眉，嘲讽地道，"君公子若是死了，你那位郡主未婚妻还不知道便宜了谁呢？"

君无欢蹙眉，淡淡道："桓毓太多嘴了，我建议你下次给他配一服哑药。"男子微微扬眉，思索了片刻竟点头赞道："这个主意不错。"

"公子。"门外，一个侍卫匆匆进来。男子看了一眼那侍卫，翻了个白眼道："长离公子真是日理万机。"

君无欢不理会他，问道："何事？"

侍卫恭敬地递上了一封信函，君无欢伸手接过打开一看，眉头不由自主地皱了起来。见他这副神色，那青年男子也闭上了原本还想要说什么的嘴。却见君无欢脸色越来越冷，好一会儿方才冷声道："黑龙寨想要攻打信州？"

青年仿佛听到了什么笑话："攻打信州？他们拿什么攻打？你之前不是说黑龙寨的人还不错吗？这叫不错？这叫脑子有病吧？"不知天高地厚的病。

君无欢将手中的信函往地上一扔冷声道："不是黑龙寨的人脑子有病，是沧云城的人脑子有病。那个林显宗，是谁派去的？"侍卫连忙道："回公子，那林显宗是白虎营副统领霍桀将军的妻弟。"

"霍桀？"君无欢微微眯眼，旁边的青年道："霍桀为人正直，从不因私废公。况且黑龙寨那种地方也不是什么好差事吧？霍桀就算想要走后门也不会走到那里去。"

君无欢淡淡扫了他一眼，道："你以为我想说什么？"青年笑了笑，道："我没有以为什么，就是随口说一句。"

"是吗？我还以为你跟霍桀有什么关系呢？"君无欢淡淡道，侧首看向旁边的侍卫。

侍卫头皮一紧，连忙道，"启禀公子，那林显宗虽然是霍将军的妻弟，但是两人关系一向寻常。林显宗常在军中抱怨霍将军不肯拂自家人，不肯给他好差事。此人志大才疏，又好逸恶劳，霍将军原本打算将他赶出军中，不过他并非霍将军麾下直属，家中霍夫人也闹腾得厉害，只得作罢。先前要派人前往黑龙寨，许多人都以为是苦差事不愿前去。霍将军才私下找了沈将军，将林显宗踢了过去。"

原本是想要给他一点苦头吃吃，毕竟土匪寨里的人不会好相与，没想到这姓林的倒是个有本事的，竟然都能惹得公子动怒了。

"原来如此。"君无欢点了点头，站起身来就往外面走去。

背后青年连忙叫道："你去哪儿？！"

君无欢道："信州。"

青年皱眉道："这个时候你去信州有什么用？我们收到信的时候，说不定黑龙寨那边都已经动手了。你的身体……"君无欢道："我的身体很好，正是因为已经发生了我才要去！"话音刚落，君无欢的背影已经消失在了门口。

"区区一个黑龙寨而已，有这么急吗？难不成黑龙寨里藏了什么稀世珍宝？"

狄钧带着人赶到的时候已经是第二天黎明了，跟他一起来的是郑洛和叶二娘，窦央被留在了山里看家。出乎楚凌意料的是跟着三人一起来的人数比她估计的要多不少。

除了三人带来的两千左右的黑龙寨兵马，普通百姓有将近一万多人。

"大哥、二姐、四哥！"楚凌早就等在了城门口，远远地看到队伍过来辨清了是郑洛等人，楚凌立刻下令开城门迎了上去。

"小五！"叶二娘翻身从马背上下来，上前拉着楚凌仔细打量了一番，方才笑道："回去传信的人说你回来了，我和大哥还有些不信呢。怎么不提前派人通知一声，我们也好来接你啊。"楚凌含笑道："二姐，我不是想给你们一个惊喜吗？"

叶二娘叹了口气，道："喜是喜了，不过却让你一回来就操心这些事情……"楚凌笑道："不都是自家兄弟吗？只要大哥和二姐还认我，那还有什么好说的？大哥，你说是不是？"

郑洛欣慰地拍了拍楚凌的肩膀道："小五，你做得很好。"

楚凌闻言，不由莞尔一笑："大哥、二姐、四哥，先进城吧。"

"好！"楚凌找来孙泽和莫晓廷让他们跟着狄钧去安排队伍进城，跟在身边的知县犹豫了一下看着楚凌没说话。叶二娘却注意到了，问道："小五，这位是？"

楚凌笑道："这位啊，这位是蔚县的父母官秦知节，秦大人。"

郑洛和叶二娘看向知县大人的神色立刻多了几分警惕和不善，却并没有急着问话。楚凌笑道："大哥，二姐，这次能这么顺利，秦大人也帮了不少忙。他熟悉城中事务，能帮上咱们大忙的。"郑洛当了许多年的大寨主自然不会是单纯的武夫，客气地对秦知节点了点头，只是脸色依然不太好看。

秦知节虽然心里将楚凌骂得狗血淋头，但人在屋檐下，不得不低头。还是只能客客气气地对着郑洛和叶二娘拱了拱手："凌公子，我过去看看。"楚凌点头道："有劳秦大人了，四哥他对这些琐事不甚上心，还要有劳你多多费心。有什么问题的话可以先找段云商量。"秦知节点了点头转身走了，他当了这么多年北晋的官儿自然不会去问段云是谁。

楚凌陪着郑洛和叶二娘一路往城里走去，叶二娘有些担心地问道："小五，那个姓秦的……"

楚凌笑道："二姐，我明白你担心什么。不过，我们现在需要他。"叶二娘看着她等着她的解释，楚凌轻声道："这蔚县县城里造册人丁共有三千多户，大约一万六千多人。还不包括大约三百个左右的貊族人以及少数路过的商旅。我们拿下蔚县容易，但是想要维持住稳定却难上加难。这些事情还是要交给有经验的人来做，一旦城里的人还有那些跟着我们一起来的百姓乱了，不用等到貊族人来攻打，我们自己就要待不下去了。"

两人沉默了片刻，郑洛方才点头道："小五你思虑得周到，这个姓秦的暂时确实不能动。不过，他……"

楚凌笑道："大哥你放心，我提前查过。他如果真是那种鱼肉百姓的人我也不能容他。秦知节此人虽然做的是北晋的官，但在蔚县普通百姓中间名声还不错。百姓困苦，大多也觉得是朝廷的错，跟他不相干。可见这人不仅有分寸而且还聪明得很。"老百姓可想不到那么多，秦知节能让这些过苦日子的百姓还觉得他不错，就是他的本事。

"那就好。"郑洛这才放心下来。

三人一边说话一边往县衙的方向而去，还没走到县衙门口，就看到一道明亮的烟火冲天。黄色的焰火带着尖锐的声音绽放在空中，原本还算宁静的小城突然就仿佛火起来了一般。

"怎么回事？！"

楚凌倒是不觉得意外，道："看来是貊族人安插在城里的探子发现了。"这么多人进城，貊族人要是没发现才是怪事了。

郑洛皱眉道："蔚县附近只有一处路亭，不过百来号人，肯定不会急着来跟咱们硬碰硬。他们集结大军需要多少时间？"楚凌笑道："大哥，不必太担心。貊族未必有多少人来围攻咱们，至少短时间内是如此。"

"怎么说？"

楚凌道："貂族的兵马有着极其严苛的调度规则，不是十万火急的情况，除非是驻地的将领求助，否则非防区内的兵马是不会随意越界的。貂族人的骄傲又注定了他们绝不会轻易向别人求助。若是连个小小的山寨都要请别的将领相助，别说驻守将军的面子过不去，朝廷也会惩罚的。咱们这点人马，也当不起他们跨防区调兵。所以，目前我们需要担心的只有信州的驻军。"

叶二娘道："就算是信州的驻军，加上南军也有十多万人啊。"

楚凌道："这就要看我们如何准备，以及南军的战斗力如何了。"

一整夜没睡楚凌等人却没有丝毫睡意。书房里楚凌和郑洛叶二娘正在议事，看到秦知节带着狄钧和段云进来才停了下来。秦知节叶知道自己如今身份不便，只将两人带到门口就朝着楚凌三人拱了下手准备告退，却被楚凌叫住了："秦大人，请留步。"

秦知节苦笑一声，道："凌公子客气了，我如今算什么大人？公子叫我名字就行了。"楚凌笑道："秦大人过谦，我听说秦大人本是天启永嘉六年的进士，可算得上是少年成名了。"

秦知节如今看起来还不到不惑之年的模样，那中进士的时候八成都还没有及冠，这样的人无论在哪朝哪代都称得上是少年英才了。可惜这个少年英才却十几年如一日地窝在这个小小的县城当一个不起眼的知县。

秦知节心中一惊，显然是没想到才短短一个下午的工夫楚凌竟然连自己的生平都打听出来了。

"秦大人请坐吧，毕竟大人才是这蔚县的父母官，许多事情还要劳烦大人帮忙才行。"秦知节看着楚凌道："在各位眼中，我这样的人不是应该恨不得见一个杀一个吗？"

楚凌不以为然，"秦大人说笑了，我们虽然是山贼但也不是杀人魔。天下兴衰面前，人力太过单薄。只要秦大人没有做过什么不该做的事情，以前的事我不管，我只看秦大人以后做什么。"

"什么叫不该做的事情？"秦知节问道。

楚凌笑吟吟道："秦大人饱读圣贤书，怎么会不知道什么该做什么不该做呢。秦大人若是真的不知道，又怎么会站在这里？"秦知节脸上的神情越发苦涩了，拱手对着楚凌一揖道："多谢公子体恤，公子有什么事尽管吩咐便是了。"

秦知节少年高中，也曾经有过春风得意的时候。自认也见过不少号称少年英才的人，却没有一个有眼前的少年可怕。他只想在乱世中保全自己和家人，但是如今这个地步也没有退路好走了。至于将来会如何，也不是他现在能够决定的。

众人在书房里坐了下来，郑洛看着楚凌道："小五，这后面的事情该怎么办你说吧。"

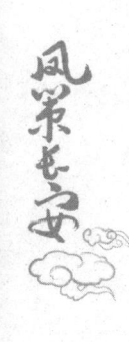

楚凌有些诧异地看着郑洛，道："大哥，你相信我？"

郑洛笑道："这有什么好不相信的，你年纪虽然小，但是这两年的事情大哥也知道。只怕就是十个我都做不出来。你的本事，大哥相信。你既然夺下了蔚县，想必也是有成算的。咱们都听你的。"

看着郑洛信任的眼神，楚凌感动之余却也有些惭愧。她怎么可能在这短短的时间里就想出来一个计划。当时选了蔚县其实也是迫不得已，蔚县的位置是对他们最有利的。

不过经过了昨晚一整夜，楚凌多少还是想了一些的。只是可不可行，却还要大家一起斟酌。

楚凌起身将一张地图展开放在郑洛跟前的桌上，那是一张非常简易的地图。上面只标注了蔚县附近的大概地形，但是却详细地标注了蔚县附近所有明面上的北晋兵马的驻地。

楚凌看了众人一眼道："当时我选蔚县确实没有想太多，只是看中了这个地方靠近歌罗山入口，如果实在守不住的话，我们可以退入山中，未必不是一条活路。而且马上就要过年了，北晋大规模出兵的可能不大，我们也可以从容安排后路。不过昨晚我倒是想了一些别的。"

"你说说看。"郑落道。

楚凌看着郑洛，"大哥，你和三位兄姐是打定了主意要跟着晏城主吗？"

楚凌这话一出，其他人都不由自主地看向旁边坐着的秦知节，毕竟在场的只有他一个是外人。秦知节也有些尴尬，却见楚凌也似笑非笑地看了他一眼，秦知节突然明白了楚凌为何坚持要自己留下，心中倒是稍稳了一些。郑洛思索了片刻道："这事儿我们几个也商量过，我们都是这个意思。横竖咱们这些人都是跟貊族人有血海深仇的，绝不可能归顺貊族。如今信州的情形你也看到了，就是寻常百姓日子也是过不下去的。咱们这样藏在山里小打小闹也没什么意思，倒是不如跟着沧云城的人干。不过……"

郑洛有些迟疑，他们这些山贼土匪是不在乎的，但小五可是拓跋兴业都看重还收为了弟子的人。若是跟着他们投了沧云城，未免太委屈了。

楚凌笑道："既然三位兄长和二姐决定了，不如听听我的意见如何？"

"你说。"郑洛道，不仅叶二娘和狄钧，段云和秦知节也专注地盯着楚凌。

楚凌手指在地图上一指道："蔚县背靠歌罗山，歌罗山脉连绵数百里，虽然地势险山中野兽横行，但是也是极好的藏身之所。如果我们以蔚县为起点，慢慢向四周扩散，拿下狄县，南殷，继而拿下信州的话，信州一半的地方都能掌握在我们手中。"

"你想学沧云城？"郑洛有些惊讶，显然是没想到他们家小五竟然有这样的雄心壮志。

楚凌摇头道："不，我们没有这个条件，晏翎武功高强，用兵如神，沧云城麾下高手猛将都不缺，又占着地利才有如今沧云城的存在。我们却是天时地利人和一样都不占。"

段云蘦眉道："小寨主的意思是，靠这些跟沧云城谈判？"

楚凌点头："我确实是这个意思，不过不是单纯地为了谈判。如果我们在信州发展，而沧云城同时出兵往东南方扩张的话，小段，你觉得有没有可能直接将双方的地盘连成一片？到时候，再进入沧云城话语权会比现在重得多。"

众人沉默不语，显然都在思索这个问题。

倒是一直都没有开口的秦知节犹豫了一下开口道："凌公子，你的想法虽然好，但是却有三个问题。"

楚凌也不着急，点了点头："秦大人请指教。"

秦知节道："第一，各位手下现在总共也不过两三千兵马，能否守住蔚县还不得而知。第二，沧云城是否会配合公子的计划？第三，就算沧云城合作，公子也拿下了信州，若是朝……北晋大军压境，公子打算如何应对？"

楚凌笑眯眯地道："秦大人，做人要有梦想啊。就是有问题才需要我们来解决问题嘛。"

秦知节不知道做人为什么要有梦想，他认为做人最好还是脚踏实地一些的好。

楚凌托着下巴道："要不然，秦大人说说咱们现在该怎么办？"

秦知节一噎，有些不确定地看了楚凌一眼，不知道她是在开玩笑还是认真的。却见楚凌正一脸洗耳恭听的神情看着他。

秦知节沉吟了片刻，道："在下认为，眼下的当务之急还是应该先安顿好那跟随而来的上万百姓，然后尽快在城里城外征兵加以训练以便应付将到来的北晋兵马。城中粮食饮水都暂时不缺，肯定有不少百姓是愿意加入的。但是，武器方面却是个大问题。"

楚凌点点头，一脸认真地问道："秦大人有什么解决的方案吗？"

秦知节忍耐了片刻，还是道："北晋人自己虽然兵器精良，却严禁中原普通百姓买卖兵器。所以城中就算有铁器铺子也没什么用处。所以……这兵器，只怕是要落到别的地方了。"

"比如呢？"

"比如南军。"

楚凌满意地点头道："行，就这么办！秦大人不愧是进士出身，果然是足智多谋，思虑周全。"

秦知节有些诧异地看着眼前的少年："什么这么办？"

楚凌理所当然地道："安置百姓得麻烦秦大人了，征兵和训练交给大哥和二姐，我和四哥去抢劫……呃，问南军借点兵器。"

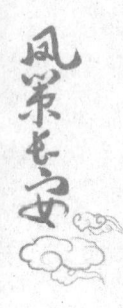

这姓凌的小子脑子怕不是有什么毛病！秦知节有些绝望地想着，他真的就只是随口一说啊。

虽然楚凌将问南军"借"兵器的事情说得轻描淡写，但实际上操作起来谁都知道不是一件简单的事情。南军在信州就有将近十万的驻军，还不是人人都随时有武器，而他们手里能出动的兵马满打满算也不过才两三千人。还要留下一部分守城，因此能给楚凌用的兵马就更加有限了。

狄钧倒是十分高兴，自从知道小五竟然成了拓跋兴业的亲传弟子之后，狄钧练功越发努力了。这些日子他自觉进步也不小，正想要找个好机会一展身手呢。

出了书房的门，狄钧跟在楚凌身边兴奋地道："小五，咱们该怎么干，你说吧。"

楚凌有些无奈地抚额："四哥，咱们至少得先搞清楚，南军的武器都藏在哪儿。"总不能冲到南军大营里去直接从南军士兵手里抢吧，他们也抢不过啊。而且，南军士兵闲时手里是没有兵器的。

狄钧道："这个我知道！"

"你知道？"楚凌有些诧异地道。

狄钧连连点头道："我真的知道，我们之前也打过他们的主意，不过没成功。"南军虽然废柴，但是蚁多咬死象。

"南军平时是没有兵器的，只要不打仗他们的兵器都要被收缴起来集中存放。但是又不能离南军的军营太远了，毕竟万一真的突然发生什么事情，也不方便不是？所以，他们存放兵器的地方就在信州城北的一个大仓库。"

"在城里啊。"楚凌有些犯愁。狄钧看了看她，道："我也觉得有点难，不过还有个地方或许可以试试。"

楚凌挑眉，饶有兴致地看着狄钧，狄钧低声道："蔚县往西走大约五十多里，有一个矿山。听说信州还有附近几个州的兵器都是从那里出来再运送到各地的。"

楚凌抽了抽嘴角："四哥，你在建议我去抢矿山和兵器制造坊？"那种地方只会重兵防守，比信州更加难以接近吧？

狄钧翻了个白眼，没好气地道："当然不是，我们去抢从那里出来运往各地的兵器啊。听说那地方每个月至少有好几批兵器要运往各地，咱们随便挑一个抢一抢都够用了。"楚凌眼睛一亮，觉得这个主意好像不错："有确切的消息吗？"

狄钧得意地一笑："当然有，爷这些年在信州也不是白混的。"

两人对视一眼，都在对方眼中看到了笑意。

楚凌跟狄钧只带走了一千人，毕竟县城虽然不大但是防御还是需要不少人的。

两人各自休息了一番，一直等到天色暗了下来才点齐了兵马出马。按照狄钧得到的消息，最近正好有一批兵器要运去信州以东的惠州，这两天经过的地方应该就在距离蔚县不远的官道上。不过楚凌觉得这地方离信州和两处路亭太近了，他们还不如绕一点路,在蔚县东南六十里的官道边上等着。运送兵器这种重要而且笨重的物资只能走官道,普通的小路马车根本走不动。"

"那里距离灵沧江的支流很近,咱们抢到兵器之后可以走水路回到歌罗山下。很方便的。"想要将大批兵器运送回去需要大量的人力,但是他们现在缺的就是人。如果从水路一直到歌罗山下的话,就算没办法全部将兵器运回蔚县,歌罗山可以藏东西的地方也很多。

狄钧摸着下巴思索了片刻,还是点了点头同意了楚凌的意见。

楚凌和狄钧带着人离开,蔚县就只剩下了郑洛和叶二娘主事。两人都是第一次做这种事情,难免还是有些忐忑拿不定主意的时候。倒是段云相当淡定:"两位寨主其实不必忧心,小寨主安排得周全,那位秦大人,我看能力也不差,倒也没什么坏心思。只要咱们眼下将城中的战力都集中起来略加训练,等到小寨主和四寨主带着兵器回来,一切就可以步入正道了。"

郑洛有些惊讶:"段先生对小五很有信心啊。"

段云淡笑道:"原本也是没有的,但是这两年看下来,小寨主,并非池中物。"

叶二娘叹了口气,道:"小五跟着咱们,倒是受咱们牵累了。若只是她自己天下何处去不得?"段云道:"小寨主是重情义之人,也不是超然出世的性格,无论在哪里只怕也不会安宁。"在段云看来,他们这位小寨主就是个不安分的,走到哪儿也安稳不了。

郑洛看着段云没有说话,他当然知道这个年轻的账房先生只怕身份不简单。不过这些年段云一直都是老老实实的,从没有过什么心思,他也就没有过问了。

"段先生,以后的事情只怕是越来越多,还要劳烦你了。"

段云抬眼看了郑洛一眼,又慢慢垂了下去,恭敬地拱手道:"大寨主客气了,请尽管吩咐便是。"郑洛认真地打量了段云良久,段云也不闪避,站在旁边任由他打量。好一会儿,郑洛方才道:"小五相信段先生,我们也相信段先生,还望段先生莫要让人失望。"

"自然。"段云笑道。

"启禀大寨主,那位林先生一直吵着要见几位寨主!"门外一个青年匆匆进来禀告,脸上的神色有些不好看。郑洛等人这才想起来,这两天一直忙得晕头转向竟然将林显宗给忘记了。如果不是这会儿他突然冒出来,说不定要再过十天半个月郑洛才能想起来。

一想起林显宗,郑洛的脸色就有些不太好了。他当然不会忘记他们如今这个处境到底是拜谁所赐,轻哼一声。"他又有什么事情?没事就好好待着,若是北晋人来围城,我第一个便将他绑在城楼上给貊族人当靶子!"

青年道:"他一直怒骂不休,吵着要见几位寨主。还说几位寨主大逆不道要让我们好看。还说他姐夫是沧云城的将军……"

郑洛轻哼一声道："带他过来！"

"是，大寨主。"

"寨主，别忘了小寨主的话。"看着青年走出去提人，段云轻声提醒道。郑洛点了点头道："我心里有数。"

片刻后林显宗就被人带了进来，虽然这两天他被人看守着不能自由行动，但是也没有受什么苦，依然是一副衣冠楚楚的模样。只是他脸色着实是有些难看，一看到郑洛和叶二娘立刻毫不客气地厉声道："郑寨主，叶寨主，你们这是什么意思！"

郑洛没说话，倒是叶二娘笑吟吟地开口道："我怎么听不明白林先生的话，什么什么意思？"

林显宗气结，指着三人道："你……你们，你们竟敢软禁我，还擅改军令！难怪黑龙寨只是一个土匪寨，真是上不得台面！"

"砰！"郑洛手中的茶杯不轻不重地落到了桌面上，郑洛目光凌厉，冷声道："什么擅改军令？谁的军令？"

"我的！"林显宗理所当然地道，"我说攻打信州，你们是怎么做的？跑了上百里路来打这么一个小破城，有什么用处？只要我们攻下了信州，黑龙寨立刻就可以名扬天下！现在窝在这鬼地方，谁知道你是谁？"

段云冷冷道："是你林先生可以名扬天下吧？"

"你是什么人，有什么资格插嘴？"段云冷笑一声道："你以为你那点小心思，沧云城的人都是傻子吗？就算你攻下了信州，回头信州数十万百姓的命都要记到你的身上。你还想平步青云？晏城主不当场宰了你就算是不错了。"

"你……"林显宗脸色一阵青一阵白，"你一派胡言！"

段云也不在意，淡淡道："你就当我一派胡言好了。"

林显宗愤然道："我会给沧云城传信，禀告你们这些人目无法纪的！"

"请便。"郑洛也有些恼了，林显宗搞出这样的麻烦他们还没有质问沧云城呢，林显宗倒是恶人先告状了。小五说的没错，没有足够的实力就没有话语权。就算是真要投靠沧云城，他也不能拿兄弟们的性命开玩笑，大不了就自己干！

"林显宗，你想要禀告什么啊？"一个带着几分笑意的声音突然从门外传来。叶二娘和郑洛同时站起来警惕地看向门外。片刻后一个青衣男子已经带着人从外面走了进来，对上两人戒备的眼神男子拱手笑道："郑寨主，叶寨主，我等贸然前来实在是失礼了，还请见谅。"

郑洛微微点头，眼中的戒备却没有少半分："不知尊驾是？"

青衣男子侧首对旁边的林显宗一笑，林显宗的脸色也顿时变得没有一丝血色。青衣男子这才回头对郑洛拱手道："在下明遥，沧云城晏城主座下明鉴司主事。前几日我们收到一封关于信州的信函，此时便是为了……"指了指林显宗道，"他而来的。"

郑洛皱眉，沉声道："各位是为他出头来的？"

明遥笑道："郑寨主误会了，说来也是我沧云城识人不明，我明鉴司失察，才让此人在各位寨主跟前肆意妄为，险些坏了沧云城和黑龙寨的交情，还请郑寨主千万海涵。"

郑洛这些年对沧云城多少还是有了一些了解的。明鉴司是沧云城专门负责监察麾下兵马军纪的，他们的人并不多却都是精锐中的精锐。明鉴司的主事更是沧云城主的心腹。对外说是监察军纪，实际上明鉴司更像是个收集处理消息的地方。主事者明遥又同时拥有处置的权利，才让人觉得明鉴司格外位高权重。

在许多人看来，这是有些任人唯亲的。明鉴司主事同时拥有监察和处置的权利，很容易被用来打压敌人或者为自己揽权。当初晏翎将年轻的明遥提上这个位置之后就再也没有动过。这些年下来，也没有人发现明遥有什么不好的举动，质疑倒是渐渐地少了。更多的人们还是说晏城主目光如炬，明遥品行高洁云云。

看着明遥真诚的目光，郑洛的神色也渐渐缓和了几分。点头道："明公子客气了，请上座吧。"

"多谢。"明遥谢过这才走到一边坐了下来。

"林显宗。"明遥坐下来，便看向林显宗淡淡道。林显宗不由得一抖："属下在。"别看明遥看起来一派月朗风清的名门公子模样，实际上沧云城里最让人觉得不敢招惹的人里这位明遥公子绝对足够排名前三了。

林显宗虽然没有亲自见过，但是却听说过。当初有一个将领被北晋人收买了带着沧云城的秘密出逃，被这位明遥公子亲自带人追了几百里地才抓了回来。这人被明遥活剐了之后尸体扔到了收买他的貊族官员居住的府邸门口。

明遥淡淡道："你并非我手下的人，不必自称属下。"

林显宗讪讪不敢言。

明遥手指轻敲了两下桌面，道："我给你一个机会，说说看你这两年做的事情。"

林显宗还想挣扎，眼睛转了转一脸诚恳地道："回明公子，属下……我这两年一直兢兢业……"

咔嚓。

明遥手中的茶杯突然裂开了，见众人的目光齐齐落在了他的身上，明遥抱歉地道："抱歉，一时不小心。"叶二娘善解人意地笑道："明公子不必在意，大约是这茶杯不太结实。"

明遥对叶二娘笑了笑，看向林显宗的目光却只有淡漠和森然："林显宗，你觉得我是千里迢迢来陪你玩儿的吗？这两年的事情先不说，谁鼓动你攻打信州的？"

"没……没谁。"林显宗道。

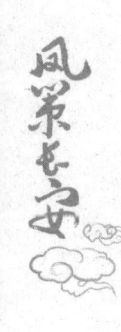

"你确定?"明遥问道,林显宗连忙解释道:"明主事,我都是为了沧云城和城主的大业啊。只要咱们拿下来信州,城主的声望必定会大涨,到时候只要城主登高一呼……"

"看来是真的没有了。"明遥仿佛没听见林显宗慷慨激昂的陈诉,一挥手道,"拿下吧。"

跟着明遥进来的几个人中立刻有两个男子上前一左一右扣住了林显宗的肩膀。林显宗立刻挣扎起来:"明主事!明公子,我不服!我不服!"明遥淡淡地看着他,"你有什么不服的?"

"我都是为了沧云城,为了城主!我对城主忠心耿耿,你们不能这样对我!"林显宗叫道。

明遥轻笑了一声:"为了沧云城为了城主?现在沧云城需要你去死,林先生是去还是不去呢?"

林显宗顿时涨红了脸,声音也仿佛被人卡住了脖子一般戛然而止。明遥惋惜地道:"看来林先生也是惜命的,你既然如此爱惜自己的命,为何却不肯多爱惜一些别人的命?"

林显宗梗着脖子道:"慈不掌兵!打仗怎么会不死人!就算是城主,打仗难道不会死人吗?"

"砰!"

明遥冷声道:"这些你跟我解释没用,去跟城主解释吧。"

林显宗愣住,其他人也有些惊讶,"城主来了?"

明遥笑眯眯地道:"你们不是一直怕我滥用私权吗?正好这次城主也来了,到时候就请城主看看,你到底该怎么办吧?"闻言林显宗腿一软,险些就一头栽了下去。明遥固然是心狠手辣,但是犯到他手里或许还有一分转圜的余地,若是犯到了城主手里那才是真正的十死无生了。

"不,你们不能这样对我。我姐夫是霍将军!我姐夫对沧云城有功!"林显宗激动地挣扎着叫道。明遥看着他,淡然道:"你还敢提霍将军?霍将军一世英名都被你给败光了。你还是担心一下,他还认不认你这个小舅子吧。带走。"

"是。"两个青年拖着林显宗就往外面去,林显宗那读书人如何能撼动两个青年,两人拎着他消失在了门口。等到他们出去,明遥方才含笑对郑洛三人致歉:"实在是抱歉,让三位看笑话了。"

叶二娘摇头道:"明公子言重了,哪里能人人都一样。无论什么地方,总是会隐藏着一些鬼祟小人的。明主事明察秋毫,我等已是佩服不已了。不过明主事方才说……"叶二娘有些迟疑,"晏城主真的来了吗?"

郑洛和段云也看着明遥,显然是想要他给一个确切的答案。晏翎在北方的天启人心目中的地位十分崇高,即便是如郑洛、段云这样的成年人也不例外。

明遥点了点头道:"城主这几日正好在信州附近,收到消息便立刻赶过来了。不过城主听说贵寨那位小寨主带人出门去了,便说先过去帮个忙。命我先一步过来,还请郑寨主见谅。"其实他也很想跟着城主一起去会会那位小寨主,可惜城主要他先处理了林显宗的事情。谁让这次确实算是明鉴司失察才让姓林的混到现在的呢?

郑洛连忙摇头,和叶二娘对视了一眼,两人都在对方眼中看到了茫然。他们显然都不认为,就信州和黑龙寨这一点小打小闹值得让沧云城主亲自出马。

沧云城主亲自过来到底是为了什么呢?难道真的如明遥所说的,是一个巧合?

明遥自然也看到了他们眼中的疑惑,却悠然含笑看着并不多言。城主当然不是恰巧路过,分明就是直接奔着黑龙寨的小寨主来的啊。明遥摸着下巴思索着,回头一定要跟小寨主打好关系。

旁边的段云看着明遥神游天外的模样,若有所思地垂下了眼眸。

沧云城主、小寨主、上京、信州、长离公子,这世道,这么多的人,也是有趣……

夜幕中,楚凌和狄钧正趴在不远处山坡上观察着下方的官道。和寻常崎岖坑坑洼洼的小道不同,官道平坦宽阔,此时官道上却空无一人,在月色下只剩一片寂寥。

"好冷啊。"狄钧忍不住搓了搓胳膊打了个寒颤。再扭头看向旁边一脸淡定的楚凌,忍不住问道:"小五,你不冷么?"

楚凌道:"冷。"

狄钧怀疑地打量着她:"没看出来你觉得冷啊。"

楚凌道:"我忍着。"

你真厉害。被小妹比下去的狄钧揉了揉自己快要冻僵了的脸颊,决定也要忍着。

楚凌就着淡淡的月光摊开一张地图道:"我们在这里动手,然后将那些兵器从小路上运到江边。那里已经准备好了船,逆水行舟虽然慢一些,但总比走陆路快。"

狄钧道:"我收到的消息,这批兵器数量不少,咱们只怕是没办法全部带走。"

楚凌点头道:"所以我不是让人在那边挖了几个坑吗?带不走的全部埋了。"

狄钧忍不住抱怨:"你知不知道这天气土有多难挖?还不如直接扔进江里呢。"

楚凌终于忍不住一巴掌拍在了他的脑门上,没好气地道:"余江终年不干,这一段比灵沧江还要深水流还要急,将来要用的时候你潜下去给我捞起来?"

"啊?"狄钧眨了眨眼睛,这才反应过来。也不生气,"我这不是没想到吗?"

楚凌忍不住翻了个白眼:"四哥,你还是少吃一点饭,多想一点事儿吧。"

狄钧瞪了她半晌,方才咬牙道:"你是不是在骂我?"

楚凌怎么会承认:"你想太多了,我们可是兄弟我怎么会骂你呢?我在很认真地建议你。"

狄钧怀疑地看了看她，大度地摆手道："算了，哥不跟你计较。"

两人一直从黎明等到了天亮，又从天亮等到了傍晚，才终于在官道的尽头看到了缓缓而来的队伍。狄钧这才松了口气，道："这些人真慢，我差点以为咱们的消息有问题了。"

楚凌压低了声音道："南军士兵效率低下，比我们预计慢不算什么怪事。你看看押送的队伍，有多少人。"

狄钧点点头，站起身来飞快地朝着前方而去。过了一会儿又跑了回来，声音带着微微的喘息道："队伍很长，我算了一下，至少有五百辆骡车，两千左右的南军还有三百貂族人。"

楚凌点了点头道："四哥，你箭术怎么样？"

"还不错。"狄钧谦逊地道。楚凌指着队伍最前面的两个坐在马背上的貂族人，问道："那个人，多远你能射中？"狄钧抽出自己身后的弓箭试了试，道："至少得三百步以内吧。他还穿着铠甲，二百步。"

楚凌点了点头道："那好，待会儿他们进入了射程之后，你就杀了那个人。"狄钧点点头，问道："那你呢？"

楚凌指了指另一个人道："我对付那一个。"

狄钧看到她指的是旁边另一个看起来身份更高一些的人，不由皱眉道："那人看起来不简单。"楚凌点头道："确实不简单，这个距离用弓箭杀了他的可能性不大，不用担心，我有办法。"

狄钧沉吟了片刻，点头道："大哥说听你的，你说怎么办就怎么办吧。"

楚凌拍拍狄钧道："放倒那两个领头的之后，就立刻动手。射完了手中的弓箭然后将下面的貂族人和南军分开，先对付貂族人。只要解决了那三百貂族兵马，那些南军就不会变成威胁。"

狄钧点头，郑重地道："你放心，我知道的。"

楚凌含笑点了点头，起身悄无声息地离开了所在的地方，片刻后便与荒草混在了一起消失在了狄钧的眼前。

长长的队伍越来越近，狄钧眯眼看着自己的目标靠近了射程。深吸了一口气方才将羽箭搭在了弓弦上。狄钧屏住了呼吸目光定定地盯着马背上那正在与旁边的人说话的貂族男子，一瞬间仿佛听到了自己的心跳声。

"嗖！"

羽箭离弦朝着马背上的男子射去，下一刻那男子的胸前绽出了血花。就在他身边的人还来不及反应的时候，跟前人影一闪他乘坐的马儿已经往下一跪，整个人直接从马背上栽了下来。

狄钧一箭命中，心中大喜。厉声道："放箭！"

嗖嗖嗖！

羽箭的嗖嗖声不停地传来，下面的南军顿时乱成一团。

楚凌干净利落地解决掉了从马背上落下来的貊族头领，这才有功夫去观察战局。这两年黑龙寨的人进步确实相当的大，若是放在三年前，这些人就算是射十箭只怕也中不了三箭。现在虽然不可能百发百中，但是十箭里至少有六七箭是不会落空的。

"有敌人！迎战！"有貊族士兵高声叫道。

楚凌俯身从跟前的两个头领身上搜出了传信的狼啸装进了自己随身的袋子里，这才重新拿起长鞭加入了战局。

虽然这一战楚凌和狄钧思索了许久，自认做了万全的准备，但他们能做的毕竟有限。战斗力的差异很难用别的办法来弥补，即便是加上有楚凌和狄钧这样的高手，对付三百个貊族士兵，他们这边也付出了近百人伤亡的代价。

那些南军士兵虽然也在努力反抗，但是比起貊族人来说就有些不值一提了。他们身上甚至连称手的兵器都没有了。押运安全是貊族人负责的，他们只是苦力而已。毕竟两千多人要是半路上反了，说不定真能干掉三百貊族士兵。由此可以看出，北晋人对南军的不信任到了什么地步。

见貊族人都被灭掉了，这些人自然干脆利落地直接投降了。

看着地上跪了一地的南军士兵，楚凌挑了挑眉没有说话。

狄钧上前打开一个马车上的箱子看着里面放着的刀，忍不住皱眉道："这怎么是弯刀？"弯刀也不是不能用，但是中原人多少有些用不惯。楚凌倒是没什么意见，挑眉道："看来是我们赚了。这不是给惠州南军的兵器，这好像是给惠州的貊族人的兵器。"当然是他们赚了，南军的兵器质量根本比不上貊族人，这些兵器都是用精铁打造，十分的锋利。至于不合用什么的，等这事儿过了，大不了再回炉重造就是了。

狄钧拿起一把刀看了看，忍不住也笑道："这倒是真的，看来咱们的运气还是不错的。"

楚凌道："四哥，先别废话了。让人赶紧打扫战场，然后将这些兵器都运走。还有这些骡马也不能放过，让人走陆路带回山里去交给三哥。"

狄钧连连点头，黑龙寨穷啊。如今一下子收获了几百匹骡马，当然是好事。

"这些人怎么处置？"狄钧看了一眼跪在地上抱着头的南军问道。

楚凌思索了片刻，道："一起带走。"

"怎么带？"狄钧茫然问道。

楚凌拍了拍脑门，道："四哥，你带着兵器回去，二姐他们会在江边接应你，我带着这些人出去溜一圈儿。"

狄钧皱眉看着楚凌有些不放心，这不是他们计划中的事情。楚凌叹了口气道：

"四哥，就算这些人再慢，也是有时间规定的。若是他们过了时间不到，北晋人必然会派人来查看。我帮你拖一点时间，至少要等你们顺利回去再说。"

狄钧看着楚凌，依然没有说话。

楚凌又推了狄钧一把道："快走吧，你放心我从来不找死。"狄钧看着楚凌叹了口气，有一个太有主意的妹子实在是有些让人头大。狄钧也知道自己跟小五比起来不够聪明，只得道："那你自己小心一点，最多三天，如果三天后你还不回来我就亲自来找你。"

"行行行。"楚凌笑道，"我一定不让四哥为我辛劳。快回去吧，别忘了大哥他们还等着呢。"

狄钧再三叮嘱楚凌小心，然后才让人收拾了战场带着人和兵器离开。

狄钧带着人走了，官道上就只剩下了一千多个南军士兵了。看到只剩下楚凌这么一个少年，不少人眼神都开始变了，几个不安分的更是以眼神交流着什么。

楚凌自然将他们的变化看在眼里，冷笑一声手中的长鞭啪的一声甩在了不远处的树上。纤细的鞭子本不起眼，但那足足有碗口粗的树竟然被拦腰打断倒了下来。

站得近的人纷纷退避，忍不住呼叫出声。

等再去看那棵树的时候就发现，那哪里像是被鞭子打断的，分明像是被刀砍断的。但是寻常人能一刀砍断一棵碗口粗的树吗？这还是一个看起来只有十五六岁的孩子。

楚凌慢条斯理地收回了鞭子，挑眉道："我知道你们在想什么，不过我劝你们最好是想仔细了。你们现在丢了这么大一批兵器，按照北晋的军法，该当何罪？"

众人脸色顿时难看起来，北晋军纪森严，对南军这些在他们眼里只是炮灰的人更是严苛到近乎冷血。很多事情在貊族士兵身上可能只是挨一顿板子的事儿，到了南军身上就要砍头了。更何况是丢了大批兵器这种事，就算是在貊族士兵身上也是要杀头。

"你想怎么样？"一个看起来领头的中年男子站出来道。

楚凌笑道："不用紧张，我不喜欢杀人。只要你们乖乖听话，我保证事成之后就放你们离开，到时候你们想要做什么我都不会管。当然了，如果你们作奸犯科再犯到我手里，就不好意思了。"

"你到底要我们做什么？"有人忍不住道。

楚凌悠闲地道："闲来无事，我们去前面的路亭玩玩吧。"

去路亭玩玩？

所有人都忍不住用看疯子的表情看着楚凌，路亭那是能玩儿的地方吗？

楚凌目光淡淡从他们身上扫过，道："去不去给一句话啊。"

"不去！"一个人咬牙道，"我们又不是活得不耐烦了，貊族人……"

只见眼前银光一闪，少年依然言笑晏晏，但是倒在他跟前的人脖子上却已经多了一道血痕。地上的人睁大了眼睛，脖子上的血静静地流淌着，双眼空洞中带着几分茫然，仿佛不知道发生了什么事情。

楚凌问道："去不去？"

"既然这样，你还问什么！"领头的中年男子一脸愤怒地道。楚凌耸耸肩道："说不定你们识时务主动跟我去了，显得我像个好人啊。"

你是好人，这天底下就没有恶人了！众人心中暗暗骂道，这少年虽然看着漂亮可爱，但分明就是一个恶魔。

楚凌道："你们不用这么看着我，如果你们当自己是北晋人，那就是我的敌人，我怎么对付你们都是应该的。你们若自认是北晋人的走狗，主人都死了狗还能有什么好日子。"

"我们也是被迫的！"有人忍不住道。

楚凌点了点头，指了指地上的人问道："他也是被迫的？看来他是有什么经世之才，貊族人不仅强迫他效力待遇也很不错。"地上的男子外表虽然和这些南军士兵一样的穿着打扮，但是倒在地上后从衣襟里露出来的却是一条价值不菲带着明显的貊族风格的项链。

楚凌扫了众人一眼，冷声道："我不管你们是不是被迫的，既然今天遇上了你们又不是我的对手，那就给我自认倒霉。现在我再问一句，去还是不去？"

"去……"

人群中众人稀稀拉拉地应道，为首的中年男子神色有些复杂地看了楚凌一眼，咬牙道："我们若是去了，你真的会放我们走？"

楚凌道："留着你们我养吗？"

"好，我们去！"男子咬牙道。

楚凌满意地点了点头，这才展颜一笑道："这才对嘛，大家合作愉快。路亭里的东西我都不要，到时候全部都归你们。只要你们跑得快，貊族人也没有那么多功夫到处去抓你们，对不对？"

听他这么说，倒是有不少人放松了一些。确实，他们若是分散逃走，貊族人总不可能一个一个将他们抓回来。回去横竖也是死，还不如跟着这少年去搏一搏呢。

将众人的神色收在了眼底，楚凌笑吟吟地道："现在，整顿队伍咱们走吧。"

"是！"从头到尾这些人竟然都没有想过，如果他们现在四散逃走的话，楚凌一个人就算再厉害也不可能拦下他们全部。当然到时候会死多少就不好说了，毕竟谁都不知道死的那个会不会是自己。